धर्मवीर भारती
की
लोकप्रिय कहानियाँ

धर्मवीर भारती
की
लोकप्रिय कहानियाँ

प्रभात
पेपरबैक्स
www.prabhatbooks.com

प्रकाशक

प्रभात पेपरबैक्स

4/19 आसफ अली रोड, नई दिल्ली–110002

फोन : 23289555 • 23289666 • 23289777 ❖ फैक्स : 23253233

इ–मेल : prabhatbooks@gmail.com ❖ वेब ठिकाना : www.prabhatbooks.com

संस्करण

प्रथम, 2020

अ.मा.पु.स. 978-93-5186-553-7

DHARAMVIR BHARATI KI LOKPRIYA KAHANIYAN

by Dharamveer Bharti

Published by **PRABHAT PAPERBACKS**

4/19 Asaf Ali Road, New Delhi-110002

ISBN 978-93-5186-553-7

साँस की कलम से लिखने का
आदेश देने और हम दोनों को आशीर्वादों से ढाँपकर
हमारे जीवन को नई दिशा देनेवाले
हमारे दादा **श्री माखनलाल चतुर्वेदी** की
पुण्य स्मृति के नाम
यह विनम्र प्रयास
समर्पित है।

भूमिका

सन् 1946 में जब भारतीजी केवल बीस वर्ष के थे, तब उनका पहला कहानी-संग्रह छपा था। कहानियाँ लिखनी तो और भी दो-तीन बरस पहले शुरू कर दी थीं। पहले कहानी-संग्रह का नाम है—'मुरदों का गाँव'। दूसरा संग्रह 'स्वर्ग और पृथ्वी' नाम से 1949 में छपा था, और फिर तीसरा 'चाँद और टूटे हुए लोग' नाम से 1949 में ही छपा।

और फिर 'बंद गली का आखिरी मकान' नाम का अंतिम कहानी-संग्रह 1969 में छपा। यानी कि इस कथायात्रा के अंतिम चरण में पूरे बीस वर्ष का अंतराल पड़ गया था। बीस वर्ष के लंबे समय में मनुष्य में बदलाव आना नितांत स्वाभाविक है। उसके अतिरिक्त भारतीजी के जीवन में धुर बचपन से ही इतनी त्वरित गति से इतने घुमावदार बदलाव आते रहे कि उसका प्रभाव लेखन पर भी पड़ता रहा। भारतीजी को तहेदिल से प्रेम करनेवाले उनके पाठक भी उनके निजी जीवन से अनभिज्ञ रहे हैं, इसलिए वे उनके साहित्य-सृजन में आए विभिन्न प्रकार के परिवर्तनों को समझ नहीं पाते हैं; पर यह जरूर है कि सभी जानते हैं कि सर्वतोन्मुखी प्रतिभा का यह लेखक सामान्य लेखक मात्र नहीं था।

छह-सात वर्ष की उम्र तक बेहद संपन्न और ऐशो-आराम का जीवन जीने के बाद सहसा मध्यवर्गीय जीवन का अनुभव होना और परम देशभक्त तथा स्वाभिमानी पिता एवं आर्यसमाजी माता से मिले संस्कारों के बीच लालन-पालन का असर उनके बालमन पर गहरे रूप में पड़ता गया। यों तो पिता अच्छा-खासा पैसा कमा लेते थे, पर गांधीजी के आह्वान पर सरकारी नौकरी छोड़ देने के बाद उनकी आर्थिक स्थिति डगमगाने लगी थी। उनके चरित्र की धुर ईमानदारी और सत्यनिष्ठा उनको गलत तरीकों से धनार्जन करने नहीं देती थी, परिणाम वही हुआ कि कर्ज में डूबते हुए नाव खेई जाने लगी। पर पत्नी की बीमारी से तो वे लोग कर्जों और कष्टों में आकंठ डूब गए। इन कष्टों से भारतीजी अपने पिता के आदर्शवादी हौसलों और संघर्षों से जूझने की कला सीख चुके थे। वे एक वाचनालय में जाकर शाम से रात तक घंटों पढ़ते ही रहते थे। हिंदी के अतिरिक्त अनुवादों के माध्यम से उन दिनों उन्होंने बंगाली साहित्य के अलावा पश्चिमी

देशों का साहित्य भी खूब पढ़ा और नन्ही सी उम्र से ही कविता लिखने भी लगे थे। एक छोटी सी डायरी में बारीक अक्षरों में बैंगनी स्याही से लिखी उनकी कविताओं में देश के प्रति प्रेम और प्रकृति के प्रति प्रगाढ़ लगाव के साथ-साथ भविष्य के लिए सँजोए स्वप्न और संकल्प मैंने देखे हैं। उन्हें देखकर यह समझना कतई कठिन नहीं था कि यह बालक बीहड़-से-बीहड़ राहों से लड़कर पथ-विचलित हुए बिना खुद बाहर निकल आने में समर्थ व्यक्ति साबित होगा। जीवन के गहरे मूल्यों पर ईमानदारी से जीने के लिए कुछ भी कुरबान कर डालने और ऊँचे-से-ऊँचा उठते जाने की इनकी जीवटता को मैंने जाना है।

यह विस्तार में फिर कभी—फिलहाल तो यह जान लीजिए कि 1943 में जब बंगाल में भयंकर अकाल पड़ा था, तो 16-17 वर्ष की किशोर उम्र के थे भारतीजी—बहुत भावुक, शालीन, सुकुमार और कल्पनाशील! बंगाल से भुखमरी और अंग्रेजों के अत्याचार की खबरें आ रही थीं। वहाँ से भागकर आए कुछ लोगों की आपबीती भी उन्होंने सुनी और उनका मन विगलित व विचलित हो उठा। राष्ट्रप्रेम और गुलाम मनोदशा की उथल-पुथल के बीच देश की आर्थिक विषमता तथा समाज की बदहाली देखकर, पीड़ित और उपेक्षित वर्ग के प्रति किशोर उम्र के भारतीजी के मन में सहानुभूति का ज्वार उमड़ आया, 'वैष्णव जन तो तेने कहिए जे पीर पराई जाने रे' उन झिंझोड़ देनेवाली संवेदनाओं की अभिव्यक्ति उनकी लिखी कहानियों के रूप में होने लगी; परिणामत: हिंदी जगत् को 'मुरदों का गाँव' नाम का कहानी-संग्रह मिला।

किशोरावस्था और यौवन की दहलीज पर पहुँचकर किसी के प्रति आकर्षण का अनुभव भी किया, पर कुछ तो आर्यसमाजी संस्कार और कुछ अपने निज के जीवन-मूल्य मान-मर्यादा और लिहाज का तकाजा कि मन को बहकने नहीं दिया। कहानी लिखने की कला तो आ ही गई थी, अब उसमें भावात्मकता और कल्पनाशीलता का ऐसा सहारा मिला कि कुछ नई तरह की कहानियाँ लिख डालीं। उनके कविमित्र गिरधर गोपाल ने इन कहानियों की समीक्षा में लिखा कि "इनमें भाषा की रंगमयता और कल्पना की अलमस्त उड़ान है। खूब जबरदस्त फंतासी बुनी गई है।" प्रेमचंद और उनसे भी पहले के समय से जिस तरह की कहानियाँ लिखी जा रही थीं, उनसे नितांत भिन्न कथ्य और शिल्प था इन कहानियों का। ये कहानियाँ 'स्वर्ग और पृथ्वी' तथा 'चाँद और टूटे हुए लोग' नामक संग्रहों में संकलित हैं।

उसके बाद कविता-लेखन और उपन्यास-लेखन का ऐसा दौर चला कि एक से बढ़कर एक अग्रज साहित्यकारों की प्रशंसाएँ व आशीर्वाद मिलने लगे, पाठकों की संज़्या नित नई ऊँचाइयाँ छूने लगी।

पढ़ाई और शोधकार्य पूरा करने के बाद 'प्रयाग विश्वविद्यालय' में हिंदी के प्राध्यापक

नियुक्त हो गए। साहित्य-सृजन और जीवन सुचारू रूप से चलने लगा। विद्यार्थी जीवन में पढ़ाई का खर्चा निकालने के लिए पद्मधर मालवीय के साथ 'अज़्युदय' अखबार में और इलाचंद्र जोशी के साथ 'संगम' पत्रिका में संपादन का काम भी किया था। उसी अनुभव के आधार पर 1955 में हिंदी में एक बहुत ही श्रेष्ठ किस्म की पत्रिका 'निकष' का संपादन किया। अर्थाभाव के कारण पत्रिका के केवल तीन अंक ही निकाल सके। लेकिन यह तीनों अंक मील के पत्थर साबित हुए और एक मानक बन गए। प्रेरणास्वरूप साहित्य सृजन के क्षेत्र में चतुर्दिक् एक नई ऊर्जा का संचार होने लगा और उस समय चारों ओर बहुत श्रेष्ठ साहित्य का सृजन हुआ। 'निकष' के प्रवेशांक के लिए भारतीजी ने भी एक कहानी लिखी—'गुलकी बन्नो'। देखते-ही-देखते उसकी चर्चा चारों ओर होने लगी।

मैंने पहले कहा था न कि उनका निजी जीवन बड़े-बड़े मोड़ लेकर त्वरित गति से बदलता चला है, जिसके कारण साहित्य-सृजन में ज़ी परिवर्तन होते रहे हैं। विशेषतया कहानी सृजन के आखिरी पड़ाव में बीसियों वर्ष का अंतराल आ गया था, इतने बड़े अंतराल में व्यक्ति बदल चुका होता है। भारतीजी भी जीवन को और भी गहराई से समझने व परखने लगे थे। परिणामत: इस कहानी का शिल्प उनकी पूर्ववर्ती कहानियों से बिल्कुल अलग है और बहुत मर्मस्पर्शी ढंग से अभिव्यक्त हुआ है। इसलिए कहानी पाठक के हृदय में सीधे प्रवेश कर जाती है।

भारतीजी के दूसरे कहानी-संग्रह 'स्वर्ग और पृथ्वी' की भूमिका स्वयं साहित्यदेवता पं. माखनलाल चतुर्वेदी ने लिखी थी, उसमें जो लिखा था, उसका एक अंश देखिए—''वह अपने अंतर की आग की अवतारणाओं का पूजक है। उसका दु:ख और सुख उसके बाहर नहीं है। साथ ही अपने अनंत उल्लासों और अपनी भारी-से-भारी उसाँसों में भी वह अपने अभिमत के सज़्मुख नन्हे बच्चे जैसा निर्मल, उद्दंड, किंतु जागरूक है।

भारती की उँगलियों ने एक जीवन के अनेक टुकड़े कर जहाँ-जहाँ जिस-जिस रूप में सँवारने का उपक्रम साधा है, सब बड़े प्यार से पढ़ा जाता है। खूब दूर तक भारती की दृष्टि जीवन के परमत्व को छू गई है।

समय की लंबी दूरी है और तारुण्य के अरमानों की चहल-पहल। भारती को सिद्ध करना है कि मेरी पंक्तियाँ मेरा पक्षपात नहीं हैं। घास की कलम से नहीं, साँस की कलम से।''

ऐसी अद्भुत पंक्तियाँ केवल दादा ही लिख सकते थे।

भारतीजी ने अपने निजी जीवन के बारे में कभी कहीं नहीं लिखा। लेकिन अपने एक लेख में दादा माखनलालजी की इन पंक्तियों का स्मरण करते हुए उन्होंने लिखा था, ''और गुलकी बन्नो से प्रारंभ हुआ साँस की कलम का लिखना। पर वह कहानी

कथाक्षेत्र में सफलता और वास्तविक जीवन में असफलता की ट्रैजिक कॉमेडी का एक विचित्र मोड़-बिंदु बन गई।''

आगे लिखा, ''चार-पाँच साल तक लेखन में एक अँधेरा छाया रहा, न अपना मोहल्ला, न अपना शहर, न कविताएँ, न कहानियाँ। पत्थरों में चिनवाए जाते थे लोग मध्यकाल में। विश्वासघात, कृतघ्नता, आरोपों और मित्रघात के ठंडे पत्थरों में दफन एक शव जैसा था मैं।''

पिता की मृत्यु के बाद से गरीबी की बेचारगी से तो भारतीजी कभी त्रस्त नहीं हुए थे, न कभी हीन-भावनाओं के शिकार हुए थे, पर इस दौर की मर्मांतक पीड़ा ने उन्हें भीतर से बहुत दु:खी कर दिया था। अनडिजर्विंग सफरिंग के प्रश्न को लेकर 'अंधायुग' में बहुत सिर खपाया था, पर निजी जीवन के इस कालखंड ने तो फिर-फिर उन सवालों में उलझा लिया था। पर यह भी अच्छा हुआ कि जीवन की नंगी वास्तविकता और कुरूपताओं ने उन्हें जीवन को और भी गहराई तथा विविधता से समझने को बाध्य कर दिया। मानव-मन के कोमलतम से लेकर गर्हिततम स्वरूप से वह रूबरू हो चुके थे, शायद इसी के बाद उनकी कहानियाँ इतनी सच्ची, इतनी यथार्थ और इतनी सशक्त बन पड़ी हैं, मध्यमवर्गीय जीवन का कौन सा ऐसा पहलू है, जो इन कहानियों में व्यक्त नहीं हुआ हो। उन दिनों कहानी के क्षेत्र में तरह-तरह के विवाद हो रहे थे। नई कहानी, अकहानी, समानांतर कहानी, सचेतन कहानी आदि-आदि नए-नए शिगूफे छिड़े हुए थे, पर बिना किन्हीं स्थापनाओं में पड़े भारतीजी ने चुपचाप एक के बाद एक कई कहानियाँ लिख दीं, जैसे मानो कह दिया हो कि विवाद छोड़ो और देखो यह होती है कहानी! चंद्रकांत बांदिवडेकर ने तो लिखा, ''बंद गली का आखिरी मकान' हिंदी की सर्वश्रेष्ठ कहानियों में से एक तो है ही, पर चेखव, दोस्तोवस्की, टॉल्सटाय, डी.एच. लॉरेंस की श्रेष्ठ कहानियों की पंक्ति में भी शामिल हो सकती है।''

ज्ञानपीठ ने भारतीजी की समस्त कहानियों का एक संकलन 'साँस की कलम से' नाम से छापा है। उसकी भूमिका बहुत आदरास्पद और महान् लेखक-निर्मल वर्मा ने लिखी है। उन्होंने खूब मनोयोगपूर्वक लिखा है और अंत में कहा है, ''भारती हमारे समय के उन दुर्लभ, असाधारण लेखकों में थे, जिन्होंने अपनी सर्वतोन्मुखी प्रतिभा से साहित्य की हर विधा को एक नया अप्रत्याशित मोड़ दिया था। कहानियाँ हों या उपन्यास या नाटक, वह उनके एक ऐसी ताजा, मौलिक दृष्टि लेकर आए थे, जिसे किसी कलाकार में देखकर उसके लिए जीनियस शज़्द मन में कौंध जाता है। अज्ञेय की प्रखर दृष्टि ने शुरू के वर्षों में ही भारती के इन सब तज़्वों को लक्षित कर लिया था, जो एक जीनियस के लक्षण होते हैं, 'अथक श्रम, सामर्थ्य और अध्यवसाय, बहुमुखी क्रियाशीलता, चिरजाग्रत्, चिर-निर्माणशील कल्पना, युग-सत्य के प्रति सतर्कता आदि।'' मैं यहाँ सिर्फ एक तज़्व

और जोड़ना चाहूँगा, "एक मुक्त करुणा का समावेश, जो भले-बुरे का भेद लाँघकर लेखक को अपने हर पात्र के साथ एकाकार करने में समर्थ बनाती है। यह तत्त्व भारती की हर कृति में पाया जाता है, किंतु उनकी कहानियों में एक घनीभूत प्रभाव लेकर आता है। इन कहानियों में सैकड़ों पात्र आते हैं, भारतीजी की टटोलती निगाहों से उनके व्यक्तित्व का कोई तत्त्व छिपा नहीं रह सकता। उनकी कमीनगी और ओछेपन, त्याग और स्वार्थपरकता, पाप के अँधेरे कोटर और दया-उदारता की उदाज़ मानवीयता—भारती जिस सौहार्द और खुलेपन के साथ हर पात्र के भीतर प्रवेश कर लेते हैं, वह शायद एक अच्छा कलाकार होने का सबसे उल्लेखनीय तत्त्व और जीनियस होने की सबसे अनिवार्य शर्त होती है।"

अपने इलाहाबाद और वहाँ के मध्यवर्गीय जीवन के मनुष्यों के बीच बनते, बिगड़ते, टूटते, पनपते रिश्तों को भारतीजी ने बड़ी बारीकी से देखा और समझा था। मनुष्य के अंतरमानस और हृदय के संबंधों के उतार-चढ़ाव, बदलाव और साथ-ही-साथ ठहराव को भी भारतीजी ने पूरी संवेदनशीलता के साथ समझा है।

निर्मलजी के वक्तव्य की अंतिम पंक्तियाँ हैं, "समूचे विषाद और बोझिल विवशता से भरी इन कहानियों को पढ़ने के बाद भी हम कहीं अपने में हल्का महसूस करते हैं। 'हम जो एक और अकेले थे', इन कहानियों के बाद, अकेले होते हुए भी अनेक में बँट जाते हैं।"

अब यह संग्रह आप पाठकों का हुआ, आप भी अकेले होते हुए भी अनेक में बँटने का अनुभव पाइए।

यह भूमिका कतई न लिख पाई गई होती, यदि चि. प्रभात कुमार की इस संग्रह को छापने की अदज़्य इच्छा इतनी शिद्दत के साथ मुझ तक न पहुँची होती। उनकी संस्कारशीलता, विनम्रता और सादगी ने मुझे ऐसा मोह लिया है कि समझ में नहीं आ रहा है कि धन्यवाद देने के लिए मुझे शज़्द क्यों नहीं मिल रहे हैं। अस्तु, प्रभात को आशीर्वाद और शुभेच्छाएँ।

—पुष्पा भारती

अनुक्रम

गुलकी बन्नो

"ऐ मर कलमुँहे!" अकस्मात् घेघा बुआ ने कूड़ा फेंकने के लिए दरवाजा खोला और चौतरे पर बैठे मिरवा को गाते हुए देखकर कहा, "तोरे पेट में फोनोगिराफ उलियान बा का, जौन भिनसार भवा कि तान तोड़ै लाग? राम जानै, रात के कैसन एकरा दीदा लागत है!"

मारे डर के कि कहीं घेघा बुआ सारा कूड़ा उसी के सिर पर न फेंक दें, मिरवा थोड़ा खिसक गया और ज्यों ही घेघा बुआ अंदर गईं कि फिर चौतरे की सीढ़ी पर बैठ पैर झुलाते हुए उसने उलटा-सुलटा गाना शुरू किया, "तुमे बछ याद कलते अम, छनम तेली कछम!" मिरवा की आवाज सुनकर जाने कहाँ से झबरी कुतिया भी कान-पूँछ झटकारते आ गई और नीचे सड़क पर बैठकर मिरवा का गाना बिल्कुल उसी अंदाज में सुनने लगी जैसे हिज मास्टर्स वायस के रिकॉर्ड पर तसवीर बनी होती है।

अभी सारी गली में सन्नाटा था। सबसे पहले मिरवा (असली नाम मिहिरलाल) जागता था और आँख मलते-मलते घेघा बुआ के चौतरे पर आ बैठता था। उसके बाद झबरी कुतिया, फिर मिरवा की छोटी बहन मटकी और उसके बाद एक-एक कर गली के तमाम बच्चे—खोंचेवाली का लड़का मेवा, ड्राइवर साहब की लड़की निरमल, मनीजर साहब के मुन्ना बाबू—सभी आ जुटते थे। जब से गुलकी ने घेघा बुआ के चौतरे पर तरकारियों की दुकान रखी थी, तब से यह जमावड़ा वहाँ होने लगा था। उससे पहले बच्चे हकीमजी के चौतरे पर खेलते थे। धूप निकलते गुलकी सट्टी से तरकारियाँ खरीदकर अपनी कुबड़ी पीठ पर लादे, डंडा टेकती आती और अपनी दुकान फैला देती। मूली, नीबू, कद्दू, लौकी, घिया-बंडा, कभी-कभी सस्ते फल! मिरवा और मटकी जानकी उस्ताद के बच्चे थे,जो एक भयंकर रोग में गल-गलकर मरे थे और दोनों बच्चे भी विकलांग, विक्षिप्त और रोगग्रस्त पैदा हुए थे। सिवा झबरी कुतिया के और कोई उनके पास नहीं बैठता था और सिवा गुलकी के कोई उन्हें अपनी देहरी या दुकान पर चढ़ने नहीं देता था।

आज भी गुलकी को आते देखकर सबसे पहले मिरवा गाना छोड़कर बोला, ''छलाम गुलकी!'' और मटकी अपने बढ़ी हुई तिल्लीवाले पेट पर से खिसकता हुआ जाँघिया सँभालते हुए बोली, ''एक ठो मूली दै देव! ए गुलकी!''

गुलकी पता नहीं किस बात से खीजी हुई थी कि उसने मटकी को झिड़क दिया और अपनी दुकान लगाने लगी। झबरी भी पास गई कि गुलकी ने डंडा उठाया। दुकान लगाकर वह अपनी कुबड़ी पीठ दुहराकर बैठ गई और जाने किसे बुड़बुड़ाकर गालियाँ देने लगी। मटकी एक क्षण चुपचाप खड़ी रही, फिर उसने रट लगाना शुरू किया, ''एक मूली! ए गुलकी! एक··· ।''

गुलकी ने फिर झिड़का तो चुप हो गई और अलग हटकर लोलुप नेत्रों से सफेद धुली हुई मूलियों को देखने लगी। इस बार वह बोली नहीं। चुपचाप उन मूलियों की ओर हाथ बढ़ाया ही था कि गुलकी चीखी, ''हाथ हटाओ! छूना मत। कोढ़िन कहीं की! कहीं खाने-पीने की चीज देखी तो जोंक की तरह चिपक गई। चल उधर!''

मटकी पहले तो पीछे हटी, पर फिर उसकी तृष्णा ऐसी अदज़्य हो गई कि उसने हाथ बढ़ाकर एक मूली खींच ली। गुलकी का मुँह तमतमा उठा और उसने बाँस की खपच्ची उठाकर उसके हाथ पर चट से दे मारी! मूली नीचे जा गिरी और ''हाय! हाय! हाय!'' कर दोनों हाथ झटकती हुई मटकी पाँव पटक-पटककर रोने लगी।

''जावो, अपने घर रोओ। हमारी दुकान पर मरने को गली भर के बच्चे हैं।'' गुलकी चीखी।

''दुकान दैकै हम बिपता मोल लै लिया। छन भर पूजा-भजन में भी कचरधाँव मची रहती है!'' अंदर से घेघा बुआ ने स्वर मिलाया।

खासा हंगामा मच गया कि इतने में झबरी भी खड़ी हो गई और लगी उदाज़ स्वर में भूँकने। 'लेज़्ट राइट! लेज़्ट राइट।' चौराहे पर तीन-चार बच्चों का जुलूस चला आ रहा था। आगे-आगे दर्जा 'ब' में पढ़नेवाले मुन्ना बाबू नीम की संटी को झंडे की तरह थामे जुलूस का नेतृत्व कर रहे थे, पीछे थे मेवा और निरमल। जुलूस आकर दुकान के सामने रुक गया। गुलकी सतर्क हो गई। दुश्मन की ताकत बढ़ गई थी।

मटकी सिसकते-सिसकते बोली, ''हमके गुलकी मारित है। हाय, हाय! हमके नरिया में ढकेल दिहिस। अरे बाप रे!'' निरमल, मेवा, मुन्ना सब पास आकर उसकी चोट देखने लगे। फिर मुन्ना ने ढकेलकर सबको पीछे हटा दिया और संटी लेकर तनकर खड़े हो गए, ''किसने मारा है इसे?''

''हम मारा है!'' कुबड़ी गुलकी ने बड़े कष्ट से खड़े होकर कहा, ''का करोगे? हमें मारोगे?''

''मारेंगे क्यों नहीं?'' मुन्ना बाबू ने अकड़कर कहा।

गुलकी इसका कुछ जवाब देती कि बच्चे पास घिर आए। मटकी ने जीभ निकालकर मुँह बिराया। मेवा ने पीछे जाकर कहा, "ए कुबड़ी, ए कुबड़ी, अपना कूबड़ दिखाओ!" और एक मुट्ठी धूल उसकी पीठ पर छोड़कर भागा।

गुलकी का मुँह तमतमा आया और रुँधे गले से कराहते हुए उसने पता नहीं क्या कहा, किंतु उसके चेहरे पर भय की छाया बहुत गहरी हो गई थी। बच्चे सब एक-एक मुट्ठी धूल लेकर शोर मचाते हुए दौड़े कि अकस्मात् घेघा बुआ का स्वर सुनाई पड़ा, "ए मुन्ना बाबू,जात हो कि अबहिन बहिनजी का बुलवाय के दुइ-चार कनेठी दिलवाई!"

"जाते तो हैं!" मुन्ना ने अकड़ते हुए कहा, "ए मिरवा, बिगुल बजाओ।"

मिरवा ने दोनों हाथ मुँह पर रखकर कहा, "धुतु-धुतु-धू!"

जुलूस चल पड़ा। कप्तान ने नारा लगाया—

"अपने देस में अपना राज!

गुलकी की दुकान बाईकाट!"

नारा लगाते हुए जुलूस गली में मुड़ गया। कुबड़ी ने आँसू पोंछे, तरकारी पर से धूल झाड़ी और साग पर पानी के छींटे देने लगी।

गुलकी की उम्र ज्यादा नहीं थी। यही हद-से-हद पच्चीस-छब्बीस, पर चेहरे पर झुर्रियाँ आने लगी थीं और कमर के पास से वह इस तरह दोहरी हो गई थी, जैसे अस्सी वर्ष की बुढ़िया हो। बच्चों ने जब पहली बार उसे मुहल्ले में देखा तो उन्हें ताज्जुब भी हुआ और थोड़ा भय भी। कहाँ से आई? कैसे आ गई? पहले कहाँ थी? इसका उन्हें कुछ अनुमान नहीं था। निरमल ने जरूर अपनी माँ को उसके पिता ड्राइवर से रात को कहते हुए सुना, "यह मुसीबत और खड़ी हो गई। मरद ने निकाल दिया तो हम थोड़े ही यह ढोल गले बाँधेंगे। बाप अलग हम लोगों का रुपया खा गया। सुना, चल बसा तो डरी कि कहीं मकान हम लोग न दखल कर लें और मरद को छोड़कर चली आई। खबरदार, जो चाभी दी तुमने!"

"क्या छोटेपन की बात करती हो! रुपया उसके बाप ने ले लिया तो क्या हम उसका मकान मार लेंगे? चाभी हमने दे दी है। दस-पाँच दिन का नाज-पानी भेज दो उसके यहाँ।"

"हाँ-हाँ, सारा घर उठा के भेज देव। सुन रही हो, घेघा बुआ!"

"तो का भवा, बहू? अरे, निरमल के बाबू से तो एकरे बाप की दाँत काटी रही।" घेघा बुआ की आवाज आई, "बेचारी बाप की अकेली संतान रही। एही के बियाह में मटियामेट हुइ गवा। पर ऐसे कसाई के हाथ में दिहिस कि पाँचै बरस में कूबड़ निकर आवा।"

"साला यहाँ आवे तो हंटर से खबर लूँ मैं।" ड्राइवर साहब बोले, "पाँच बरस

बाद बाल-बच्चा हुआ। अब मरा हुआ बच्चा पैदा हुआ तो उसमें इसका क्या कसूर। साले ने सीढ़ी से ढकेल दिया। जिंदगी भर के लिए हड्डी खराब हो गई न! अब कैसे गुजारा हो उसका?''

''बेटवा, एको दुकान खुलवाय देव। हमरा चौतरा खाली पड़ा है। यही रुपया-दुइ रुपया किराया दै देवा करै, दिन भर अपना सौदा लगाय ले। हम का मना करित हैं? एत्ता बड़ा चौतरा मुहल्लेवालन के काम न आई तो का हम छाती पर धै लै जाब! पर हाँ, मुला रुपया दै देवा करै।''

दूसरे दिन यह सनसनीखेज खबर बच्चों में फैल गई। वैसे तो हकीमजी का चबूतरा बड़ा था, पर वह कच्चा था, उस पर छाजन नहीं थी। बुआ का चौतरा लंबा था। उस पर पत्थर जड़े थे। लकड़ी के खंभे थे। उस पर टीन छाई थी। कई खेलों की सुविधा थी। खंभों के पीछे किल-किल काँटे की लकीरें खींची जा सकती थीं। एक टाँग से उचक-उचककर बच्चे चिबिड्डी खेल सकते थे। पत्थर पर लकड़ी का पीढ़ा रखकर, नीचे से मुड़ा हुआ तार घुमाकर रेलगाड़ी चला सकते थे। जब गुलकी ने अपनी दुकान के लिए चबूतरों के खंभों में बाँस बाँधे तो बच्चों को लगा कि उनके साम्राज्य में किसी अज्ञात शत्रु ने आकर किलेबंदी कर ली है। वे सहमे हुए दूर से कुबड़ी गुलकी को देखा करते थे। निरमल ही उसकी एकमात्र संवाददाता थी और निरमल का एकमात्र विश्वस्त सूत्र था उसकी माँ। उसने जो सुना था, उसके आधार पर निरमल ने सबको बताया था कि यह चोर है। इसका बाप सौ रुपया चुराकर भाग गया। यह भी उसके घर का सारा रुपया चुराने आई है।

''रुपया चुराएगी तो यह भी मर जाएगी।'' मुन्ना ने कहा, ''भगवान् सबको दंड देता है।''

निरमल बोली, ''ससुराल में भी रुपए चुराए होंगे।''

मेवा बोला, ''अरे, कूबड़ थोड़े है! ओही रुपया बाँधे है पीठ पर। मनसेधू का रुपया है।''

''सचमुच?'' निरमल ने अविश्वास से कहा।

''और नहीं क्या! कूबड़ थोड़े है। है तो दिखावै।''

मुन्ना द्वारा उत्साहित होकर मेवा पूछने ही जा रहा था कि देखा, साबुनवाली सत्ती खड़ी बात कर रही है गुलकी से। कह रही थी, ''अच्छा किया तुमने! मेहनत से दुकान करो। अब कभी थूकने भी न जाना उसके यहाँ। हरामजादा, दूसरी औरत कर ले, चाहे दस और कर ले। सबका खून उसी के मत्थे चढ़ेगा। यहाँ कभी आवे तो कहलाना मुझसे। इसी चाकू से दोनों आँखें निकाल लूँगी!''

बच्चे डरकर पीछे हट गए। चलते-चलते सत्ती बोली, ''कभी रुपए-पैसे की

जरूरत हो तो बताना, बहिना!''

कुछ दिन बच्चे डरे रहे। पर अकस्मात् उन्हें यह सूझा कि सज़ी को यह कुबड़ी डराने के लिए बुलाती है। इसने उसके गुस्से में आग में घी का काम किया। पर कर क्या सकते थे। अंत में उन्होंने एक तरीका ईजाद किया। वे एक बुढ़िया का खेल खेलते थे। उसको उन्होंने संशोधित किया। मटकी को लैमनजूस देने का लालच देकर कुबड़ी बनाया गया। वह उसी तरह पीठ दोहरी करके चलने लगी। बच्चों ने सवाल-जवाब शुरू किए—

''कुबड़ी-कुबड़ी का हेराना?''

''सुई हेरानी।''

''सुई लैके का करबे?''

''कंथा सीबै!''

''कंथा सीके का करबे?''

''लकड़ी लाबै!''

''लकड़ी लाय के का करबे?''

''भात पकइबे!''

''भात पकाय के का करबे?''

''भात खाबै!''

''भात के बदले लात खाबे।''

और इससे पहले कि कुबड़ी बनी हुई मटकी कुछ कह सके, वे उसे जोर से लात मारते और मटकी मुँह के बल गिर पड़ती। उसकी कुहनियाँ और घुटने छिल जाते, आँख में आँसू आ जाते और ओठ दबाकर वह रुलाई रोकती।

बच्चे खुशी से चिल्लाते, ''मार डाला कुबड़ी को! मार डाला कुबड़ी को!''

गुलकी यह सब देखती और मुँह फेर लेती।

एक दिन जब इसी प्रकार बच्चे मटकी को कुबड़ी बनाकर गुलकी की दुकान के सामने ले गए तो इससे पहले कि मटकी जवाब दे, उन्होंने अनचिज़े में इतनी जोर से ढकेला कि वह कुहनी भी न टेक सकी और सीधे मुँह के बल गिरी। नाक, ओठ और भौंह खून से लथपथ हो गए। वह 'हाय, हाय!' कर इस बुरी तरह चीखी कि लड़के ''कुबड़ी मर गई!'' चिल्लाते हुए भी सहम गए और हतप्रभ हो गए।

अकस्मात् उन्होंने देखा कि गुलकी उठी। वे जान छोड़कर भागे। पर गुलकी उठकर आई। मटकी को गोद में लेकर पानी से उसका मुँह धोने लगी और धोती से खून पोंछने लगी। बच्चों ने पता नहीं क्या समझा कि वह मटकी को मार रही है या क्या कर रही है कि वे अकस्मात् उस पर टूट पड़े। गुलकी की चीखें सुनकर मुहल्ले के लोग

आए तो उन्होंने देखा कि गुलकी के बाल बिखरे हैं, दाँत से खून बह रहा है, अधउघारी चबूतरे के नीचे पड़ी है और सारी तरकारी सड़क पर बिखरी है।

घेघा बुआ ने उसे उठाया, धोती ठीक की और बिगड़कर बोलीं, ''औकात रत्ती भर नै, और तेहा पौवा भर। आपन बखत देख के चुप नै रहा जात। काहे लड़कन के मुँह लगत हो?''

लोगों ने पूछा तो कुछ नहीं बोली, जैसे उसे पाला मार गया हो। उसने चुपचाप अपनी दुकान ठीक की, दाँत से खून पोंछा, कुल्ला किया और बैठ गई।

उसके बाद अपने उस कृत्य से बच्चे जैसे खुद सहम गए थे। बहुत दिन तक वे शांत रहे। आज जब मेवा ने उसकी पीठ पर धूल फेंकी तो जैसे उसे खून चढ़ गया, पर फिर न जाने वह क्या सोचकर चुप रह गई और जब नारा लगाते हुए जुलूस गली में मुड़ गया तो उसने आँसू पोंछे, पीठ पर से धूल झाड़ी और साग पर पानी छिड़कने लगी।

''लड़के का हैं, गल्ली के राच्छस हैं!'' घेघा बुआ बोलीं।

''अरे, उन्हें काहे कहो, बुआ! हमारा भाग ही खोटा है!'' गुलकी ने गहरी साँस लेकर कहा।

□

इस बार जो झड़ी लगी तो पाँच दिन तक लगातार सूरज के दर्शन नहीं हुए। बच्चे सब घर में कैद थे और गुलकी कभी दुकान लगाती थी, कभी नहीं। राम-राम करके छठे दिन तीसरे पहर झड़ी बंद हुई। बच्चे हकीमजी के चौतरे पर जमा हो गए। मेवा बिलबोटी बीन लाया था और निरमल ने टपकी हुई निमकौड़ियाँ बीनकर दुकान लगा ली थी और गुलकी की तरह आवाज लगा रही थी, ''ले खीरा, आलू, मूरी, घिया, बंडा!'' थोड़ी देर में काफी शिशु-ग्राहक दुकान पर जुट गए। अकस्मात् शोरगुल को चीरता हुआ बुआ के चौतरे से गीत का स्वर उठा। बच्चों ने घूमकर देखा, मिरवा और मटकी गुलकी की दुकान पर बैठे हैं। मटकी खीरा खा रही है और मिरवा झबरी का सिर अपनी गोद में रखे बिल्कुल उसकी आँखों में आँखें डालकर गा रहा है।

तुरंत मेवा गया और पता लगाकर लाया कि गुलकी ने दोनों को एक-एक अधन्ना दिया है और दोनों मिलकर झबरी कुतिया के कीड़े निकाल रहे हैं। चौतरे पर हलचल मच गई और मुन्ना ने कहा, ''निरमल! मिरवा-मटकी को एक भी निमकौड़ी मत देना। रहें उसी कुबड़ी के पास।''

''हाँ जी!'' निरमल ने आँख चमकाकर गोल मुँह करके कहा, ''हमार अज़्माँ कहत रहीं, उन्हें छुयो न। न साथ खायो, न खेलो। उन्हें बड़ी बुरी बीमारी है। आक थू!'' मुन्ना ने उनकी ओर देखकर उबकाई जैसा मुँह बनाकर थूक दिया।

गुलकी बैठी-बैठी सब समझ रही थी और जैसे इस निरर्थक घृणा में उसे कुछ

रस-सा आने लगा था। उसने मिरवा से कहा, "तुम दोनों मिल के गाओ तो एक अधन्ना दें। खूब जोर से!"

भाई-बहन दोनों ने गाना शुरू किया, "माल कताली मल जाना, पल अकियाँ किछी से···।"

अकस्मात् पटाक से दरवाजा खुला और एक लोटा पानी दोनों के ऊपर फेंकती हुई घेघा बुआ गरजीं, "दुर कलमुँहे। अबहिन बिज़ौ भर के नाहीं ना और पतुरियन के गाना गावै लगे। न बहन का खयाल, न बिटिया का। और ए कुबड़ी, हम तुहूँ से कहे देइत है कि हम चकलाखाना खोलै के बरे अपना चौतरा नहीं दिया रहा। हुँह! चली हुँआ से मुजरा कराबै।"

गुलकी ने पानी उधर छिटकाते हुए कहा, "बुआ, बच्चे हैं, गा रहे हैं। कौन कसूर हो गया?"

"ऐ हाँ! बच्चे हैं। तुहूँ तो दूध पियत बच्ची हौ। कह दिया कि जबान न लड़ायो हमसे, हाँ! हम बहुतै बुरी हैं। एक तो पाँच महीने से किराया नाहीं दियो और हियाँ दुनिया भर के अंधे-कोढ़ी बटुरे रहत हैं। चलौ, उठाओ अपनी दुकान हियाँ से। कल से न देखी हियाँ तुज़्हें। राम-राम! सब अधरम की संतान राच्छस पैदा भए हैं मुहल्ले में! धरतियौ नाहीं फाटत कि मर-बिलाय जायँ।"

गुलकी सन्न रह गई। उसने किराया सचमुच पाँच महीने से नहीं दिया था। बिक्री नहीं थी। मुहल्ले में कोई उससे कुछ लेता ही नहीं था। पर इसके लिए बुआ निकाल देंगी, यह उसे कभी आशा नहीं थी। वैसे ही महीने में बीस दिन वह भूखी सोती थी। धोती में दस-दस पैबंद थे। मकान गिर चुका था। एक दालान में थोड़ी सी जगह में वह सो जाती थी, पर दुकान तो वहाँ रखी नहीं जा सकती। उसने चाहा कि वह बुआ के पैर पकड़ ले, मिन्नत कर ले; पर बुआ ने जितनी जोर से दरवाजा खोला था, उतनी ही जोर से बंद कर दिया। जब से चौमासा आया था, पुरवाई बही थी, उसकी पीठ में भयानक पीड़ा उठती थी। उसके पाँव काँपते थे। सट्टी में उस पर उधार बुरी तरह चढ़ गया था। पर अब होगा क्या? वह मारे खीज के रोने लगी।

इतने में कुछ खटपट हुई और उसने घुटनों से मुँह उठाकर देखा कि मौका पाकर मटकी ने एक ताजा फूट निकाल लिया है और मरभुखी की तरह उसे हबर-हबर खाती जा रही है। एक क्षण वह उसके फूलते-पचकते पेट को देखती रही, फिर खयाल आते ही कि फूट पूरे दस पैसे का है, वह उबल पड़ी और सड़ासड़ तीन-चार खपच्ची मारते हुए बोली, "चोट्टी! कुतिया! तोरे बदन में कीड़ा पड़े!" मटकी के हाथ से फूट गिर पड़ा, पर वह नाली में से फूट के टुकड़े उठाते हुए भागी। न रोई, न चीखी, क्योंकि मुँह में भी फूट भरा था। मिरवा हक्का-बक्का इस घटना को देख रहा था कि गुलकी उसी

पर बरस पड़ी। सड़-सड़ उसने मिरवा को मारना शुरू किया, "भाग यहाँ से हरामजादे!"

मिरवा दर्द से तिलमिला उठा, "हमला पइछा देव तो जाई।"

"देते हैं पैसा, ठहर तो।" सड़, सड़! रोता हुआ मिरवा चौतरे की ओर भागा।

निरमल की दुकान पर सन्नाटा छाया था। सब चुप उसी ओर देख रहे थे। मिरवा ने आकर कुबड़ी की शिकायत मुन्ना से की। मुन्ना चुप रहा, फिर मेवा की ओर घूमकर बोला, "मेवा, बता दो इसे!" मेवा पहले हिचकिचाया, फिर बड़ी मुलायमियत से बोला, "मिरवा, तुझें बीमारी हुई है न! तो हम लोग अब तुझें नहीं छुएँगे, साथ नहीं खिलाएँगे। तुम उधर बैठ जाओ।"

"हम बिमाल हैं, मुन्ना?"

मुन्ना कुछ पिघला, "हाँ, हमें छुओ मत। निमकौड़ी खरीदना हो तो उधर बैठ जाओ, हम दूर से फेंक देंगे। समझे!"

मिरवा समझ गया। सिर हिलाया और अलग जाकर बैठ गया। मेवा ने निमकौड़ी उसके पास रख दी और वह चोट भूलकर पकी निमकौड़ी का बीजा निकालकर छीलने लगा।

इतने में ऊपर से घेघा बुआ की आवाज आई, "ऐ मुन्ना! तई तू लोग परे हो जाओ! अबहिन पानी गिरी ऊपर से!" बच्चों ने ऊपर देखा। तिछज़े पर घेघा बुआ कछोटा मारे पानी में छप-छप करती घूम रही थीं। कूड़े से तिछज़े की नाली बंद थी और पानी भरा था। जिधर बुआ खड़ी थीं, उसके ठीक नीचे गुलकी का सौदा था। बच्चे वहीं से दूर थे, पर गुलकी को सुनाने के लिए बात बच्चों से कही गई थी। गुलकी कराहती हुई उठी। कूबड़ की वजह से वह तनकर तिछज़े की ओर देख भी नहीं सकती थी। उसने धरती की ओर देखकर ऊपर बुआ से कहा, "इधर की नाली काहे खोल रही हो? उधर की खोलो न!"

"काहे उधर की खोली! उधर हमार चौका है कि नै!"

"इधर हमारा सौदा लगा है।"

"ऐ है!" बुआ हाथ चमकाकर बोलीं, "सौदा लगा है रानी साहब का! किराया देय के दाईं हियाव फाटत है और टर्राय के दाईं नटई में गामा पहिलवान का जोर तो देखो! सौदा लगा है तो हम का करी। नारी तो इहै खुली!"

"खोलो तो देखें!" अकस्मात् गुलकी ने तड़पकर कहा। आज तक किसी ने उसका वह स्वर नहीं सुना था, "पाँच महीने का दस रुपया नहीं दिया बेशक, पर हमारे घर की धन्नी निकाल के बसंतू के हाथ किसने बेचा? तुमने! पच्छिम ओर का दरवाजा चिरवा के किसने जलवाया? तुमने। हम गरीब हैं। हमारा बाप नहीं है। सारा मुहल्ला हमें मिल के मार डालो।"

"हमें चोरी लगाती है। अरे, कल की पैदा हुई।" बुआ मारे गुस्से के खड़ी बोली बोलने लगी थीं।

बच्चे चुप खड़े थे। वे कुछ-कुछ सहमे हुए थे। कुबड़ी का यह रूप उन्होंने कभी न देखा, न सोचा था।

"हाँ! हाँ! हाँ! तुमने, ड्राइवर चाचा ने, चाची ने—सबने मिलके हमारा मकान उजाड़ा है। अब हमारी दुकान बहाय देव। देखेंगे हम भी, निरबल के भी भगवान् हैं!"

"ले! ले! ले! भगवान् हैं तो ले!" और बुआ ने पागलों की तरह दौड़कर नाली में जमा कूड़ा लकड़ी से ठेल दिया। छह इंच मोटी गंदे पानी की धार धड़-धड़ करती हुई उसकी दुकान पर गिरने लगी। तरोइयाँ पहले नाली में गिरीं, फिर मूली, खीरे, साग, अदरक उछल-उछलकर दूर जा गिरे। गुलकी आँख फाड़े पागल-सी देखती रही और फिर दीवार पर सिर पटककर हृदय-विदारक स्वर में डकराकर रो पड़ी, "अरे मोर बाबू, हमें काहे छोड़ गए! अरे मोरी माई, पैदा होते ही हमें क्यों नहीं मार डाला! अरे धरती मैया, हमें काहे नहीं लील लेती!"

सिर खोले, बाल बिखेरे छाती कूट-कूटकर वह रो रही थी और तिछज़े का पिछले नौ दिन का जमा पानी धड़-धड़ गिर रहा था।

बच्चे चुप खड़े थे। अब तक जो हो रहा था, उनकी समझ में आ रहा था। पर आज यह क्या हो गया, यह उनकी समझ में नहीं आ सका, पर वे कुछ बोले नहीं। सिर्फ मटकी उधर गई और नाली में बहता हुआ एक मोटा हरा खीरा निकालने लगी कि मुन्ना ने डाँटा, "खबरदार! जो कुछ चुराया।" मटकी पीछे हट गई। वे सब किसी अप्रत्याशित भय, संवेदना या आशंका से जुड़-बटुरकर खड़े हो गए। सिर्फ मिरवा अलग सिर झुकाए खड़ा था। झींसी फिर पड़ने लगी थी और वे एक-एक कर अपने घर चले गए।

दूसरे दिन चौतरा खाली था। दुकान का बाँस उखड़वाकर बुआ ने नाँद में गाड़कर उस पर तुरई की लतर चढ़ा दी थी। उसी दिन बच्चे आए, पर उनकी हिज़्मत चौतरे पर जाने की नहीं हुई, जैसे वहाँ कोई मर गया हो। बिल्कुल सुनसान चौतरा था और फिर तो ऐसी झड़ी लगी कि बच्चों का निकलना बंद। चौथे या पाँचवें दिन रात को भयानक वर्षा तो हो ही रही थी, पर बादल भी ऐसे गरज रहे थे कि मुन्ना अपनी खाट से उठकर अपनी माँ के पास घुस गया। बिजली चमकते ही जैसे कमरा रोशनी से नाच-नाच उठता था। छत पर बूँदों की पटर-पटर कुछ धीमी हुई। थोड़ी हवा भी चली और पेड़ों का हरहर सुनाई पड़ा कि इतने में धड़-धड़-धड़ धड़ाम! भयानक आवाज हुई। माँ भी चौंक पड़ी, पर उठी नहीं। मुन्ना आँखें खोले अँधेरे में ताकने लगा।

सहसा लगा, मुहल्ले में कुछ लोग बातचीत कर रहे हैं। घेघा बुआ की आवाज सुनाई पड़ी, "किसका मकान गिरा है रे?"

"गुलकी का!" किसी का दूरागत उज़्र आया।

"अरे बाप रे! दब गई क्या?"

"नहीं, आज तो मेवा की माँ के यहाँ सोई है!"

मुन्ना लेटा था और उसके ऊपर अँधेरे में यह सवाल-जवाब इधर से उधर और उधर से इधर जा-आ रहे थे। वह फिर काँप उठा, माँ के पास घुस गया और सोते-सोते उसने साफ सुना—कुबड़ी फिर उसी तरह रो रही है, गला फाड़कर रो रही है! कौन जाने मुन्ना के ही आँगन में बैठकर रो रही हो! नींद में वह स्वर कभी दूर तो कभी पास आता हुआ ऐसा लग रहा है जैसे कुबड़ी मुहल्ले के हर आँगन में जाकर रो रही है, पर कोई सुन नहीं रहा, सिवा मुन्ना के।

□

बच्चों के मन में कोई बात इतनी गहरी लकीर नहीं बनाती कि उधर से उनका ध्यान हटे ही नहीं। सामने गुलकी थी तो वह एक समस्या थी, पर उसकी दुकान हट गई, फिर वह जाकर साबुनवाली सत्ती के गलियारे में सोने लगी और दो-चार घर से माँग-मूँगकर खाने लगी। उस गली में दिखती ही नहीं थी। बच्चे भी दूसरे कामों में व्यस्त हो गए। अब जाड़े आ रहे थे। उनका जमावड़ा सुबह न होकर तीसरे पहर होता था। जमा होने के बाद जुलूस निकलता था और जिस जोशीले नारे से गली गूँज उठती थी, वह था, "घेघा बुआ को वोट दो।" पिछले दिनों म्युनिसिपैलिटी का चुनाव हुआ था और उसी में बच्चों ने यह नारा सीखा था। वैसे, कभी-कभी बच्चों में दो पार्टियाँ भी होती थीं, पर दोनों को घेघा बुआ से अच्छा उम्मीदवार कोई नहीं मिलता था। अत: दोनों गला फाड़-फाड़कर उनके ही लिए वोट माँगती थीं।

उस दिन जब घेघा बुआ के धैर्य का बाँध टूट गया और नई-नई गालियों से विभूषित अपनी पहली एलेक्शन स्पीच देने ज्यों ही चौतरे पर अवतरित हुईं कि उन्हें डाकिया आता हुआ दिखाई पड़ा। वे अचकचाकर रुक गईं। डाकिये के हाथ में एक पोस्टकार्ड था और वह गुलकी को ढूँढ़ रहा था। बुआ ने लपककर पोस्टकार्ड लिया, एक साँस में पढ़ गईं। उनकी आँखें मारे अचरज के फैल गईं और डाकिये को यह बताकर कि गुलकी सत्ती साबुनवाली के ओसारे में रहती है, वे झट से दौड़ी-दौड़ी निरमल की माँ, ड्राइवर की पत्नी के यहाँ गईं। बड़ी देर तक दोनों में सलाह-मशविरा होता रहा। अंत में बुआ आईं और उन्होंने मेवा को भेजा, "जा, गुलकी को बुलाय ला!"

पर जब मेवा लौटा तो उसके साथ गुलकी नहीं वरन् सत्ती साबुनवाली थी और सदा की भाँति इस समय भी उसकी कमर से वह काले बेंट का चाकू लटक रहा था, जिससे वह साबुन की टिक्की काटकर दुकानदारों को देती थी। उसने आते ही भौंह

सिकोड़कर बुआ को देखा और कड़े स्वर में बोली, "क्यों बुलाया है गुलकी को? तुम्हारा दस रुपए किराया बाकी था, तुमने पंद्रह रुपए का सौदा उजाड़ दिया! अब क्या काम है?"

"अरे! राम, राम! कैसा किराया, बेटी? अंदर आओ, अंदर आओ!" बुआ के स्वर में असाधारण मुलायमियत थी। सत्ती के अंदर जाते ही बुआ ने फटाक् से किवाड़ बंद कर लिये। बच्चों का कौतूहल बहुत बढ़ गया था। बुआ के चौके में एक झँझरी थी। सब बच्चे वहाँ पहुँचे और आँख लगाकर कनपटियों पर दोनों हथेलियाँ रखकर घंटीवाला बाइसकोप देखने की मुद्रा में खड़े हो गए।

अंदर सत्ती गरज रही थी, "बुलाया है तो बुलाने दो। क्यों जाए गुलकी? अब बड़ा खयाल आया है, इसलिए कि उसकी रखैल को बच्चा हुआ है तो जाके गुलकी झाड़ू-बुहारू करे, खाना बनाए, बच्चा खिलाए और वह मरद का बच्चा गुलकी की आँख के आगे रखैल के साथ गुलछर्रे उड़ाए!"

निरमल की माँ बोलीं, "अरे बिटिया, पर गुजर तो अपने आदमी के साथ करेगी न! जब उसकी पत्री आई है तो गुलकी को जाना चाहिए और मरद तो मरद। एक रखैल छोड़ दुइ-दुइ रखैल रख ले तो औरत उसे छोड़ देगी? राम-राम!"

"नहीं, छोड़ नहीं देगी तो जाय कै लात खाएगी?" सत्ती बोली।

"अरे बेटा!" बुआ बोलीं, "भगवान् रहें न? तौन मथुरापुरी में कुब्जा दासी के लात मारिन तो ओकर कूबर सीधा हुइ गवा। पती तो भगवान् है, बिटिया! ओका जाय देव!"

"हाँ-हाँ, बड़ी हितू न बनिए! उसके आदमी से आप लोग मुफ्त में गुलकी का मकान झटकना चाहती हैं। मैं सब समझती हूँ।"

निरमल की माँ का चेहरा जर्द पड़ गया। पर बुआ ने ऐसी कच्ची गोली नहीं खेली थी। वे डपटकर बोलीं, "खबरदार जो कच्ची जबान निकाल्यो! तुम्हारा चरित्तर कौन नै जानत! ओही छोकरा मानिक···"

"जबान खींच लूँगी!" सत्ती गला फाड़कर चीखी, "जो आगे हरुफ कहा।" और उसका हाथ अपने चाकू पर गया।

"अरे! अरे! अरे···" बुआ सहमकर दस कदम पीछे हट गईं, "तो का खून करबो का, कतल करबो का?"

सत्ती जैसे आई थी, वैसे ही चली गई।

☐

तीसरे दिन बच्चों ने तय किया कि होरी बाबू के कुएँ पर चलकर बर्रें पकड़ी जाएँ। उन दिनों उनका जहर शांत रहता है। बच्चे उन्हें पकड़कर उनका छोटा सा काला

डंक निकाल लेते और फिर डोरी में बाँधकर उन्हें उड़ाते हुए घूमते। मेवा, निरमल और मुन्ना एक-एक बर्र उड़ाते हुए जब गली में पहुँचे तो देखा, बुआ के चौतरे पर टीन की कुरसी डाले कोई आदमी बैठा है। उसकी अजब शक्ल थी। कान पर बड़े-बड़े बाल, मिचमिची आँखें, मोछा और तेल से चुचुआते हुए बाल। कमीज और धोती पर पुराना बदरंग बूट।

मटकी हाथ फैलाए कह रही है, ''एक डबल दै देव! ए, दै देव ना!'' मुन्ना को देखकर मटकी ताली बजा-बजाकर कहने लगी, ''गुलकी का मनसेधू आवा है। ए मुन्ना बाबू! ई कुबड़ी का मनसेधू है।'' फिर उधर मुड़कर, ''एक डबल दै देव।''

तीनों बच्चे कौतूहल में रुक गए। इतने में निरमल की माँ एक गिलास में चाय भरकर लाई और उसे देते-देते निरमल के हाथ में बर्रे देखकर उसे डाँटने लगी। फिर बर्रे छुड़ाकर निरमल को पास बुलाया और बोली, ''बेटा, ई हमारी निरमला है। ए निरमल, जीजाजी हैं, हाथ जोड़ो! बेटा, गुलकी हमारी जात-बिरादरी की नहीं है तो का हुआ, हमारे लिए जैसे निरमल वैसे गुलकी। अरे, निरमल के बाबू और गुलकी के बाप की दाँत काटी रही। एक मकान बचा है उनकी चिन्हारी, और का!'' एक गहरी साँस लेकर निरमल की माँ ने कहा।

''अरे, तो का उन्हें कोई इनकार है!'' बुआ आ गई थीं, ''अरे, सौ रुपए तुम देवै किए रह्यू, चलो, तीन सौ और दै देव। अपने नाम कराय लेव!''

''पाँच सौ से कम नहीं होगा!'' उस आदमी का मुँह खुला, एक वाक्य निकला और मुँह फिर बंद हो गया।

''भवा, भवा! ऐ बेटा! दामाद हौ, पाँच सौ कहबौ तो का निरमल की माँ को इनकार है!''

अकस्मात् वह आदमी उठकर खड़ा हो गया। आगे-आगे सज़ी चली आ रही थी, पीछे-पीछे गुलकी। सज़ी चौतरे के नीचे खड़ी हो गई। बच्चे दूर हट गए। गुलकी ने सिर उठाकर देखा और अचकचाकर, सिर पर पल्ला डालकर माथे तक खींच लिया। सज़ी दो-एक क्षण उसकी ओर एकटक देखती रही और फिर गरजकर बोली, ''यही कसाई है! गुलकी, आगे बढ़कर मार दो चपोटा इसके मुँह पर! खबरदार जो कोई बोला!''

बुआ चट से देहरी के अंदर हो गईं। निरमल की माँ की जैसे घिग्घी बँध गई और वह आदमी हड़बड़ाकर पीछे हटने लगा।

''बढ़ती क्यों नहीं, गुलकी! बड़ा आया वहाँ से बिदा कराने!''

गुलकी आगे बढ़ी। सब सन्न थे। सीढ़ी चढ़ी। उस आदमी के चेहरे पर हवाइयाँ उड़ने लगीं। गुलकी चढ़ते-चढ़ते रुकी, सज़ी की ओर देखा, ठिठकी, अकस्मात् लपकी और फिर उस आदमी के पाँव पर गिर के फफक-फफककर रोने लगी, ''हाय! हमें

काहे को छोड़ दियौ! तुम्हारे सिवा हमारा लोक-परलोक और कौन है! अरे, हमरे मरै पर कौन चुल्लू भर पानी चढ़ाई।''

सज़ी का चेहरा स्याह पड़ गया। उसने बड़ी हिकारत से गुलकी की ओर देखा और गुस्से में थूक निगलते हुए कहा, ''कुतिया!'' और तेजी से चली गई।

निरमल की माँ और बुआ गुलकी के सिर पर हाथ फेर-फेरकर कह रही थीं, ''मत रो बिटिया, मत रो! सीता मैया भी तो बनवास भोगिन रहा। उठो गुलकी बेटा! धोती बदल लेव, कंघी-चोटी करो। पति के सामने ऐसे आना असगुन होता है। चलो!''

गुलकी आँसू पोंछती-पोंछती निरमल की माँ के घर चली। बच्चे पीछे-पीछे चले तो बुआ ने डाँटा, ''ऐ, चलो एहर, हुँआ लड्डू बँट रहा है का!''

दूसरे दिन निरमल के बाबू (ड्राइवर साहब), गुलकी और जीजाजी दिन भर कचहरी में रहे। शाम को लौटे तो निरमल की माँ ने पूछा, ''पक्का कागज लिख गया?''

''हाँ-हाँ रे, हाकिम के सामने लिख गया।'' फिर जरा निकट आकर फुसफुसाकर बोले, ''मट्टी के मोल मकान मिला है। अब कल दोनों को बिदा करो।''

''अरे, पहले सौ रुपए लाओ! बुआ का हिस्सा भी तो देना है!'' निरमल की माँ उदास स्वर में बोली, ''बड़ी चंट है बुढ़िया। गाड़-गाड़ के रख रही है। मर के साँप होएगी।''

□

सुबह निरमल की माँ के यहाँ मकान खरीदने की कथा थी। शंख, घंटा-घड़ियाली, केले का पज़ा, पँजीरी, पंचामृत का आयोजन देखकर मुन्ना के अलावा सब बच्चे इकट्ठा थे। निरमल की माँ और निरमल के बाबू पीढ़े पर बैठे थे। गुलकी एक पीली धोती पहने माथे तक घूँघट काढ़े सुपारी काट रही थी और बच्चे झाँक-झाँककर देख रहे थे। मेवा ने पहुँचकर कहा, ''ए गुलकी, ए गुलकी, जीजाजी के साथ जाओगी क्या?''

कुबड़ी ने झेंपकर कहा, ''धत्‌ रे, ठिठोली करता है!'' और लज्जा भरी जो मुसकान किसी भी तरुणी के चेहरे पर मनमोहक लाली बनकर फैल जाती, उसके झुर्रियोंदार, बेडौल, नीरस चेहरे पर विचित्र रूप से बीभत्स लगने लगी। उसके काले पपड़ीदार ओठ सिकुड़ गए। आँखों के कोने मिचमिचा उठे और अत्यंत कुरुचिपूर्ण ढंग से उसने अपने पल्लू से सिर ढाँक लिया और पीठ सीधी कर जैसे कूबड़ छिपाने का प्रयास करने लगी। मेवा पास ही बैठ गया। कुबड़ी ने पहले इधर-उधर देखा, फिर फुसफुसाकर मेवा से कहा, ''क्यों रे! जीजाजी कैसे लगे तुझे?'' मेवा ने असमंजस में या संकोच में पड़कर कोई जवाब नहीं दिया तो जैसे अपने को समझाते हुए गुलकी बोली, ''कुछ भी होय। है तो अपना आदमी! हारे-गाढ़े कोई और काम आएगा? औरत

को दबाय के रखना ही चाहिए।'' फिर थोड़ी देर चुप रहकर बोली, ''मेवा भैया, सज़ी हमसे नाराज है। अपनी सगी बहन क्या करेगी, जो सज़ी ने किया हमारे लिए। ये चाची और बुआ तो सब मतलब के साथी हैं, हम क्या जानते नहीं! पर भैया, अब जो कहो कि हम सज़ी के कहने से अपने मरद को छोड़ दें, सो नहीं हो सकता।''

इतने में किसी का छोटा सा बच्चा घुटनों के बल चलते-चलते मेवा के पास आकर बैठ गया। गुलकी क्षण भर उसे देखती रही फिर बोली, ''पति से हमने अपराध किया तो भगवान् ने बच्चा छीन लिया। अब भगवान् हमें छमा कर देंगे?'' फिर कुछ क्षण के लिए चुप हो गई।

''क्षमा करेंगे तो दूसरी संतान देंगे?''

''क्यों नहीं देंगे? तुम्हारे जीजाजी को भगवान् बनाए रखे। खोट तो हमी में है। फिर संतान होगी तब तो सौत का राज नहीं चलेगा।''

इतने में गुलकी ने देखा कि दरवाजे पर उसका आदमी खड़ा बुआ से कुछ बातें कर रहा है। गुलकी ने तुरत पल्ले से सिर ढँका और लजाकर उधर पीठ कर ली। बोली, ''राम, राम! कितने दुबरा गए हैं। हमारे बिना खाने-पीने का कौन ध्यान रखता! अरे, सौत तो अपने मतलब की होगी। ले भैया मेवा, जा, दो बीड़ा पान दे आ जीजा को!'' फिर उसके मुँह पर वही लाज की बीभत्स मुद्रा आई, ''तुझे कसम है, बताना मत, किसने दिया है।''

मेवा पान लेकर गया, पर वहाँ किसी ने उस पर ध्यान ही नहीं दिया। वह आदमी बुआ से कह रहा था, ''इसे ले तो जा रहे हैं, पर इतना कहे देते हैं, आप भी समझा दें उसे—कि रहना हो तो दासी बनकर रहे। न दूध की, न पूत की, हमारे कौन काम की; पर हाँ, औरतिया की सेवा करे, उसका बच्चा खिलावे, झाड़ू-बुहारू करे तो दो रोटी खाए पड़ी रहे; पर कभी उससे जबान लड़ाई तो खैर नहीं। हमारा हाथ बड़ा जालिम है। एक बार कूबड़ निकला, अगली बार परान निकलेगा।''

''क्यों नहीं बेटा, क्यों नहीं!'' बुआ बोलीं और उन्होंने मेवा के हाथ से पान लेकर अपने मुँह में दबा लिये।

करीब तीन बजे इक्का लाने के लिए निरमल की माँ ने मेवा को भेजा। कथा की भीड़भाड़ से उनका मूँड़ पिराने लगा था, अतः अकेली गुलकी सारी तैयारी कर रही थी। मटकी कोने में खड़ी थी। मिरवा और झबरी बाहर गुमसुम बैठे थे। निरमल की माँ ने बुआ को बुलवाकर पूछा कि बिदा-बिदाई में क्या करना होगा, तो बुआ मुँह बिगाड़कर बोलीं, ''अरे, कोई जात-बिरादरी की है का? एक लोटा में पानी भर के, इकन्नी-दुअन्नी उतार के परजा-पजारू को दै दियो, बस!'' और फिर बुआ शाम को बियारी में लग गईं।

इक्का आते ही जैसे झबरी पागल-सी इधर-उधर दौड़ने लगी। उसे जाने कैसे आभास हो गया कि गुलकी जा रही है, सदा के लिए। मेवा ने अपने छोटे-छोटे हाथों से बड़ी-बड़ी गठरियाँ रखीं। मटकी और मिरवा चुपचाप आकर इक्के के पास खड़े हो गए। सिर झुकाए पत्थर-सी चुप गुलकी निकली। आगे-आगे हाथ में पानी का भरा लोटा लिये निरमल थी। वह आदमी जाकर इक्के पर बैठ गया।

''अब जल्दी करो!'' उसने भारी गले से कहा। गुलकी आगे बढ़ी, फिर रुकी और टेंट से दो अधन्नी निकाले, ''ले मिरवा, ले मटकी!'' मटकी, जो हमेशा हाथ फैलाए रहती थी, इस समय जाने कैसा संकोच उसे आ गया कि वह हाथ नीचे कर दीवार से सटकर खड़ी हो गई और सिर हिलाकर बोली, ''नहीं!''

''नहीं बेटा, ले लो!'' गुलकी ने पुचकारकर कहा।

मिरवा-मटकी ने पैसे ले लिये और मिरवा बोला, ''छलाम गुलकी! ए आदमी, छलाम!''

''अब क्या गाड़ी छोड़नी है!'' वह फिर भारी गले से बोला।

''ठहरो बेटा, कहीं ऐसे दामाद की बिदाई होती है!'' सहसा एक बिल्कुल अजनबी किंतु अत्यंत मोटा स्वर सुनाई पड़ा। बच्चों ने अचरज से देखा, मुन्ना की माँ चली आ रही हैं। ''हम तो मुन्ना का आसरा देख रहे थे कि स्कूल से आ जाए, उसे नाश्ता करा लें तो आएँ; पर इक्का आ गया तो हमने समझा, अब तू चली। अरे निरमल की माँ, कहीं ऐसे बेटी की बिदाई होती है! लाओ, जरा रोली घोलो जल्दी से, चावल लाओ और सेंदुर भी ले आना, निरमल बेटा! तुम बेटा, उतर आओ इक्के से!''

निरमल की माँ का चेहरा स्याह पड़ गया था। बोलीं, ''जितना हमसे बन पड़ा, किया। किसी को दौलत का घमंड थोड़े ही दिखाना था!''

''नहीं बहन! तुमने तो किया, पर मुहल्ले की बिटिया तो सारे मुहल्ले की बिटिया होती है। हमारा भी तो फर्ज था। अरे, माँ-बाप नहीं हैं तो मुहल्ला तो है। आओ बेटा!'' और उन्होंने टीका करके आँचल के नीचे छिपाए हुए कुछ कपड़े और एक नारियल उसकी गोद में डालकर उसे चिपका लिया। गुलकी, जो अभी तक पत्थर-सी चुप थी, सहसा फूट पड़ी। उसे पहली बार लगा जैसे वह मायके से जा रही है। मायके से··अपनी माँ को छोड़कर··छोटे-छोटे भाई-बहनों को छोड़कर··और वह अपने कर्कश, फटे हुए गले से विचित्र स्वर में रो पड़ी।

''ले, अब चुप हो जा! तेरा भाई भी आ गया!'' वे बोलीं।

मुन्ना बस्ता लटकाए स्कूल से चला आ रहा था। कुबड़ी को अपनी माँ के कंधे पर सिर रखकर रोते देख वह बिल्कुल हतप्रभ-सा खड़ा हो गया।

''आ बेटा, गुलकी जा रही है न आज! दीदी है न! बड़ी बहन है। चल, पाँव छू

ले! आ इधर!'' माँ ने फिर कहा। मुन्ना और कुबड़ी के पाँव छुए? क्यों? क्यों? पर माँ की बात! एक क्षण में उसके मन में जैसे एक पूरा पहिया घूम गया और वह गुलकी की ओर बढ़ा। गुलकी ने दौड़कर उसे चिपका लिया और फूट पड़ी, ''हाय मेरे भैया! अब हम जा रहे हैं! अब किससे लड़ोगे, मुन्ना भैया? अरे मेरे बीरन, अब किससे लड़ोगे?''

मुन्ना को लगा जैसे उसकी छोटी-छोटी पसलियों में एक बहुत बड़ा सा आँसू जमा हो गया, जो अब छलकने ही वाला है। इतने में उस आदमी ने फिर आवाज दी और गुलकी कराहकर, मुन्ना की माँ का सहारा लेकर इक्के पर बैठ गई। इक्का खड़-खड़ कर चल पड़ा।

मुन्ना की माँ मुड़ी कि बुआ ने व्यंग्य किया, ''एक-आध गाना भी बिदाई का गाए जाओ, बहन! गुलकी बन्नो ससुराल जा रही है!''

मुन्ना की माँ ने कुछ जवाब नहीं दिया। मुन्ना से बोलीं, ''जल्दी घर आना बेटा, नाश्ता रखा है।''

पर पागल मिरवा ने, जो बंबे पर पाँव लटकए बैठा था, जाने क्या सोचा कि वह सचमुच गला फाड़कर गाने लगा, ''बन्नो डाले दुपट्टे का पल्ला, मुहल्ले से चली गई राम!'' यह उस मुहल्ले में हर लड़की की बिदा पर गाया जाता था। बुआ ने घुड़का, तब भी वह चुप नहीं हुआ। उलटे मटकी बोली, ''काहे न गावें, गुलकी ने पैसा दिया है!'' और उसने भी सुर मिलाया, ''बन्नो तली गई लाम! बन्नो तली गई लाम! बन्नो तली गई लाम!''

मुन्ना चुपचाप खड़ा रहा, मटकी डरते-डरते आई, ''मुन्ना बाबू, कुबड़ी ने अधन्ना दिया है, ले लें?''

''ले ले।'' बड़ी मुश्किल से मुन्ना ने कहा और उसकी आँखों में दो बड़े-बड़े आँसू डबडबा आए। उन्हीं आँसुओं की झिलमिल में कोशिश करके मुन्ना ने जाते हुए इक्के की ओर देखा। गुलकी आँसू पोंछते हुए परदा उठाकर मुड़-मुड़कर देख रही थी। मोड़ पर एक धचके से इक्का मुड़ा और फिर अदृश्य हो गया।

सिर्फ झबरी सड़क तक इक्के के साथ गई और फिर लौट गई।

□

बंद गली का आखिरी मकान

लंबी बीमारी में बिस्तर पर पड़े-पड़े दुनिया किस कदर सिमट आती है।

दाईं ओर कच्ची दीवार, जिसमें बीच-बीच से गोबर का लेप उघड़ गया था। बीच में पिरोड़ से पुता हुआ आला, जिसके ऊपर दूर तक ढिबरी के धुएँ की काली लकीर और नीचे बहे हुए तेल की धारा का दाग। बाईं ओर दीवार नीची थी। खपरैल झुक आई थी और ओलती के मोटे-मोटे बाँस। पाँयताने टीन के पुराने संदूकों पर पोटरियाँ, गठरी-मुठरी और अदालत के कागज। ऊपर खूँटी से लटकता हुआ एक तार का खोंसना, जिसमें पुरानी चिट्ठियाँ, पुरजे, गैर-तामील हुए सज़्मन, रसीदें, बैनामे और पुरनोट खुँसे हुए थे। सिरहाने था मोखा, जिसके पार खेत और हनुमान-चौरा दीखता था, क्योंकि वह कच्चा मकान गली का आखिरी मकान था। यहाँ आकर गली बंद हो जाती थी। मकान के उस ओर थे खेत, हनुमान-चौरा, कुआँ और बहुत दूर पर खेतों के पार पठानों का मुहल्ला—समदाबाद। घर के ठीक नीचे गाजर और भाँटे का खेत था, लेकिन सिरहाने मुड़कर वह नहीं देख सकते थे, क्योंकि अंग-अंग जकड़ गया था और बिना सहारे करवट बदलना भी मुमकिन नहीं था। रोम-रोम में भयानक पीर।

बीमारी भी कोई बीमारी-सी हो। अंग-अंग जकड़ा हुआ, जबान ऐंठी हुई, जिगर सूजा हुआ। कोई पूछे हनुमान-चौरा के बजरंग स्वामी से कि उन्हें यह कष्ट मुंशीजी को ही देना था। भाँटे के खेत में पाकड़ तले पड़े थे। बस वही अटिक-खटिक मंगल को कभी भोग लगा दें तो लगा दें, नहीं तो राम भरोसे। मुंशीजी उठाकर कुइयाँ के पास लाए, बड़ी कोठी से चंदा माँगा, ज़्युनिसिपैलिटी से मंजूरी ली, 'बजरंग स्वामी न्यू टेंपुल कमेटी' कायम की। पक्का चौतरा और छतरी बनवाई। स्थापना के दिन आशा कंपनी का लाउडस्पीकर लगवाया और आज बजरंग स्वामी ने क्यों सुध बिसार दी? आखिर कौन खोट देखी अपने भगत में? कायस्थ होकर भी कभी शराब-कबाब छिगुनिया से नहीं छुई। इतने बड़े वकील के बैनामा मुंशी होकर भी इक इंच धरती-धन इधर से उधर नहीं किया, पान-तमाखू के लिए गरीब से घूस नहीं ली। जब से होश सँभाला मुहल्ले में

आँखें नीची किए हुए आए, आँखें नीची किए हुए गए। आज यह दशा कि पूरा क्वार, कातिक, अगहन बीत गया, गली-मुहल्ले की बात तो दूर, नीचे बैठक में बोरसी तापने नहीं आ सके। ले-देकर यही तीन ओर की दीवारें और ऊपर की खपरैल। खपरैल कुछ गनीमत थी। इस साल कई बरस बाद बड़े बेटे राघोराम के ब्याह के कारण नई छवाई हुई थी। छप्पर नए सिरे से बाँधा गया था और बीच-बीच में नए खपरैल थे आवें में सिंके लाल ताँबई रंग के। अच्छे लगते थे। एक बूँद बारिश की पड़े तो सारी कोठरी सोंधी-सोंधी गमक उठे।

□

मुंशीजी खास तौर से ये खपरे छाँटकर लाए थे। हालाँकि बारह आना सौ उसने दाम ज्यादा लिया, लेकिन मस्सुर कुम्हार की मिट्टी और आवें की तासीर ही अलग है। कितना उत्साह था उसके मन में राघोराम के ब्याह का। वकील साहब से सिफारिश करके कहीं से वजीफा बँधवाया था और मिडिल किया, मैट्रिक किया और बजरंगबली गवाह हैं कि एफ.ए. भी पास कर लिया। उस दिन मुंशीजी की खुशी और घमंड का ठिकाना नहीं था। रिजल्ट का अखबार पूरे दस आने में खरीदकर लाए थे और जीतलाल हलवाई का कलाकंद! रात के 10 बजे तक बीसियों लोग बधाई देने आए। अखबार में हरेक को रोल नंबर दिखाकर कलाकंद हाथ पर धरकर मुंशीजी कहते रहे, ''गरीब की भगवान् नहीं सुनेगा तो कौन सुनेगा! अरे, वजीफा ले-लेकर और ट्यूशन कर-करके पढ़ा, हमारी क्या औकात थी! माँ की तपिश्शा का फल है! अब बेटा रोटी-रोजगार लायक हुआ, हम लोगों का बुढ़ापा पार लगेगा। बजरंग स्वामी किरपा करो! इस हरिया को भी किसी किनारे लगाओ।''

बात यह थी कि छोटा बेटा हरीराम प्राइमरी से आगे ही नहीं बढ़ पाया था। दो लड़कों का सिर फोड़कर, एक मास्टर के घर पर कोयले से गाली लिखकर उसने शिक्षा संपूर्ण कर ली थी। कुछ दिन घर पर गाली खाता रहा, फिर मजमेबाज दवाफरोश से शेर को पछाड़ने की बूटी खाकर दो बरस बीमार पड़ा रहा और फिर एक दिन मालूम हुआ कि उसने मिरवा के बाबू की शागिर्दी कर ली है और सुबह-सुबह उठकर सारंगी का रियाज करने जाता है। सा रे ग''रे ग म''ग म प'' काफी गाली-गलौज, थुक्का-फजीहत के बाद मुंशीजी ने उससे बोलना छोड़ दिया था, माँ तो साफ कहती थी कि उसकी कोख में से सिल-लोढ़ा जनमता तो किसी काम तो आता। इस करमजले, मूँड़ीकटे हरिया ने तो नाम डुबो दिया। एक बेटा है राघोराम, साच्छात गऊ! एक है ये जनम का चोर। हरिया अकसर जवाब नहीं देता था, लेकिन जिस दिन कहीं से एक पुरानी सारंगी घर ले आया और सुबह शुरू हुई, उस दिन माँ ने डाँटा, ''बस, अब रंडी-पतुरिया भी लाके नचा आँगन में। वहाँ चला जा उनके मुहल्ले में। उनकी जूती चाट और सारंगी बजा।''

तब हरीराम ने बड़े कड़े स्वर में कहा, "माई रे, तू हमारी जबान न खुलवा, समझी! बड़ी मुंशियाइन बनी है तो बन। हमारे तो बाप-दादा सारंगी बजाते रहे हैं। हम तो वही करेंगे। इलम-हुनर सीखेंगे, जूती किसी की नहीं चाटेंगे! और कान खोल के सुन ले, तेरी जूती भी नहीं चाटेंगे और मुंशीजी की भी नहीं!"

बात पूरी भी नहीं हुई थी कि बड़े भाई राघोराम का एक भरपूर तमाचा पड़ा था हरिया के। और उसके बाद और तमाचे और घूँसे। मुंशीजी ने सिर पटक दिया। माँ ने रो-रोकर तीन दिन खाना नहीं खाया। सिर्फ नानी थी, जो हरिया को गाली भी देती जा रही थी और उसकी सूजी हुई पीठ और मुँह पर हल्दी-चूना भी लगाती जा रही थी। तब मुंशीजी पहली बार बीमार पड़े थे। हरिया ने जो कहा था, वह सीधा उनके मर्म पर लगा था। लेकिन राघो ने दिन-रात एक कर जो उनकी सेवा की, उससे एक बार फिर प्राण लौट आए, विश्वास भी।

जब पहले दिन कचहरी जाने को तैयार हुए तो जिंदगी में पहली बार उन्होंने नाम लेकर राघो की माँ को बुलाया, "बिरजा, सुनती हो, हनुमान-चीरा पर तेल-सेंदुर भिजवा देना।"

बिरजा का प्रौढ़, कहीं-कहीं झुर्री खाता चेहरा लज्जा से लाल हो आया। हमेशा जमीन में लिथड़नेवाला धूल-भरा पल्ला खींचकर सिर पर डालती हुई बोलीं, "अज़्मा सीधा की थाली लगा रही हैं। हाथ से छू देव तो जाना।" राघो और हरिया की नानी, बिरजा की माँ हरदेई एक कन्या पाठशाला में दाई थी और घर-घर लड़कियों को बुलाने जाती थी; लेकिन अब स्कूल सुबह का हो गया था और बीच में छुट्टी लेकर आ जाती थी। सीधा की थाली छुआकर राघो से बोली, "बेटा, पैर छुओ मुंशीजी के।" और मिचमिची पलकों में आए आँसू पोंछती हुई बोली, "टोला-मुहल्ला जो चाहे कहे। जात-बिरादरी हमारे ठेंगे पर। हरदेई के लिए बेटा कहो तो मुंशीजी, दामाद कहो तो मुंशीजी! भगवान् बिरजा को सुखी बनाए रखे, हाँ।"

हरिया कोने में चुपचाप खड़ा था। सुनता रहा, कुछ बोला नहीं। लेकिन ज्यों ही मुंशीजी ने दरवाजे के बाहर पैर रखा, तुरत बीच आँगन में आकर लाल-लाल आँखों से बिरजा की ओर देखता हुआ बोला, "बिरोजा के लिए एक दुअन्नी माँगी थी। किसी की गाँठ से नहीं निकली। आज सीधे के लिए हुन्न बरस पड़ा।" किसी ने कोई जवाब नहीं दिया तो और चीखकर बोला, "इलम-हुनर की बात मूरख लोगों को क्या मालूम। सारंगी के मत्थे पर बिरोजा जमा दो तो आवाज में गमक भी आती है और बीच-बीच में कमानी का बाल दो बार बिरोजा पर घिसकर खींच लो तो देखो, तार कैसा झंकारता है। लेकिन कौन चाहता है कि हम हुनर सीखें? दुअन्नी माँगी तो पहाड़ फट पड़ा। हाँ, मुंशीजी के लिए…।"

"बस हरिया! खबरदार, जो एक अक्षर बोला!" हरदेइया ने डाँटा, "मुंशीजी हम लोगों के सिर-माथे पर हैं, बाप बराबर हैं। दोनों बच्चों को लिये-दिए तेरी महतारी दर-दर टुकड़ा माँगती, अगर मुंशीजी सहारा न देते। जो रक्षा करे, वही बाप। ठोकर देकर जो आधी रात निकाल दे और पतुरिया की सिड्ढी पर अफीम खाए पड़ा रहे, वो काहे का बाप! समझा! घर में रहना हो तो ठीक से रह।"

"मुंशीजी जो होंय, सो होंय। हमारे तो स्वामी हैं। लड़का की तरह रहना होएगा तुझे। सिर-माथे धारण करके। एक राघो भी तो है!" बिरजा बरसों बाद पहली बार सख़्त होकर बोली।

हरिया तब तक सारंगी लेकर बैठ चुका था। आलाप खींचते हुए बोला, "माई रे! इलम-हुनर तो आता नहीं। न राघो भइया को, न तुझे। नानी सठिया गई है। कहती है, मुंशीजी को सिर-माथे धारण करेंगे। लेकिन देख, बिरोजा को सारंगी के सिर-माथे थापते हैं, लेकिन कमानी उस पर घिस-घिसकर बाल पैनाते हैं। बिरोजा बीच से कटता जाता है कि नहीं! इलम की बात है, इलम की!" और हरिया शांत हो गया।

□

लेकिन ज्वालामुखी जहाँ फूटना था, फूटा। सिर्फ दो घंटे बाद, 12.30 बजे पाठशाला में छुट्टी की घंटी बजी और हरदेई लड़कियों को पहुँचाने उनके घर गई तो मालूम हुआ कि इतनी ही देर में आग लगानेवाले अपना काम कर गए हैं। हर घर में कुछ-न-कुछ मीन-मेख हुई, लेकिन मथुरा बाबू की छुटकी पतोहू ने पूरा डंक चला दिया। आँगन में बैठी अचार के लिए बड़े सरौते से आम काट रही थी। हरदेइया पहुँची कि वह बोली, "बस-बस, उधर ही रहना। अचार के आम पर ऐसे-वैसे की छाँह पड़ी कि गया!"

हरदेइया सन्न। धीरे से बोली, "क्या कहती हो, छोटी बहू?"

"ठीक तो कहती हूँ!" छोटी बहू चमककर बोली, "अभी तक चोरी-छिपे धंधा चलता था। आज तो सब भंडा फूट गया। दो-दो जवान बेटे हैं। उनके सामने लीला करते सरम नहीं आती तेरी बिरजा को! बुढ़ाई दावँ पल्ला ओढ़ के बहुरिया बनी है। छी-छी!"

और पांडेजी के घर में उसे साफ जवाब मिल गया, "देख, कल से हमारे यहाँ मत आना। हम अपनी लड़की को खुद पहुँचा देंगे। आज अपनी लड़की बेची, कल हमारी का नंबर लगे। स्कूलवाले ऐसों को रखे क्यों हैं!"

हरदेइया घर पहुँची और बिरजा पर बरस पड़ी, "मनसेधू ने निकाल दिया तो दसासमेध डूब जाती, मनिकर्निका पर जल मरती। हमारी बुढ़ौती पर कलंक लगाने क्यों आई?" और जब बिरजा ने रो-रोकर गठरी बाँधी और जमुनाजी की ओर चली तो

हरदेइया ने उसे चिपका लिया, "तू काहे को डूबे रे! डूबे ये पापी मुहल्ला। एक दिन जमुनाजी इसे लीलेंगी। अरे, किस घर में कौन करम नहीं होते? ये छोटी बहू का मरद कानपुर की एजेंसी में बैठा है। यहाँ ससुर के साथ जो ठेठर नौटंकी होती है, उसे कौन नहीं जानता! बड़े घर के बड़े चलिज़र! मुरदा मार के पलंग के पाँव तले गाड़ देव! हम गरीब हैं, मगर बेईमान नहीं। समझे, हाँ! यही पांडेजी कुआँ पर दातौन करते थे और बिरजा को अवाजा-तवाजा कसते थे। हमने लड़की बेची होती तो सारा मुहल्ला निहाल हो गया होता। सब घर की सती-सतवंती हमारी लड़की के जूठे मरदों के पाँव धो-धो के पीतीं। हमने इज्जत नहीं बेची, इसी का तेहा है न! देखेंगे, कोई क्या करेगा। बेचरऊ मुंशीजी सीधे आदमी हैं न! उन्हें बोटी-बोटी करके खा जाव! हमने तो अपनी लड़की सोच-समझ के दी है, कन्यादान किया है। जिससे जो करते बने, कर लेव।"

तीसरा पहर था। मुहल्ले में सन्नाटा था। हरदेई की ललकार को किसी ने चुनौती नहीं दी और राघो स्कूल से चार बजे लौटे, उस समय तक हरदेई भी चुप हो गई थी।

□

शाम को मुंशीजी कचहरी से देर से लौटे तो उनके हाथ में लौकी के लच्छे का दोना था और दूसरे में मोटे अक्षरों में पं. रामबुझावन का हिंदी छंद में 'गीता' का गुटका अनुवाद। दोना बिरजा के हाथ में देकर बोले, "दोना बच्चों के लिए ले आए। जीतलाल के यहाँ ताजा बना था।" और गीता राघो के हाथ में देकर, उसके सिर पर हाथ रखकर बोले, "बेटा, हिंदी में गीता है। अपनी माई को पढ़कर सुनाया कर। हम भी सुनेंगे।"

बिरजा चुप थी और घर में एक भारी सन्नाटा था। दिन में क्या हुआ, किसी ने मुंशीजी को बताया नहीं। ढिबरी जला दी गई और राघो पढ़ने लगा, "न इसको अस्त्र काटैंगे, न इसको शस्त्र बाँटैंगे! सभी पीड़ा सहैगी यह, न आगी से दहैगी यह···।" कि हरदेई बीच में फूट पड़ी, "और क्या, हमें कौन जलावैगा? कौन सतावैगा? जलानेवाले खुद जल जाएँगे। भगवान् एक-एक से निपटैगा। अरे, ये बिसन, हमारा सगा भाई, एक कोख का जाया। हमसे बोला कि केसोबाई के हाथ बिरजा को बेंच देव। ये पँड़ाइन हमारी रोजी पर लात चलाय रही···।" और हरदेइया फूट-फूटकर रो पड़ी।

मुंशीजी 'गीता' के इस अध्याय का संदर्भ नहीं जानते थे, अतः हक्का-बक्का कभी बिरजा को देखें, कभी हरदेई को। संदर्भ मालूम हुआ घंटे भर बाद, जब लाला भवनाथ अपनी मोटी काली काया को खींचते-घसीटते हाँफते हुए आए और धज़्म से तज़्त पर बैठ गए। ऊपर-नीचे की साँस थिराते हुए बोले, "बताते हैं···सब बताते हैं···जरा साँस लेने दो।"

मुंशीजी ने अपनी गुड़गुड़ी उधर बढ़ा दी।

भवनाथ इसाक मियाँ की टाल के मशहूर खुशदिल हिस्सेदार, मुंशीजी के ममेरे

भाई थे। काया का बेहद मोटापा उन्हें जड़ और शिथिल बनाने के बजाय और गतिवान् बना गया था। हर जगह उनकी पहुँच, हर खबर उनके पास। उन्होंने बताया कि सुबह से अब तक क्या-क्या हुआ है। कैसे हरदेई के भाई, बिरजा के मामा बिशन उस्ताद, जो पास में ही मछलीवाली कोठी के पड़ोस में रहते हैं, उन्होंने कसम खाई है कि ऐसे जात डुबोकर बिरजा को मुहल्ले में नहीं रहने देंगे। उस्ताद हैं, तबला-सारंगी बजाते हैं तो क्या, कथक लोग असली मिश्र ब्राह्मण हैं। मुंशीजी से उन्हें क्या लेना-देना, लेकिन आधी रात बिरजा को गँड़ासे से काटे बिना नहीं छोड़ेंगे। कैसे लच्छू लाला उन्हें लेकर मकान मालिक के पास गए हैं कि तुम लोगों को नोटिस दे दे। पांडेजी मनीजर साहब से मिले हैं कि भले-भले घर की कन्या लोक पाठशाला में पढ़ने आती हैं, हरदेई को छुड़ा दिया जाए। कैसे चित्रगुप्त मंदिर में मीटिंग हुई है कि सब लोग तुम्हें समझावें और अगर तुम इन लोगों को न छोड़ो, शादी-ब्याह, हुक्का-पानी बंद!

बाकी सब कोठरी से चले गए थे। ढिबरी टिमटिमा रही थी। भाँटे के खेत में सियार बोलने लगे थे। भवनाथ की बड़ी लहीम-शहीम छाया मिट्टी की दीवार पर काँप रही थी और कोने में बिरजा सहमी-सी चुप बैठी थी। मुंशीजी गहरी सोच में पड़े थे। भवनाथ के हाथ से गुड़गुड़ी ले ली थी, लेकिन···बिरजा उठी और चिलम का अंगार कुरेदती हुई बोली, "भवनाथ भइया, हमें संखिया ला दो। खा के सो रहें, सारी बला से फुरसत! दोनों बच्चे अपने जाँगर के हो गए···बस, ये कुशल से रहें, हमें और कुछ नहीं चाहिए।"

मुंशीजी कुछ बोले नहीं, बड़ी बेबस निगाह से बिरजा की ओर देखा, फिर भवनाथ की ओर। पूछा, "चित्रगुप्त मंदिर की मीटिंग में बिटौनी भी थी?"

"हाँ, बिटौनी भी, सतसहाय भी। बिटौनी तो सबसे आगे थी। सतसहाय बेचारे चुप थे। बिटौनी बोली कि हमारा सगा भाई क्या है, हमारा दुश्मन है। हम लोगों की शहर में मान-मर्यादा है। स्वराज भवन लो तो, यूनिवर्सिटी लो तो, मीटिंग जलूस लो तो, सब जगह हमारी इज्जत ली है। हमारे भाई ने तो हमारे मुँह पर कालिख लगा दी। लोगों ने कहा—तुम समझाओ, तो बोली—हम तो उन नीचों के दरवाजे भी न जाएँ। हमारी इज्जत नहीं है क्या! मुंशी भइया, नई मोटर पर आई थी बिटौनी, पिछले महीने खरीदी है।"

"हूँ!" मुंशीजी गुड़गुड़ी एक ओर रखकर बोले, "भवनाथ, बिटौनी चार बरस की थी, जब अज़्मा मरी थीं। हमने बहन करके नहीं, लड़की करके पाला। शादी नहीं की कि गैर-खून की लड़की आकर उसे सताए नहीं। चलो, अब अपने घर खुश है, समाज में नाम है···लेकिन भवनाथ, उससे कह देना कि यह देहरी तो अब बिरजा की है, राघो की है। अब तो इस देहरी के बाहर जीते-जी न मुंशीजी जाएँगे, न बिरजा। जमराज बुलावेगा, तभी जाएँगे। चाहे सारी दुनिया की ताकत लग जाए। समझे!"

"सो तो है ही भैया! लेकिन खतरा है। जरा सँभल के रहना। बिरजा का मामा है

न बिसन, अभी दारूखाने के पास मुस्तफा पहलवान से कुछ खुसुर-फुसुर कर रहा था। अच्छा चलें, ये दोना काहे का है, लौकी का लच्छा!'' और काँखते-कराहते भवनाथ मिठाई का दोना हाथ में दबाए चले गए।

रह गई अँधेरी कोठरी, टिमटिमाती ढिबरी। पैताने सहमी और कुछ-कुछ डरी हुई-सी बिरजा। खिड़की के पार बैंगन के खेत पर छाया घुप्प अँधेरा···और एक अजीब सी आवाज—क्रीं-क्रीं-क्रीं! अकस्मात् उन्हें लगा जैसे उनका गला सूख रहा है। ऐसी आवाज तो साँप की होती है, उन्होंने सुना था।

''बिरजा, देख ढिबरी से, कहीं कोने-अँतरे में कीड़ा है क्या?''

नहीं, कीड़ा नहीं था; लेकिन उनका गला सूखता जा रहा था। भय कहीं अंदर का था। शायद बहुत विश्वास, बहुत साहस, बहुत चुनौती के स्वर में कही गई हर निर्भीक बात अपने पीछे एक प्रतिध्वनि छोड़ जाती है—कमजोर पीले भय की। अभी उन्होंने भवनाथ से बहुत तनकर सारे जीवन को बाजी पर लगा देनेवाली असाधारण जीवट की बात कही थी और अब उस टिमटिमाती ढिबरीवाली कोठरी में उसकी प्रतिध्वनि गूँज रही थी—कमजोर, पीली, भयभीत!

सचमुच उनका गला सूख रहा था और हाथ भी थोड़े-थोड़े काँप रहे थे। उन्हें तब पता चला जब वे गुड़गुड़ी टिकाने कोने में गए और चिलम उलट गई। लौटते हुए मुस्तफा पहलवान का खूँखार चेहरा आँखों के आगे नाच गया। खिड़की के पास खड़े हुए तो अकस्मात् खयाल आया कि खिड़की के ठीक नीचे तुरई की लतर चढ़ाने को बाँस का टट्र बाँधा था। कोई भी चाहे तो रात-बिरात उस पर पाँव रखकर एक छलाँग में खिड़की तक पहुँच सकता है। नीचे लतर के पास कुछ खड़-खड़ हुई। वे एकदम से चौंक गए, ''कौन है रे?'' कोई नहीं बोला। वे दबे पाँव गए और चौखट पर रखा एक ईंटा नीचे गिरा दिया। फदर-फदर करता हुआ बसंतू इक्केवाले का लँगड़ा घोड़ा लतर के नीचे से दुलकी मारता भागा।

मुंशीजी ने संतोष की साँस ली।

''बकता है भवनाथ! कोई मेरा क्या कर लेगा?'' उन्होंने जैसे एक मुहिम जीतकर कहा। अभी क्षण भर पहले उन्हें लग रहा था कि अँधेरे में न जाने कौन-कौन गँड़ासा लेकर उनके घर पर चढ़ आया है, लेकिन अब वे आश्वस्त थे। कोई नहीं था। बसंतू का लँगड़ा घोड़ा था।

कुछ देर सन्नाटा। फिर कोई बोला, ''अब पहुँड़ रहो। तकिया बदल दें?''

वे जैसे चौंक गए। कौन बोला? और तब उन्होंने देखा कि उनके पाँयताने कोई बैठा है, ढीली खाट की अदवाइन पर कथरी मोड़कर बिछा रहा है कि पाँव में गड़े नहीं! कौन है यह? शतरंजी पाड़ की मैली धोती पहने, माँग के पास कई पके बाल, आँखों के

नीचे झुर्रियाँ, काफी ढला हुआ-सा बदन, बड़े बेडौल से हाथ के पंजे, बरतन माँजने से अँगूठा फटा हुआ और कत्थे-चूने से फटी हुई तर्जनी और चेहरे पर एक बुढ़ाता हुआ रूखापन। जैसे फिर से पहचानने के लिए मुंशीजी ने बेमतलब कहा, "बिरजा!"

बिरजा ने झटके से सिर उठाकर देखा। मुंशीजी कुछ नहीं बोले, सिर्फ उसे फटी-फटी आँखों से देखते रहे—हाँ, इस औरत का नाम बिरजा है। आज पंद्रह साल से मुंशीजी रोज इसे देखते हैं, लेकिन इसे जानते हैं क्या? उन्हें क्या मालूम कि इस बिरजा के तन के अंदर एक जो मन है, उसमें क्या है? उन्होंने क्या जाना है? ज्यादा-से-ज्यादा रोज चिलम भरनेवाले हाथ और तंबाखू दबाता हुआ अँगूठा। पानी का गिलास देते वक्त हाथ में लाख के कड़े खड़खड़ाते हैं। शाम को अकसर जब वे बाहर तख़्त पर बैठकर हुक्का गुड़गुड़ाते हैं तो बिरजा सामने बैठकर बीजा छीलती है और मुंशीजी कुल इतना जानते हैं कि नीम की डंडी को बीच से फाड़कर चिमटी बनाकर उनसे बीज दबाती जाती है बिरजा और छिलके उतारकर बीज अलग छोटी थाली में रखती है और मुँह में सुपाड़ी रहती है। कोई बात पूछो तो नीचे का ओठ सिकोड़कर बड़े अनाकर्षक ढंग से बोलती है। रात को कभी नींद खुली है तो भी उनकी आँखें नीची रही हैं और उन्होंने देखे हैं पास सोती हुई बिरजा के दोनों पाँव, खुरदरे तलवे! अँगूठे के पास उँगलियों के बीच पानी के कारण फटी हुई खाल और मैल जमे गिलट के बड़े-बड़े बिछुए।

लेकिन ये बिछुए, ये खुरदरे मैल भरे तलवे, बेडौल हाथ, आँख के पास की झुर्रियाँ ये बिरजा है क्या? तो बिरजा कौन है? पैताने बैठी वह औरत? उसको वे भला सचमुच कितना जानते हैं? उस पर तो उनका उतना भी हक नहीं जितना बिटौनी पर था। फिर उन्होंने इतनी बड़ी बात कैसे कह दी? जब बिटौनी को नहीं जान सके वे तो बिरजा को क्या जानेंगे? और फिर उन्हें महसूस हुआ कि बिटौनी, जिसे गोद में उन्होंने पाला, उसने आज ऐसी बात कहकर उन्हें सबसे बड़ी चोट दी है, उनसे सब छीन लिया है, और मुंशीजी बिल्कुल तनहा हैं, बिल्कुल अकेले! इस अँधेरी, कच्ची, असुरक्षित कोठरी में सारी दुनिया की दुश्मनाई और धिक्कार से घिरे हुए बिरजा, अनजान अपरिचित बिरजा, उनके अकेलेपन का एक दरपन है, उनकी कोठरी में लगा हुआ। बिटौनी को जिस दिन डोली में बिठाया, उस दिन से अकेले हैं और चाहे मुस्तफा पहलवान से लेकर बिसन उस्ताद तक को जीवट भरी चुनौती देने की बात हो, चाहे सारी गली-मुहल्ले की धिक्कार और धमकी की बात हो, हर मामले में बिरजा तो घटनाचक्र के कारण खिंच आती है, वरना बिरजा के होने या न होने से कोई फरक नहीं। जरूर दुनिया में कहीं कोई खोट है, जिससे मुंशीजी का मीजान नहीं बैठता और जरूर मुंशीजी में खुद कहीं खोट होगा, जो दुनिया से उन्हें धिक्कार मिलनी ही थी। उन्हें अपने कचहरी के केस याद आए। कभी खामखाह खेत-मेंड़ के बहाने, कभी ढोर-डंगर के बहाने जबरदस्त

फौजदारियाँ हो जाती हैं। मगर मामले की तह में उतरकर देखो तो सिर्फ फसाद, बेमानी फसाद। अर्थहीन तनाव और अंतहीन··· ।

जब तक लड़ाई का उद्‌देश्य स्पष्ट हो, तब तक अपने-अपने ढंग से जीवट भी आदमी को बचाता है और डर भी! मगर जब लड़ाई का अर्थ ही मालूम न हो तो जीवट और डर दोनों यकसाँ बेकार! सिर्फ एक खोखली थकान!

"हम जाएँ, नीचे ओसारे में बिस्तर लगा लें कि···" बिरजा कुछ-कुछ आहत-सी, कुछ परेशान-सी उठकर खड़ी हो गई थी।

"जाओगी ?" उन्होंने पूछा और अकस्मात् उन्हें लगा कि नहीं, यह गलत है कि बिरजा नितांत अपरिचित है। सच तो यह है कि यह बिरजा तो है ही नहीं, उनका अपना हाड़-मांस है। नहीं तो इस वक्त उसके जाने की बात ऐसी क्यों लगती, जैसे कोई उनके प्राण खींचकर ले जाने की बात कह रहा हो और फिर अभी-अभी जो बेमानी लग रहे थे वह डर और वह जीवट, दोनों एक साथ ऐसे रोम-रोम से उमग पड़े और उन्होंने लाख के खड़खड़ाते कड़ेवाले हाथ पकड़कर बिरजा को पास खींच लिया, "अब कहाँ जाना है ?"

उस दिन तक क्या था, यह मुंशीजी ने कभी नहीं सोचा; लेकिन उस दिन से कुछ ऐसा पनपना शुरू हुआ, जो अभी तक नहीं था। मुंशीजी अकसर सोचते कि उसे क्या कहें, बाइस्कोप में या किस्सा-कहानी में जो अल्फाज इस्तेमाल होते हैं, एक तो उनका भले आदमियों से क्या काम! दूसरे, अब बुढ़ापे में दो-दो बड़े-बड़े बेटों के होते हुए··· छिह। सच तो यह था कि राघो और हरिया की फिकर सबसे पहले थी, उनके लिए घर-गिरस्ती जमानी थी। और बिरजा इस तमाम 'गिरस्ताश्रम' में उनकी हर क्षण की साथिन घरवाली! अब इस भावना को कोई बाइस्कोप या ठेठर-नौटंकीवाला नाम थोड़े ही दे सकता है! हाँ, एक लफ़्ज मुंशीजी को हिंदी गीता में मिला था—'मोह में अर्जुन पड़ा था, बीच सेना रथ अड़ा था।' सो जब गीता में भगवान् ने 'मोह' लिखा है तो मुंशीजी कभी-कभी उसी का इस्तेमाल करते थे, "बिरजा, अब तो राघो-हरिया का इतना मोह बढ़ गया है···तुम्हारे बिना भला कैसे चलता!" चिमटी से चिलम की तमाखू पलटते हुए कहते, "अच्छा है, जो बशर मोह में नहीं पड़े तो उसे भगवान् भी तो शरण में नहीं लेते। बिटौनी का ध्यान कभी-कभी आता है; पर खैर··· !"

वैसे हरिया ने उस दिन आकर बताया तो किसी को यकीन नहीं हुआ। उसके बताने का ढंग भी तो कितना टेढ़ा था! बाहर से झूमता आया और बोला, "नानी, ओ नानी रे! लाला भवनाथ आकर सब गप्प मार जाते हैं। इनका कहा कुछ भी तो सच नहीं। न घर पर किसी ने हल्ला बोला, न मुस्तफा पहलवान ने मुंशीजी को छुरा भोंका!"

"अरे, जबान सँभाल हरिया! यहीं चूल्हे की लकड़ी से झौंस दूँगी मुँह!" हरदेई ने डाँटा।

“सच रे नानी! भवनाथ लाला कहते थे कि बिटौनी की गाड़ी का रंग हरा है। झूठ। धानी रंग है रे। रंग पहचानना इलम की बात है। न कचहरी से आती है, न इसाक मियाँ की टाल से। लाला-लूली का इलम-हुनर से क्या काम?”

“कहीं देखी गाड़ी तूने? बिटौनी बुआ आई है क्या, हरिया?” बिरजा ने पूछा।

“बुआ न पुआ। काहे की बुआ! हमारी कोई बुआ-उआ नहीं। हम ठहरे पंडित हरिराम मिश्र…वो कायस्थ…।”

इतने में दरवाजा खुला और बिटौनी छोटी बच्ची का हाथ थामे अंदर, “ए, भैया हैं हमारे कि कचहरी गए?”

घर तो घर, सारे मुहल्ले में शोर मच गया—बिटौनी आई है। मथुरा बाबू की छोटी बहू ने ताक-झाँककर गाड़ी देखी और मुँह बिचकाकर बोली, “उँह, मिट्टी के तेल से चलती है। हमें तो बास आती है।”

पँड़ाइन ने छोटी लड़की को भेजकर कहलवाया, “जरा गाड़ी में बैठने के पहले मिनट भर को हो लें।”

मुंशीजी कचहरी जा चुके थे। बिटौनी उठ खड़ी हुई। हरदेई बोली, “बिटिया, भैया के घर आई हो, बिना मुँह जुठारे कैसे जाओगी?”

“हमारा बरत है आज!” बिटौनी बोली, “भैया से कहना कि कुछ जायदाद ले रहे हैं हम लोग। बैनामा भरोसे का लिखवाना है और झगड़े की जमीन है तो जरा कागज-पज़र देख लें। इनसे दफ़्तर में मिल लें कभी!” और पँड़ाइन की बेटी से मुड़कर बोली, “चल टुन्नी! बड़ी प्यास लगी है, तेरे घर एक गिलास पानी तो पिएँ।”

थोड़ी देर बाद जब बिटौनी की गाड़ी स्टार्ट हुई तो फिर मथुरा बाबू की छोटी बहू ने झाँका और धोती से नाक दबाए आकर बैठ गई, “मरी! मट्टी के तेल से चलती है। इससे तो हमारा ताँगा भला! मोटर दिखाने आई थी!”

बिटौनी की मोटर बिरजा को फली। दोपहर को ही छोटी बहू ने कॉन्फ्रेंस बुलाई। तय पाया गया कि बिटौनी की वही हालत है कि ‘अधजल गगरी छलकत जाय।’ घूस का पैसा आदमी ने जोड़ा तो गाड़ी पर उड़ने लगी। पँड़ाइन को चेतावनी दी गई कि खबरदार जो आगे कभी पानी को पूछा। ऐसी अमीर बनती हैं तो प्यास बुझाने के लिए सड़क पर छिड़काव करनेवाली ज़्युनिसिपैलिटी की गाड़ी अपनी मोटर के पीछे बँधवा लें, हाँ!

जाहिर है कि अगला महज़्वपूर्ण कदम था—बिरजा और मुंशीजी के लिए हमदर्दी। अरे, बेचारे गरीब हैं तो क्या, सिर झुकाकर चलते हैं। अब आदमी ने लात मारकर निकाल दिया तो बेचारी औरत जात क्या करे? ठाँव-कुठाँव पैर रखने से तो भला है कि एक मरजाद बाँधकर बैठे। अपने बच्चों का भी तो मुँह देखना है। क्या सगा बाप करेगा, जो मुंशीजी राघो के लिए करते हैं! अपने तन-बदन का होश नहीं, लेकिन मजाल कि

राघो कभी मैले कपड़े पहनकर स्कूल जाए। आठ रुपए महीने का तो अँगरेजी का मास्टर रखा है। बेचारे गरीब हैं, मगर आनवाले हैं।

दूसरे दिन सवेरे पँड़ाइन की बिटिया टुन्नी स्कूल जाते समय सलेट-तख़्ती लटकाए हुए आई और बोली, ''बिरजा मौसी, अज़्मा ने कहा है कि दोपहर को मथुरा बाबू की छत पर आ जाना। जरा बड़ी-मुँगौड़ी तुड़वानी है।'' बिरजा को पहले तो कानों पर विश्वास ही न हुआ, फिर उसे मारे खुशी के ऐसी रुलाई उमड़ी कि चूल्हे के ही पास बैठकर फफक-फफककर रोने लगी। मुंशीजी कचहरी न चले गए होते तो उनके पाँव धो-धोकर जल माथे चढ़ाती।

शाम को मुंशीजी लौटे और कपड़े बदलकर गुड़गुड़ी लेकर तख़्त पर बैठे तो बिरजा आकर सामने नीचे बैठ गई और छिले हुए बीज पछोरती हुई बोली, ''अब सब लोग जान गए हैं कि हमारे मुंशीजी कैसे देवता-सरूप हैं। आज छोटी बहू कहती थीं···'' और उसने दोपहर की सारी गाथा पुलक-पुलक बताई।

मुंशीजी के चेहरे पर एक धीर संतोष झलक आया। चारों ओर देखा, फिर धीरे से एक हाथ बिरजा के सिर पर रखकर बोले, ''सब तेरी तपस्या है। 'गीता' रोज सुनती हो न?''

आज की हमदर्दी और सबकी स्वीकृति ने बिरजा के मन को बहुत भर दिया था। वह कहीं भी कंजूसी क्यों दिखाए? मुंशीजी से बोली, ''बिटौनी बीबी कह गई थीं··· सतसहाय बाबू के दफ़्तर गए थे क्या?''

''नहीं।''

''क्यों?''

मुंशीजी कुछ भी नहीं बोले। एक मुख़्तसर-सी ठंडी साँस। बिटौनी के इस तरह से आने से उनके मन को कोई चोट लगी थी, जो बिटौनी के विरोध से भी नहीं लगी थी।

मुंशीजी का मन विद्रोह चाहे न कर पाए, लेकिन स्वाभिमानी था। उन्हें अंदर-ही-अंदर कहीं यह बात कचोट गई थी कि आखिरकार बिटौनी ने भी यही माना कि भैया गरीब हैं, अतः जैसे चाहो, इस्तेमाल कर लो। मुहल्ले की स्वीकृति जो बिरजा को इस तरह उल्लसित कर गई, उन्हें ज्यादा नहीं छू पाई। उन्हें लगा कि मुहल्ला बिटौनी की अमीरी से आतंकित होकर उनकी गरीबी को भलमनसाहत का पर्याय मानकर उन्हें स्वीकार कर रहा है, ताकि बिटौनी द्वारा आहत मुहल्ले का अहम उन्हें गरीबी के कारण क्षमा देकर संतुष्ट हो सके। इसीलिए जब रात को बिरजा राघो से 'गीता' सुन रही थी और राघो पढ़ रहा था, ''मोह में अर्जुन पड़ा है, बीच सेना रथ अड़ा है।'' तो उन्हें लगा कि अर्जुन बेचारा कितना गरीब है। उसे न युद्ध से कुछ लेना-देना, न मेल-मिलाप से। बिल्कुल मुंशीजी की तरह। एक ओर नए उभरते अमीरों की सेना खड़ी है। उसमें

बिटौनी है, सतसहाय है, चित्रगुप्त मंदिर के और कई वकील-अफसर हैं; दूसरी ओर उखड़ते-पुखड़ते अमीरों की सेना खड़ी है, जिसमें मथुरा बाबू हैं, छोटी बहू हैं, पांडेजी हैं। दोनों ओर से तीर चल रहे हैं। बीच में खड़े हैं मुंशीजी, जिनको हमदर्दी और स्वीकृति का तमगा मिल रहा है; लेकिन उनका मन खिन्न है। बिरजा खुश है, खुश रहे! मुंशीजी अँधेरे में खिड़की से बाहर देखते हुए पूछ रहे हैं, ''हे जसोदानंदन, रिपुसूदन! हम इस सबका क्या करें?''

बड़ी देर की खिन्नता के बाद उनका ध्यान जसोदानंदन के बाल रूप पर गया और उन्होंने देखा कि बिरजा गीता सुनकर जा चुकी है और ढिबरी के पास बैठा राघो धीरे-धीरे जुगराफिया रट रहा है। भोला मुखड़ा। एक लट माथे पर। धीरे-धीरे हिलते ओठ। उनका मन उमग आया। इम्तहान पास है। इसके लिए एक टिकिया मक्खन सवेरे-सवेरे बँधवा दें। कैसा दुबला गया है और लंबा कितना हो गया है। खपरैल छूता है। अब तो बहू घर में आए। वकील साहब ने कहा है कि पास हो गया तो तुरत कहीं लगवा देंगे।

सारा संशय शांत हो गया। कुछ भी हो, राघोराम को सब प्यार करते हैं। सारा मुहल्ला! क्या हुआ, जो उन्हीं की कायम की हुई 'बजरंग स्वामी न्यू टेंपुल कमेटी' ने रामनवमी मनाई तो उन्हें नहीं बुलाया, लेकिन राघोराम पर सारा जिज़्मा था कि लाउडस्पीकर भी लगवाए और भजन के रिकॉर्ड भी छाँटे। शाम को आरती के समय गाए। पांडेजी ने कहा कि यह तो सब तुज़्हारी माया है मुंशीजी। ऊपर तखत पर आकर बैठो। पर मुंशीजी नीचे दरी पर ही बैठे और निहाल होकर देखते रहे कि कैसे राघो तज़्त पर चढ़कर मसनद पर झुककर मथुरा बाबू से पूछ रहा है कि राधेश्याम की रामायणवाले रिकॉर्ड लगाए कि रघुपति राघव कीर्तनवाला। हे बजरंग स्वामी, राघो को खूब-खूब सुख-संतोष देना। मुंशीजी ने आरती के समय मलका विक्टोरियावाला रुपया थाली में डाला और प्रसाद लेकर चले आए।

यह बात नहीं कि मुंशीजी के मन में हरिया के लिए ममता न हो, लेकिन हरिया जरा कठिन जीव था। पहले वे कचहरी जाते हुए उसे एक दुअन्नी रोज देकर जाते थे, लेकिन बाद में उसने नानी से कहा कि महीना-महीना पाँच रुपए बाँध दें मुंशीजी, रोज दुअन्नी क्यों देते हैं? हरीराम मिश्र कोई मँगते फकीर हैं! मुंशीजी को यह भी मालूम हुआ कि इस पाँच रुपए में से अब हरिया बीड़ी भी फूँकने लगा है; पर उन्होंने कभी कुछ कहा नहीं। लेकिन उस दिन उन्हें गुस्सा आ ही गया। कल्यानी देवी के मंदिर में किसी ने सिंगार कराया था और उसी के बाद चौधरी साहब की बगिया में चैती की महफिल जमी थी। चैती गाने बनारस से विद्याधरी आई थीं। हरिया रात भर गायब रहा। खैर, यह भी कोई बात नहीं। लेकिन दूसरे दिन कचहरी गए और राघो की नौकरी के लिए वकील साहब से बात की तो वे बोले, ''बड़े चौधरी से बात की थी। कल महफिल

में वे भी थे। उनको गऊघाटवाली ड्योढ़ी भेज देना। अभी अस्सी रुपए देंगे।''

मुंशीजी को जैसे कहीं का धन मिल गया। आखिर राघो अपने पाँव पर खड़ा हो गया। मेरा बेटा, मेरा लाल! हे गंगा माई! अबकी माघ मेले में बिरजा के साथ जाकर महीने भर कल्पवास जरूर करेंगे। हरदेई भी कब से कह रही है।

उन्होंने बहुत झुककर वकील साहब को प्रणाम किया, ''आप ही का बच्चा है, हुजूर!'' और चलने लगे तो वकील साहब बोले, ''मुंशीजी, आपका छोटा बच्चा बड़ा गुनी है। कल महफिल में क्या सारंगी छेड़ी है। चौधरी साहब ने दो रुपए बख़्शीश दी। पूछ रहे थे कि राघो इसी का बड़ा भाई है?''

मुंशीजी को जैसे धक्का लगा। राघो की क्या इज्जत रहेगी, अगर हरिया के ये करम रहे तो! घर जाते ही या सारंगी टूटेगी या हरिया की हड्डी-पसली। बिल्कुल तय!

घर पहुँचते-पहुँचते हरिया की बात खयाल से उतर गई। जाते ही बड़े प्यार से कोट उतारकर बिरजा को थमाया और बोले, ''अब तो कमाऊ पूतवाली हो गई! कल से राघो नौकरी पर जाएगा।''

बिरजा कोट खूँटी पर टाँगते हुए पुलककर बोली, ''सच! तब तो अज़्मा से कहें, गोपीगंजवालों से बात चलावें।''

मालूम हुआ कि कई हफ़्ते से बिसन मामा के यहाँ से संदेश आ रहा है कि गोपीगंजवाले गोविंद महाराज अपनी बिटिया के लिए राघोराम को देखना चाहते हैं। हरदेई से खुद बरसों बाद अनबोला तोड़कर बिशन उस्ताद ने बात की है।

''तो क्या हरजा है? बहू आवे, घर-बार सँभाले तो हम-तुम बदरी धाम हो आवें।'' मुंशीजी बड़े संतुष्ट स्वर में बोले, ''भगवान् ने निभा दिया बिरजा, वरना हमारी-तुम्हारी क्या बिसात! वकील साहब ने बड़े चौधरी से बात की···।'' और अकस्मात् उन्हें हरिया की बात का खयाल आ गया तो भौंह सिकोड़कर बोले, ''अब ये हरिया मुजरे में संगत करने लगा है। कल रात सारंगी बजाकर नाम डुबोने गया था। कह देना उससे कि हड्डी तोड़ेंगे एक दिन, हाँ! एक राघो भी तो है!''

खैरियत हुई कि हरिया उस समय था नहीं। मंडली को गाड़ी पर चढ़ाने रामबाग स्टेशन गया था।

दूसरे दिन मुंशीजी ने अपने सामने राघोराम को तैयार कराया। धोबी का धुला पाजामा, कमीज, ऊपर से सूती कोट। धारीदार सूती मोजा, बूट जूता और हाथ में काला सूरज छाप थैला, जिसमें पेंसिल, कलम, निब और कॉपी। हरदेई ने दही-पेड़ा खिलाया और माथे पर भी दही का टीका, ''बाप के पैर छू ले, बेटवा! सबकी नैया पार लगाई मुंशीजी ने। हम लोगों के लिए तो भगवान् हैं।''

तीसरे पहर तो बिरजा हँसते-हँसते लोट-पोट हो गई। तीन बजे के आसपास हाँफते-

हाँफते लाला भवनाथ आए। पीछे मजूर के सिर पर नया खपड़ा। बोले, "लो, सँभालो बिरजा भौजी! मस्सुर कुज़्हार के यहाँ से खुद चुनकर मुंशीजी ने खपड़ा भिजवाया है।"

"खपड़ा?" बिरजा को ताज्जुब हुआ।

"हाँ, भौजी! राघो को लड़कीवाले देखने आवेंगे न, तो नई छवाई तो कर लो। मर गए। मजूर के साथ-साथ पैदल आए हैं। कुछ शरबत-वरबत तो बनाओ, भौजी!"

"भवनाथ लाला, तुज़्हारे भैया अब सठियाने लगे।" बिरजा मुक्त कंठ से खिलखिलाकर बोली, "अरे, लड़कीवाले देखने आने वाले हैं तो क्या कोई बंदर-लंगूर हैं कि आके खपड़ैल पर बैठेंगे! अक्कल मारी गई है इनकी तो!" और बिरजा देवर भवनाथ के आगे हँसी से लहालोट हुई जा रही थी, इस कल्पना से कि समधियाने के लोगों के लिए मुंशीजी ने नया खपड़ा खरीदा है। भवनाथ से कभी उसने सीधे मुँह बात भी नहीं की थी, लेकिन शरबत तो दूर, उसने पीढ़ा डालकर देवर को सामने बिठा लिया और दाल भरी परौंठियाँ सेंक-सेंककर खिलाईं। ठीक छह बजे गए भवनाथ।

इधर भवनाथ का जाना था कि उधर सारंगी लटकाए, रूखे बाल, सूखे मुँह, चप्पल चटकाते हरीराम मिश्र का प्रवेश हुआ। बिरजा ने आज बरसों बाद पहली बार हरीराम से कहा, "आओ, यहीं पीढ़े पर बैठ जाओ। परौंठी सिंक रही है। सुबह से कुछ खाया?"

"क्यों नहीं! बिशन नाना के यहाँ विद्याधरी और पूरी मंडली की ज्योनार थी।" हरिया बड़े उत्साह में था। पहली बार महफिल में संगत की थी और वह भी विद्याधरी के गायन में" एक-एक परौंठी के दो-दो कौर बनाकर पानी से गटकता हुआ बोला, "माई रे! सोनपुर के मेले में मोम की नकली औरत मिलती है क्या? तू राघो का बियाह कर दे। मैं मूरख नहीं बनने का!"

"क्या मतलब?" बिरजा ने खिलखिलाते हुए पूछा।

"मतलब क्या! स्टेशन पर मंडली को विदा करने बहुत से लोग आए थे। बिशन नाना थे, अनवर अफीमची था, जग्गू बेंजोवाला था, तो सब बोले कि राघो भैया ने बिरादरी का नाम जहान में रोशन किया है। एफ.ए. पास करके अफसर बने हैं। अब गोपीगंजवालों के यहाँ ज़्याह भी होगा।"

"तो इसमें मोम की औरत की क्या बात?"

"कुछ नहीं, जग्गू बेंजोवाले की नाना से लगती है न। तो उसने उन्हें छेड़ा कि ज़्याह-बरिच्छा में राघो के कौन से बाप जाएँगे? तो सब लोगों ने डाँटा और कहा कि गोपीगंजवाले बोलते हैं कि उनके घर का पचड़ा वे जानें, पर शुभ काम में मुंशीजी को नहीं आने देंगे। खून बह जाएगा, लाठी चल जाएगी, लहास-पर-लहास पड़ जाएगी। बिरादरी है, कोई मजाक नहीं। ला, एक परोंठी और दे।"

और तब हरी ने देखा कि बिरजा जाने कब तवे पर परौंठी जलती छोड़कर दीवार

से टिककर रो रही है। हरिया व्याकुल हो उठा। भरे-भरे गले से बोला, ''माई रे! रोती काहे को है ? हमने तो सबसे कह दिया कि हमारी नानी बड़ी लड़ाका है। मुंशीजी जाएँगे तभी बारात जाएगी, नहीं तो गोपीगंजवाले हों, चाहे विलायतगंजवाले हों, नानी राघो भैया का ज़्याह करेगी ही नहीं। इस पर अनवर अफीमची बोला कि ठीक है, नकली बाप जावेगा तो गोपीगंजवाले नकली बहू विदा कर देंगे। मोम की औरत मिलती है सोनपुर के मेले में। सच रे, माई ?''

''चुप रह निपूते, राच्छस⋯।'' बिरजा आँसू पोंछकर फटे गले से चीखकर इधर मुड़ी कि देखा, दरवाजे पर मुंशीजी खड़े थे स्तब्ध! पत्थर की तरह! जरूर उन्होंने सारी बातें सुनी थीं। चेहरा जैसे स्याह⋯भीगा कोयला। बिरजा उठी और उनके पाँव के पास बैठकर फफक-फफककर रो पड़ी।

राघो अभी पहले दिन की नौकरी से नहीं लौटा था।

□

हरिया की बात के बाद उस दिन देहरी पर खड़े मुंशीजी के पाँवों के पास बिरजा का रोना जो शुरू हुआ था तो उस दिन की साइत थी और आज की साइत कि लगता था, अब कभी हँसने-बोलने के दिन आएँगे ही नहीं। आखिर मुंशीजी को हो क्या गया ? न खाना, न पीना। एक लकड़ी होती है जो जलकर कोयला होती है। एक मुंशीजी का चेहरा था कि हरिया की बात सुनकर पहले एकदम स्याह जैसे भीगा कोयला और फिर उस दिन से जैसे काठ। बिरजा लाख जतन करके हार गई; लेकिन न दुःख, न गुस्सा, न कुछ पूछना, न बताना, बस कचहरी से गड्ड-के-गड्ड कागज लाना और खुशखत उर्दू में नकल करते जाना। राघोराम चिलम भर दे तो ठीक, बिरजा से तो चिलम भी भरने को नहीं कहना। दो टुकड़ा तोड़कर भरी थाली छोड़कर उठ जाना, वह भी अगर हरदेई फुलका सेंके तो। अगर बिरजा रसोई में हो तो गुड़गुड़ी लिये-दिए मुंशीजी बजरंग स्वामी के चौतरे पर। बिरजा को कुछ मालूम तो हो कि आखिर उसका कसूर क्या है ? बिशन मामा तो शुरू से खार खाए बैठे हैं। हरीराम हाथ से बाहर है। जो मन में आता है, सो बकता रहता है। बिरजा बेबस होकर मुंशीजी ही के पाँव पकड़कर रो सकती है, सो मुंशीजी ने अपने को ऐसे खींच लिया है कि बस⋯।

कैसा उछाह था उसके मन में राघोराम की नौकरी का! कटपीस की दुकान से लट्ठे का कपड़ा खरीदकर लाई थी। मथुरा बाबू की छोटी बहू के यहाँ हाथ की मशीन लेकर दर्जी बैठता था। उससे दो पाजामा सिलवा लाई थी, लेकिन मुंशीजी की हालत देखकर हिज़्मत नहीं पड़ती थी कि राघोराम को पहनाकर भेजे। मगर तीसरे दिन नहीं रहा गया। जब मुंशीजी ही बिल्कुल काठ हैं तो बिरजा में कोई उमंग थोड़े ही थी बेटे की दुलार-मनुहार करने की। लेकिन असल बात यह थी कि दर्जी ने कहा था कि कहीं कुछ

झोल-झाल रह गया हो तो दो-तीन दिन में आकर ठीक करा लेना, बाद में फिर वह कुछ नहीं करेगा। उस दिन सुबह वह पाजामा निकालकर लाई। राघोराम को पहनाया। हाय! लड़का बिल्कुल बड़े मुख़्तार की तरह लग रहा था पाजामा पहनकर। दर्जी ने अलीगढ़ काट का सिला था। मुंशीजी कचहरी के लिए तैयार हो रहे थे। बिरजा ने पास जाकर अनबोला तोड़ने की फिर कोशिश की, ''सुनते हो! राघोराम कैसा लग रहा है? नई चाल का पाजामा है।''

मुंशीजी ने आँख उठाकर देखा, कुछ बोले नहीं। बिरजा और पास जाकर थोड़ी रोचकता से बोली, ''बिल्कुल मुंशी लगता है। मुंशी का बेटा मुंशी। निगोड़े पर पाजामा कैसा सजता है, धोती में गबादू लगता है न?''

मुंशीजी के ओठ कुछ हिले—ममता से, वात्सल्य से; आँख में एक चमक आई—पुलक की, अभिमान की और फिर अकस्मात् बुझ गई। वही स्याह भीगा कोयला···उस दिन कचहरी जाते समय बिरजा से खैनी-तमाखू का बटुआ भी नहीं माँगा।

बिरजा ने जैसे-तैसे तरकारी-भात के दो-चार कौर निगले ही थे कि उसकी निगाह ताख पर रखे हुए बटुए की ओर पड़ गई। उसने भरी थाली सामने से खिसका दी और हरदेई के आगे जाकर भभक पड़ी, ''अब तो हमारे हाथ की खैनी-तमाखू भी जहर हो गई मुंशीजी के लिए। हमने क्या किया है, कोई बताए तो कि बस कुत्ता-बिल्ली हो गए···कि बस, दुरदुराते रहो! तुम भी घर में हो, चौबीस घंटा देखती हो कि मुंशीजी के आगे-पीछे निहोरा करते घूमते रहते हैं। अब हरीराम बदनामी बके तो हमारा कसूर? ऐसा तोताचसम आदमी किस काम का? या तो सिर पर चढ़ाकर रखे या···''

''यही तो गलती है न उसकी!'' हरदेई, जो चुपचाप सुन रही थी, अब बोली, ''सिर चढ़ाई डोमनी गावे ताल बेताल! सिर पर चढ़ाए हैं मुंशीजी, तभी भभक रही हो। चार दिन नहीं बोला तो क्या हो गया? मरद मनसेधू है। दुनिया जहान की फिकर सिर पर रहती है। फिर सारी बिपता मोल लेकर तुम्हें तुम्हारे बच्चों को सहारा दिए है तो चुप न रहे तो क्या सातों पहर तुम्हारी आरती उतारा करे। हमारा मगज मत खाओ। जाओ यहाँ से।''

बिरजा चुप हो गई। फिर कोने में जाकर बोली, ''कोई कसूर हो तो मार लें, पीट लें, काट के खेतवाले कुएँ में फेंक दें। अगर उफ करें तो कहो। अब राघोराम ने क्या बिगाड़ा है? बेटा समान है। चौबीस घंटे सेवा में लगा रहता है। उससे भी चित्त फेर लिया है।''

हरदेई कुछ नहीं बोली। बिरजा थोड़ी देर आँगन में उठा-धरी करती रही, फिर पास आकर बोली, ''गोपीगंजवाले कितनी दफे कहलवा चुके। मुंशीजी का रुख मिले तो बात करें। अब क्या राघोराम बुड्ढा हो जाएगा तो बहू आएगी?''

"उँह! अब मिल का भोंपू बोलना शुरू हुआ तो बंद थोड़े होगा! चार मिनट चैन से घर में बैठना मुश्किल है!" हरदेई उठकर बाहर चल दी, "बहू आवे, चाहे भाड़ में जाए। तुम जानो, तुम्हारा लड़का जाने, मुंशीजी जानें। हमसे मतलब!"

हरदेई बाहर जाकर फिर लौटी, दरवाजे से झाँककर बोली, "हम पाठशाला जा रहे हैं; लेकिन कहे जाते हैं कि दामाद कहो तो, बेटा कहो तो, हमारे लिए जो हैं सो मुंशीजी हैं। अगर उनका परान माठा करने पर तुली तो हमसे बुरा न होगा। हाँ!"

"कैसे नहीं होगा! हम तो आज निपटारा करके मानेंगे। ऐसे दुत्कार सहके हमें घर में नहीं रहना।" लेकिन बिरजा की घोषणा सुनने के पहले हरदेई भड़ से किवाड़ बंद कर जा चुकी थी।

□

जिस घर में जिंदगी गुजार दो, अकस्मात् कभी-कभी एक क्षण के अंदर वह घर कितना अजनबी लगने लगता है। किवाड़ बंद होते ही बिरजा नल के पासवाले पत्थर पर बैठ गई और एक बार उसने चारों ओर की दीवारों, दरवाजों, आँगन को निगाह घुमाकर देखा। गरमी की दोपहर ढलते-ढलते घर कैसा भाँय-भाँय करने लगता है। उसे लगा जैसे आँगन धूप से जल रहा है, दीवारें जल रही हैं, हर कोठरी में से आग की भभक निकल रही है और उसके बच्चे उसे इस भट्ठी में झोंककर चले गए हैं। उसकी माँ इस भट्ठी का दरवाजा भड़ से बंद करके चली गई है। बिरजा क्यों है यहाँ? किसलिए? बीच में गुजारे हुए तमाम वर्ष उतरती धूप की तरह पता नहीं कहीं चले गए और उसे याद आया कि ठीक इसी तरह एक गरमी की दोपहर को हरीराम को गोद में लेकर, राघो का हाथ पकड़कर, एक गठरी बगल में दबाकर वह किसी एक घर का दरवाजा ठीक इसी तरह भड़ से बंद करके चली आई थी।

उस दिन माँ के घर का यह आँगन माथे पर शीतल लेप की तरह लगा था। मुंशीजी वहाँ बैठे थे मचिया पर। उसी आले के नीचे, जिसमें खैनी-तमाखू का बटुआ था। कैसा भरा-भरा चेहरा था तब! कोई अब जैसा थोड़े ही था, बिल्कुल काठ! हरीराम को मचिया पर लिटाकर खुद अंदर चले गए थे। और बिरजा को लगा जैसे सारा घर भभक रहा है; लेकिन उस जगह कोई पेड़ झुककर छाँह कर गया है—शीतल, सुहावन। बिरजा अनजाने में ही उठी और जाकर उसी जगह बैठ गई। अब उसकी आँख के आगे मुंशीजी का काठ जैसा सूखा निष्प्राण चेहरा था और जिधर उसकी निगाह उठती थी—आँगन में गोबर लिपी दीवारों पर, देहरी पर—बस वही चेहरा। बिरजा को लगा कि यह धधकती भट्ठी नहीं! यह तो उसका अपना घर है। वह है, इसीलिए यह आँगन है, दीवारें हैं, छत है। अभी तो हरदेई दरवाजा बंद करके चली गई, राघोराम भी बंद करके चला जाए, कल को मुंशीजी भी बंद करके चले जाएँ तो भी बिरजा क्या कर सकती है! वह बस यों

ही बैठी रहेगी इंतजार में कि जब जो भी वापस आए, वह दरवाजा खोलकर उन्हें वापस सहेज ले। वह अब भला कहीं जा सकती है! यह काठ जैसा निगोड़ा चेहरा, जिसके मारे वह चार दिन से मरी जा रही है, घर के चप्पे-चप्पे से उसे जकड़े हुए है। वह क्या निपटारा करेगी मुंशीजी से? शाम को थके-हारे आएँगे, दिन-भर खैनी-तमाखू भी नहीं मिलेगी। क्या करे वह? हरिया होता तो उसे बटुआ देकर कचहरी भेज देती। बिना तमाखू-सुरती के उनका घंटा भर काम नहीं चलता।

और फिर अपने विद्रोह के सामने खुद हारकर बेहाल-सी बिरजा उठी और नल के पास जाकर अँजुली भर-भर पानी लेकर छपाछप मुँह पर मारने लगी, "बड़े आए मुंशीजी! बाँध के डाल दिया है इस घर में! कौन होते हैं हमें बाँधनेवाले! कचहरी में जमानत-मुचलका ले के चोर-गिरहकट को बाँधने की आदत पड़ गई है। मगर हमें सीधा न समझें!"

"अरे भौजी! नहा रही हो तो अंदर न आवें?" लाला भवनाथ दरवाजे से ही खँखारे और कल्पना में तथाकथित नहाती हुई भौजी अनुमति दें, इससे पहले ही पसीने से तर-बतर लाला भवनाथ धौंकनी की तरह हाँफते हुए आए और तख़्त पर बैठ गए, "बस भौजी! अब तो हम तभी उठेंगे, जब तुम कसम खा के कहोगी कि जो हमने सुना है, सब झूठ है।"

"सुना क्या है, पहले बताओ तो?"

भवनाथ ने बताया तो बिरजा के पाँव तले से जमीन खिसक गई। मालूम हुआ कि बिटौनी के पति सतसहाय कई दिन पहले कचहरी गए थे और उन्होंने सब वकील-मुख़्तारों को बताया कि चूँकि अब राघोराम की नौकरी लग गई है, इसलिए बिरजा अलग रहने जा रही है, नहीं तो राघोराम की शादी में बाधा पड़ेगी। सतसहाय को बिटौनी ने बताया था। बिटौनी को टुन्नी की माँ पँड़ाइन सवेरे जमुनाजी पर मिली थीं। पँड़ाइन को बिशन उस्ताद के यहाँ से मालूम हुआ था। बिशन उस्ताद को मथुरा बाबू के दर्जी ने बताया था। अब तो राघोराम के कपड़े तक मुंशीजी नहीं सिलवाते।

और अब बिरजा का चेहरा स्याह था—बिल्कुल उसी तरह भीगे कोयले के मानिंद।

□

मुंशीजी लौटकर आए तो घर करीब-करीब अँधेरा पड़ा था। सिर्फ चौके में ढिबरी जल रही थी और हरीराम कहीं जाने के लिए तैयार हो रहा था। उसी ने मुंशीजी को बताया कि नानी (हरदेइया) को बिशन नाना ने बुलाया है। आज उनके यहाँ जमकर महाभारत होएगा। नानी भी गाली देते हुए कमर कसकर गई हैं। राघोराम बाइस्कोप देखने गया है। सरकारी मोटर चौराहे के पास आई है। मुफ़्त में बाइस्कोप दिखाती है, जिसमें मच्छड़ मारने और सफाई करने का सीन है। माई (यानी बिरजा) ऊपर मुंशीजी

के कमरे में चादर ओढ़े पड़ी है। उसे बुखार आया है। हरीराम मिश्रा मुंशीजी से इतने आदर से बोल रहे थे कि इतने दिनों की भाव-शून्य जड़ता में भी मुंशीजी के चेहरे पर कुतूहल जाग गया। वे ऊपर अपनी कोठरी में जाएँ कि इससे पहले हरीराम पास आए और बोले, ''क्या नौकरी ही सबकुछ होती है, इलम-हुनर कुछ भी नहीं? सारंगी बजाना कोई खेल नहीं। भैया पढ़-लिख गए तो माई दर्जी के पास जाकर दो पाजामा सिलवा लाई। हमने कै बार कहा कि सारंगी पर धूल जमती है, एक खोल बनवा देते, तो बहरी बन गई।''

मुंशीजी ढिबरी की हलकी रोशनी में एक क्षण हरिया को देखते रहे, फिर जेब से एक रुपया निकालकर हरी के हाथ पर रख दिया। हरी के चेहरे पर चमक आ गई, लेकिन किसी उंशी-मुंशी का अहसान वे अपने ऊपर एक क्षण को भी नहीं रखते। तुरत एवज में असली खबर बताते हुए चल दिए, ''कल सुबह गोपीगंज से भैया को देखनेवाले आ रहे हैं। बिशन नाना ने कहलवाया है कि आज रात से ही दो-तीन दिन के लिए मुंशीजी चाहे बिटौनी के यहाँ चले जाएँ, चाहे भवनाथ के यहाँ। एक बार बात तय हो जाए, फिर आ जाएँ। बारात में उनके जाने की जरूरत नहीं। बिशन उस्ताद खुद जाएँगे नाती के ब्याह में।''

मुंशीजी ऊपर अपनी कोठरी में जाने के लिए सीढ़ी चढ़ने लगे तो लगा, एक-एक पैर में सौ-सौ मन का पत्थर बँधा है।

कोठरी में अँधेरा था और गरमी की शाम की उमस। उन्होंने दीया नहीं जलाया। कोट-कमीज उतारकर अंदाज से खूँटी पर टाँग दिया और खिड़की के पास बैठ गए। बिरजा न हिली, न डुली। यह भी पता नहीं कि सो रही है या जग रही है।

अँधेरा, खामोशी, सिर्फ खपरैल के बाँसों में लगे घुनों की अनवरत आवाज कर्र-कर्र।

क्या आदमी के तन-मन में भी कोई घुन लगा रहता है? बाहर से चाहे कुछ न बदले, लेकिन अंदर से कुछ कहीं घुन की तरह उसे खाता रहता है। और एक दिन बाहर के जिस बोझ को वह उछालकर फेंक देता है, एक दिन वही आदमी उसी बोझ के नीचे घुन खाए बाँस की तरह पिचक जाता है।

अँधेरे में बाहर की आँख न देखे, लेकिन मन की आँख ज्यादा साफ देख लेती है क्या? मुंशीजी को लग रहा है कि न इस समय उन्हें मोह है, न दुःख; डर है, न क्रोध; ममता है, न खीज; वे बस देख रहे हैं इस अँधेरे में कैद दो प्राणियों को।

राघोराम उस दिन हिंदी गीता में से पढ़ रहा था, ''रात आई सो गए सब, नींद में जड़ हो गए सब, एक जो सब कुछ सरेखे, वही जागे और देखे।'' उसके नीचे फूल का निशान बनाकर उसी अर्थ की एक कबीरजी की बानी भी लिखी थी, ''सुखिया सब

संसार है खावे और सोवे, दुखिया दास कबीर है जागे और रोवे।'' लेकिन वे रो नहीं रहे हैं। जाग रहे हैं और देख रहे हैं। देख रहे हैं कि अंदर से घुन खाते रहे, खाते रहे और अब दो बाँस बोझ से पिचककर टूट गए हैं। एक बाँस खाट पर पसीने से तर पड़ा है—बिरजा। एक बाँस खिड़की से टिका हुआ खड़ा है—वे खुद!

एक दिन साहस था, जीवट था और भय भी, आशंका भी; जिस दिन उन्होंने चुनौती दी थी—देखें, कोई क्या कर लेता है? कौन छीनता है उनसे राघो को, बिरजा को। आज न भय, न आशंका—सिर्फ एक टूटी हुई अंदर की निगाह, जो अँधेरे में सबकुछ देख रही है।

पिछले पाँच-छह दिन से जब से हरिया की बात सुनी थी, सतसहाय की बातें सुनी थीं, वे कुछ फैसला नहीं कर पा रहे थे। आज कुछ इतना सूना था बाहर, अंदर इतना अँधेरा था कि कब उन्होंने फैसला कर लिया, उन्हें खुद नहीं मालूम। लेकिन उन्हें क्या करना है, इसका फैसला कर लिया और फैसला कर लेने के बाद उनका मन, जो पिछले पाँच-छह दिनों से इतना पथरीला, इतना बोझीला था, जैसे बहुत हलका हो गया। वे उठे और बिरजा के सिरहाने जाकर बैठ गए। माथे पर हाथ रखकर बोले, ''सिर पिराता है, दबा दें क्या?''

बिरजा कुछ नहीं बोली—न हाँ, न ना। मुंशीजी चुपचाप माथा दबाते रहे। ऐसी जड़ निर्जीव-सी पड़ी थी बिरजा कि उन्हें एक बार जैसे अँधेरे में डर-सा लगने लगा। कहीं उन्होंने किसी दोहे में सुना था—लकड़ी जैसे हाड़, घास जैसे केश। बिरजा का माथा, बिरजा के रूखे केश बिल्कुल वैसे लग रहे थे। जैसे बिरजा से कहने के लिए नहीं, सिर्फ अपनी घबराहट कम करने के लिए मुंशीजी बोले, ''तुम कोई फिकर न करो। हम सब समझते हैं। आखिर राघो को बचपन से पढ़ाया-लिखाया तो अब क्या उसके ज़्याह-शादी में हम बाधा बनेंगे! तुम्हारे लिए भी ले-देकर वही है। हरीराम तो किसी काम का नहीं। बस, यही था कि अब तक इतनी आन रखी है तो अब झुकने में जरा हेठी होती थी। बिटौनी के यहाँ किस मुँह से जाएँ? कैसे रहें? भवनाथ बिचारा खुद टाल पर पड़ा रहता है। न घर, न बार। कभी उसके लिए कुछ किया-धरा नहीं। यही सोचते थे कि अब इस घर से अन्न-पानी उठ गया तो कहीं और कैसे हो सकता है; लेकिन आज फैसला कर लिया। ईश्वर जानता है बिरजा, कि चाहे परदेस में जा के मरें, लेकिन हमारा यही घर, हमारा वही बेटा राघोराम। अब करम में नहीं लिखा तो घर होते हुए भी आदमी देस-परदेस भटकता है।''

''क्या फैसला किया है?'' बहुत मरी-मरी अपरिचित-सी आवाज बिरजा के गले से निकली।

''तुम फिकर न करो! वकील साहब से समझा के सब बात बताई तो बोले—

हमसे रुपया लो और हमारी बूढ़ी माई बद्री-केदार जा रही हैं, उनके साथ बद्री-केदार हो आओ। चले जाएँगे।''

और फिर सब चुप। सन्नाटा!

मुंशीजी को किसी से डर नहीं लगता, पर इस सन्नाटे से जाने क्यों डरते हैं। इसीलिए महज सन्नाटे को तोड़ने के लिए बोल रहे हैं, ''चार-पाँच दिन से सब सामान बँधवा रहे थे वकील साहब के यहाँ। अब तो चल-चलाव ही समझो, बिरजा! बड़ा खौफनाक रास्ता है। न आदमी, न आदमजात। कहते हैं, बस बरफ-ही-बरफ है। बस, एक पहाड़ी चिड़िया होती है; वही बोलती रहती है, 'पंछी पग ध्यान यहाँ आपनो न कोई।' पैर फिसला तो बस हड्डी-पसली चकनाचूर। सोचो, जिसका कोई रखवारा नहीं, उसका भगवान् रखवारा। इनसान का बस नहीं कि सहारा दे। चिड़िया बोलती है—पंछी पग ध्यान यहाँ आपनो न कोई। हे बजरंग स्वामी''' ।''

बिरजा ने उनके हाथ अपने माथे से हटा दिए और करवट लेकर कराहती हुई उठ बैठी। धीरे-धीरे सीढ़ी से नीचे उतरने लगी। मुंशीजी ने सन्नाटे और अकेलेपन से घबराकर जैसे चुप्पी तोड़ने की आखिरी कोशिश की, ''तुम चिंता मत करो। राघोराम बाइस्कोप देखकर आ जाए। उसे सब कागज-पत्तर सौंपकर कल तड़के सुबह हम वकील साहब के यहाँ चले जाएँगे। भवनाथ से कहला देना कि गोपीगंजवाले पक्का कर गए कि नहीं।''

बिरजा चद्दर डालकर तब तक गली में निकल चुकी थी। अँधेरे घर में सिर्फ चौके की ढिबरी जल रही थी, वह भी भभक-भभककर बुझने वाली थी। मुंशीजी को कुछ नहीं सूझा। कोठरी का, ओसारे का, बैठक का दीया जला आए और राघोराम के पढ़ने की लालटेन जलाकर तेज करके आँगन में रख दी। छाता, रूमाल, एक बड़ा सा हरा कंघा, एक रेशमी मोजा—ये सब आज राघोराम के लिए लाए थे। उसके बिस्तरे पर रखकर चौखट से टिककर खड़े हो गए। बिना राघोराम को देखे कैसे रहेंगे?

''बेटा''' ।'' उन्होंने बड़े विगलित स्वर में पुकारा और फिर गहरी साँस लेकर चुप हो गए। बद्री हो आओ चाहे केदार, लेकिन अगर गया में अपना बेटा पिंडदान न दे, पितरपक्ष में तर्पण न करे तो नरक से छुटकारा नहीं मिलता। कौन बाप होगा कि जीते-जी अपने लड़के की जिंदगी नरक बना दे। चले जाएँगे, कल तड़के ही चले जाएँगे। राघोराम जल्दी में अपना कोट संदूक पर गुड़ी-मुड़ी फेंक गया था। उन्होंने बड़े प्यार से कोट उठाया, झाड़ा, कॉलर ठीक किया और खूँटी पर टाँग दिया। आले में हिंदी गीता रखी थी। उसे अपनी गठरी में रख लिया।

''हे बजरंग स्वामी! सबकी रक्षा करना''' ।'' गठरी में गाँठ लगाकर सुबह के लिए सामान ठीक करने लगे। वैसे कोई गम नहीं, सिर्फ हाथ काँप रहे थे।

□

कब झपकी लग गई, कब राघोराम बाइस्कोप देखकर लौटा और सो भी गया, मुंशीजी को कुछ भी नहीं मालूम, सिवा इसके कि उखड़े-पुखड़े सपने आते रहे। कभी बिशन उस्ताद की जोर-जोर से गरज-तरज, कभी अँधेरे में गली में बहुत से पैरों की आवाज, कभी बिरजा का रोना। मुंशीजी ने कहा भी, बद्रीनाथ महाराज सब ठीक करेंगे बिरजा, रोती काहे हो। अब तो राघोराम को देखो, बहू को सँभालो। मगर बिरजा थी कि रोती जाए। नींद उचटी तो नीम से उड़कर बिजली के खंभे पर एक घुग्घू बोल रहा था। आले पर ढिबरी बुझने-बुझने को हो रही थी और दीवार पर एक छाया, जिसका एक बड़ा हाथ दीवार से होता हुआ टेढ़ा होकर आँगन में डोल रहा था।

मुंशीजी होशियारी से उठे, ''कौन है?''

आँगन भर में फैला हाथ सहसा सिमट गया और आवाज आई, ''माई की पोटरी में अफीम ढूँढ़ते हैं। किसी का कुछ लेते हैं क्या?''

''हरिया!''

''अरे, आप सोओ न! अफीम मालूम हो तो बता देव! माई तो रोय-रोय के बिशन नाना के यहाँ कह रही थी कि अफीम का पूरा गोला लाई है। खाय के सो रहेगी। अब तो बिशन नाना हार मान गए। माई को तो अब अफीम की जरूरत भी नहीं। दो तोला हम ले लेंगे तो किसी का खजाना लुट जाएगा!''

हरीराम से सारी गाथा मालूम हुई। सारा मुहल्ला बिशन उस्ताद के आँगन में इकट्ठा था और बिरजा, जिसके मुँह से आवाज नहीं निकलती थी, चीख-चीखकर अपने मामा के घर का एक-एक राज खोल रही थी। मुहल्ला भर जमा था। पार्टियाँ दो थीं—एक बिशन उस्ताद की धज्जियाँ उड़ने से खुश और दूसरी कल की छोकरी बिरजा की गुस्ताखी से लाल-पीली। मगर दोनों पार्टियों का नारा एक ही था, ''अरे बाप रे! बड़ा दूध का धोया बनता था बिशनवा! हरे राम! हरे राम! नरक में भी ठौर नहीं मिलेगा इसे।'' और इसी परिपक्व क्षण पर अणु बम का प्रयोग हुआ! बिरजा ने स्पष्ट घोषित किया कि राघोराम की सगाई-बरिच्छा मुंशीजी के ही हाथ से होएगी और बिशन मामा ने कुछ इगड़-तिगड़ किया तो अफीम का गोला लाई है बिरजा। पानी के साथ घूँट के सो रहेगी। गऊ और नारी हत्या का पाप सारे मुहल्ले पर।

जनमत पलटा। बिशन ने सबके सामने कसम खाई कि मुहल्ले पर हत्या नहीं पड़ने देंगे। लेकिन इसके पहले कि विजयिनी बिरजा घर लौटे, हरीराम पीछे से खिसक दिए थे—पहले ही।

मुंशीजी की आँखों के आगे ढिबरी, आँगन, नीम सब जैसे पेंग ले रहे थे। कभी इधर उठ जाएँ, कभी उधर उठ जाएँ। वाह रे बिरजा! मुंशीजी को बहुत याद आती थी तो

बिटौनी की। माँ की याद नहीं आती थी। आज जाने क्यों, माँ की याद आ गई। जैसे वह बच्चे हैं और कमजोर हैं और खेल में बेईमानी करके बड़े बच्चों ने उन्हें पीट दिया है। टूटे घुटने, छिली कुहनी लिये वे सिसक रहे हैं और फिर कहीं से बिरजा माँ की तरह आती है और उन्हें उठा लेती है, ''देखती हूँ, कौन बाल बाँका करता है मेरे छौने का!'' और मुंशीजी का मारे खुशी और संतोष से गला भर आया, आँख में आँसू छलछला आए और गुड़गुड़ी पीने को जी हो आया।

दरवाजा खुला और चादर उतारते हुए बिरजा दाखिल हुई। मुंशीजी को लगा कि आँगन में उजास फूट गया। जाने क्यों, एकदम उन्होंने कल्पना की कि आँगन में केले के पज़े और आम की बंदनवार है और बिरजा के साथ बैठकर मुंशीजी सत्यनारायण की कथा सुन रहे हैं। एक अध्याय खत्म हुआ और फूल की थाली बज रही है और शंख!

बिरजा ने घनौची पर से झंझर में पानी लिया और एक साँस में पीकर बोली, ''जाओ बद्रीनाथ, जरूर जाओ! अब लौटना मत! भभूत रमा के वहीं चिमटा गाड़ो। वहीं शांति मिलेगी। यहाँ तो बिरजा का काला मुँह देखके मन भर का थोबड़ा लटका रहता है।''

अरे, ये बिरजा है! इसके मुँह से तो बोल नहीं फूटता था। सचमुच! ये तो हरदेई का तेवर है! धिक्कार पर मुंशीजी की अजीब घुली-मिली प्रतिक्रिया थी। कुछ-कुछ लज्जा, कुछ-कुछ अचरज और बहुत सारी गुपचुप खुशी। बिरजा का मुँह खुल गया था सो खुल गया था, ''बद्रीनाथ में बरफ पर चिड़िया बोलती है—पंछी पग ध्यान यहाँ आपनो न कोई! अपना कौन है! सब तो दुश्मन बैठे हैं तुम्हारी छाती पर, बाल-बच्चा, कुटुम-कबीला ले के! दे दो अफीम, फिर जाओ बद्रीनाथ!''

मुंशीजी खुशी दबाते और गुस्सा उभारते बोले, ''बस कर बिरजा, राघोराम सुनेगा, कुछ तो...''

''सुनै, सुनै, सब लोग सुनैं! तुम्हें क्या! तुम्हें तो चिड़िया सुनाती है—आपनो न कोई! कौन मुँहझौंसी चिड़िया है?''

हरीराम, जो जल्दी से पोटरी छोड़-छाड़कर अपनी खाट पर दुबक रहे थे, लघुशंका के बहाने उठे, दो मिनट को आँगन में हक्का-बक्का खड़े रहे। कभी मुंशीजी को देखते, कभी बिरजा को। अंत में बुड़बुड़ाकर बोले, ''राग बिलावल! राग बिलावल!'' और खाट पर जाकर लेट गए।

सुबह जैसे रोज होती थी, वैसे ही हुई। पहले पिछवाड़े खेत के कुएँ का डोल और चरखी बोले, फिर नीम पर कौए और फिर खपरैल से आँगन और आँगन से खपरैल पर गौरैया लेकिन आज इन तीनों से पहले ही बिरजा का बोल गूँजने लगा था। बालटी और झाड़ू लेकर आँगन धोने में जुटी थी और हरदेई से सगाई-बरिच्छा की रसम का ब्यौरा ले

रही थी। घर में ऐसा लग रहा था जैसे अभी-अभी बौछार करके बादल छँट गए हों। राघोराम को सुबह की औंधानींदी में ऐसा लगा मानो हरदेई का चरखा चालू है। इतनी जोर से लगातार वही बोलती थी, "का है नानी, सुबह-सुबह⋯।"

"चल-चल, उठ! कचहरी की तैयारी कर।" बिरजा बात काटकर बोली, "अब ठीक से काम-धाम में लग। कल से बहू आ जाएगी तो कहेगी⋯।"

राघोराम एकदम चौंककर उठ बैठा और अचरज से माँ की ओर देखता रहा। फिर एक बार मुंशीजी की ओर देखकर, कान पर जनेऊ बढ़ाकर बाहर चला गया।

मुंशीजी गीता खोलकर मन-ही-मन कुछ पढ़ रहे थे और बीच-बीच में बिरजा की ओर देख लेते थे। इतने दिनों का अनबोला ऐसे कैसे टूट सकता था। इधर तो मुंशीजी कोई काम भी बिरजा से नहीं कराते थे और आज जब इंतजार कर रहे थे तो बिरजा अपने काम में लगी थी। गीता में मन नहीं लगा तो महज चुप्पी तोड़ने के लिए बोले, "हरी कल अफीम ढूँढ़ रहा था। पोटरी में थी क्या?"

और सहसा बिरजा को याद आ गया। "क्यों रे! बीड़ी झौंसता था, अब अफीम भी भकोसने लगा? कीड़े पड़ जाएँगे दिमाग में, नाक से निकलेंगे!"

"हम क्यों खाएँ अफीम? अफीम खाएँ मुसलमान अनवर अफीमची या लाला-लूली, जो आधे मुसलमान होते हैं!" हरीराम तुनककर बोले। बाद में उन्होंने बताया कि अनवर अफीमची के पास उर्दू हरुफ में बड़ा इंद्रजाल असली तीनों हिस्सा है। उसमें सब विद्या है। टोपी लगाके लोप हो जाओ। बिना विद्या पढ़े बंद किताब का सब इलम मुँहजबानी बता दो। जिन्न बुला लो और दूसरे की काया में परबेस कर लो। मगर सिखाता नहीं, कहता है, अफीम खिलाओ तो बताएँगे।"

मुंशीजी कभी हरी से हँसकर नहीं बोले थे, मगर आज सवेरा अच्छा लग रहा था। हँसकर बोले, "अरे, सब गप्प है, बौड़म! दूसरे की काया में⋯।"

"ये वकील-बुकला का इलम नहीं है, जो पढ़ने से आ जाए, मुंशीजी! सिद्धी से आता है। सब सच है।" फिर हरीराम भाई की ओर कनखी से देखकर बोले, "अफीम लाय के रख ली पोटरी में तो देखो न, माई की काया में तो जीते ही जी नानी की आत्मा परबेस हो गई। कैसा टर्र-टर्र लगाए है भिनसारे से!"

बिरजा ने पहले एकदम आँख तरेरी, फिर हलके से हँसी, फिर एकदम चुप हो गई। पहलेवाली बिरजा। झाड़ू अलग रखी। हाथ-पाँव पोंछे, फिर मटकी में से गुड़पगी लइया निकालकर मुंशीजी के सामने रखी और दो मगद के लड्डू, "बँधवा के हनुमानजी का परसाद है। शनीचर को लाए थे, पर हिज़्मत नहीं पड़ती थी कि तुम्हें दें। हनुमानजी ने बिशन मामा का दिमाग ठीक कर दिया। बद्रीनाथ बड़े परतापी हैं, पर बँधवावाले भी रच्छा करते हैं बखत पर। तुम सचमुच जाय रहे थे। बिरजा की रच्छा तो उन्हीं ने की!"

बिरजा ने हाथ जोड़े। मुंशीजी ने भी आँखें मूँदकर हाथ जोड़े और लड्डू तोड़ने लगे। टूटते-टूटते कुछ जुड़ गया था।

मुंशीजी फिर गीता पलटने लगे, ''न इसको अस्त्र काटेंगे, न इसको शस्त्र काटेंगे।'' और नीचे खुलासा किया था। लिखा था—मरता है वो मरता नहीं, जीता है वो जीता नहीं। अर्जुन, तू समझ कि हारनेवाला हारता नहीं, जीतनेवाला ज़ीतता नहीं। टूटता है वह कभी नहीं टूटता, जुड़ा है सो जुड़ा नहीं है। यह सब तो मैं लीला करता हूँ।

और फिर मुंशीजी के मन में जाने कैसी सुस्ती और डर व्यापने लगा। या शायद सिर्फ···अलकस। उस दिन कचहरी नहीं गए। हरदेई पाठशाला चली गई, राघोराम कचहरी चला गया, हरिया सारंगी ले के निकल गया तो खाट ओसारे में खींच ली और बिरजा से बोले, ''आओ, इधर बैठ के जरा गोड़ दबा दो। बड़ा अलकस लग रहा है!''

बिरजा ने सज्जी मिट्टी से धोकर बाल सुखाए थे और माथे पर बड़ा सा बिंदा। मुंशीजी मंत्रमुग्ध-से देखते रहे। बोले, ''बिरजा, थोड़ी उमर और है। सदा साथ देना। तुम्हारे बगैर···''

बिरजा खिल आई। बुढ़ाता चेहरा कैसा मधुरा आया।

''हम सगाई-बरिच्छा में नहीं रुकते। बद्रीनाथ चले जाते तो तुम सचमुच अफीम खा लेतीं?''

बिरजा कुछ बोली नहीं, लजा के दीवार की ओर देखने लगी। मुंशीजी ने हौले से उसका मुँह अपनी ओर घुमा लिया, ''बोलो न!''

''आँगन की कुंडी लगा आवैं, दरवाजा खुला है।'' बिरजा बोली।

यही दिन था, जब दिन ढलते-ढलते मुंशीजी को तेज बुखार चढ़ आया। वह तो मालूम भी नहीं होता। मुंशीजी बहुत खुश थे। पहले कभी शाम को कचहरी से लौटकर इसाक मियाँ की टाल पर एक-आध हाथ ताश-पत्ता खेल लेते थे। फिर सब छूट गया था आना-जाना। शाम को भवनाथ आए तो बोले, ''इसाक मियाँ होंय तो चलो, आज एक हाथ ताश-पत्ता हो जाए।''

लेकिन खाट से उठे जूता पहनने के लिए तो पैर डगमगा गया। भवनाथ ने थामा तो बोले, ''भैया, तुम्हें तो ताप चढ़ा है!''

वह दिन है कि आज, उबरे नहीं मुंशीजी बीमारी से। पहले कुछ दिन ओसारे में खाट लगी। बीच में कुछ ताकत आई तो कुछ दिन कचहरी भी गए। लेकिन फिर खाट से लग गए। अब यही ऊपरवाली कोठरी, सिरहाने के मोखे से दीखते पिछवाड़े के खेत, कुआँ और बीच में हनुमान-चौरा। राघोराम सुबह-शाम नित्य घंटों पास बैठता था। बैनामे की नकल, मिसिल की नकल, मुंशीजी उसे सब सिखा रहे थे। बीच-बीच में सब रोक एकटक उसे देखते, फिर कहते, ''मरते दाँई बेटा के हाथ से गंगाजल और तुलसी मिल जाए, बस!''

और बिरजा तुरत आँखों में आँसू भरके कहती, "कुभाखा न बोलो मुंशीजी लड़के का मुँह छोटा सा निकल आया है। ज़्याह का घर, सारा काम पड़ गया है। हम सेवा नहीं कर पाते तो शाप न देव।"

"नहीं, नहीं बिरजा।" मुंशीजी गहरी साँस लेकर कहते और फिर मोखे से बाहर खेत की ओर देखने लगते।

'मोह'! गीता में कहा है न, सच है। मोह और बढ़ता जा रहा था। मन होता था, हर वक्त बिरजा सामने रहे। हर वक्त! और आँख लग जाए तो कैसा-कैसा सपना देखते थे। छिह, मरते दाँई काम जागा है।

"मगर अभी मरने की बात काहे को करते हो, भैया?" भवनाथ कहते, "अब तो बहू आवैगी, सेवा करैगी, फिर पोता गोद खिलाओगे। और बड़ी कोठी में बबुआ साहब के अगहन में पोता हुआ और चैत में बबुआइन के पाँव भारी हो गए। क्यों भौजी!"

भवनाथ की बात पर बिरजा का चेहरा लाल हो जाता, लेकिन कहीं बिरजा को अच्छा लगता। सच बात है कि काम जागे नहीं तो क्या! बिरजा ज्यों-ज्यों राघोराम के ज़्याह का सरंजाम करती, बहू के कपड़े-लज़े-सिंगार का सामान बटोरती, त्यों-त्यों उस पर रस चढ़ता। उस दिन सेंदुरदान, दर्पण, आरसी लाई तो पहले लाकर मुंशीजी के पास रखकर बोली, "हमारी तो तमन्ना रह गई कि एक चुटकी कभी तुम अपने हाथ से डालते!"

मुंशीजी अंदर से पुलक उठे। फिर गुस्सा दिखाते हुए बोले, "तमन्ना! ये सब भाखा कौन सिखाता है आजकल?"

"कलंक न लगाओ। छोटी बहू बोलती हैं ये लज़्ज।" आजकल बिरजा की बैठक दोपहर में छोटी बहू से होती, "और एक बात बतावैं।" बिरजा पास झुककर धीमे से बोली, "वो ससुर-बहूवाली बात बिल्कुल सच्ची है। हमारे सामने ही कहती है बुढ़वा से—दादाजी, हमारी बड़ी तमन्ना है कि बाइस्कोप जाएँ तो विलायती क्रीम लगाएँ। बुढ़वा तुरत लाता है! उसकी नजर बड़ी खराब है।"

"तो काहे को रोज घुसती है वहाँ जा के?" मुंशीजी अब सचमुच नाराज हुए।

"जाएँ न तो क्या करें? सारा काम करा रहो है बियाह का। सिलाई की मशीन भी है उनके यहाँ। तुम तो खाट पकड़कर पहुँचा रहे, अब बिटवा का ज़्याह क्या रोज-रोज होता है! ये न करो, वो न करो, बस घर में पड़े मरते रही। सारी जिंदगी तो मुहल्ले के आगे आँख नीची करके गुजर गई।" और बिरजा तुनककर उठी, "और कोई मरद मानुख होता तो सराहता। यहाँ हर वक्त त्यौरी चढ़ी रहती है।"

"बस भी कर।" बीमारी में मुंशीजी भी चिड़चिड़े हो गए थे, "मुँह लगाई डोमनी गावे ताल बेताल!"

"अब तुम डोमनी न कहोगे तो कौन कहेगा। बुलाओ न अपनी कैथानी टोली

को। हैं तो बिटौनी, एक बार झाँकने भी नहीं आईं कि भाई को देख जाएँ।''

यह चोट मर्म पर थी।

''अच्छा, पुराण बखानने की जरूरत नहीं, ले जा यह सब। जो मन में आए, कर''

''करूँगी, जरूर करूँगी, तुम्हें अच्छा लगै चाहे न लगै। वाह रे आदमी! बेटा का ब्याह नहीं सहा जाता। राम, राम!'' बिरजा पाँव पटकते चली गई।

मुंशीजी सुन्न होकर पड़ रहे। आज राघोराम को लेकर इतनी बड़ी बात कह दी बिरजा ने। राघोराम...भगवान्, सिरिफ भगवान् जानता है कि उनके प्रान चौबीस घंटे कहाँ अटके रहते हैं। जब तक कचहरी से आता नहीं, मुंशीजी अकुलाते रहते हैं। रोज मोखे से हनुमान-चौरा को देख-देख मन-ही-मन मनाते रहते हैं कि बजरंग स्वामी! लड़का पाँव पर खड़ा हो गया, ठीक रास्ते लगाए रहियो। कितनी बार बुलाते, पर बिरजा नहीं आती, काम-धाम में लगी रहती है तो जी बड़ा घबराता है। ऐसे ही किसी दिन अकेले प्रान छूट जाएँ तो? और कोई होय, न होय, लेकिन राघोराम धरती पर उतार के एक बूँद गंगाजल जरूर डाल दे। किसी को बताया नहीं, लेकिन सिरहाने जहाँ टीन का बक्सा रखा है, वहाँ ताँबे की गंगाजली पीछे ला के रख दी है। अमावस के नहान की गंगा का पानी है उसमें।

''राघो, बेटा!'' मुंशीजी ने भरे गले से कहा और आँखों में आँसू भर आए, ''बिरजा!'' बिरजा को बुलाने का जी चाहा, बहुत जी घबरा रहा था; लेकिन मुँह तक आ के नाम नहीं निकला। चुपचाप पड़ रहे। पिछवाड़े खेत में औरतें मेंड़ पूजने आई थीं। गीत के स्वर हवा में उड़कर आते और मुंशीजी का जी रोने-रोने को हो आता।

तीसरे पहर बिरजा आई दवाई देने। कुछ बोली नहीं। दवाई देकर पैताने बैठ गई और धीरे-धीरे पाँव सहलाने लगी। समझौता। मुंशीजी का मन और उमड़ आया। कैसा होता है मन! जिससे चोट खाता है, उसी से सहारा ढूँढ़ता है और फिर दुगुनी चोट खाता है। टूटता भी है और जुड़ता भी है—और पूरी तरह न टूटता ही है, न जुड़ता ही है। गीता में खुलासा किया है न, फिर किसका बस। मुंशीजी ने भी एक शब्द नहीं कहा। बिरजा की गोद में हाथ रख दिए, अनबोला टूटा। बिरजा ने आगे झुककर पल्ला हटाते हुए कहा, ''अब तो तुम कुछ देखते ही नहीं। छोटी बहू ने राघोराम की बहू के कपड़ों में दो बिलायती चाल की भीतरी अँगिया सिल के रखी थीं। एक हमने भी अपने लिए सिलवा ली। अच्छी है न! कहोगे, बूढ़े मुँह मुँहासे, तो क्या हुआ! सुहागिन हैं तो मरद के लिए शृंगार काहे न करें! सारी उमिर तो टाट पहनके गुजार दिया कि मुहल्लेवालों की छाती पर साँप न लोटे। जलैंगे हमसे, परान तुम्हारा माठा करेंगे।'' फिर बड़े मीठे से मुंशीजी का बढ़ता हुआ हाथ बरजते हुए बोली, ''राम, राम! कैसी बेसरमी उतर आई है दुनिया पर! भवनाथ देवरजी बताते थे कि अबकी कातिक के मेले में जमुनाजी पर बिसाती लोग

बाँस में ऐसी-ऐसी अँगिया टाँगकर खुलेआम बेचते थे।''

नहीं, मरेंगे नहीं मुंशीजी। शरीर है, बीमारी-हारी लगी रहती है। फिर पिछले कितने बरस से कैसा दाह-जलन का जीना रहा। लेकिन अब पार कर लिया। अब कुछ अटपटा लगता है बिरजा का यह नया शौक-रंग; लेकिन कितना सुख, कितना नशा है। नहीं, मुंशीजी गंगाजल की बात करें, चाहे तुलसीदल की, लेकिन जानते हैं कि जीवन तो अब शुरू हुआ है। अब कौन मारेगा?

उन्हें याद आया, एक बार बहुत छोटी थी बिटौनी तो बीमार पड़ गई थी। सूख के काँटा! किसी की दवा ही न लगे। आधी-व्याधी भी उतरवा ली, डॉक्टर, वैद्य, हकीम की तो बात ही नहीं। किसी ने बताया, गंगा पार झूँसी में एक महात्मा रहते हैं। मुंशीजी गए। बिटौनी को चरणों में डालके बोले, ''महाराज, हमारा और कोई नहीं है। इसे अच्छा कर दो। बड़ी किरपा हो। इसके हाथ पीले कर दें, पति के घर जाए, नहीं तो महाराज हमारे प्रान ले लें, इसे दे दें।''

महाराज हँसे। बोले, ''बेटा, और पति के घर भी तो मरेगी! फिर?'' फिर महाराज ने कहा, ''आया है तो जाएगा। पलंग पर मरेगा, धरती पर मरेगा, दिन में मरेगा, रात में मरेगा, जहाँ रखोगे वहाँ मरेगा। मरकर भगवान् के चरणों में जाएगा न! तो अभी डाल दो भगवान् के चरणों में। जहाँ पहुँचना है, पहुँच जाएगा। फिर कैसे मरेगा?''

और पूजा-पाठ में, तीरथ में, कीर्तन में कभी ऐसा नहीं लगता था जैसे कई-कई बार अब बिरजा के शरीर की सुखद आँच में लिपटे हुए मुंशीजी को लगता था कि कपाट बंद हैं और बदरीनाथ महाराज के चरणों में दोनों डूब गए हैं। भगवान् में जिएँगे तो कैसे मरेंगे भला! बिरजा से बहुत मोह में बँधे थे, बहुत साल से; पर अब वे जहाँ बँधते जा रहे हैं वह तो...

लेकिन बिरजा यह क्या करती है कभी-कभी। वैसे तो कुछ नहीं, यही बिटौनी की बात पर याद आया, छोटी बहू के यहाँ की बातें करती रहती है न! कहने लगी कि उस दिन कपड़ा-उपड़ा काटने-सिलने के बाद चलने लगी तो छोटी-छोटी कतरन-गूदड़ इकट्ठा करके छोटी बहू बोली, ''ले जा, यह तो बड़े काम की है।''

''ठिठोली करती हो। यह कौन काम आएगी?''

''अरे, बेटवा के ब्याह में बुआ का नेग भी तो होता है। बिटौनी आवैगी मोटर पर चढ़कर तो इसी की कथरी-गुदरी सिलके उढ़ाके उतारना!'' मुंशीजी हँसे; लेकिन अंदर कहीं चोट खा गए। सारा रस जो उमड़ा था, खटाय गया। अब बिटौनी का तो जो रुख है सो है। मुंशीजी ने भी छाती पर पत्थर रख के सब तोड़ लिया। फिर यह सब क्या सुनना? खैर, सुनना भी बदा है तो सुनेंगे।

पर एक बात जरूर है। हरीराम ने उस दिन बात बौड़मपने की कही थी, पर थी

पते की। मुंशीजी को भी लगता था कि आत्मा चाहे न परबेस की हो, पर इस बिरजा में से कोई दूसरी बिरजा जरूर निकलती चली आ रही है। अकसर बिरजा हँसती तो मुंशीजी गौर से देखते रहते और चले जाने के बाद हँसने से ऊपर के ओठ के नीचे के मसूड़े उनकी आँखों के सामने घूमते रहते। दाँत बनानेवालों के यहाँ जैसे रखे रहते हैं। क्या पहले भी थे? या पहले वह बस कभी-कभी मुसकाती थी? यह हँसी छोटी बहू के यहाँ से सीखी है क्या? कभी-कभी वह कोई कठोर ताना मारने के बाद अब अजीब तरह से निचला ओठ बिचकाती थी और उस समय मुँह की कुछ रेखाएँ और गाल की हड्डियों का उभार एक अजीब मर्दानी कठोरता का भाव छोड़ जाते। कहाँ देखा है यह? हरदेई में? नहीं! हरदेई अपने गुस्से में भी ममतामयी लगती है पोपले झुर्रीदार मुँह में। याद आया। मुंशीजी ने बिशन उस्ताद के मुँह पर ये रेखाएँ देखी हैं और फिर एकदम से उन्हें खयाल आया, बिरजा का माथा, भौंह और नाक भी बिल्कुल अपने मामा पर गई हैं। अजीब बात है। इतने बरस तक कभी इस पर ध्यान ही नहीं गया, लेकिन अब भी ध्यान जाकर टिकता नहीं। बच जाती है वही बदन की मुलायम सुहावन आँच, जाड़े की सुबह में उपले की गोरसी की तरह अच्छी लगनेवाली। हरदेई के न होने से मुंशीजी को थोड़ी तकलीफ हो गई थी और तकलीफ से भी ज्यादा अकेलापन। यह परिवर्तन भी विचित्र ढंग से हुआ। जिस दिन से बिरजा की आवाज तेज हुई, उसी दिन से हरदेई की आवाज घर में दब गई, यहाँ तक कि एक दिन आकर हरदेई ने कहा कि पाठशाला की ओर से गूँगे-बहरों का एक स्कूल जमुना पार नैनी में खुला है। वहाँ रहने की कोठरी भी मिलेगी और दो रुपया तरक्की भी। इतवार-इतवार आकर मुंशीजी को देख जाएगी। जाते बखत बड़ी देर तक रोती रही। कहती रही, "बेटा, हमारा मन तुम्हीं में अटका रहेगा। न हमें भाई चाहिए, न बेटी, न नाती। बस, तुम बने रहो।" बिरजा ने बहुत कहा कि दो रुपए के लोभ में काहे जाय रही हो, मगर हरदेई रुकी नहीं, "अब राघोराम कमाने लगा। अपना लड़का देखो, अपना घर देखो। बस!"

इतवार को सुबह से ही मुंशीजी पूछना शुरू करते थे, "अभी हरदेई नहीं आई?"

आते समय हरदेई जमुना किनारे की ताजा लौकी, मूली और मौसमी साग जरूर लाती थी मुंशीजी के लिए।

लौकी का झोर मुंशीजी शाम को रोज लेते थे राघोराम के आने के बाद; लेकिन इधर राघोराम अकसर देर से आता था। दो-चार यार-दोस्त बन गए थे और घर आने के पहले अड्डा जमता था। कचहरी से जो कागज-मिसिल आते थे, उनमें कभी-कभी एकाध किताब भी बीच में दबी होती थी, जो रात को नीचे अपनी कोठरी में बैठकर पढ़ता था।

मुंशीजी ने देखा, एक दिन 'सफेद शैतान', एक दिन 'सेक्सटन ब्लेक के कारनामे'।

एक दिन तो एक विचित्र सी किताब थी। मुंशीजी का जी धक् से कर गया। फिर वहीं ज्यों-की-त्यों रख दी कि राघोराम को मालूम भी न हो।

रात को बिरजा को बताया तो कहने लगी, "जाग के पढ़ रहा होगा। अभी छीन के चूल्हे में झोंकती हूँ। भले घर में ऐसी किताब का क्या काम!"

मुंशीजी ने रोका। बोले, "गुस्सा तो हमें भी आया था, पर बड़ा बेटा भाई बराबर होता है। अरे, अब गिरस्ताश्रम में आ रहा है, सब ठीक हो जाएगा। कुछ कहना मत।"

सवेरे राघोराम कचहरी जाने लगा तो ऊपर बुलाया। माथे पर हाथ फिराकर बोले, "बेटा, तंदुरुस्ती हजार नियामत। इधर-उधर की किताब पढ़ने से खून पानी बन जाता है।" और बंडी की जेब से पाँच रुपए का मुड़ा-तुड़ा नोट निकालकर बोले, "मलाई बँधवा लो एक छटाँक। शाम को आते समय ले आया करो, बेटा!"

राघोराम ने चुपचाप सिर झुकाकर रुपया लिया और चला गया।

बाद में बिरजा आई तो मुँह फूला हुआ था, "पैसा ज्यादा हो गया है तो भंडारा खुलाय दो न! एक तो गंदी-गंदी बात सीखता है लड़का, ऊपर से उसे पैसा दे दिया कि जाओ बेटा, मलाई खाओ, जैसे अभी मलाई खाना बाकी है। सुबह पाँच बादाम-पिस्ता घिस के मिसरी में देते हैं उसे।"

"बादाम-पिस्ता? कहाँ से आया?"

बिरजा जैसे इस सवाल के लिए तैयार नहीं थी। एक क्षण अचकचाकर बोली, "अरे, आया कहीं से! बिशन मामा के यहाँ से पाँचों मेवा आया था।"

मुंशीजी एकदम उबल पड़े, "बिशन मामा? कौन जरूरत थी उनके यहाँ से मेवा लेने की? किसने कहा था? हम कोई भिखमंगे हैं कि लड़के के लिए मेवे की भीख माँगें? घर में होगा तो सोने से लाद के, दूध-मलाई खिला के रखेंगे, नहीं तो सूखा चबैना खिलाएँगे। उनका मेवा खिला के नहीं पाला है। वो होते कौन हैं?"

"बस भी करो!" बिरजा ने उपेक्षा भरे, लेकिन बहुत दृढ़ स्वर में कहा, "वो भी कोई होते हैं। सारी दुनिया में ढिंढोरा पीटते हैं कि चाँद का टुकड़ा निकला है बिरादरी में। राघोराम का दिन-रात निहोरा लेते रहते हैं। हमने तो घर छोड़ा, बिरादरी छोड़ी, लड़के को तो सारी जिंदगी इन्हीं लोगों में काटनी है। सोचा, बीमार पड़े हैं, कमजोर हो गए हैं, जब-तब गुस्सा होते हैं, हो लें; मगर अब रोज बिना बात के लड़के की जान का खटारा…"

"बिरजा, कमबख़्त! बदजात…।" मुंशीजी अजीब स्वर में चीखे, उठे और कमजोरी के मारे लड़खड़ा गए। बिरजा बिल्कुल सहम गई। "ले जा! ले जा! यह सब मुझे नहीं चाहिए।" और उन्होंने दवा की शीशियाँ उठा-उठाकर फेंकनी शुरू कर दीं।

"मुंशीजी!" बिरजा ने एकदम उनके पाँव पकड़ लिये, "मार डालो हमें। ये परान

तुज़्हीं ने दिए, तुज़्हीं निकाल लो; लेकिन ये न करो।''

मुंशीजी बेदम होकर पड़ रहे, उनका चेहरा स्याह पड़ गया था, आँखें फटी-फटी-सी हो रही थीं। हाँफ रहे थे।

थोड़ी देर बाद बिरजा के हाथ में से उन्होंने अपना पाँव खींच लिया। बिरजा डरते-डरते उठी। फूटी शीशी के टुकड़े, दवाई, सब बटोरी, पोंछी, मुंशीजी का बिस्तरा खींचकर ठीक किया और नीचे उतर गई।

मुंशीजी एकटक मोखे से बाहर खेत, हनुमान-चौरा की ओर देखते रहे, फिर बहुत कातर, बहुत टूटी आवाज में बोले, ''बजरंग स्वामी! तुज़्हें घूरे पर से उठाकर चौतरे पर आसन दिया, सो गलत किया? तुम अपने मुँह से कह दो! बस, एक बार कह दो! ...फिर हमें सब सवाल का जवाब मिल जाएगा। लेकिन जवाब देगा कौन? भगवान् है ही नहीं, नहीं है।'' मुंशीजी ने बहुत कड़वाहट से कहा।

लगता है, बिरजा ने किसी से कहलवा दिया था। थोड़ी देर में भागते-भागते भवनाथ आए। पहले नीचे कुछ धीमे-धीमे फुसफुसाते रहे, फिर ऊपर आए। मुंशीजी का चेहरा बिल्कुल जड़ था, पत्थर। भवनाथ ने बात करने की बहुत कोशिश की, लेकिन मुंशीजी 'हाँ', 'हूँ' से ज्यादा कुछ बोले ही नहीं। कभी-कभी बीच में अजीब ढंग से ओठ फड़फड़ाते थे, मानो आँसू रोकने की कोशिश कर रहे हों।

भवनाथ चले गए और थोड़ी देर में मुंशीजी ने सुनी नीचे आँगन में खुद इसाक मियाँ की आवाज। आज बरस-डेढ़ बरस बाद इसाक मियाँ आए हैं और मुंशीजी नीचे बैठक में भी नहीं जा सकते। लगता है। भवनाथ लिवा लाए।

इसाक मियाँ की आवाज में कुछ खराश थी, लेकिन बोलते थे बुलंदी से—''बहू, परदा कर लो और जरा इधर आओ।'' मुंशीजी ने सुना, इसाक कह रहे थे, ''औरत जात से सीधे बात करना हमें जेब नहीं देता, लेकिन मुंशी ऊपर पड़ा है और बीच में तुज़्हारा चौका है, हम ऊपर जा नहीं सकते। इस बिशन की करतूत तुज़्हें नहीं मालूम हो, हमारे सामने बिल्कुल नुमायाँ है। तुमने समझा कि तुमने अफीम खाने की धमकी दी और वह मान गया। नहीं, तुमने उस दिन उसके राज खोलने शुरू किए तो वह डर गया; लेकिन बिरादरी में वह राघोराम का सरगना बनना चाहता है और मुंशी से अदावत रखता है। उसने मुस्तफा पहलवान को पटाया था कि गवाही दे और राघोराम के बाप से अपनी औरत भगाने की अरजी दिलाकर मुंशी को थाना-कोतवाली में फँसा दे। बीच में मुंशी कचहरी जाने लगा था, तभी समन वारंट कराने की साजिश की। मुहल्ले का पज़्ा खड़कता है तो इसाक मियाँ को पता चल जाता है। मैं न बाभन-बनिया हूँ, न लाला-लूली हूँ। मैं हूँ असली पठान। मुंशी और भवनाथ मेरे मुँहबोले भाई हैं। मैंने बिशन को बुलाके कह दिया कि मुस्तफा साले को तो हम खोद के कुएँ के पास दफन कर देंगे और

समदाबाद का आठ सौ पठान तुज़्हारे बाल-बच्चों तक को नेस्तनाबूद कर देगा, अगर तुम अपनी हरकत से बाज नहीं आए। खबरदार! साला बिशनवा बड़े खाँ साहब की आरामगाह में अपनी बेटी भेज चुका है। मेरे सामने आँख नहीं उठा सकता। पिटे कुज़े की तरह चला गया।''

बिरजा ने क्या कहा, मुंशीजी को सुनाई नहीं पड़ा। भवनाथ ने भी कुछ कहा, फिर इसाक मियाँ ने वहीं से आवाज लगाई, ''मुंशी! अबे, कब तक जनानखाने में घुसा रहेगा? तबीयत ठीक कर। इधर से तेरा चौका छू जाता है। किसी दिन खेत की तरफ से कमंद लगाकर खिड़की से आएँगे। जरा मरद पठान से रू-बरू बातें कर तो तेरा दिमाग ठीक हो, नहीं तो औरतों के बीच पड़ा औरतों की तरह कुजड़िहाव करता है। जल्दी ठीक हो के टाल पर आ, ताश-पज़ा खेलेंगे। नहीं तो बेटा, अगली रामलीला में तुझे सीता मैया न बनवा दिया तो असल पठान नहीं!''

थोड़ी देर बाद बिरजा ने हिज़्मत करके झाँका। मुंशीजी का चेहरा ज्यों-का-त्यों जड़ था, पत्थर; लेकिन मोखे से बाहर नहीं देख रहे थे। सीढ़ी की तरफ देख रहे थे एकटक। जैसे किसी का इंतजार हो।

राघोराम घर में आया। उसे कुछ मालूम नहीं था। बिरजा के मुँह पर तनाव देखा तो बोला, ''दर्जी के यहाँ से कोट लेना था तो रुक गए थे।'' फिर सीधे ऊपर गया। ढिबरी की हलकी-पीली काँपती रोशनी में मुंशीजी का मुँह बहुत पीला लग रहा था। पास जाकर बोला, ''बरिच्छा का इक्यावन रुपया मिला था हमें तो साँवलदास के यहाँ से नया ऊनी कपड़ा आपके लिए ले आए थे। बंद गले का नए चाल का कोट है। आपका कचहरीवाला कोट तो फट भी गया है। दर्जी ने कहा है, एक बार पहन लें। कहीं झोल-झाल होगा तो ठीक कर देगा।''

और कोट पहनाने के लिए राघोराम ने मुंशीजी को उठाने के लिए जो सहारा दिया तो मुंशीजी एकदम फूट पड़े, ''भैया! बेटा...''

राघोराम एकदम घबरा गया, ''माई!'' उसने पुकारा।

बिरजा ऊपर आई तो देखा, राघोराम एक हाथ में कोट लिये तकिए के पास बैठा है और मुंशीजी उसके कंधे से टिककर रो रहे हैं, रोए ही चले जा रहे हैं।

□

तीसरे दिन हूबहू यही दृश्य उपस्थित था, फर्क सिर्फ इतना था कि इस बार रुदन बिरजा का था, कंधा छोटी बहू का और दर्शक थे भवनाथ देवरजी। भवनाथ थोड़ा हक्का-बक्का थे और रो-रोकर भौजी जो कह रही थी, उस पर घबराहट में 'हाँ-हाँ' तो कहे जा रहे थे, पर सुन कम रहे थे। एक तो उन्हें यह अचरज कि भौजी ने टुन्नी को भेजकर बुलवाया—अपने घर नहीं, छोटी बहू के घर। फिर छोटी बहू बिना परदा किए

मुँह खोले भवनाथ भैया के आगे बैठी हैं और बिरजा भौजी नई काट का जंपर-अँगिया पहने जार-जार रोती जा रही हैं। आँसू थमते ही नहीं। जो कुछ उन्होंने बार-बार समझाकर नए-नए तर्कों और नए-नए आँसुओं के साथ कहा, उसका सारांश यह था कि "मुंशीजी के कारण इसाक मियाँ ने बिशन मामा को जान से मारने की धमकी दी है। मुंशीजी से चाहे जो रंजिश हो, उससे बिरजा को क्या लेना-देना; लेकिन राघोराम पर बिशन मामा की छाँह है। अब बिरजा मुंशीजी को ही देखती रहे, राघोराम को न देखे? राघोराम को जात-बिरादरी, रिश्तेदार, नातेदार, कुटम-कबीला में जिंदगी बितानी है। बिशन मामा कहते हैं कि हमारी बिरादरी में पहला लड़का है, जो पढ़-लिखकर इतना गुनी निकला है। दो-चार बरस बाद इसे मनिसबिल्टी की निज़मरी के लिए खड़ा करेंगे। अपनी बिरादरी का कोई है ही नहीं। सारा चौक, मीरगंज, बहादुरगंज, जहाँ-जहाँ नाच-गाना होता है, सारा वोट बिशन मामा दिलावैंगे। अब मुंशीजी से बिशन मामा रंजिश रखते हैं, राघोराम को और हमें मानते हैं तो हम क्या करें? खून का भी तकाजा होता है, देवरजी! खून खून होता है, पानी तो नहीं होता! अब मुंशीजी ने बिरजा को भी दूध में से मक्खी की तरह निकाल फेंका है। हमारा तो भाग ही खोटा है, नहीं तो जिससे सात फेरे लिये थे, वही हाथ पकड़कर घर से क्यों निकाल देता? जिसने हाथ पकड़कर शरण दी, उसने अब चिज़ से उतार दिया। बेटा-बहू का मोह न होता तो कहीं डूब मरती बिरजा; लेकिन अब सामने राघोराम है। बहू आवैगी तो क्या करैगी? आजकल की बहुएँ! अपने सिंगार-पटार से फुरसत मिले तो… । राघोराम का तो सब बिरजा को ही करना पड़ेगा। मुंशीजी से यह देखा नहीं जाता!"

अब जरा भवनाथ भी बरदाश्त से बाहर हो गए। बीच में कई बार भवनाथ ने रोका, "नहीं भौजी, ये बात तो गलत है!" लेकिन जब भवनाथ बोलें तो छोटी बहू अपनी सुग्गा-सी नाक फड़का के, आँख डुला के भवनाथ की ओर देखे और फिर भवनाथ की बोलती बंद हो जाए और 'हाँ-हाँ' करके सुनने लगें। लेकिन अब भौजी भैया को बिल्कुल समझे ही नहीं और अन्याव की बात बोलें, यह भवनाथ से नहीं सहा जाएगा।

"अब हमें भी कुछ कहने देव!" भवनाथ ने जी कड़ा करके, छोटी बहू की ओर से बिल्कुल ध्यान-नजर हटाकर कहा, "देखो भौजी, हमको इतने साल से तुज़्हारा और भैया का रज़्ी-रज़्ी हाल मालूम है। तुमने जितने जीवट से सब सहा और भैया ने जितने जीवट से सब अपने ऊपर ओढ़ा, इसकी गवाही देनी पड़े तो हमारा रोम-रोम बोलेगा। लेकिन भौजी, अब तुज़्हारी आँख बदल गई है। बिशन साला बेटी की कमाई…"

और बिरजा एकदम फट पड़ी, "हाँ, बोलौगे अपने भाई जैसी न! तोताचस्म जैसे तुम, वैसे तुज़्हारे भाई! बहुत एहसान मत जताओ। था क्या मुंशीजी के? खँडहर जैसे घर

में मुरदा जैसे पड़े थे। हम आए तो दीया-बज़ी जल गई घर में। कोई टके को नहीं पूछता था। उमर बीत गई थी। हम नहीं होते तो मक्खी भिनकती! और रहा बिशन मामा का, तो हम जो चाहें कह लें गुस्से में, कोई पराया उँगली नहीं उठा सकता। इसाक मियाँ तो सुनी-सुनाई हाँकते हैं। तुम क्या कहोगे बिशन मामा के लिए! उनकी बेटी का कलंक बाद में बखानना, पहले अपनी बहन की ओर देखौ। बिटौनी को कौन नहीं जानता। बड़ी लीडरानी की दुम बनी है। मंगला परसाद के चुनाव में मंजूर मियाँ काँगरेसी के साथ-साथ रात-बिरात हटिया से ले के कटघर तक का चक्कर लगाती थीं।''

भवनाथ उठ खड़े हुए। पहले दोनों हाथों से कान बंद कर, फिर माथे के ऊपर दोनों हाथ जोड़कर बोले, ''धन्य है भौजी! अभी क्रोध में हो। जब सुचित होगी, तब बात करैंगे!'' और छोटी बहू की ओर देखकर, हाथ जोड़कर चले गए।

और जाते ही जैसे ग्रामोफोन का तवा (रेकॉर्ड) पलट गया। दूसरा हिस्सा शुरू। अब बिरजा सिसक-सिसककर छोटी बहू को बता रही थी कि मुंशीजी तो देवता हैं। यही भवनाथ और इसाक ने उनका दिमाग बिगाड़ दिया। मुंशीजी तो बिरजा में जीते हैं, बिरजा में मरते हैं। कभी-कभी बहुत थक के आते हैं तो कहते हैं, बिरजा गोड़ दबा दे। रोम-रोम से न्योछावर रहते हैं।

''अरी, बुढ़ाई दावँ की प्रीत बड़ी गाढ़ी होती है!'' छोटी बहू जानकार की तरह बोली, फिर चारों ओर एक बार देखकर कि कोई है तो नहीं, बिरजा के कान के पास मुँह लाकर फुसफुसाई, ''वैसे तो हमारे वो भी बहुत मानते हैं। कानपुर से कभी छठे-छमाहे आते हैं; लेकिन हर तीसरे दिन कभी कानपुर की साटन छींट, कभी लखनऊ की गजक रेवड़ी, कभी कालपी की गुझियाँ। और आते हैं तो बस…लेकिन उनसे बढ़के हमारे बुढ़ऊ हैं। रात-दिन चक्कर लगाते हैं चक्करघिन्नी की तरह और जैसे-जैसे उमर बढ़ती जाती है, वैसे-वैसे लोभ…जानती हो, कहते हैं…''

इसके बाद छोटी बहू की अंतरंग वार्ज़ा शुरू हो गई। बिरजा बीच-बीच में मुंशीजी के प्यार की बहुत मीठी बातें याद कर-करके रोती जा रही थी और छोटी बहू की प्रणय-गाथा सुनती जा रही थी। असल में, छोटी बहू और बिरजा की दोस्ती का मुज़्य आधार यही था। बरसों से छोटी बहू तड़प रही थीं कि कैसे उन्होंने बेटे और बाप दोनों को कठपुतली बना रखा है। इसका किस्सा किसे सुनाएँ, कैसे सुनाएँ। बरसों बाद बिरजा मिली थी, जिससे बात फूटने का डर नहीं था।

☐

बिस्तर पर बीमार इतने दिन से पड़े-पड़े अब मुंशीजी के लिए संसार आवाजों का संसार हो गया था। पहले धूप के चढ़ाव-उतार से वक्त गुजरना मालूम होता था। अब दिशा और काल दोनों आवाजों में बदल गए थे। बहुत सुबह, पौ फटने से पहले खेत के

कुएँ पर की गड़ारी बोलने लगती थी। कभी-कभी अगर हवा इधर की हो तो जमुना के पुल पर से चरबज्जी (चार बजेवाली) डाक गाड़ी के गुजरने की आवाज आती थी। फिर गली में से बदलू कुज़्हार खच्चर पर सकोरे लादकर हट्टी ले जाता था। खेत में एक खास वक्त पर टिटिहरी बोलती थी और दोपहर को तोते। ओलती के बाँसों पर कभी-कभी कबूतर का जोड़ा आ बैठता था और कभी-कभी पतंग लूटते बच्चों का शोर। कभी पिड़ोर मिट्टी, कभी पुराने बरतन और कभी कपड़े बेचनेवालों की आवाजें, कभी नल की टिप-टिप-टिप···जिस दिन रात को आठ बजे कल्यानी देवी के मंदिर की आरती का घंटा-घड़ियाल सुनाई पड़ जाए, उस दिन मुंशीजी लेटे-लेटे हाथ जोड़ लेते थे। कुछ आवाजें समय और आयु का बंधन पार कर अपने को दोहराती थीं और वर्तमान की आवाजों में ऐसे घुल-मिल जाती थीं, गोया अभी-अभी बोली गई हों। उनके साथ कभी-कभी मुंशीजी की अपनी आवाज भी होती थी।

एक दिन नैनी से छूटकर जमुना पुल पर गाड़ी की आवाज आई कि मुंशीजी को हरदेई की आवाज सुनाई पड़ी, "बेटा, तुज़्हारा खैनी-तमाखू का बटुआ आले में रख दिया है, कचहरी जाते बखत ले लेना।"

मुंशीजी चौंक पड़े। नैनी से यहाँ रेलगाड़ी की आवाज आ जाए, हरदेई की थोड़े ही आ सकती है। एक दिन तीसरे पहर वही बाँस के कीड़ों की कर्र-कर्र।

"अब हम जाएँ! कहो तो नीचे सो रहैं!" बिरजा की आवाज।

"अब कहाँ जाना है, बिरजा?" पर मुंशीजी तो बोले नहीं। बिरजा भी थी ही नहीं। कुछ आवाजों का मुंशीजी को इंतजार रहता था। संझा वेला, बल्कि गोधूलि तक राघोराम के बूट की चर्र-मर्र और पहला सवाल, "माई रे, मुंशीजी ने दवा खा ली? कैसी तबीयत है?"

और इस आवाज पर मुंशीजी को लगता था, बदन की पीर कम हो गई।

लेकिन सबसे अजीब लगता था, जब मुंशीजी पड़े-पड़े आँख खोलते और गोबर लिपी दीवार, आला, ओलती, टीन के बक्से—सब पर से घूमती हुई निगाह सामने पैताने की बड़ी खूँटी पर टिक जाती, जहाँ हरिया की सारंगी टँगी थी। इस बीच में कब हरिया वहाँ अपनी सारंगी टाँग गया, किसी ने गौर भी नहीं किया। कोठरी में अँधेरा था, पर मोखे में से रोशनी सारंगी पर बराबर पड़ी रहती थी। इतनी सारी तमाम-तमाम आवाजों के बीच खामोश टँगी एक सारंगी बिल्कुल बेआवाज। मुंशीजी अकसर उसे बेमतलब देखते रहते एकटक, फिर आँखें मूँदकर इंतजार करते कि कोई अदृश्य हाथ कमानी खींचेगा और सारंगी से बोल फूटेंगे।

कभी-कभी आँखें मूँदे-मूँदे मुंशीजी को लगता कि कोठरी, खाट, मोखा सब छोटे हो गए हैं और सारंगी इतनी बड़ी, इतनी बड़ी, इतनी बड़ी हो गई है कि सब आवाजें

उसी में बजने लगी हैं। कुएँ की गड़ारी, पुल पर गुजरती रेल, कबूतर की गुटरगूँ, बसंतू के लँगड़े घोड़े की लदर-फदर, हरदेई, बिरजा, मुंशीजी—सबकी आवाजें उसी में बज रही हैं। कौन निकालता है ये बोल ? मुंशीजी अचरज से आँखें खोलते तो पाते, खूँटी पर सारंगी वैसी ही टँगी है—खामोश, बेआवाज।

हफ़्तों बीत गए थे, हरिया ऊपर आया भी नहीं था सारंगी देखने तक के लिए। इधर जब से राघोराम की शादी की चर्चा थी, हरिया का चिज़ सारंगी से भी उचट गया। कहाँ घूमता रहता था, कुछ पता नहीं। घर में अलबज़ा शांति थी। वैसे, एक-आध झपट सुबह-शाम बिरजा से होती और फिर बहुत देर तक बिरजा की झक-झक चालू रहती।

उस दिन भवनाथ ने आकर बताया कि आजकल हरिया की चाल बहुत बिगड़ गई है। वो मेहरिया बेड़िन है न, उसी के चक्कर में है। एक बार तो दारू पीकर घूम रहा था। अनवर अफीमची ने एक बदनाम बेड़िन बैठा ली थी। बाद में उसे मुसलमान बनाकर उससे निकाह भी पढ़ा लिया था। नया नाम था मेहरुन्निसा, लेकिन सब उसे 'मेहरिया' ही कहते थे। मशहूर था कि वह शुरू से ही कभी किसी को 'ना' नहीं कह सकती थी और निकाह के बाद भी वह ज्यों-की-त्यों थी। इसलिए मुहल्ले की कहावत बन गई थी—'अनवर की बीवी, शहर भर की मेहरिया। लेकिन हरिया, वह तो बच्चा था उसके आगे। कम-से-कम बारह बरस बड़ी तो होगी। छीः, छीः !''

बिरजा को दूसरा शक पड़ गया। कुछ दिन पहले राघोराम की बहू के लिए जो कपड़ा-जेवर रखा था, उसमें से एक नए चाल की अँगिया और एक इकलाई की चूड़िया पाड़ की धोती नहीं मिल रही थी। हो-न-हो, यह हरिया की करतूत है। आने देव। अबकी लोढ़ा से उसकी खोपड़ी का कचूमर न निकाला तो बिरजा बिरजा नहीं। ले जाए अपना कपड़ा-लज़ा, सारंगी और रहे उसी अफीमची के घर। दारू पिए। कहे तो बिरजा लोटा में संखिया घोल के पिला दे।

जरूर बीमारी का असर था, नहीं तो मुंशीजी के दिमाग में ऐसा गलीज खयाल काहे को आता। सामने सारंगी टँगी थी न, उसे देखकर उन्हें बार-बार मेहरिया के पतले व छरहरे बदन का खयाल आता था। उन्होंने एक बार देखा था। ऊपर सारंगी का हत्था होता है न, नीचे दो कटाव, पतली कमर, कूल्हे की तरह फिर गोल पेटा। सुनहरा गंदुमी रंग। छरहरा बदन, ऐसे ही कूल्हे की दो हड्डियाँ उभरी हुई और···छीः! छीः! तब मुंशीजी को कैसा लगा था ? हुआ यह था कि सज़ार खाँ तब कोतवाल थे, बड़े दबंग। अपने वकील साहब से बहुत छनती थी। वकील साहब के ही किसी काम से कोतवाली गए थे। कोतवाल साहब अंदर के कमरे में थे, मुजरिमों की पेशी हो रही थी। वहीं उन्होंने मुंशीजी को बुला लिया था। बेड़िन की बिटिया तब चौदह-पंद्रह बरस की होगी, लेकिन कच्ची शराब के किसी किस्से में पकड़कर लाई गई थी। आते ही उसने पुलिसवालों

के बेड़िनों के साथ के मधुर संबंधों का वर्णन चीख-चीखकर ऐसे अल्फाज में करना शुरू किया कि कोतवाल साहब बिगड़ गए, ''साली के कपड़े उतारकर दस जूते लगाओ।''

''जूते लगा लो, खबरदार हाथ न लगाना। हम खुद अपने कपड़े उतार देंगे।'' और बिजली की तेजी से उसने अपने कहे पर अमल करना शुरू कर दिया। कपड़े यह जा, वह जा और आँखें मटकाकर कोतवाल साहब को चिढ़ाए जाए। सज़ार खाँ रोजा-नमाज, धरम-करम के पक्के थे, ''तौबा! तौबा! दोजखी है साली। नंगी मादरजाद! ले जाओ इसे!''

मुंशीजी ने मुँह फेर लिया था।

लेकिन तब जिस बदन, कमर, कूल्हे की एक झलक भी उन्हें सह्य नहीं थी, अब कभी-कभी सारंगी में उसे देखते रह जाते थे एकटक। बजरंग स्वामी! यह क्या हो गया? एक समय ऐसा आता है, जब चीजों के नाम, रिश्ते, संदर्भ सब गायब हो जाते हैं। अनेक चीजें एक चीज बन जाती हैं। अब वह सिर्फ कमर थी, कूल्हे की उभरी हड्डियाँ, कमर का कटाव। खामोश, बेआवाज औरत का बदन। नाम कोई भी हो।

और फिर, मुंशीजी को याद आता कि जब वे बहुत उद्विग्न थे, तब वकील साहब ने कहा था, ''मुंशीजी, तुम तो समझदार हो। जो किया तो अब नतीजे के लिए तैयार रहो। भैया, हम दोष नहीं देते। यह औरत ऐसी खाई है कि बड़े-बड़े ऋषि-मुनि भवसागर पार कर गए, लेकिन इस खाई में गिरे तो बचे नहीं, फिर हम-तुम तो इनसान हैं। इसी मोह-माया से पैदा हुए हैं। इसमें शांति नहीं। पर इससे निस्तार भी तो नहीं। अब मन छोटा न करो, कुछ दिन बदरीनाथ हो आओ। मन शांत हो जाएगा।''

काश, मुंशीजी उस रात रुकते नहीं, बदरीनाथ हो ही आते। भगवान्, उसी का दंड तो नहीं दे रहे हो?

हरिया की हरकतों पर कई बार मुंशीजी को मर्मांतक कष्ट हुआ है। सारंगी पर संगतवाली बात पहले दिन सुनी थी तो कितने बेचैन हुए थे। लेकिन इतनी बड़ी बात पर उन्हें कुछ व्यथा ही नहीं। बस, यह सोचते रहे कि यह मेहरिया छोटी थी तो अपने से दस-दस, बीस-बीस बरस बड़े मरदों को नचाती थी और अब अनवर अफीमची की छाती पर मूँग दलकर दस-दस बरस छोटे छोकरों को नचाती है। और अनेक आवाजों में एक पुरानी आवाज गूँजती हुई। एक दिन ताश-पज़े के दिन इसाक मियाँ की टाल पर लकड़ी माँगने आई थी मेहरुन्निसा और पैसा दिया नहीं। फरमाइश पर एक गजल सुनाई थी, ''पान खाना, लव रचाना, दिल लुभाना छोड़ दो!'' और चलते बखत मुंशीजी को कोहनी मारके बोली, ''खेत में से जाना है। हमें डर लगता है। घर पहुँचा दो न! अकेली हूँ। अनवर निगोड़ा तो डेरे के साथ गया है।'' अंत में राम का भार बड़े मौके पर लक्ष्मण ने सँभाल लिया था। भवनाथ उठ खड़े हुए पहुँचाने के लिए। मुंशीजी को बजरंग स्वामी

ने बचा लिया, लेकिन अब हरिया को कौन बचाए?

लेकिन कौन बचता है। 'गीता' की टीका में पढ़ा था न—जो बचता है, वह बचता नहीं और जो नहीं बचता, वह कहीं बच जाता है। अब पता नहीं क्यों, मुंशीजी का मन 'गीता' में लगता ही नहीं था।

हरिया पर कहाँ तक बचता। उस दिन इसाक मियाँ ने पकड़ लिया। लकड़ी लादकर जमुना पार से नावें आई थीं और इसाक मियाँ माल छुड़ाने गए थे। लौट रहे थे, तो बीच में जहाँ बिल्कुल निचाट जंगल है और बेरी के पेड़ हैं, वहाँ एक बेर के पेड़ के नीचे हरिया बैठा बेर खा रहा था। बगल में कपड़ों की पोटरी थी। दो-चार झापड़ खाकर सब कबूल दिया। मेहरिया ने कहा था कि उसे जिन्न जगाना आता है। नदी किनारे सियार की माँद पर सूरज डूबते समय सब कपड़े उतारकर सिद्धी जगाती है। लेकिन हरिया या तो जोड़ी कपड़ा दे या पाँच रुपया। हरीराम जोड़ी कपड़ा लिये सियार की माँद के पास मेहरिया के आने के इंतजार में बैठे थे। भवनाथ टाल से हरिया को पकड़ चोरी के माल सहित घर लाए थे और फिर जो आँगन में कोहराम मचा था कि पांडेजी घर से दौड़कर आए कि हो क्या गया।

बिरजा ने चूल्हे की लकड़ी निकालकर हरिया को पीटा था और अगर मुंशीजी ऊपर से चिल्लाते नहीं तो उस दिन हरिया की हड्डी-पसली नहीं बचती।

पिट-पिटाकर हरिया ऊपर आया। पहली बार हरिया सचमुच सहमा हुआ था, दयनीय! चोट काफी लगी थी। थोड़ी देर कराहता रहा, फिर दीवार का सहारा लेकर उठा, अपनी सारंगी उतारी, झाड़-पोंछकर उसकी खूँटियाँ कसने लगा। लेकिन न मुंशीजी से वह बोला, न मुंशीजी ने उससे कुछ कहा।

इसी बीच राघोराम आया। मुंशीजी को लौकी का झोर पिलाकर, बदन दाबकर चला गया। तब पता नहीं मुंशीजी को क्या सूझा। बोले, "जिन्न क्यों जगा रहा है रे हरी?"

हरी ने अचरज से देखा, जवाब दे कि न दे। मुंशीजी ने फिर कहा, "बोल रे!"

"क्या करें? क्या हमारा मन नहीं होता कि राघो भैया की तरह खाएँ, पहनें? लेकिन हम किसी की नौकरी नहीं बजावैंगे। जिन्न सध जाए तो···" हरीराम की आँखों में बड़े-बड़े आँसू थे। और पता नहीं भगवान् ने कैसी मति फेरी मुंशीजी की, बुलाया, "हरीराम, इधर आ।"

हरीराम संभावित तमाचे से अपना मुँह दोनों हाथों से बचाए पास जाकर खड़ा हुआ कि उन्होंने टटोलकर तीन रुपए और कुछ रेजगारी निकालकर दी, "देख हरी, माई से कुछ नहीं कहना, समझा! ये पाँच रुपए ले जा। जब तेरे मन में जाग गई है तो जो मन में आए, कर ले। फिर अपने इलम-हुनर में लग। सारंगी छोड़ना नहीं है, समझा! और

उस औरत की संगत में पड़ गया तो अब तो पड़ ही गया, मगर देख, उसके चंगुल में नहीं पड़ना, समझा!''

हरीराम पहले डर गए, फिर चारों ओर देखा, फिर रुपए गिनकर टेंट में खोंसे, फिर बहुत प्रसन्न होकर कोने में जा बैठे। आधा दरद गायब हो गया था। और भी उत्साह से सारंगी ठीक करने लगे।

मुंशीजी के मन में जाने कौन सी इच्छा अदज्य होने लगी। बड़े प्रगाढ़ स्वर में बोले, ''हरिया, जरा अपनी सारंगी सुना न! हम भी सुनें!''

हरिया के हाथ बड़े उत्साह से उठे, गज थामा, साधा, खींचा कि एकदम जैसे कुछ खयाल आ गया। झटककर सारंगी रख दी और उठकर खड़ा हो गया, ''मुंशीजी, पाँच रुपए दे के हमारा इलम-हुनर माँगते हो! ये रुपया हम पर उधार है। तुम्हारा भी, माई का भी, राघो भैया का भी! जितना लिया है, एक-एक पाई हरीराम चुका देंगे। हमारे इलम-हुनर में दखल देने की जरूरत नहीं, हाँ!'' और सारंगी टाँगकर पाँव पटकते नीचे उतर गया।

मुंशीजी ने गहरी साँस ली और करवट बदलकर आँखें मूँद लीं।

□

कमजोरी तो बेहद थी, लेकिन बदन की ऐंठन और दरद में कमी थी। और सबसे बड़ी बात यह थी कि मुंशीजी अंदर से जाने क्यों बहुत हलका महसूस करने लगे थे। लगता था कि कठिन वक्त पार कर गए और वैदजी का भी कहना था कि फागुन लगते-लगते मुंशीजी चलने-फिरने लगेंगे। अगले दिन हरदेई नैनी से आई तो मुंशीजी ने उससे कहा कि उनकी बड़ी इच्छा है नीचे ओसारे में खाट डलवाने की। आँगन देखे कितने दिन हो गए। भवनाथ, राघोराम, हरीराम—सब मिल के किसी तरह मुंशीजी को नीचे लाए। बिरजा भी खुश थी। तीन बार गोरसी में कोयला सुलगाकर लाई थी। आँगन सुबह उठकर बुहारा, तुलसी चौरा को गेरू से रँगा। आँगन में धूप बहुत अच्छी लग रही थी। जहाँ बिरजा ने चावल बीनकर किरनकी फेंकी थी, वहाँ गौरैया उतर आई थीं। हालाँकि एक बात का दूसरी से कोई तारतज्य नहीं था, लेकिन जाने क्यों धूप में गौरैया को फुदकता देखकर मुंशीजी को लगा कि उन्होंने बजरंग स्वामी से जो सवाल पूछा था, उसका उज़र चाहे न मिला हो, पर भगवान् हैं, जरूर हैं। बिना उनके हुक्म के पज़ा नहीं खड़कता।

इतवार था। शाम को वकील साहब देखने आए। मुंशीजी बहुत ही पुलककर बोले, ''अब अच्छे ही समझो। कमजोरी बाकी है। अबकी फागुन-चैत में कपाट खुल जाएँ तो बदरीनाथ भगवान् के दरसन जरूर करेंगे।''

''राघो की माँ को भी ले जाना।'' वकील साहब बोले।

रात को ओसारे में टाट का परदा टाँगकर सर्दी की रोक की गई और इसाक मियाँ ने टाल से कुंदे भिजवा दिए कि ईंट का थाला बनाकर सुलगा दें—ठिठुरन नहीं व्यापैगी।

तीसरे दिन बिटौनी आई। यही शाम के तीन-चार का समय रहा होगा। बिरजा भात राँध के, राघोराम को कचहरी भेज के चल देती थी—कभी छोटी बहू, कभी बिशन मामा, कभी पँड़ाइन के यहाँ। न वह बताती थी, न मुंशीजी पूछते थे। बिटौनी आई और बैठी ही थी कि उसके मिनट भर बाद बिरजा खबर पाकर तुरत आई और कनखी से बिटौनी की ओर देखते हुए अत्यंत मर्यादित गृहिणी की तरह बोली, "जरा पल भर के लिए छोटी बहू ने बुलाया था तुम्हारी तबीयत का हाल पूछने। तुम्हारी आँख लग गई थी तो जगाया नहीं।" और फिर मुंशीजी का कंबल-तकिया ठीक करते हुए उनके माथे पर हलके से हाथ फेरकर, उधर तख़्त पर बैठकर सुपारी कतरने लगी।

बिटौनी बहुत देर तक भैया के पास बैठी रही, ज्यादा बोली नहीं। अगर मुंशीजी सतसहाय या बच्चों के बारे में पूछें तो बता दे और बाकी बीच-बीच में आँख डबडबाकर चुपचाप भैया की ओर देखती रहे। बहुत देर बाद दबी जबान बोली, "भैया, तुम खुश रहो, अच्छे रहो। हम कभी कुछ कहती थीं तो इसी खयाल से कहती थीं। हमारे कहे-सुने को क्षमा कर देना।"

"नहीं बिटौनी! ठीक है, बेटा!" मुंशीजी भरे गले से बोले।

बिटौनी आँख पोंछती उठ खड़ी हुई। बिरजा तख़्त पर बैठी सुपारी कतरती रही। न बिटौनी उससे कुछ बोली, न वह बिटौनी से। भवनाथ और राघोराम आ गए थे। राघोराम ने एक पल मुंशीजी की ओर देखा, फिर बोला, "ठहरिए, पान तो खाती जाइए!" और माँ के पास रखे पानदान से एक पान बना लाया।

बिटौनी ने निस्संकोच हाथ बढ़ाया कि बिरजा पर निगाह पड़ गई और एकदम हाथ रोककर बोली, "हमारे यहाँ एक पान नहीं लेते, अशुभ माना जाता है।"

राघोराम दूसरा पान बनाने उधर गया कि बिरजा ने पानदान अलग खींच लिया। बोली, "हम छोटे आदमी हैं, गरीब आदमी हैं। एक ही पान है। नहीं खाना हो तो न खाओ, भाई! हमें मान रखना था, सो रख दिया।"

"अरे, छोटे को छोटा नहीं समझते।" भवनाथ बीच-बचाव करने के लिए बोले, "बोरसी में बड़ा कोयला जल जाता है, छोटा कोयला ठहर जाता है।" और बोरसी पर आग तपता हुआ हाथ उधर बढ़ाकर बोले, "लाओ, लाओ, बहन की ओर से हम ले लेते हैं पान!"

चलते-चलते बिटौनी ने फिर मुड़कर भैया की ओर देखा, "कैसी कंचन काया थी भैया की। मिट्टी में मिला दी लोगों ने। हे भगवान्!" और चली गई।

बिरजा ने सरौते में दबी सुपारी दाँत भींच के एक ही झटके में कतर दी। "ऊँह! आवैं चाहे जायँ!"

मुंशीजी जड़ थे, भाव-शून्य!

□

पता नहीं मगज की कमजोरी थी या थकान, अकसर पहले जिन बातों पर उनका खून खौल उठे या मन चोट खा जाए, ऐसी अनेक बातें अब वे अपने मन के ऊपर से ही टाल देते थे। तर्कपूर्ण तारतज़्य जुड़ता ही नहीं था या जुड़ता था तो ऐसा जैसा गौरैया देख के भगवान् का। लेकिन शायद एक बात और थी, पहले मुंशीजी के सामने गीता के सीन के मुताबिक सारा सीन साफ था। परदे पर इधर पांडो सेना बनी है उधर कौरो सेना। बीच स्टेज पर अर्जुन खड़ा है। इधर सब संबंधी हैं, पर उधर भी तो सब अपने हैं। अर्जुन कैसे बान चलाए! लेकिन यहाँ तो परदे पर मुसव्विर ने सीन ही गलत पेंट कर दिया। दोनों संबंधी हैं, लेकिन दोनों ही मुंशीजी का पक्ष लेकर मुंशीजी के ही खिलाफ हल्ला बोल रहे हैं। अब मुंशीजी क्या बान चलावैं और क्या मोह बखानैं। दोनों बराबर, दोनों बेकार।

राघोराम लौकी का झोर बनाकर ले आया था और वे उसमें थोड़ा पिसा जीरा और डालकर चुपचाप पीने लगे। हरी धनिया होती तो और मजा आता।

ठंड बढ़ गई थी। ओसारे का टाट गिरा दिया राघोराम ने और आग में एक नया कुंदा डाल दिया। मुंशीजी अच्छी तरह कंबल लपेटकर लेट गए। आँखें बंद कर लीं और जाने क्यों बिटौनी का खयाल लौट आया। यह पाकड़ तले हनुमानजी की मूरत मिली थी न, उस दिन बच्चों के साथ मेंड़ पर खेलते-खेलते बिटौनी को बड़ी देर हो गई थी। खोजने गए तो बिटौनी और बाकी बच्चे पाकड़ तले जमे थे। पहुँचते ही बिटौनी ने बताया, ''भैया, यही पाताल लोक की सुरंग है। भगवान्जी भी दरवाजे पर हैं।''

मुंशीजी ने देखा, हनुमानजी की मूर्ति थी और पास में एक भीटा। गहरी गुफा सरीखा। शायद सियारों ने खोदा होगा। बच्चे उत्साह से बोले, ''मुंशी भैया, इसमें घुसो तो पाताल में निकलता है।''

पाताल में क्या होता होगा? मुंशीजी ने सोचा। नागवासुकी होगा, तक्षक भी होंगे, शेषनाग होगा और उनके सब सिपाही अर्दली नाग होंगे। अगर कोई वहाँ पहुँच जाए तो नाग-ही-नाग, नाग-ही-नाग। मुंशीजी को झुरझुरी छूटने लगी। बढ़ती ही गई। आँख खोल दी।

''राघोराम बेटा, बहुत सर्दी लग रही है। जरा एक कंबल और डाल दे रे।'' दाँत से दाँत बजने लगे थे और पसली में ऐसा दरद मानो कई-कई साँप डँस रहे हों। थोड़ी देर में घर भर के कंबल, रजाई-गद्दे लद गए और मुंशीजी की झुरझुरी बंद नहीं हुई। राघोराम वैद्यजी को बुलाने दौड़ा।

''तुम लोग जान लेने पर तुले थे। ऐसी नाजुक हालत मरीज की और खुले ओसारे में ला के डाल दिया। ऊपर कोठरी में ले जाओ। लक्षण बहुत बुरे हैं। अगर सरशाम हो गया तो धन्वंतरि भी नहीं बचा सकेंगे। तेल का और लोहे का दान करा देना। शनि की

दोहरी मारक दृष्टि है!'' वैद्यजी ने बताया।

रात भर और दूसरे दिन भर फेफड़े में बेहद बलगम जमा हो गया था। साँस घरघराकर चलती थी, लेकिन पूरे होश में थे। एक बार हँसे-बोले भी। हरिया कब आया, किसी को पता नहीं चला; लेकिन आकर उसी कोने में चुप मूरत की तरह बैठ गया। बीच में बोले मुंशीजी तो एकदम उठकर गया और बोला, ''मुंशीजी, वह हरामजादी है। बिल्कुल दोजखी। हम उसके चंगुल में नहीं···।''

और राघोराम ने डाँट दिया, ''क्या टें-टें लगाए है! देखता नहीं मुंशीजी की क्या हालत है! एक झापड़ देंगे।''

डाँट खाकर वह फिर उसी कोने में आकर बैठ गया, बिल्कुल खामोश।

रात आठ बजे भवनाथ टाल पर खाना खाकर हुक्का गुड़गुड़ाने जा ही रहे थे कि घबराया हुआ राघोराम पहुँचा, ''आपको अज़्मा बुलाती हैं!''

भवनाथ हड़बड़ाकर उठे, ''भैया तो ठीक हैं?''

''हाँ, ठीक हैं।'' बहुत भरी आवाज में उसने कहा।

भवनाथ घर की तरफ चले तो बोला, ''उधर नहीं, बिशन मामा के घर!''

सब खामोश थे। वैद्यजी भी थे और राघोराम के ससुर गोविंद महाराज भी। बिरजा औरतों के बीच में थी—बाल बिखरे, आँखें सूजी, अजीब सी शक्ल। वैद्यजी बोले, ''भवनाथ, हमने कहा था न कि मारक दृष्टि है! किसी-न-किसी को तो लेती ही!'' और फिर गोविंद महाराज ने बताया कि आज दोपहर को राघोराम का बाप गुजर गया। कुछ दिन से गोपीगंज में ही आ गया था, अफीम खा के पड़ा रहता था। अभी मट्टी नहीं उठी है। बिरजा और राघोराम जाएँगे, तब उठेगी। एक मोटरवाला माल खरीदने इलाहाबाद आ रहा था। उसी के साथ आए हैं। उसी के साथ घंटे भर में जाना है। इतनी देर में सबसे बातचीत करके तय हुआ है कि बिरजा और राघोराम अभी चले जाएँ। बिरजा कल शाम तक लौट आवे, लेकिन राघोराम को तो दाग देना है, कम-से-कम तेरह दिन रहना पड़ेगा। पूजा करके सूतक शांत करा देंगे। बियाह में कोई रुकावट नहीं आएगी। उसी तारीख में हो जाएगा। अब देर करने की जरूरत नहीं। कपड़ा-बिस्तरा बाँधें और तुरत बिरजा और राघोराम चलें।

कोई कुछ नहीं बोला। कोई अपनी जगह से हिला भी नहीं। बस, भवनाथ उठे और भौजी से बोले, ''भौजी, इधर आना!''

बिरजा ने फटी-फटी आँखों से देखा और अपनी जगह जड़ बैठी रही।

''भौजी, तुम जाओगी?'' भवनाथ ने पूछा।

बिरजा कुछ नहीं बोली। मामी टन्नाकर बोलीं, ''अब ऐसे में मुंशियाना नहीं चलेगा, लाला! कोई छुट्टा-छेड़ा तो हुआ नहीं था। जाना तो पड़ेगा ही। राघोराम भी

दाग नहीं देगा तो परेत-राच्छस बनके मुरदा छाती पर बैठा रहेगा और गोपीगंजवाले तो ऐसे में बियाह करेंगे नहीं। बिरादरी में कौन करेगा, हम देखेंगे!''

भवनाथ चुप खड़े रहे कि भौजी कुछ बोलें। नहीं बोलीं तो बोले, ''चिंता न करो, भौजी! हम चौबीस घंटा रहेंगे। खाना तो हम तुमसे अच्छा बनाते हैं। कल शाम को तुम आ ही जाओगी।''

बिशन मामा खुद राघोराम के साथ गए कपड़ा-बिस्तरा निकलवाने। बाहर खड़े रहे। राघोराम ने बिना जरा भी खटपट किए कपड़ा-बिस्तरा निकाला। ऊपर झाँककर देखा, मुंशीजी सो रहे थे। हरिया भी कोने में कंबल ओढ़ के सिमटा पड़ा था। वहीं सीढ़ी से धरती छू के मुंशीजी को प्रणाम किया और फिर जैसे कहीं कुछ जमा हो गया था, वह फूट के निकल पड़ा। सिसकते-सिसकते बाहर आया। बिशन मामा ने पीठ पर हाथ रखा, ''आज तुम बे-बाप के हो गए, बेटा! कोई बात नहीं, हम तो हैं!''

रोते हुए अस्फुट स्वर में राघोराम क्या कह रहा था, कुछ समझ में नहीं आया!

भवनाथ लौट के आए तो एक-एक पाँव सौ-सौ मन का हो रहा था। मुंशीजी सो रहे थे। बस, साँस की घर-घर और साँस के साथ कंबल का उठना-गिरना। वैद्यजी कह रहे हैं कि बारह घंटे में साँस की चाल ठीक हो जाएगी। कुंभ नहाने आए थे राजा बराँव तो यही हालत हो गई थी। बस, इसी दवा से बारह घंटे में उठ बैठे थे और घोड़ा दौड़ाते हुए बराँव लौटे थे। अब कोई चिंता नहीं। लेकिन हरिया के भरोसे भैया को भवनाथ कैसे छोड़े! हरिया को जगाया। औंधा-नींदी में घूम रहा था।

''देख रे, भौजी और राघोराम नैनी गए हैं। हरदेई की तबीयत खराब थी, समझा! कल शाम को आएँगी भौजी। हम टाल जाते हैं अपना कंबल-कथरी लाने। नीचे पड़ रहेंगे। जब तक आवें, सोना मत!''

हरी उठ बैठा। नीचे की ढिबरी ला के ऊपर रख ली। लंबे बीमार की एक कड़वी गंध होती है। दवा की, छाती के लेप की, काढ़े की—घुली-मिली। कोठरी में अँधेरा और गंध और मुंशीजी के साँस की घर-घर। ढिबरी आते ही अँधेरा हलकाया और खाट की, मुंशीजी की छाया दीवार पर काँपने लगी। इस दीवार पर सारंगी की छाया। हरिया का जी बहुत घबराने लगा। कुछ समझ में नहीं आया। सारंगी उतारकर खूँटी उमेठने लगा। सुना, मुंशीजी कराह रहे हैं। हरिया उठा। बुला रहे थे, ''बिरजा, बिरजा!''

''माई और भैया नैनी गए हैं। नानी की तबीयत खराब है।'' हरिया बोला।

मुंशीजी ने आँख खोलकर चारों ओर देखा—दीवार, खपरैल, मोखा, टीन का संदूक, फिर आँख बंद कर ली।

''बजरंग स्वामी! बड़ी पीर है!'' फिर बोले, ''राघो, बेटा राघो!''

हरिया पास आया, ''भैया भी गए हैं। नींद नहीं आती, मुंशीजी! सारंगी सुनावें?

आप उस दिन कह रहे थे। नींद आ जाएगी।''

मुंशीजी ने फिर आँख बंद कर ली। गाने में सुना था—बदरीनाथ के चंदन के कपाट हैं। हीरा, मोती, पन्ना, पुखराज जड़ा है। देखा, मोखे के पल्ले में कोई हीरा, मोती, पन्ना, पुखराज जड़ गया है। पास में बिरजा खड़ी है, ''तो हम जाएँ, मुंशीजी!''

मुंशीजी ने रोका नहीं।

''जरा कपाट खोलती जा रे! बड़ी घुटन है कोठरी में!'' कपाट खुल गए। मोखे के बाहर देखा—न खेत था, न कुआँ, न हनुमान चौरा। बस, ऊँचे-ऊँचे पहाड़ और बरफ और निचाट रास्ता। मुंशीजी गुड़गुड़ी लेकर निकल गए। बरफ की आँधी हाड़-हाड़ कँपा रही थी। पाँव फट गए थे। जबान ऐंठ रही थी। बस, घाटी और पहाड़। न कहीं मंदिर, न तीरथ। कहीं कोई चिड़िया तक पंख नहीं मारती थी। बरफ, बियाबान बरफ।

''अरे, कोई है रे?'' उन्होंने गला फाड़कर पुकारा।

''हम हैं न!'' हरिया बोला।

मुंशीजी ने आँख खोली। हरिया का चेहरा सूख गया था। ''मुंशीजी! ऐसे न देखो, मुंशीजी! हमें बड़ा डर लगता है। क्या चाहिए, बोलो न? मुंशीजी, हम भी तुम्हारे बेटा हैं, मुंशीजी।'' हरिया बिलबिलाकर रो पड़ा।

मुंशीजी ने आँखें फिर मूँद लीं और बरफ में धँसते चले गए···सब तरफ सन्नाटा था, बस कहीं सारंगी बज रही थी।

भवनाथ ने गली में ही हरिया की चीख सुनी। दौड़े-दौड़े आए। हाँफते-हाँफते सीढ़ी चढ़े। माथा-नब्ज़ देखा। बरफ की तरह ठंडा पड़ गया था सारा शरीर।

□

आश्रम

दूर-दूर तक वीरान बंजर में अकस्मात् यह दीवार शुरू हो जाती थी और फिर जैसे खत्म होने को नहीं आती। पुरानी लखौरी ईंटें, जगह-जगह लोना, कहीं-कहीं पत्थर के ढोंकों की चिनाई, संधों में से सुनहले साँपों-सी झूलती लंबी सूखी घास और सूखी काई परत-दर-परत देहाती रास्ते के किनारे नंबर लगे पेड़ों की कतार, किनारे-किनारे सूखा नाला और फिर दीवार। चलते-चलते कितनी देर बाद पुलिया और फिर फाटक—विशालकाय, भयावह।

खचड़ा बस उसे उतारकर चली गई तो उसने अपना टीन का संदूक और सुतली से बँधा दरी-कंबल पुलिया पर रखा। प्याऊ पर जो काला लड़का गंदी सी टोपी लगाए बैठा था, उससे मालूम हुआ कि आश्रम के अंदर जाने की अनुमति लेनी पड़ेगी। लड़का उठा और खड़े होकर उसने आवाज लगाई, ''पाहुन आए हैं ओ जैत सिंहा!'' और फिर बैठ गया।

उसे अजब-अजब-सा लग रहा था। रेल-खर्च के लिए किसी तरह फीस के रुपए बचाकर कितनी मुश्किल से वह आया था; लेकिन अब तबीयत हो रही थी, तुरत लौट जाए। दीदी आखिर यहाँ आई क्यों? क्या कर रही होगी? दीदी को तो मालूम था कि वह आने वाला है। कहाँ बुआ का घर, जहाँ जाते ही दीदी झटपट आती थी और उसे बाँह में लपेटकर धकियाते हुए घर में ले जाती थी, ''माँ, कुन्नी भइया बंदरराम आ गए, देखो!'' और फिर आँगन, सीढ़ी, छतें—सब हँसने लगती थीं। उजास फूट पड़ती थी हर ओर।

फाटक के दोनों ओर सील खाए हुए सहन थे और दो कोठरियाँ अँधेरी-अँधेरी सी। एक कोठरी के आगे एक घाघरा सूख रहा था, दूसरी कोठरी की दहलीज पर एक मरियल बुड्ढा बीड़ी पी रहा था। आम और नीम के पेड़ों की एक-एक पत्ती पर धूल जमी थी, जैसे यहाँ बरसात होती ही नहीं। पुलिया के नीचे सूखा कीचड़ था। हाँ, शांति तो थी, जैसा दीदी ने अपने खतों में लिखा था। शांति भी, खुलापन भी, सादगी भी, बल्कि उससे कुछ ज्यादा, सन्नाटा—उचटता हुआ सन्नाटा। सिर्फ थोड़े से जंगली तोते पेड़ की डालों से दीवार

के कोटर और कोटरों से पुलिया पर फुदक रहे थे। एक हरा पंख लंबी नुकीली पज़ी की तरह उड़ता आया और उसके धूल भरे जूतों के पास गिर गया।

''ओ जैत सिंहाऽऽ बकसा उठा रे, पाहुन''' ।'' लड़के ने फिर गुहार लगाई।

उसे लगा, कोई नहीं आएगा। उसने अनमने भाव से उधर देखा, जिधर बस गई थी। बस ओझल हो चुकी थी। सड़क पर एक बेडौल सी ऊँट गाड़ी चली आ रही थी, जिस पर बोरे लदे थे। कहाँ आ गया वह ? सचमुच दीदी यहाँ है। उसने मुड़कर लड़के से पूछा, ''दीदी कैसी है अब ?''

लड़के ने आँख मिचमिचाकर उसकी ओर देखा। ''दीदी! दीदी! मेरी बुआ की लड़की शांता सेठ। लिखा था, मियादी बुखार''''

''फुआ की धी, भैण बोले हैं भैणा।'' लड़का संशोधन पेश कर फिर प्याऊ के बाँस का नलका धोने लगा।

''हुँ!'' जाने किधर से लाठी लिये एक लंबे-तगड़े जाट ने आकर हुँकारा। सामान उठाकर चल दिया।

''मैं इतै से जात हौं! तुम दाएँ रस्ते मेंड़-मेंड़ अइयो। छोटी अध्यापिका के पाहुन हौ ? अरे, उधर नहीं, इधर से उधर कुइँया पर कन्याएँ स्नान ले रही हैं। आज दर्जा पाँच का स्नान दिन है न!''

कच्ची पगडंडी, एक दो अधबने कमरे, कुछ खुदी हुई नींवें, फिर ईंटों का चट्टा, फिर आक-मदार के पौधे, लंबे भोंपूनुमा सफेद बैंजनी फूल, फिर तालाब। पाँव की धमक से चौंककर एक टिटिहरी का जोड़ा उड़ा और 'टीं, टीं!' चीखते हुए चक्कर काटने लगा। सामने फिर एक दूसरी दीवार थी। लगे-लगे कई कमरे और सीढ़ियाँ। एक सीढ़ी के आगे उसने देखा, दीदी खड़ी थी। दुबली, कमजोर, एक सूती चादर लपेटे। वह दौड़ा, फिर रुककर धीरे-धीरे चलने लगा। दीदी मुसकराई, ''कुन्नी भइया, आ गया! पगले, पढ़ाई का हर्जा करके भाग आया! मैं मरी थोड़े ही जा रही थी! जरा सा बुखार था। जैत सिंह अभी तेरा सामान कार्यालय में रख देगा क्लर्कजी के पास। अतिथिशाला में झाड़ू लग रही है। महीनों का कूड़ा जमा है।''

तो वह दीदी के पास नहीं ठहरेगा। अतिथिशाला उसे गोशाला या घुड़साल जैसी लगी, पर कुछ बोला नहीं वह। कुछ था यहाँ कि वह दीदी से भी सहज नहीं हो पा रहा था। दीदी भी कैसी लग रही थी ? अलग-अलग-सी। पता नहीं, शायद कुन्नी को बंदरराम कहना भी आश्रम के नियमों के खिलाफ हो। उसके मन में आया, दीदी के दोनों कंधे पकड़कर झकझोर दे, 'चल घर, अब कहाँ जेल में पड़ी है!' पर कुछ था यहाँ की हवा में, जो हर आवेग को बाँध देता था। वह सधी चाल से, निगाह झुकाए, आदर्शता भरे कदमों से दीदी के बगल-बगल चलने लगा।

तालाब की हरी काई पर बबूल के पीले फूल चुपचाप झर रहे थे। दीदी क्षण भर रुक गईं, "देख, कितनी शांति है यहाँ! एक वह शहर है और वहाँ के लोग और वहाँ के नाते-रिश्ते। यहाँ सादगी की कीमत मालूम पडती है। खुली हवा। और मनुष्य, यहाँ अब भी मनुष्य हैं। तू खामख़्वाह दीदी की चिंता कर-करके दुबला हो गया है, कुन्नी! दीदी तेरी बड़ी खुश है यहाँ!"

"सच कहती है तू?" कुन्नी ने दीदी के दुबले हाथ हाथों में लेकर पूछा।

"सच कहती हूँ, भइया! आडंबर नहीं है यहाँ। लोग दिखावे का शिष्टाचार नहीं करते, पर मन के बुरे नहीं। यहाँ मैं फिर अपने को बना सकती हूँ। जितना वहाँ टूट-फूट गया सब! तू अभी बड़ी माँजी से नहीं मिला। वे तो सबकी माँ हैं। अनुशासन में कितनी कठोर, पर मन में कितनी ममता! जानता है, शहर से इंजीनियर आया था नक्शा पास करने। माँजी सब काम छोड़कर, भंडारे में बैठकर तेरे लिए मोयन डालकर मठलियाँ बना रही थीं। उन्हें मालूम था न कि शांता का भाई आ रहा है। यहाँ अभी संबंध निबाहे जाते हैं कुन्नी!"

कुन्नी को सुनकर अच्छा लगा। उसके संदूक में एक डब्बे में बुआ ने बीजे की कतरी, मूँग के लड्डू और मोयन पड़ी आलू की कचौड़ियाँ बनाकर रख दी थीं। दीदी को पसंद थीं न। बुआ रोती जा रही थीं और बनाती जा रही थीं। उसके मन में आया कि दीदी को बता दे, लेकिन जानता था कि दीदी फिर छुएँगी भी नहीं। वह तो दीदी को यह भी नहीं बता सकता कि प्रकाशजी नई बहू को लेकर आए थे तो कुन्नी से दीदी की ही बातें करते रहे। उसने चुपचाप आँखें उठाकर पहली बार आश्रम को देखा। धूप में आश्रम अब अच्छा सा लग रहा था। हवा के साथ काई की हरी चादर पर बबूल के पीले फूल इधर से उधर तैर रहे थे। आश्रम की हवा में कुछ था जरूर! उसे लगा, जैसे जिस दुनिया से वह आया था, वह धीरे-धीरे सिर्फ एक धुँधली याद बनती जा रही थी। इतनी जल्दी बुआ के आँसू, प्रकाश की आँखों में झाँकती अपराधी भावना, फीस और ट्यूशन की झंझटें, यूनिवर्सिटी के जुलूस, नारे, हड़तालें, आंदोलन—यहाँ तक कि दीदी की चिंता भी। अंदर के सारे तनाव कहीं ढीले पड़ गए थे। मन और तन दोनों शिथिल, खुले-खुले से और हर चीज, चाहे वह कुइयाँ के रहट की चूँ-चूँ हो या छप्पर पर बैठा नीलकंठ या पगडंडी पर आती-जाती सहेलियों के झुंड या अंदर लड़कियों के लेजिम वर्जिश की छम-छम या जैत सिंह के छप्पर पर छाई इमली की हरियाली—सब एक अज्ञात आश्वासन-से थे। किसकी ओर से किस दुःख के प्रति, यह तो नहीं मालूम, लेकिन थे जरूर! शायद छोटे पंडित—स्वामीजी सही कहते थे कि जहाँ इनके लिए गुंजाइश होती है, वहाँ प्रभु मौजूद रहते हैं। किन रूपों में उनका आभास प्रकट हो, कोई नहीं कह सकता; लेकिन वह आभास महसूस करा देते हैं।

उसे अभी तक आश्रम में जितने लोग मिले, उनमें गोस्वामीजी उसे बहुत अच्छे लगे थे। उनकी बातें हालाँकि उन्होंने बहुत कठिन संस्कृत शब्दों में कही थीं, उसे छू गई थीं। भेंट भी कहाँ हुई? जैत सिंह की इमली के पास। इस मौसम में सब पेड़ सूखे-सूखे-से थे, मगर इमली में नए कल्ले आए हुए थे। उसे बचपन के दिन याद आ गए और वह कच्ची हरी पत्तियाँ तोड़कर उनकी खटास का स्वाद लेने लगा।

"कुन्नीजी, यूनिवर्सिटी के छात्र भी इमली खाते हैं? मैं तो समझा था, वे केवल भूख हड़ताल करते हैं।"

उसने चौंककर देखा। गीला निचोड़ा हुआ गमछा कंधे पर डाले छोटे पंडितजी खड़ाऊँ पहने खड़े मुसकरा रहे थे, "मेरी कुटी पर पधारिए न! कुछ बातें करेंगे।"

और थोड़ी देर बाद वह छोटे पंडितजी के छप्पर के सामने मूँज की खरहरी चारपाई पर बैठा उनसे शास्त्रार्थ में तल्लीन था। बातें यूनिवर्सिटी की शिक्षा और आश्रम की शिक्षा से ही चल पड़ीं। तीन दिन पहले वह जुलूस में शामिल यूनिवर्सिटी के खिलाफ नारे लगा रहा था; लेकिन इस वक्त आश्रम की शिक्षा के आगे वह यूनिवर्सिटी की हेठी भला कैसे सह ले? उसके पास तर्क थे और आते-ही-आते आश्रम का जो प्रभाव उसके मन पर पड़ा था कि वह एक जेलखाना है, जहाँ उसकी दीदी कैद हो गई है, उसका आक्रोश था। यह भी कोई शिक्षा हुई! शहर से कटी, जीवन की सहज धारा से कटी, कल्पित आदर्शों में बँधी, यहाँ जिंदगी का एकांगी विकास ही तो होगा।

"यह दीवार तोड़ दीजिए, पंडितजी। चारों ओर के जीवन को देखिए। उसकी बाढ़ में छात्राओं को जूझने दीजिए।"

पंडितजी ने सहज भाव से एक पोटली में से इलायची निकाली, हथेली पर रखकर उसे देते हुए बोले, "भइयाजी, आप तो गंगा तट के वासी हैं। गंगा का पानी जब कमर से ऊपर आ जाता है तो नौका पर बैठकर पार करते हैं न? पर अगर नौका ऐसी बने, जिसमें हर तरफ से पानी आने दिया जाए, तब क्या होगा? डूब जाएगी न? ये आश्रम तो नौकाएँ हैं। आरोही पार लग जाएँ, तब जी चाहे उतना जल में कुलेल करें।"

वह चुप हो गया, लेकिन अभी भी सहमत नहीं।

"आप तो ईश्वर में भी विश्वास नहीं करते होंगे। नई शिक्षा के हैं न?"

और वह फिर मुखर हो आया। अपनी फिलॉसफी का क्लास उसे सबसे ज्यादा नीरस लगता था। अकसर गायब रहता था वहाँ से। लेकिन इस वक्त फिलॉसफी की सारी शब्दावली उसकी जबान पर थी। वह ईश्वर के अस्तित्व को टुकड़े-टुकड़े कर रहा था। गोस्वामीजी चुपचाप सुन रहे थे। सहसा बोले, "आप तो केवल तर्क के लिए कह रहे हैं, लेकिन शांता बहन तो सचमुच कटु थीं। लेकिन इस बीमारी के बाद वे पूजा करने लगी हैं।"

अच्छा, उसे बहुत अचरज हुआ। दीदी और पूजा-पाठ और कुन्नी को बताया भी नहीं। एकदम चिढ़कर बोला, ''उनकी बात जाने दीजिए, पंडितजी। वे कब किससे तुक बिठा लें, कुछ पता नहीं।'' कुछ देर चुप रहा, फिर बोला, ''अब देखिए, मेरा नाम कुंदन कुमार है। दीदी मुझे बचपन से चिढ़ाती है कुंदनराम, बंदरराम। बताइए, कुंदन की तुक बंदर कैसे हुई? मगर उनका दिमाग, तुक बैठ गई तो बैठ गई!''

कुन्नी मन-ही-मन बड़ा आहत था कि दीदी ने उसे अभी तक बाँह में लेकर 'बंदरराम' नहीं कहा, ऊपर से बुढ़ियों की तरह पूजा-पाठ करने लगीं।

गोस्वामीजी हँसे, ''कौन जाने, आपको भगवान् उसी बेतुके रूप में मिल जाए, भइया! उसकी लीला का कोई पार भी तो नहीं है। खैर, छोड़िए, आपका विश्वविद्यालय तो अनिश्चित काल के लिए बंद हो गया है, कल के पत्र में समाचार था।'' ''अच्छा, यहाँ अखबार भी आता है।'' उसे मालूम हुआ कि रात को नौ बजे बस शहर से लौटती है तो ड्राइवर दे जाता है। पहले बड़ी माँजी और दूसरे दिन सब अध्यापक देख लेते हैं।

उसे याद आया कि यह तीसरा दिन है और वह सचमुच उस दुनिया को जैसे भूल ही गया है। इन दीवारों के बाहर जो घटना प्रवाह है, समय की जो आपाधापी है, वह यहाँ बिल्कुल थम गई है। वह सब यहाँ कितना धूमिल पड़ गया है, जैसे दूर कहीं से आती हुई शोर की हलकी गूँज और सारी चीजें तो बेतुकी लगती थीं। जाने कैसे उनकी तुक बैठने लगी है, वरना कोई कल्पना कर सकता था कि वह सुबह उठकर भाईजी की व्यायामशाला में पहुँच जाएगा। अभी अतिथिशाला ठीक नहीं हुई थी। कार्यालय में उसका तख़्त, बिस्तर, संदूक और सुराही रख दिए गए थे। क्लर्क को लोग पीछे 'क्लर्कजी' और सामने 'भाईजी' कहते थे। वे तीसरे पहर दफ़्तर के रजिस्टर और डाक देखते थे, सुबह लाठी-मुग्दर घुमाते थे और दोपहर को कन्याओं को लेजिम और तलवार का अभ्यास कराते थे। भाईजी ने प्रण किया था कि दस-बारह दिन में वे कुन्नीजी का स्वास्थ्य बना देंगे। भाईजी तीसरे पहर दफ़्तर में काम करते वक्त भी लाठी कोने में टिकाकर रखते थे। शाम को कुन्नी जैत सिंह के साथ कुएँ पर भी गया, जहाँ सुबह कन्याएँ स्नान करती थीं और शाम को बैल रहट चलाकर सिंचाई करते थे। सिंचाई के लिए कच्ची नालियाँ बनी थीं। जिधर पानी मोड़ना होता था, उधर गीली मिट्टी थोपकर, मेंड़ बाँधकर पानी मोड़ना भी उसे आ गया था। वह कीचड़ सने हाथों से कनेर की क्यारी में पानी मोड़ ही रहा था कि संदेश आया—बड़ी माँजी ने आज चाय बनवाई है। कुन्नी भइया को बुला रही हैं।

बुलाने के लिए छोटे वानप्रस्थीजी आए थे। गाढ़े की लुंगी और गाढ़े की मिर्जई पहनते थे और हमेशा हड़बड़ी में रहते थे। चाय आश्रम में कभी नहीं बनती थी। इस समय यह जानकर कि बड़ी माँजी ने शहर से चाय की पुड़िया कुन्नीजी के लिए मँगवाई

थी, वे और भी हड़बड़ा गए थे। पूरब के थे, 'ड़' को 'र' बोलते थे। चलते-चलते बोले, "आप लोग तो सहर में रोज चाय सुरकते हैं न? कभी-कभी ठीक है, लेकिन तामसिक है, नींद को भी नसाती है।"

कुन्नी ने मुसकराकर उन्हें देखा। उसे यही नहीं समझ में आ रहा था कि इन्हें 'छोटे वानप्रस्थी' क्यों कहते हैं?

पहली बार वह अंदरवाले आँगन में ले जाया गया। बड़ी माँजी अपने कमरे के सामने कुरसियाँ डालकर बैठी थीं। उसने अभी तक उन्हें दूर से ही देखा था। सफेद बिना किनारी की धोती, गोरा लंबा चेहरा, चेहरे पर हर वक्त एक समृद्धता का भाव, जो सिर्फ मुसकान के हलके अंतराल से टूटता था। मुसकान में निचला ओठ थोड़ा ऊपर उठ आता था।

"आओ बेटा!" उन्होंने बैठे-ही-बैठे बड़े स्नेह से बुलाया, "तुम क्या कहते होगे कि दो दिन आए हो गए, माँ ने बात भी नहीं की। मुझे दोनों दिन शहर जाना पड़ गया। कुछ जमीन का झगड़ा था अदालत में।" सामने प्लेट में मठलियाँ और मोटे शीशे के गिलास में चाय—"शांता बेटा कहती थी कि तुम्हें आश्रम अच्छा नहीं लगता। हाँ, जंगल है यह तो, तुम्हारे शहर की रौनक यहाँ कहाँ!"

"नहीं, यह बात नहीं।" कुन्नी ने दबे स्वर में कहा। उसका प्रतिरोध पहले ही टूट चुका था। फिर भला ऐसी स्नेही माँजी से वह थोड़े ही बहस कर सकता था!

"नहीं, कुछ बात तो है! सुना, तुम शांता बेटा से भी नाराज हो। यह भी तो उसका घर है। अपने घर में वह काम करती है।"

कुन्नी चुप रहा। मठलियाँ सचमुच बहुत ही अच्छी थीं और बड़ी माँजी के आगे तो कुछ बोला ही नहीं जा सकता। "तुम्हारा विद्यालय तो बंद हो गया है। महीने भर यहाँ मेरे पास भी रह जाओ। शांता का भी मन भर जाएगा। यहाँ का जीवन भी देख लो, शायद अच्छा लग जाए।"

"नहीं, मुझे···तो···अच्छा लगा।" उसने चाय घूँटते हुए कहा, "लेकिन मेरे अच्छा लगने से क्या? हमारी शिक्षा का कुछ उपयोग तो है, इसका क्या उपयोग!"

बड़ी माँजी हँसीं, "उपयोगी चीज का भी कहाँ तक उपयोग है बेटे, कभी सोचा? अगर उपयोग होता ही तो आएदिन तुम लोग स्कूल बंद कराते क्यों घूमते? अच्छा, हमारी शिक्षा खराब सही, तुझे मठलियाँ अच्छी लगीं?"

कुन्नी ने लजाकर हामी भरी।

"खुरजा से बहुत अच्छे घी के चार टीन साहजी ने भिजवाए थे। तेरे ही लिए खुलवाए। शांता से कहा है, तेरी दाल में भी यही डलवाए। भंडारे का घी ठीक नहीं।"

फिर खामोशी। बड़ी माँजी उधर बाहर की ओर देखती कुछ सोचती रहीं, फिर

जैसे अपने में डूबी हुई बोलीं, ''मैंने बहुत पापड़ बेले, बहुत विरोध हुआ। जब हम लोग आए तो कुल तीन लड़कियाँ थीं। जिसने यह अहाता और आश्रम बनवाया था, वह छोड़कर चला गया। यहाँ डाकू आकर छिपते थे। हमको धमकियाँ मिलीं, गुमनाम खत मिले। एक बार झगड़ा भी हो गया। फिर जब आश्रम चल निकला तो इस जायदाद के दावेदार आ गए। तुमने फाटक के पास कोठरी में एक बुड्ढा देखा होगा। 'सेठजी' कहलाता है। अभी भी डटा है। कहता है, सारी जायदाद उसकी है। मुकदमा कर रखा है, लेकिन भगवान् की इच्छा थी, पूरी होनी थी।''

''अच्छा!'' कुन्नी को यह सारा इतिहास नहीं मालूम था। दीदी ने भी कभी नहीं लिखा। बड़ी माँजी के लिए उसके मन में श्रद्धा जागने लगी। वह अपने में डूबी बोलती गईं, ''लोगों ने यह भी कहा कि मुझे संपज़ि की हविस है। हाँ, है, पर अपने लिए नहीं, इनके लिए!'' उन्होंने आँगन में घूमती लड़कियों की ओर इशारा किया, ''इनके लिए मैं जो भी जुटा सकती हूँ, जुटाती हूँ। वह कुछ भी नहीं है, यह भी जानती हूँ। हम लोग साधनहीन हैं, पर लगन है! उसी लगन के कारण साधन जुट जाते हैं। अब शांता बेटी ही है। कहीं भी कॉलेज में दो घंटे पढ़ाकर ज्यादा वेतन पा सकती है। यहाँ मैं क्या दे सकती हूँ उसे! मैं तो सबसे कहती हूँ कि देना-ही-देना है बेटा, इस आश्रम में।''

कुन्नी देख रहा था माँजी की ओर, लेकिन उसका मन अपनी दीदी के चारों ओर घूम रहा था। देना-ही-देना है और उसी से संतोष मिलना है तो क्या उसके लिए आश्रम ही आना जरूरी है! घर में क्या बाधा है? आखिर प्रकाश ने जो नाटक खेल दिया है, दीदी उसका दंड बुआ और कुन्नी को क्यों दे रही है! मान लिया, बुआ ने उसे गलत समझा, उसका बहुत कुछ मूल्यवान् छीन लिया, फिर वहाँ दीदी ने देना ही अपना धर्म क्यों नहीं माना? असल में एक बात और थी। कुन्नी सब काम छोड़कर यहाँ इस अनजाने, अपरिचित आश्रम में आया था दीदी के लिए। पर कैसा अजीब था कि यहाँ आश्रम उससे जुड़ता जा रहा था और दीदी जैसे छिटककर अलग होती जा रही थीं। जाने क्या सोच रही हैं, कुन्नी से दिल खोलकर बात भी नहीं की! ऊपर से पूजा, पाखंड! इसी पर वह और खीजा हुआ था। लेकिन बहुत सँभलकर बड़ी माँजी से दबे स्वर में बोला, ''हाँ, वह तो देख रहा हूँ। दीदी यहाँ आकर बहुत बदल गई हैं। अब तो पूजा भी···''

बड़ी माँजी सहसा गंभीर हो आईं, ''बेटा, तुम बहुत सुशील बच्चे हो पर तुज़्हारी यही बात मुझे अच्छी नहीं लगी। तुम बिना समझे विरोध करते हो! पूजा को क्या समझते हो तुम? मनुष्य कमजोर होता है, कितने भ्रम पाल लेता है। पूजा के समय वह सिर्फ भगवान् को साक्षी बनाकर अपने को जाँचता है कि उसने अपने को देने में कोई कमी तो नहीं रखी।''

इतने में सहसा सीढ़ी पर लाठी ठनकी और भाईजी दिखाई दिए। एक हाथ में

लाठी और दूसरे में बादामी कागज का एक लंबा सरकारी लिफाफा।

"तारीख पड़ गई है, समन आए हैं।"

बड़ी माँजी ने भौंहें सिकोड़ीं, कागज देखकर दस्तखत किए और लौटाते हुए बोलीं, "इस बुड्ढे और इसकी बहू ने बड़ी गंदगी फैला रखी है। यहाँ से हटें तो आश्रम स्वच्छ हो। बड़े पंडितजी उज़रकाशी से लौट आएँ तो कहना, कागज लेकर वकील से सब बातें कर लें, उनके लड़के का ऊधम खत्म हुआ या नहीं?"

"माधव ऐसे नहीं मानेगा माँजी, जब तक यह लाठी उसके मस्तक को नहीं भेदेगी!" भाईजी ने लाठी उठाकर कहा, "बड़े पंडितजी ने तो कह दिया है कि वह मेरा कोई नहीं, चाहो मार के कुइयाँ में फेंक दो। आप ही अनुमति नहीं देतीं। अभी कल शाम को बीड़ी पी रहा था बुड्ढे की बहू के कमरे में बैठा-बैठा। वह निर्लज्जा भी…"

"अच्छा-अच्छा, बाद में देखेंगे!" माँजी ने सहसा कुन्नी की ओर देखकर आँख से भाईजी को मना किया, "जरा विमली को भेजना भंडारघर से!" और जैसे थकी-थकी-सी उन्होंने कुरसी की पीठ पर सिर टिका लिया और आँखें मूँद लीं। कुन्नी की समझ में नहीं आया कि बैठा रहे कि जाए। उसने चुपके से गरदन घुमाकर पीछे देखा। कई फर्लांग के घेरे में ईंटों का बड़ा सा आँगन था। तीनों ओर छात्राओं के बड़े-बड़े कमरे और हरेक के साथ एक छोटा कमरा, जिनके आगे लतरें लगी थीं। शायद ये कमरे अध्यापिकाओं के होंगे। इनमें दीदी का कमरा कौन सा है? आँगन के बीच में दो मंडप-से बने थे। एक में दो-तीन लड़कियाँ बैठी बातें कर रही थीं, दूसरे में हारमोनियम पर शायद संगीत का अज़्यास हो रहा था। दो-तीन छोटी लड़कियाँ बीच आँगन में किसी बात पर झगड़ा कर रही थीं।

"ये लो, बड़ी माँजी तो सो रही हैं!" कुन्नी ने घूमकर देखा, एक पतली छरहरी लड़की सामने खड़ी थी। चेहरा सुंदर तो नहीं, पर सलोना जरूर था और आँखें बड़ी, निस्संकोच और थोड़ी शरारती—एकटक कुन्नी को देखती हुईं। कुन्नी ने देखा तो वह मुसकरा दी, बेमतलब। कुन्नी ने अचकचाकर निगाहें नीची कर लीं।

"विमली!" बड़ी माँजी ने आँखें मलते हुए कहा, "ऊँट गाड़ी पर रसद आई थी, रखवा दी?"

"रखवा दी, माँजी! कोंहड़े और आलू भी आए थे, उन्हें तुलवा रही थी।"

"इन्हें जानती है?"

"हाँ, ये कुंदन हैं न, शांता बहनजी के भइया। माँजी, कार्यालय में इनका सामान रखवाने मैं ही गई थी। आप ठीक कहती थीं, शहर की शिक्षा उलटी है। इन्होंने तकिए पर गिलाफ भी उलटा चढ़ा रखा था, चादर भी उलटी!"

"बस-बस, तेरी बातें ही तो लच्छेदार हैं! काम-धाम कुछ नहीं करना। बेटा, यह

विमली भंडारे का सब काम देखती है। तुम भंडारे में ही जाकर विमली से गरम खाना परोसवा लिया करो। विमली बेटा, दाल में खुरजावाला घी डालना, छात्राओंवाला नहीं, समझी?''

''हाँ, समझ गई। अब जाऊँ?'' और फिर कुन्नी पर एक चिढ़ानेवाली निगाह डालती हुई विमली चली गई। जाते-जाते कुन्नी ने इतना और देखा कि उसकी गोरी गरदन पर कंधे के पास एक बहुत बड़ा तिल है।

''बहुत हँसमुख और बातूनी है बेटा, बुरा न मानना! अंदर से बहुत दुःखी है बेचारी!'' माँजी ने दुःख की सारी कथा बता दी। ''मथुरा में तब छोटे पंडितजी संस्कृत पाठशाला में पढ़ाते थे। इसके माँ-बाप इसे ले आए थे बेचने के लिए। पहले किसी के साथ भाग गई थी। बच्चा हुआ तो उसकी जान ले ली और इसे भी भगा दिया। माँ-बाप मथुरा ले आए। गोस्वामीजी ने जैसे-तैसे उद्धार किया और लाकर मेरे पास छोड़ गए। उन्हें भी बड़ा प्रवाद सहना पड़ा। पाठशालावालों ने हटा दिया, तब यहाँ आ गए।'' क्षण भर चुप रहकर फिर जैसे शून्य में देखते हुए बोलीं, ''हर आदमी दुःखी है। किसी ओर से संबंध जोड़कर अभाव पूरा करना चाहता है; पर मनुष्य तो अपूर्ण है। अपूर्ण से अपूर्ण जुड़कर पूर्ण कैसे हो सकेगा भला! वह तो तभी होगा, जब भगवान् से जुड़ जाए। वही पूर्ण है। फिर भगवान् जिधर प्रवृज़ कर दे, उधर जी-जान से लग जाए, तभी शांति मिलती है...अच्छा बेटा, तुझे देखकर मन को बहुत अच्छा लगा। अब जाओ, घूमो-घामो, रात को भंडारे में ही जाकर खाना। कल शांता को चौधरी साहब के पास जाना है। तुम भी घूम आना, उनका गाँव देख आना।''

कुन्नी लौटा तो कान में माँजी की बातें घूम रही थीं और आँखों में मुड़कर जाती हुई विमली की शरारती निगाह, गरदन के पास का तिल और उसकी कथा। क्या दुःख हर जगह घुन की तरह पैठा हुआ है? क्या सचमुच उससे मुक्ति का यही रास्ता है? दीदी ने क्या सही चुनाव किया है इस रास्ते का?

शायद ये सब सवाल कुन्नी की सामर्थ्य से ज्यादा भारी थे। अँधेरा छाने लगा था। वह अनमना-सा घूमता-घूमता कुएँ की ओर आगे बढ़ता गया। बाकी सब सवाल पीछे छूटते गए, सिर्फ एक सवाल बरकरार था—इसी रास्ते में दीदी को सुख मिले तो ठीक, लेकिन इस रास्ते पर दीदी उससे, बुआ से, सबसे छूट क्यों रही हैं? यह सब दुःख-सुख, पूर्णता-वूर्णता, भगवान्-उगवान् सब ठीक हों, चाहे गलत, पर यह जरूर है कि जिस दुनिया में वह, बुआ, दीदी, प्रकाश—सब जुड़े-टूटे थे, उससे यह कुछ अलग है। दीदी उसकी उसी दुनिया से जुड़कर रहें, नहीं तो...नहीं तो क्या होगा—उसे कुछ समझ में नहीं आता था। इस सबको सुलझाना उसके बिरते का नहीं था। जो दुनिया उसके बिरते की है, उसी में दीदी क्यों नहीं रहतीं? लेकिन इस आश्रम की दुनिया में भी क्या है, जो कभी कुन्नी को अपनी ओर खींचता है और कभी पीछे ढकेल देता है। सामने

कनेर और गुलाब की क्यारियाँ थीं। गुलाब शायद कभी कलमी रहे होंगे। अब तो कलम कब की खत्म हो गई थी और नीचे की जंगली काँटेदार बंध्या डंठलें कुएँ का पानी पी-पीकर आदमकद हो गई थीं। कनेर जरूर फूले हुए थे। उसने देखा, एक औरत, शायद बुड्ढे की बहू घूँघट में मुँह छिपाए जल्दी-जल्दी फाटक की ओर जा रही है और एक लड़का मुँह घुमाकर कनेर के पीछे खड़ा हो गया था।

''नमस्ते कुंदनजी, क्या देख रहे हैं ?'' उधर से छोटे वानप्रस्थी हाथ में लोटा लिये चले आ रहे थे, ''अरे, माधव तो दुष्ट है, वहाँ छिपकर बीड़ी पीता होगा। चलिए आप, इधर कुएँ के पास रात को सर्प निकलता है!''

वह लौट आया। आश्रम की रात बहुत सुनसान होती थी—करीब-करीब डरावनी। बिजली अभी सिर्फ अंदर के कमरों में थी। बाहर अभी भी लालटेनों से काम चलता था। सिर्फ एक लालटेन फाटक के पास थी, एक कुएँ के, बाकी सारी जगह अँधेरा। अँधेरे में दीवार के ऊपर खयाली शक्लें उभरने लगती थीं और पेड़ अजीब आकार ले लेते थे। जैत सिंह कार्यालय में लालटेन जलाकर, धीमी कर रख गया था। उसने लालटेन तेज की और चुपचाप बैठ गया। ऐसे में अजीब-अजीब यादें अपने को दोहराने लगती हैं।

उसे याद आई, ऐसी ही सुनसान रात थी। बरसात की गंगा बाँध पर आ लगी थी। फूफाजी का अंतिम संस्कार कर सब लोग लौट रहे थे। दीदी साथ गई थीं। बिल्कुल जड़, पत्थर। न एक आँसू, न एक बोल। अड्डे पर सिर्फ एक इक्का था। कुन्नी और दीदी को उस पर पिताजी ने बिठा दिया था। दीदी ने इशारे से प्रकाश को भी बुला लिया था। इक्का चला तो एकदम दीदी गला फाड़कर चीखी, ''बाबू तो छोड़ गए प्रकाश, तुम नहीं छोड़ना। मैं मर जाऊँगी···!'' और प्रकाश से चिपटकर, फूट-फूटकर रो पड़ी। कुन्नी भी रो रहा था। सात-आठ दिन बाद कुन्नी आया। बुआ तो फूफाजी वाले कमरे में कोने में चटाई डाले पड़ी रहती थीं। कुन्नी ऊपर दीदी के कमरे में गया और दरवाजे पर ही ठिठक गया। दीदी खाट पर लेटी थीं और प्रकाश दोनों हाथों से उन्हें कसे, उनके वक्ष में मुँह छिपाए बैठा था। दीदी धीरे-धीरे उसके बालों में उँगलियाँ फिरा रही थीं। आहट मिलते ही प्रकाश एकदम हड़बड़ाकर खड़े हो गए थे मुँह फिराकर। लेकिन दीदी वैसे ही लेटी रहीं। क्षण भर सन्नाटा। फिर बोलीं, ''कुन्नी पर मुझे विश्वास है। माँ से कुछ कहना मत, भइया! समय आने पर मैं खुद कह दूँगी।''

सच बात है कि कुन्नी को अच्छा नहीं लगा था। मन में आया कि बुआ से कह दे, लेकिन दीदी का चेहरा देखकर चुप हो गया। बाद में धीरे-धीरे समझने लगा। प्रकाश का आना अलबज़ा कम हो गया था। कभी-कभी दीदी लंबे-लंबे खत लिखती थीं। कुन्नी के हाथ भेजती थीं और खत कभी बंद नहीं करती थीं।

''पढ़ना मत भइया!'' दीदी लजाकर कहतीं।

''नहीं दीदी, मुझे क्या पड़ी है।'' और लौटते समय जहाँ भी पहला एकांत मिलता, कुन्नी पूरा खत कई-कई बार पढ़ता। कुछ के तो अंश रट गए थे।

एक बार दीदी ने लिखा था—'मेरे पैदा होने के बाद बड़ा भाई जाता रहा, फिर दो भाई हुए, जिंदा नहीं रहे। माँ हमेशा मुझी को इसका दोषी मानती रहीं—जाने कैसी कुलच्छनी है। इसी के ग्रह भाइयों को खा गए! मैंने एक दिन भी नहीं जाना कि माँ का प्यार क्या होता है। बाबूजी माँ थे, पिता भी और तुम तो मेरे सबकुछ हो—माँ भी, पिता भी, मित्र भी, देवता भी और कभी-कभी जिद करते हो तो बच्चे भी!' यह बात कुन्नी को नहीं भाई थी। भला अपने घर की बातें ऐसे फैलाने से क्या फायदा! दीदी तो पागल हैं! पर कुछ कहेगा तो बात खुल जाएगी कि वह खत पढ़ता है। एक बार दीदी ने लिखा था—'स्त्री अपूर्ण होती है। किसी को खोजती है कि उससे जुड़कर पूर्ण हो सके। तुमसे जुड़कर जैसे सबसे जुड़ जाती हूँ। कुन्नी और प्यारा लगने लगता है। माँ से भी अब खीजती नहीं। सबकुछ नया-नया, प्यारा-प्यारा लगता है—मेरी खिड़की, इससे आनेवाली धूप, चहकनेवाली गौरैया, मेरी शय्या, मेरे सिंगार का शीशा। वही सारे पुराने शब्द नए-नए अर्थ देने लगे हैं। सबका अर्थ एक है—तुम।' उसके पास एक बादामी कागज की कॉपी थी, जिस पर हरे बाल पॉइंट पेन से वह रेखांकित उद्धरण उतार लेता था। उसमें प्रेमचंद, प्रसाद, शरतचंद्र, जैनेंद्र के उपन्यासों से उसने चुनकर वाक्य उतार रखे थे। वहीं उसने ये वाक्य उतार लिये और नीचे लेखक के नाम की जगह लिखा—कुमारी शांता सेठ, कोष्ठक में 'हमारी दीदी'। यह उम्र सहज में ही किसी उदात्त, उज्ज्वल भाव की प्यासी रहती है। उसे लगता था कि यह एक बड़ी चीज है, जिसमें वह भी विश्वस्त रूप से सहभागी है। वह अब झूठ कम बोलने लगा था। लड़कों में गंदी बातें होने लगतीं तो बीच से हट जाता था। कपड़े ढंग से पहनता था, यहाँ तक कि रोज अखबार पढ़ने लगा था।

बुआ समझ गई थीं। उन्होंने आकर कुन्नी के पिता से स्पष्ट बताया और फिर दीदी के लिए लड़के तलाश होने लगे। लेकिन दीदी अटल थीं। एल.टी. करके पढ़ाने लगी थीं।

''मैं जनम भर ऐसे ही रहूँगी, पर करूँगी तो उन्हीं से।'' प्रकाश इंजीनियरी पास करके बेकार बैठे थे और अकसर बहुत उदास रहते थे। उसे याद है, उस दिन बुआ आईं, तो उनके पाँव धरती पर नहीं पड़ रहे थे। बेहद खुश। मालूम हुआ कि प्रकाश की शादी कहीं तय हो गई है। ससुर मिर्जापुर के पास किसी सीमेंट फैक्टरी में बड़े इंजीनियर हैं, वहीं प्रकाश को भी नौकरी दिलवा दी है।

कुन्नी भागा-भागा गया। दीदी कमरे में अँधेरा किए औंधे मुँह पड़ी थीं, ''कुन्नी भइया, तुम जाओ!'' पर कुन्नी हटा नहीं। उसे पास बिठाकर चुपचाप उसके सिर पर हाथ फेरती रहीं। न रोईं, न बोलीं, जैसे फूफाजी के मरने पर। फिर दीदी जो चुप हुईं तो खुलीं ही नहीं।

कई महीने बाद एक दिन पिताजी दफ़्तर से घबराए हुए आए और माँ को अलग ले जाकर जाने क्या कहते रहे। फिर माँ ने कुन्नी को बुलाया, "कुन्नी, तू शांता से मिला था कल?"

"हाँ।"

"कुछ कह रही थी?"

"नहीं।"

मालूम हुआ, दीदी रात से पता नहीं कहाँ चली गई हैं। पिताजी पागलों की तरह बुआ को लेकर यहाँ से वहाँ दौड़ रहे थे और कुन्नी साइकिल लेकर जमुना के किनारे-किनारे घूम रहा था। कैसे-कैसे खयाल मन में आते थे। सात-आठ दिन बाद दीदी जैसे गई थीं, वैसे ही लौट आईं। सबने पूछा। कुछ नहीं बोलीं, फिर पिताजी ने सबको समझा दिया कि ज्यादा बात करने की जरूरत नहीं है। लेकिन दीदी खुश थीं। उनके चेहरे पर आब आ गई थी। एक दिन शाम को कुन्नी गया तो उसे आठ आने देकर नीचे से चाट मँगवाईं। कुन्नी ने हिज़्मत करके पूछा, "दीदी, कहाँ थीं तुम?"

"बनारस। प्रकाश को चिट्ठी लिखकर वहीं बुलवा लिया था। उन्हीं के साथ थी।" फिर दही-चटनी उसके पज़े में डालती हुई बोलीं, "उनसे कहा, तुम्हारा घर, तुम्हारी नौकरी, तुम्हारी गिरस्ती तुम्हें मुबारक; लेकिन मैं कुँआरी नहीं मरूँगी। नहीं, नहीं, नहीं। सुहाग लूँगी तो तुम्हीं से और लेकर रहूँगी। देख।" और उन्होंने काठ का लाल सिंघोरा निकालकर दिखाया, "विश्वनाथजी की गली से यह सिंदूर ले आई हूँ। कोई समझे या न समझे, तू भी चाहे तो अभी नीचे जाकर अम्माँ से कह दे।"

कुन्नी चुप रहा—'दीदी खुश हैं। वह जाने, उनका काम।'

महीने-दो महीने बाद एक दिन वह गया तो कोहराम मचा हुआ था। बुआ माथा पीट रही थीं और दीदी बाल बिखेरे चिल्ला रही थीं। न किसी ने उसके आने पर ध्यान दिया, न जाने पर। दो-तीन दिन बाद पिताजी रात तक दफ़्तर से नहीं आए तो माँ ने बताया कि शांता की तबीयत खराब है, उसे लेकर अस्पताल गए हैं। और कुछ भी कुन्नी से किसी ने नहीं बताया। उसने पूछा तो डाँटकर माँ बोली, "अब पढ़ने-लिखने में लग! बुआ के यहाँ आने-जाने की जरूरत नहीं।" वह साइकिल लेकर दोनों अस्पतालों का चक्कर लगा आया, दीदी वहाँ तो थीं नहीं। पिताजी कहीं और जाते थे—किसी प्राइवेट डॉक्टर के अस्पताल में। माँ दोनों वक्त का खाना और फल रखकर भेजती थीं।

दस दिन बाद दीदी घर आ गईं। उसने देखा, उनसे चला-फिरा भी नहीं जाता था। चेहरा पीला पड़ गया था। खाना और फल छूती नहीं थीं। कुन्नी गया तो कुछ नहीं बोलीं। सिर्फ करवट बदलकर लेट गईं और रोने लगीं।

चार-पाँच दिन बाद कुन्नी से अकस्मात् रुँधे गले से बोलीं, "इन लोगों ने ही छीन

लिया। उनका अंश ले आई थी। मैं सब लांछन सहकर उसे नहीं खोना चाहती थी; पर इन लोगों ने छीन लिया। ठीक है। मुझे किसी से कोई शिकायत नहीं।''

तालाब में मेढक बोलने लगे थे। लालटेन की चिमनी पर धुआँ जमने लगा था। उसे पता नहीं कैसे विमली का खयाल आ गया। (शायद खाने का वक्त हो गया था।) विमली के बच्चे को मार डाला उन्होंने। कैसे मारा होगा। बच्चे ने आँख खोलकर ताका होगा। छोटी-छोटी उँगलियाँ।

''भइया, क्या हुआ? तू इतनी देर से रो रहा है, पगले!'' दीदी सामने खड़ी थीं, ''जैत सिंह खाने के लिए बुलाने आया। तूने सुना नहीं, रोता रहा तो वह भागकर मेरे पास गया। क्या बात है? घर की याद आ रही है?''

''नहीं!'' वह रुँधे गले से बोला। सचमुच उसका चेहरा आँसुओं से तर था। उसने कमीज उठाकर पोंछा। दीदी आकर पास में बैठ गईं। बाँहों में लपेटकर बोलीं, ''भइया, बोल, क्या बात है? मुझसे नाराज है?'' और इस बात पर कुन्नी सचमुच फूट-फूटकर रो पड़ा, ''चल, उठ। विमला थाली लगाकर बैठी होगी, खाना खा ले। तब बातें करेंगे।''

लेकिन कुन्नी ने खाना नहीं खाया, उठा भी नहीं। दीदी पास बैठी रहीं और वह लेट गया। धीरे-धीरे उसे नींद आ गई।

दीदी ने लालटेन धीमी की, उसके माथे पर हाथ फेरा, दरवाजा उटकाया और चली गईं। जाते वक्त उनकी भी आँखें गीली थीं।

□

चौधरी कौन हैं? उनका गाँव कहाँ है? दीदी क्यों जा रही हैं? उसने कुछ नहीं पूछा। चुपचाप लहडू (बैलगाड़ी) पर जाकर बैठ गया। पाँच-छह खस के बोरे उस पर लाद दिए गए। आश्रम में पीछे एक और बड़ा तालाब था, जिसमें काली मिट्टी थी और खस निकलता था। बोरों पर गद्दी बिछ गई और वह बैठ गया। दीदी एक झोले में कुछ कागज-पत्र लेकर आईं और पास बैठ गईं। बैल घंटी टनकाते चल दिए। पक्की सड़क से लहडू कच्चे में उतर गया। धूल में पहियों की लीक देखते वह चुपचाप बैठा रहा। सहसा दीदी ने उसके हाथ पर हाथ रखा और बहुत प्यार से बोलीं, ''बंदरराम, अभी तक रोते हैं।'' वह हँस पड़ा और फिर मान की मुद्रा में मुँह फेरकर बैठ गया। दीदी ने पीठ में जोर से चुटकी काटी। उसने भी चुटकी का जवाब चुटकी से दिया और जैसे-जैसे दोनों के बीच के अलगाव की गाँठ अकारण पड़ गई थी, अकारण खुल गई।

''दीदी, आश्रम बहुत अच्छा है; पर अब तू घर चल!''

''बस; वही रट! कुछ और बात नहीं करनी है? कुछ अपनी बता, कुछ दीदी की सुन। अच्छा, वह लंगड़दीन अब भी तेरा दोस्त है?''

लेकिन वह दोस्तों की बात करने नहीं आया था— ''दीदी, बुआ ने तेरे लिए बीजे

की कतरी और मूँग के लड्डू भेजे हैं। मैंने डर के मारे दिए नहीं थे।''

दीदी सहसा गंभीर हो आईं, ''दे देना, अब मुझे माँ से भी शिकायत नहीं, किसी से नहीं। पर मुझे यहाँ अच्छा लगता है।''

''खाक अच्छा लगता है! तुम्हारी तो जिद है।'' उसने पहली बार निकट से दीदी को देखा। उम्र चेहरे पर झलकने लगी थी और एक रूखापन चेहरे पर, जो पहले कभी नहीं था।

''यहाँ क्या भगवान् का भजन करोगी? वह क्या बड़ी माँ जो उपदेश दे रही थीं, पूर्णता, पूर्णता। ये लोग अभी भी किस दुनिया में रह रहे हैं! चेला मूड़ा है तुम्हें?''

''भइया, तू तो गलत मत समझ मुझे। चेला-वेला कुछ नहीं। मेरा मन भी कभी-कभी बहुत उचटता है यहाँ से!''

''चल, बात न बना। पूजा-पाठ क्या फिर बड़ी माँजी को दिखाने के लिए करती है?''

''नहीं भइया, मैं तो यह भी नहीं जानती कि भगवान् हैं या नहीं। लेकिन जड़-मूल से मैं इतनी हिल गई हूँ कि जो लगता है, पत्थर की तरह अटल है, वही शायद नहीं होता। सोचती हूँ, जो नहीं लगता, वह शायद होता हो; पर मैं पूजा नहीं करती!''

''फिर क्या करती हो?''

दीदी थोड़ी देर अपने में डूबी चुप रहीं, फिर बोलीं, ''जो मेरे जीवन का सच है, सो है। भगवान् से जुड़कर पूर्ण होता होगा, वह हो। मैं किसी से जुड़कर सबसे जुड़ गई थी। सच सबसे, अपने से भी। अपना तन-मन, अपना घर-परिवार—सबका कुछ मतलब निकलने लगा था, फिर जो हुआ...'' उनका गला भरने लगा, ''खैर, जो हुआ सो हुआ। एक से जुड़कर सबसे जुड़ी थी, पर उस एक से टूटकर सबसे टूटना नहीं चाहती। अब किसी तरह भी टूटना नहीं चाहती। मैं बहुत थक गई हूँ और अधिक टूटने से बहुत डर लगता है। पूजा नहीं करती। बस, आँख बंद कर सोचती हूँ। कहती हूँ, भगवान् अगर तुम हो तो मुझे क्षमा कर दो, तुमसे जुड़ने की ताकत अब नहीं बची; पर जैसी हूँ वैसी टूटूँगी नहीं। जितना सबसे जुड़ सकती हूँ, जुड़ूँगी। क्यों टूटूँ? मैंने कोई अपराध नहीं किया। नहीं, नहीं, नहीं!'' दीदी अपने से बात कर रही थीं।

कच्चे रास्ते के दोनों ओर अब खेत थे। कुछ खेत कट चुके थे, कुछ में साग बोया हुआ था। सहसा दीदी चौंककर बोलीं, ''वह देख मोर, उधर कुएँ के पास! इधर बहुत होते हैं। कभी-कभी आश्रम में भी आ जाते हैं। पता नहीं इन सबको देखकर अब बहुत अच्छा लगता है।'' और दीदी बच्चों के-से उत्साह से बताने लगीं कि कैसे मोर हाथ से दाना चुगते हैं। कैसे आश्रम के पीछेवाले निचाट मैदान में हिरणों के झुंड आते हैं। जाड़े में सुनहरे और बैसाख-जेठ में काले हो जाते हैं। तालाब पर सारस उतरते हैं, सफेद

बगुलों की पंक्ति शाम को कतार बाँधकर उड़ती है और एक बार तो पुलिया के नीचे भेड़िया भी आया था।

कुन्नी ने जंगल में हिरन कभी नहीं देखे थे। उसने सोचा, गरमियों की छुट्टियों में आएगा।

गोबर और मिट्टी की गंध हवा में आ गई थी। गाँव नजदीक था। जिस उत्साह से दीदी मोर, सारस, हिरण और भेड़ियों का जिक्र कर रही थीं, उसी उत्साह से उन्होंने चौधरी के बारे में बताना शुरू किया। यह आदमी भी बड़ा खूँखार है; पर आश्रम के लिए बहुत अच्छा। डाकुओं से बड़ा मेल-जोल है। पहले आश्रम में बड़ा खतरा था, अब इसी के इशारे पर डाकू उधर से गुजरते भी नहीं। देखने में बिल्कुल सीधा, मक्खन के लोंदे की तरह; लेकिन अपने सगे चाचा को मरवा दिया था इसने। अब तो कांग्रेसी है। पुलिस और पंचायत दोनों इसकी मुट्ठी में हैं। बड़ी माँजी के पाँव छूता है। दीदी को 'शांता लली' कहता है।

गाँव के घर साफ थे, लेकिन रास्ते कीचड़ भरे थे। एक जगह तो लहडू धँसते-धँसते बचा। चौधरी का घर आगे ईंटों का था, पीछे कच्चा। चबूतरे पर चौधरी साहब खड़े थे।

"आ गई लली! भइया भी साथ आओ है। आ। बता, छाछ पिएगा?" चौधरी मक्खन तो नहीं, पर घी का लोंदा जरूर था। पचास पार कर चुका होगा और एक मजे की बात थी कि सिर के बाल काले थे; पर रोबदार मूँछें सफेद।

दीदी चौकी पर बैठ गईं और कागज-पत्र समझाने लगीं। वह लहडू के पास खड़ा हो गया। खस के बोरे खुल गए और मिट्टी झाड़-झाड़कर उनके पूले बनने लगे। जाट औरतें झड़ी हुई मिट्टी बटोर-बटोरकर डलिया में, सूप में, आँचल में, जो मिला उसमें ले जाने लगीं। मालूम हुआ, इस मिट्टी से सिर धोती हैं। बीच-बीच में दीदी और चौधरी की बातें भी कुन्नी एक कान से सुनता जा रहा था।

बात जायदाद वाले मुकदमे की थी। यह आश्रम असल में सेठ छगनलाल ने बनवाया था, गदर के कुछ साल बाद। गढ़मुक्तेसर में उनकी आढ़त थी, इटावा में आढ़त थी और उनकी नावें गंगाजी में बनारस-पटना होते हुए बर्दवान तक जाती थीं। फिर उनका रोजगार चौपट हुआ, सब बिखर गए। लावारिस जायदाद कलेक्टर ने बड़ी माँजी को आश्रम के लिए दी। तब यह बुड्ढा सेठ आया, बोला, आश्रम उनके वंश का है।

"होगा!" चौधरी गरज के बोला, "वाकी बहू तो पेशा करै है। जा गाँव के दो छोरे जात हते वाकी कनिया, तो मैंने कही, टाँग तोड़ देऊँगा हरामजादो।"

दीदी की बातों से मालूम हुआ कि कई मशहूर गुंडे वहाँ आते हैं। बुड्ढे सेठ ने धमकी दी है कि मुकदमे का फैसला जब होगा तब होगा, पहले फौजदारी करके आश्रम

दखल कर लेंगे। चौधरी फिर गरजे और फिर बात यहीं पर खत्म हुई कि चौधरी के गाँव से आठ-दस आदमी आश्रम की ओर से गवाही देंगे और बुड्ढे को चौधरी समझा देंगे कि अपनी हद में रहे, नहीं तो डाका कहीं और डलवा के माल उसके घर से बरामद करवा देंगे। इस बीच में कुन्नी ने छाछ पी, बाजरे की खीलें खाईं और मोर के पंख बीनता रहा। वह गाँव देख रहा था और गाँव के छह-सात बच्चे निस्संकोच भाव से और तीन-चार तरुण जाट औरतें कनखियों से कुन्नी का मुआयना कर रहे थे।

अंत में दीदी ने उसे बुलाया। चौधरी ने बड़े स्नेह से पास बिठाकर कहा, ''लली जैसी सींक सलाई है। भइया भी वैसो ही है सूखी लकड़ी। काऊ जाटनी के पल्ले पड़े तो मथानी बनाय के छाछ बिलोवैगी!'' और अपनी मजाक पर खुद ठठाकर हँसे। फिर बोले, ''जेठ में अइयो लला, तुज़्हें हिन्नी को बच्चो मँगवाय देंगे। पालोगे?''

लहड़ू वापस चला तो गाँव के मुहाने तक चौधरी पहुँचाने आए और फिर बोले, ''लली, एक बात कहूँ, भूलैगी तो नाय, चौं? बड़ी माँजी से बोलियो कि वा मथुरावाली छोरी है न बिमला देवी···बस, उनसे कहियो, चौधरी पूछत हते।''

बैलगाड़ी चली तो उसे झपकी आने लगी। अधनींदी में उसने देखा, दीदी अनमनी-सी मोरपंखों की लंबी सींकों को फँसा-फँसाकर छोटा सा पंखा बना रही हैं।

उसकी जो उम्र थी, उसमें कैशोर्य जिंदगी के विराट् प्रसार के सामने खड़ा होकर बहुत बड़े-बड़े सवाल पूछता है। उन सवालों का जवाब या तो मिलता ही नहीं या जवाब मिलता है तो अपने साथ और उलझे हुए सवाल ले आता है। बेचैनी अपनी जगह बरकरार रहती है। बस, चैन मिलता है जब छोटे-छोटे सुख सहज रूप में आकर बड़े-बड़े सवालों को भुला देते हैं। ये छोटे-छोटे सुख उसे नई ताजगी दे रहे थे। इमली के हरे कच्चे कल्ले, क्यारियों में बहता पानी, धूप धुली देहाती हवा, बड़ी माँजी की स्नेह दृष्टि, छोटे पंडितजी की मीठी बोली, दीदी की सुधरती तंदुरुस्ती, यूनिवर्सिटी, ट्यूशन और अज़्माँ की झिड़कियों से अप्रत्याशित छुट्टी और सबसे बढ़कर खाने की थाली पर विमली की सहेज-सँवार। विमली की शरारत भरी आँखें और चमकने लगी थीं और जब वह भंडारे के चूल्हे से अलग छोटे चूल्हे पर बैठकर उसके लिए ताजा रोटी सेंकती तो वह छिपकर उसकी गरदन और कंधे की गोराई पर वह तिल देखता रहता। विमली उठकर तरकारी लाती और झुककर परोसती तो सामने से जैसे गुलाबी झरने छूटने लगते थे। एक नया उल्लास-सा उसके मन में लहर लेने लगता था। विमली जानती थी। कभी-कभी मक्खियाँ होतीं तो वह पंखा लेकर बैठ जाती और जाने कैसे पंखा झलते समय उसकी कुहनी कुन्नी के कंधों से छू जाती थी।

एक दिन बोली, ''अभी तिल रक्खे हैं। तिल के पुए बनाएँ?''

''तिल के?''

और कुन्नी ने बड़ी अर्थ भरी निगाह से उधर देखा। विमला का चूल्हे की आँच से तपा हुआ चेहरा और भी ताँबई हो उठा, "ऐसे क्यों देखते हैं?"

कुन्नी का गला सूखने लगा। वह कुछ बोला नहीं।

चलते समय एक बार चारों ओर देखकर भंडारे को सूना पाकर विमला एकदम पास आकर बोली, "आप सीधे-सादे नहीं हैं। मैंने तो सीधे से तिलों के पुए के लिए पूछा था। आप चोरी से क्या-क्या देखते हैं?"

कुन्नी ने हिज़्मत की, "जो दिखाई पड़ जाय।"

"हाय राम!"

एकदम उसने झटके से कसकर पल्ला लपेट लिया, "क्या दिखाई पड़ता है? शांता बहन से बता दूँगी सब। चोर कहीं के!" और 'चोर' कहते हुए उसने शरारती आँखें और चमकाकर नीचे का ओठ ऐसे सिकोड़ा कि उसका मन हुआ, उसका मन हुआ··· मगर उसी समय जी एकदम धड़-धड़ करने लगा और बिना रुके वह सीधे कार्यालय में भागकर अपने तख़्त पर लेट रहा। ऐसी बातें करने की उसकी हिज़्मत कैसे पड़ गई। कहीं सचमुच दीदी से विमली ने कह दिया तो···पर वह जानता था कि विमली कहेगी नहीं। कैसे जानता था? अब ये बातें भला कैसे जानी जाती हैं! ऐसे ही जानता था।

वह दिन भर कहीं नहीं गया। गरम हवा के झोंके बबूल के बहुत पीले फूल उड़ा लाए थे और दरवाजे के सामने कभी वे फूल सिमट जाते, कभी बिखर जाते। जैसे पानी में बताशा डालने पर धीरे-धीरे घुलता-घुलता नीचे बैठ जाता है, वैसे ही चोर कहने में सिकुड़ा हुआ एक ओठ बार-बार घुलकर मन में बैठता जा रहा था। शाम को फिर खाना खाने जाना है और शाम है कि होने को ही नहीं आ रही।

जैसे-तैसे शाम आई और वह भंडारे के दरवाजे पर जाकर फिर लौट आया। कहीं कोई जान गया तब? नहीं, जैत सिंह एक बार बुलाने आए, तब जाए। जैत सिंह भी आज जाने कहाँ मर गया। आखिर गया। विमला आँखें चमकाकर एक बार मुसकराई, पीढ़ा बिछाया, थाली लगाई और फुलके सेंकने बैठ गई। फिर जाने कैसे वही कंधा सामने आ गया। पल्ला खिसककर नीचे गिर पड़ा और···और यह क्या? काले मोटे खद्दर का उठे कॉलरवाला ब्लाउज, जो ठुड्डी तक गरदन को ढाँके था। विमला ने बहुत छिपी निगाह से उसके चेहरे की खीज देखी और दुगुने उत्साह से रोटियाँ सेंकनी लगी। उसने भी एक शब्द नहीं कहा। दो रोटियाँ ज्यादा ही खाईं और चलते समय सुपाड़ी लेना भी भूल गया। अकड़ना क्या कुन्नी को नहीं आता!

लेकिन दूसरे दिन भी जब वही पहिनावा था, ऊपर से विमला बेहद चुप थी तो उससे खाया नहीं गया। एक-दो रोटी तोड़कर उठ गया। शाम को नहीं गया। जैत सिंह आया तो कहलवा दिया, उसे भूख नहीं है और लालटेन जलाकर बुआ को चिट्ठी

लिखने बैठ गया। 8 बजे आश्रम में सन्नाटा हो जाता था। कार्यालय की दीवार घड़ी ने 9 बजाए तो उसने लालटेन धीमी की और तकिए पर कुहनी टिकाकर बैठ गया। निचाट सन्नाटा था, सिर्फ दीवार घड़ी की टिक-टिक, टिक-टिक!

और दरवाजा खुला। पहले एक गोरा व पतला पाँव, फिर थालीवाला हाथ, फिर लालटेनवाला हाथ, फिर विमली का मुसकराता हुआ चेहरा, "उलटी शिक्षा का यही फल। लड़कों को कोपभवन में बैठते तो सुना नहीं। लीजिए, अब तो खाना खाइएगा!"

'अब तो' का मतलब ?" उसने खुशी दबाते हुए स्वर को और रूखा बना लिया।

"मतलब···मतलब यह!" उसने थाली स्टूल पर रखकर हलके से कंधे पर से पल्ला हटाया। आधे-आधे कंधों तक खुला बहुत चौड़े गले का ब्लाउज। एक गुलाबी आभा फूटी और फिर झट से पल्ला चारों ओर से ढँक लिया।

"कोई कुछ पहने, आपसे मतलब ? खाना-पीना छोड़कर बैठ गए। वाह रे वाह!"

कुन्नी का पूरा बदन झनझना आया और फिर जैसे सचमुच चोरी करते पकड़ा गया हो, शर्म से पानी-पानी।

"खाइए न, कि हाथ से कौर तोड़कर खिलाऊँ ?"

कुन्नी ने तुरंत कौर तोड़ा और खाना शुरू किया। विमला पास ही खड़ी हो गई, इतने पास कि कुन्नी की कनपटियाँ उसके तन की गरमाई महसूस करने लगीं। घड़ी की टिक-टिक तेज थी या कुन्नी के दिल की धड़कन, कहना कठिन था। खाना बहुत ही अच्छा लग रहा था और कौर मुँह में चल ही नहीं रहा था।

"आप जाइए, बहुत रात हो गई है। मैं खा लूँगा।"

"और न जाऊँ तो ?" विमला आसनी डालकर उसके पाँवों के पास बैठ गई, "खा लीजिए, जैत सिंह गाँव में ज्यौनार खाने गया है। थाली छोड़कर गई और सुबह क्लर्कजी ने कार्यालय में जूठन देखी तो विमली पर ही लाठी का अभ्यास होगा। हाय, आपके पाँव कितने गरम हैं!" उसका एक पाँव धोखे से विमला की बाँह में छू गया था। विमला ने उसे हथेली में ले लिया।

अधकुतरा कौर थाली में छोड़कर कुन्नी का हाथ रुक गया। पाँव से एक बहुत बारीक जलती हुई ठंडक ऊपर चढ़ती हुई उसकी पलकों तक पर छा गई। उसने पहली बार विमला की ओर भरी निगाहों से देखा। विमला ने पाँव के नीचे से हथेली हटा ली और आँखें झुकाकर जमीन की ओर देखती हुई बोली, "एक बात पूछूँ, सच-सच बताइएगा। आपको क्या अच्छा लगता है मुझमें ?"

कुन्नी को काटकर रख दीजिए, उसके मुँह से जवाब नहीं निकल सकता। ऐसी बातें क्या करने की होती हैं।

जमीन की ही ओर मुँह किए विमली बोली, "आप सुबह आधे पेट उठ गए।

मैंने भी अन्न नहीं छुआ। अभी सब काम निबटाकर फिर आपके लिए यह पहनने जाना पड़ा। ऐसे किसी को उँगली पर नचाया जाता है। ऊपर से कितने सीधे दिखते हैं आप लोग!''

''सच, आपने सुबह से खाना नहीं खाया!'' अब कुन्नी के मुँह से बोल फूटा, ''मैं नहीं खाता फिर, पहले आप खाइए। नहीं, बाद-वाद में नहीं, अभी मेरे सामने खाइए।''

''नहीं मानेंगे आप, मैं बाद में खा लूँगी।''

''नहीं, अभी!''

''लीजिए!'' विमली ने हाथ बढ़ाया और उसका अधकुतरा कौर मुँह में डाल लिया और फिर जैसे जाने किस आवेग में उसकी गोद में चेहरा छिपा लिया।

अगले कौर कुन्नी ही बना-बनाकर खिलाता रहा। विमली छोटी बच्ची की तरह दुबकी बैठी रही। सिर्फ दीवार घड़ी की टिक-टिक, टिक-टिक।

''विमली!'' कुन्नी बोला। विमली ने बड़ी मुश्किल से बोझिल पलकें उठाकर देखा। कुन्नी आगे कुछ नहीं बोल पाया।

विमली उठी, थाली समेटी और बहुत भरे गले से बोली, ''सुना है, आप लौटने की जल्दी कर रहे हैं। अपनी दीदी के कहने से ही रुकेंगे, मेरे कहने से नहीं। अभी मत जाइए, कसम है!''

''अच्छा!'' कुन्नी बोला, ''रुकूँगा।''

''फिर अगली छुट्टी होते ही···बोलिए!''

''अच्छा!''

''सुबह देर में आइएगा खाने, तब भीड़ नहीं रहती। चलूँ, अब कोपभवन में आटी-पाटी लेकर सोइए। गिलाफ-चादर उलट दूँ?'' उसकी आँखों की शरारत चलते-चलते फिर लौट आई थी।

कुन्नी अगली छुट्टी का हिसाब लगाने लगा। असल में विमली के कारण थोड़े ही। एक तो उसे गरमी में हिरन देखने आना है, फिर बरसात में मोर, फिर जाड़ों में··· वह बाहर निकलकर खड़ा हो गया। अँधेरे में डूबा हुआ आश्रम भी कितना सुंदर लगता है! कुइयाँ के पास एक तारा चमक रहा था। दीवार एक मखमली फ्रेम थी, जिसमें आश्रम जड़ा हुआ था। तालाब में तारों की परछाइयाँ, रात की हवा में हिलते कनेर, फाटक के पास टिमटिमाती लालटेन, बबूल के झुंड में झिल्लियों का झनझनाता स्वर और नंगे पाँवों तले की ठंडी धरती। उसे लगा, एक बारीक शीतल आँच धीरे-धीरे ऊपर चढ़ रही है। वह उस धरती से जुड़ रहा है। एक से जुड़कर मनुष्य जैसे सबसे जुड़ने लगता है—कहाँ पढ़ा था उसने यह वाक्य···।

हवा का एक झोंका आया और उस पर उड़ते हुए दूर कहीं किसी गाँव से ढोल के

स्वर! शायद वही गाँव होगा, जहाँ जैत सिंह ज्यौनार खाने गया है। वह सगुन-असगुन में कभी विश्वास नहीं करता था, लेकिन सगुन होते जरूर हैं। नहीं तो इस वक्त ढोल के स्वर का क्या मतलब ?

धप! धप! जैसे किसी के पाँव पटकने की आवाज आई। उसने चौंककर चारों ओर देखा, कोई नहीं था। 'खटाक' जैसे कोई बरतन दीवार से टकराया और कुछ हाँफने की-सी आवाज। ओह, शायद बैल होंगे, सानी खा रहे होंगे। लेकिन अँधेरे में कुछ हिल रहा है। हाँ, बड़े पंडितजी के छप्पर की दीवार के पास कोई है। दोहरा झुका हुआ, पाँव डगमगाते हुए, हाथ में कोई लंबा सा बरतन। माधव तो नहीं है।

"कौन है ?" उसने काँपते गले से आवाज दी। वह रुका, धीरे-धीरे मुड़ा। कुन्नी ने देखा—कोई बूढ़ा सा चेहरा गरदन से काँपता हुआ। अँधेरे में भी देखा, जैसे दो आँखें कुन्नी को एकटक देख रही हों। फिर वही डगमगाती टाँगें, दुहरा झुका हुआ बदन मुड़ा, छप्पर के पीछे चला गया। कुन्नी की जबान तालू से चिपक गई। क्या करे? छोटे पंडितजी को जगाए? क्या उसने ठीक से देखा था? कहीं माधव से मिलकर बुड्ढा सेठ या उसकी बहू कोई शरारत तो नहीं कर रहे हैं। वह अंदर जाकर भाईजी की एक लाठी ले आया और लालटेन। दबे पाँव गया। छप्पर के पीछे कोई नहीं था। शायद भ्रम ही। लौटकर उसने अंदर से कुंडी बंद कर ली। कुछ देर पहले जहाँ अँधेरा था, वहाँ भी जैसे विमली के बदन की उजास बिखर गई थी। अब लालटेन की चिमनी भी अँधेरे में डूबती लगने लगी। उसने एक बार फिर खिड़की से झाँका। सब शांत था। कहीं कुछ नहीं। सचमुच केवल भ्रम ही था—एक अज्ञात भय, जो अकसर उसे बहुत रस भरे क्षणों में व्याप जाता था। उसने आँखें बंद कर लीं और गोद में दुबका हुआ विमली का चेहरा फिर से महसूस करने की कोशिश करने लगा। कौर खिलाते समय उसकी उँगलियों ने नीचे के उस ओठ को छुआ था, जिसने 'चोर' कहा था। गीला, बहुत मुलायम, काँपता हुआ ओठ। अगर उसके ओठ उँगलियाँ होते तो...उसका सारा बदन काँप उठा। लगा, दूर एक डरी हुई चीख, शायद विमली की। उसने घबराकर आँखें खोल दीं—कुछ नहीं, सिर्फ दीवार घड़ी की टिक-टिक, टिक-टिक...।

सवेरा वैसा ही था, जैसा हर ऐसे अनुभव की रात के बाद का सवेरा होता है। धूप कुछ और उजली हो उठती है, फूल कुछ और मुखर हो उठते हैं। बदन में अजीब आलस मिली फुरती। छोटे पंडितजी छप्पर के आगे बैठे हुए रात का आया अखबार पढ़ रहे थे। छोटी कन्याओं का स्नान दिन था। कुएँ पर काफी घमासान मचा हुआ था। कुन्नी के मन में उससे भी ज्यादा। दुःख हो या सुख, भय या सुकून, वह दीदी से बातें किए बिना कैसे रह सकता था। लेकिन यह बात भला उसके मुँह से निकलेगी कैसे? फिर पता नहीं यह कुछ गलत तो नहीं हुआ। यह क्या, उलझता जा रहा है वह! आश्रम से चले जाना ठीक

है। उसकी वजह से किसी ने दीदी को कुछ कह दिया तो···।

वह मुँह-हाथ धोकर दाईं ओर वाले दरवाजे के पास गया कि दीदी को बुलवाए तो देखा, दीदी बाहर ही पेड़ के नीचे टाट बिछाए बैठी थीं। क्या यहाँ बैठकर पूजा करती हैं? आखिर बात क्या करेगा? उसने जो खत रात बुआ को लिखा था, वह ले गया। दीदी शांत भाव से पत्र पढ़ने लगीं। उसने गौर से देखा, दीदी के चेहरे पर स्थैर्य आ रहा है। पहले से अधिक खींचता है वह चेहरा। अंतिम अंश पढ़कर खिल उठीं, ''तो तू ठहर रहा है। बहुत राजा भैया है।''

''पर दीदी, सोचता हूँ, शायद ठहरना ठीक नहीं।''

''हाँ, ठीक क्यों होगा! मैं जो तेरे आने से खुश हूँ, वह तुझसे क्यों देखा जाएगा भला!''

कुन्नी ने दीदी की गोद में हाथ रख दिया, गोया हाथ ओठ हों, जो सारी बातें दीदी को बता देंगे। मुश्किल यह थी कि वह बोल भी नहीं सकता था और बिना बोले रहा भी नहीं जा रहा था, ''दीदी, तुझे मालूम है, कल रात···'' और उसका गला सूखने लगा।

''कल रात! क्या हुआ कल रात?'' दीदी ने पूछा।

''नहीं, कुछ नहीं, कल रात बड़ा डर लगा मुझे। मैं बाहर निकलकर खड़ा था तो मुझे लगा, कोई आदमी हाथ में बरतन लिये छप्पर के पास है। मैंने पूछा भी कौन है, पर बोला ही नहीं। टाँग अलग काँपती थी, सिर अलग। मैं लालटेन लेकर आया, पर कोई था नहीं।''

''हाथ में लंबा सा बरतन था?'' दीदी ने पूछा।

''हाँ।''

''हाय रे! लगता है, जैत सिंह कल था नहीं तो भूखे रह गए बेचारे। बरतन लेकर खाना लेने आए होंगे, पर भंडारा बंद होगा।''

''कौन था? क्या सचमुच कोई था?''

''बड़े वानप्रस्थीजी रहे होंगे। बुड्ढे-से थे न, पाँव से ठीक से चल नहीं पाते। उन्हें मना भी है कि कमरे से बाहर न निकलें। बरसों बीत गए, वहीं अँधेरे में पड़े रहते हैं।''

''मगर क्यों? निकलते क्यों नहीं?''

''बड़ी माँजी का सख़्त हुक्म है, भइया। असल में···'' कहते-कहते दीदी रुक गईं।

''कहना नहीं किसी से कि वे निकलकर उधर गए थे। समझा न!''

''लेकिन···''

''लेकिन-वेकिन नहीं, हर बात तेरे जानने की नहीं होती। निकलना मना है, इसलिए नहीं निकलते बस। तू खत भाईजी को दे आ। ठीक टाइम पर डलवा देंगे। मैं जाती हूँ, उन्हें कुछ खाने को दे आऊँ। भूखे पड़े रहेंगे, पर माँगने नहीं आएँगे।''

□

शांति तो, सच बात यह है, गोस्वामीजी के पास मिलती थी। क्यों? वह यह भी नहीं जानता। क्योंकि विचित्र बात यह थी कि उनके सोचने का ढंग, हर बात को भगवान् से जोड़ देने का सहज समाधान, यहाँ तक कि उनकी शब्दावली भी, उसके सारे मिजाज के साथ उसका मीजान नहीं बैठता था। लेकिन यह जरूर है कि उनसे बात करने के बाद मन के आगे सोचने की नई दिशाएँ खुल जाती थीं, खालीपन भरने लगता था। वैसे यह अकस्मात् छा जानेवाली उदासी और खालीपन उसी की बीमारी थी या इस उम्र में होती है, यह भी उसे नहीं मालूम। अब इसी समय कोई कारण तो नहीं था। रात की अनुभूतियों से मिठाया हुआ मन सहसा क्यों उद्विग्न हो उठे, कोई कारण तो हो?

नहीं रहा गया तो गोस्वामीजी के पास चला गया। गोस्वामीजी ने उसका सवाल सुना तो सहज मुसकराकर बोले, "ओहो! कुंदनजी, आपको तो शांकरी चिंता व्याप रही है! लक्षण तो महापुरुषों के हैं। शांकरी चिंता नहीं समझे आप! आप पूछ रहे हैं न कि आपकी समझ में नहीं आता कि यह आश्रम की दुनिया अलग ही दुनिया है। यहाँ क्यों हैं आप? आपका इससे क्या लगाव? कुछ भी लगाव नहीं, फिर भी इसमें उलझते क्यों जा रहे हैं। बस, यही शांकरी चिंता समझिए! शंकराचार्य के बारे में तो दर्शन-कक्षा में पढ़ा होगा। ऐसे ही आपकी तरह बैठे-बैठे एक दिन लगे पूछने—'कस्त्वं कोऽहम् कुत आयात: ?' अरे, आपकी उमर तक तो इसी सवाल को पूछते-पूछते भारत भर की दिग्विजय कर आए। यह प्रश्न उठा है तो अब आप दिग्विजय के लिए निकले बिना थोड़े ही मानेंगे। लहड़ू जुतवाऊँ या पद-यात्रा पर ही निकलेंगे?"

कुन्नी हँसा। छोटे पंडितजी का व्यंग्य भी इतना स्नेह-पगा होता है न? बोला, "अच्छा, मजाक जाने दीजिए, एक बात बताइए। दुनिया में हर आदमी का अपना अलग दु:ख होता है। वह उससे खुद ही उलझता है, खुद ही उससे छूट सकता है। आप उसमें कुछ नहीं कर सकते। लेकिन फिर सहसा कभी-कभी आप क्यों अपराधी महसूस करने लगते हैं? आपको यह क्यों लगने लगता है कि…"

"अच्छा, शंकर और बुद्ध? दोनों साथ-साथ!" पंडितजी बात काटकर बोले, "यह दु:खवाली चिंता तो गौतम बुद्ध की थी, भइयाजी! उसका समाधान तो किसी सुजाता की खीर है। बोधिवृक्ष तो है नहीं यहाँ, यही जैत सिंह की इमली है। बैठ जाइए इसके नीचे। कोई सुजाता स्नान करके खीर खिलाने आ जाएगी। बस, जरा बड़ी माँजी का डर है। अनुशासन में भी बड़ी कठोर हैं।" गोस्वामीजी उसकी ओर देखकर मुसकराए, "या किसी सुजाता की खीर खाकर यह दु:ख-दर्शन जागा है?"

झन्न-से जैसे कोई आघात लगा हो और कुन्नी वास्तविकता में आ गया—तो कहीं उसकी यह उद्विग्नता कल रात के प्रसंग की प्रतिक्रिया तो नहीं है? एक दबा हुआ भय-

प्रवाद का या बूढ़े वानप्रस्थी की छाया का, उस अज्ञात रहस्य का? दीदी की निकटता से वह आश्वासन लेने गया हो जैसे। गोस्वामीजी कुछ सोचते रहे। फिर बोले, ''लेकिन भइया, अब आपसे मन की बात बताऊँ। हम किसी के दु:ख के सहभागी हो सकते हैं या दु:ख से मुक्त कर सकते हैं, यही हमारा दायित्व है। मुझे लगता है, यह भी मन की सुखद आत्मवंचना होती है। मनुष्य, हर मनुष्य एक दु:ख अपने चारों ओर पाल लेता है और उसमें बड़े सुख से रहने लगता है। वह दु:ख को छोड़ना नहीं चाहता। 'मैं बेचारा दु:खी हूँ', यह एक बात उसे सौ दूसरी जिज़्मेदारियों से मुक्त कर देती है। अपने दु:ख को छोड़कर पूरे खुले सुखी मन से जीना बड़ी हिज़्मत की बात होती है—या शायद वह दूसरी प्रवंचना होती हो। कुंदनजी, मैं एक ही बात जानता हूँ कि मैं अभी कुछ नहीं जानता। आपसे बात कर रहा हूँ तो यह याद भी आ गया, वरना सब भूले रहता हूँ। हाँ, कभी विमली सामने पड़ जाती है तो याद आ जाता है। आपको तो विमली का प्रसंग मालूम है। जब बहुत प्रवाद बढ़ा तो एक बार मन में आया, सब छोड़कर दीक्षा ले लूँ। चटाई लेकर कहीं जमुना किनारे बैठ जाऊँ। लेकिन आपकी भाभी हैं, दो बच्चे हैं, आकर यहाँ चाकरी करने लगा।''

अब बातें और प्रगाढ़ होने लगीं। दोनों के बीच एक ऐसा अंतरंग अनुभव उभर आया, जिसमें दोनों सहभागी थे, यानी विमली। पंडितजी इलायची वाली पोटली ले आए। उसे देकर एक इलायची खुद मुँह में रखते हुए बोले, ''कभी-कभी सोचता हूँ, यहीं क्यों आया। आचार्य परीक्षा कर ली है, कहीं भी जा सकता था। पर लगता है, मनुष्य जहाँ से आघात पाता है, अपने उस दु:ख के बिंदु से अलग नहीं होना चाहता। इस विमली को भी माँजी ने कितना चाहा, कहीं और रख दें। चौधरी से मिलने गए थे आप। वह इसे ग्रामसेविका रखवाना चाहता था, नहीं गई। मुझसे बात भी नहीं होती कभी; पर मुझे दिखाकर औरों से बहुत हँसकर बहुत ममता से बातें करती है। समझती है, इससे मुझे आघात पहुँचाएगी। मैं सोचता हूँ, पगली सचमुच कहीं उलझ जाए तो कम-से-कम मेरे अपराध से मुझे छुटकारा मिले।''

क्या गोस्वामीजी को यह मालूम था कि यह बात कहकर कुन्नी के मन को वे कहीं आघात पहुँचा रहे हैं? संशय पैदा कर देना कोई कम बड़ा आघात नहीं होता। कुन्नी सोचने लगा था—तो क्या कल का सबकुछ कुन्नी को सुख देने के लिए नहीं, छोटे पंडितजी को आघात पहुँचाने का आयोजन था? पर उसे विश्वास नहीं हो रहा था। उसकी उँगलियों पर उस मुलायम गीले ओठ का स्पर्श अब भी सजीव था, गोस्वामीजी को भला क्या मालूम! उसने पूछा, ''आप अपराधी क्यों? आपने तो विमली को बचाया था!''

''पता नहीं भइया, बचाया या दु:ख में डाल दिया। वह तो यही कहती है। वह भागी, उस पर अत्याचार हुए, बच्चा गया, फिर बेची गई; पर तब तक उसे कुछ होश नहीं था। मुझे जानने के बाद जब उसने अपने को जाना, तब मेरे पाँव पकड़कर बोली कि दासी

बनकर रहूँगी, पर तुमसे अलग नहीं रहूँगी और आपकी भाभी के पास जाकर उसके पाँव पकड़ लिये। मैं डर गया था, भइया। बहाना बनाकर यहाँ ले आया और बड़ी माँजी ने सारी बात जानकर इसे समझाया। लेकिन क्या इसकी भटकन खत्म हुई?''

कुन्नी उठा, तब भी गोस्वामीजी अपने में डूबे हुए थे। बोले, ''शांता बहन से मैंने कभी नहीं कहा; लेकिन लगता है, वे समझती हैं, इसीलिए आपसे कह दिया। विमली से कुछ मत कहिएगा कभी। इलायची और लीजिए एक!''

इलायची ले ली। खाली-खाली मन लेकर गया था, बोझ-सा लेकर चला आया। भंडारे में आज विमली मिलेगी, तो? क्या बात करेगा?

देर हो चुकी थी, पर भंडारघर में ज्यादा रौनक थी। बड़ी माँजी आज खुद मौजूद थीं। दीदी भी थीं, ''देख भइया, आज तेरे लिए माँजी ने खुद मीठी रोटियाँ बनाई हैं!''

विमली सिल पर चटनी पीस रही थी। माँजी ने रोटियाँ खुद परसीं और बोलीं, ''शांता ने बताया कि तुम रुक रहे हो, बेटा, तो मैंने कहा, कुछ मीठा बन जाए। आश्रम में और क्या मीठा? इसी मीठी रोटी से मुँह मीठा कर लो। माँ का मन खुश हो जाएगा। चलो, तुझें आश्रम भाया तो!''

''माँजी, यह तो किसी भी मिठाई से ज्यादा सोंधी है। हाँ, बुआ को लिख दिया है कि घर पर कह दें कि अभी यहीं रहूँगा; पर फिर सोचता हूँ, यहाँ बिना कामकाज के क्या पड़ा रहूँ?'' उसने बहुत बोझिल मन से कहा।

''कामकाज! बेटा, यह शांता का घर है तो तुझ़ारा नहीं? घर में कामकाज ही जरूरी है?''

''और कामकाज का क्या, डंडे बजा! भाईजी के डंडे कार्यालय में रखे ही हैं!'' दीदी बोलीं, ''घर में भी क्या कामकाज करता है डंडे बजाने के अलावा! सुबह कह चुका है, रुकेगा, अब क्या मनुहार कराना चाहता है?''

''ये अभी जाना चाहें तो ऊँटगाड़ी मंडी लौट रही है, उसी में गद्दी लगवा दें।'' विमली बोली।

''क्यों तुम लोग बकवास करती हो?'' माँजी ने मीठी डाँट बताई, ''उसे रोटी तो दो! बेटा, यह आँवले की चटनी कैसी है?'' माँजी थोड़ी चटनी परसकर उठ खड़ी हुईं। रहट पर एक बैल गिर पड़ा था। उसे देखना था। बड़ी माँजी आश्रम के एक-एक पशु-पक्षी की देखभाल खुद करती थीं।

विमली ने दीदी की थाली भी लगा दी थी, लेकिन संकोचवश आज खुद पंखा लेकर नहीं बैठी। अंदर कुछ लेने चली गई। वह उठकर खुद ही हाथ धोने लगा। चलने लगा, तब भी विमली अंदर ही थी। दरवाजे तक पहुँचा होगा कि विमली भागी-भागी आई, ''अरे, सुपाड़ी तो लीजिए!'' सुपाड़ी दी और देते समय दीदी की निगाह बचाकर उसकी

जेब में एक कागज ठूँस दिया।

कार्यालय में आकर उसने कागज खोला—'आप जाने को क्यों कह रहे हैं ? आपने रात को तो वादा किया था। क्या छोटे पंडितजी ने कुछ कहा है ? सवेरे आप उनके पास थे। मुझे मालूम है। रात मुझे थाली लेकर जाते देखा था। उनका विश्वास मत करिए। झूठे हैं। पंडितानी से डरते हैं। वहाँ पंडितानी ने ही पाठशाला से निकलवा दिया। मैं क्या करूँ ? बाकी सब बात झूठ बोलते हैं। आप जाइएगा मत, विमली की कसम। कागज फाड़ दीजिएगा—याद से।'

उसने एक बार पढ़ा, दो बार पढ़ा। फाड़ा नहीं। संदूक खोला—रखने के लिए फिर पता नहीं क्या सोचकर कागज फाड़ दिया। देर तक बैठा उसके छोटे-छोटे टुकड़ों के भी टुकड़े करता रहा।

□

मौसम बदल गया था देखते-देखते। हवा सूखी और गरम हो चली थी। झोंकों में धूल के साथ-साथ एक चीज और उड़ती हुई आती थी—सेमल की रुई के छोटे-छोटे भुए। खिड़की के रास्ते कमरे में आ जाते और दीवार से छप्पर तक भटकते रहते। गुमसुम-सा बैठा हुआ कुन्नी कभी-कभी उन्हें पकड़ने की कोशिश करता। पकड़ाई में आना मुश्किल था। दिन चढ़ते ही दोपहर का सूनापन व्याप जाता और पड़कुलियों की घूँ! घूँ! सन्नाटे को और उदास बना जातीं। ककड़ियाँ आने लगी थीं, हालाँकि घर की तरह गंगा के कछारवाली पतली और मुलायम नहीं, काफी बड़ी और सख़्त। माँजी ने उसे ककड़ियों का रायता बनाकर खिलाया था। अब अकसर माँजी या दीदी भंडारे में रहती थीं। छोटी पंडितानी गाँव से लौट आई थीं। गोस्वामीजी भी कटे-कटे-से रहने लगे थे।

जाने क्यों घूम-फिरकर वह उधर पहुँच जाता था, जहाँ खसवाला काली मिट्टी का बड़ा सूखा तालाब था, जिसके किनारे बैल बँधे रहते थे। उस दिन जो बैल गिरा था, उसके अगले पैर की हड्डी में जरब आ गया था और वह ठीक से खड़ा भी नहीं हो पाता था। बड़ी माँजी दो-तीन दिन में एक बार जाकर खुद उसका पैर मलती थीं। और कोई भी पास जाए तो वह सींग चलाता था।

कुन्नी अकसर वहाँ जाकर खड़ा हो जाता। बूढ़ा बीमार बैल अपनी उदास आँखों से उसे देखता रहता। एक बार वह ककड़ी ले गया। उसने सूँघकर छोड़ दी और फिर कुन्नी की ओर देखने लगा। कुन्नी को लगता था, किसी रहस्यमय ढंग से अब यही एक जगह है, जहाँ दु:ख में वह शामिल है। बाकी सब जगह दु:ख को मन के अंदर लेकर लोगों ने मन के कपाट बंद कर लिये हैं, उसकी दीदी ने भी। वह फिर ठहरा क्यों है, किस डोर ने उसे बाँध रखा है ?

यहीं उसकी भेंट बड़े वानप्रस्थीजी से हुई। हालाँकि जैसे हुई, वैसे न होती तो अच्छा

था। माँजी बहुत जोर-जोर से बिगड़ रही थीं। उसके हाथ में दो रोटियाँ थीं और बूढ़े वानप्रस्थी काँपते पाँवों से और भी काँपते हुए सिर झुकाए खड़े थे। उसके पहुँचते ही बड़ी माँजी का स्वर थोड़ा धीमा हो गया और बोलीं, "भला बताइए, कोई बात हुई! मैं कहीं-कहीं से भीख माँगकर आश्रम के लिए अन्न जुटाती हूँ और यहाँ घी चुपड़कर रोटियाँ बैल के आगे फेंकी जा रही हैं! नहीं खाना है तो पहले कहलवा दें। बुढ़ापा बहुतों का देखा है, पर यहाँ तो अक्ल बिल्कुल मारी गई है। न देखो तो दस आदमी कहेंगे कि उसका खयाल नहीं रखतीं! आपका दिमाग ठीक नहीं। शरीर नहीं चलता तो कमरे में बैठो। मैं कहाँ-कहाँ देखती फिरूँ!"

वह उलटे पाँव लौट आया, पर मुड़कर बूढ़े को देखता रहा। शरीर पूरा टेढ़ा-मेढ़ा हो चुका था, पर चेहरा अभी भी सुकुमार था। खाल, जो झूल आई थी, कभी बहुत गोरी रही होगी। आँखों में नीलापन था, पर जैसे अंदर की जोत बुझ-सी गई थी। उन्होंने एक बार आँखें उठाकर कुन्नी की ओर देखा। पुतलियाँ ठहराने में भी जैसे कष्ट हो रहा हो और निगाह जैसे कुन्नी के पार किसी शून्य को देख रही हो। माँजी चली गईं तो कुन्नी गया। कमरे की खिड़कियाँ जैसे बरसों से बंद होकर जाम हो गई हों। अँधेरा और सीलन, एक विचित्र प्रकार की बदबू। एक टिफिन कैरियर था, वही लंबा बरतन, जो कुन्नी ने रात में देखा था। उसी के कटोरों में दाल, तरकारी और रोटियाँ पड़ी थीं। लगता था, उन्होंने बाद में रहा-सहा खाना भी नहीं खाया था।

"मेरा नाम कुंदन है। शांताजी मेरी दीदी हैं।" उसने कहा।

हिलता हुआ बूढ़ा सिर थोड़ा और हिला, फिर बहुत दबे स्वर में बोला, "जाइए, आप जाइए, नमस्कार!"

कुन्नी लौटा नहीं, वहीं बैठ गया। जैसे आक्रमण के डर से कछुआ अपनी गरदन और पाँव अंदर समेटकर बैठ जाता है, वैसे ही वह बिल्कुल चुप होकर सहमे-सहमे बैठे रहे। धीरे-धीरे खुले, "ठीक कहती हैं प्रेमा देवी। मैं तो पापी हूँ। इस आश्रम के लायक नहीं। पर अब जाऊँ कहाँ? नहीं, मुझे क्यों बुरा लगेगा? प्रेमाजी मुझे बहुत मानती हैं, सदा मानती थीं। मैंने ही इन्हें पढ़ाया। मैंने ही कहा कि भगवान् ने बच्चे देकर छीन लिये तो क्या? तुम पाठशाला खोलो। सब बच्चों को अपना मानो। मैंने समाज-सेवा में इनका चित्त लगाया। अब भगवान् ने यश दिया है। मुझसे शक्ति छीन ली, मैं कुछ सहायता नहीं कर पाता। उलटे बाधा पैदा करता हूँ। क्रोध बस गया है चित्त में। कहाँ क्या कह दूँ। ठीक ही मना करती हैं कि लोगों से मत मिलो। काम, क्रोध दोनों विकार हैं। पहले काम का दास था। अब वह नहीं रहा तो क्रोध ने दबा लिया। भगवान् से बहुत प्रार्थना करता हूँ, क्रोध से मुक्त करो। नहीं बरदाश्त होता तो क्रोध दबाने के लिए कभी-कभी तंबाकू खा लेता हूँ। माधव है न, चुपके से सेठानी बहू से लाकर दे जाता है। मैं जानता हूँ, बुरी बात

है। प्रेमाजी को पता चल गया तो मेरे पास से सब पैसे हटा दिए। अब कभी जैत सिंह से माँग लेता हूँ, कभी…कितनी बुरी बात है! माँगना कितनी बुरी बात है! प्रेमाजी ठीक ही नाराज होती हैं।''

कुन्नी को पहली बार मालूम हुआ कि बड़ी माँजी का नाम 'प्रेमा देवी' है। बाकी बातें लौटते हुए छोटी पंडितानी से मालूम हुईं। उधर से जा रहा था तो गोस्वामीजी बोले, ''बड़े वानप्रस्थीजी के पास से आ रहे हैं?''

''हाँ, बड़े कष्ट में हैं बेचारे!''

''होंगे ही।'' पंडितानी तमक के बोलीं, ''जैसा करेंगे वैसा भरेंगे। बड़े वकील थे, बड़ा पैसा था तो क्या भगवान् को भूल जाए आदमी! बड़ी माँजी शिक्षा के काम में लग गईं, नहीं देखभाल कर पाईं तो लगे इधर-उधर चारा डालने। आखिर को सबने धता बताई! जिसे सात भाँवर फिराकर लाए थे, वही काम आई। फिर भी क्रोध चढ़ता है तो वाही-तबाही बकने से बाज नहीं आते। मरद की जात होवे ही है ऐसी।'' और आग्नेय दृष्टि गोस्वामीजी पर डालकर अंदर चली गईं।

गोस्वामीजी शांत भाव से बोले, ''आपको तो माँजी कुछ कहेंगी नहीं, कभी-कभी उनके पास बैठ लिया कीजिए। बड़े भले हैं। पहले तो खाना भी खुद पकाते थे। कभी-कभी मीठे चावल बनाते थे। हम सबको थोड़ा-थोड़ा बाँट जाते थे। अब तो दो बरस से वह भी नहीं।''

दीदी से उसने सीधे पूछा, ''बड़ी माँजी का व्यवहार उन्हीं से ऐसा क्यों है? हर वक्त झिड़कियाँ! बाकी सबसे तो इतनी ममता!''

''मैं नहीं जानती, कुन्नी! कुछ गाँठ होगी उनके बीच और अब मैं यह सब सोचती भी नहीं। इतना जरूर सुना था किसी से कि कोई डिप्टी डायरेक्टर था शिक्षा का, जिसने बड़ी माँ को बहुत ग्रांट वगैरह दिलवाई थी। कुछ अखबारों में ऐसी-वैसी बातें भी छपी थीं। मगर कौन जानता है, सच क्या है? बूढ़े वानप्रस्थीजी का एक भतीजा है कनाडा में। इन्हें ले जाने को तैयार था, पर ये कहने लगे—अब आयु का तीसरा चरण है। वानप्रस्थ धारण कर पत्नी के पास ईश्वर-चिंतन करूँगा। सुनते हैं, संन्यास में पत्नी को भी छोड़ना पड़ता है तो संन्यास भी नहीं लिया। वे जानें, उनका काम जाने।''

कुन्नी शाम को बड़ी देर तक सोचता रहा। क्या गोस्वामीजी सच कहते थे कि दुःख की लक्ष्मण-रेखा बनाकर, मनुष्य उसमें घिरकर स्वेच्छा से बैठ जाता है; लेकिन क्यों?

एक दिन वह गया तो बड़े वानप्रस्थीजी अपने पाँव में कोई गाढ़ा-गाढ़ा काला तेल मल रहे थे। उसने कहा, ''लाइए, मैं मल दूँ।'' तो प्रतिवाद नहीं किया। चिपचिपा तेल, शायद उसी की दुर्गंध थी, जो कमरे में उसे पहले ही दिन महसूस हुई थी, ''क्या प्रेमाजी आ गईं? तुमने देखा?''

बड़ी माँजी सुबह स्टेशन गई थीं। कोई बिल्टी छुड़ाकर साथ लानी थी। राह में चौधरी के गाँव भी जाना था। शाम को आने वाली थीं। वह हर दस मिनट पर पूछते थे, "अभी आई नहीं? पता लगाओ। यहाँ तो सैकड़ों दुश्मन हैं। जैत सिंह गया है या नहीं?"

कुन्नी की समझ में नहीं आया, जिसके सामने इनकी जबान तालू से चिपक जाती है, उससे इतना मोह क्यों है?

मालिश से उन्हें बहुत आराम मिला। आशीर्वाद देकर बोले, "यह मेरा टिफिन है न, यह असल में कुकर है। जानते हो, नीचे के खाने में कोयला सुलगाकर इसमें पंद्रह मिनट में खाना पक जाता है। मीठे चावल बनाऊँगा बेटा, तुम्हारे लिए। यहाँ आश्रम में सबको बहुत पसंद हैं, लेकिन प्रेमाजी नाराज होती हैं। कहती हैं, भंडारे में सब बनता है। जरूरत क्या? ठीक कहती हैं, उनको तो सब देना होता है न। मेरा तो दिमाग ही काम नहीं करता!"

"आपको मेरे आने से बुरा तो नहीं लगता?" कुन्नी ने कहा।

"नहीं बेटा, मुझसे तो कोई बात नहीं करता। बहुत जी करता था पहले, फिर तो बात करना भूल गया। हमारे बेटा होता तो तुमसे बड़ा होता; पर वही कौन आकर बातें करता! मेरा दिमाग भी काम नहीं करता। क्रोध ऊपर से आता है।"

"कुंदनजी हैं?" दरवाजे पर विमला खड़ी थी। "सुनिए, शांता बहन ढूँढ़ रही हैं आपको। घर से कोई तार आया है।"

कुंदन उठ खड़ा हुआ। विमला ने निकलते-निकलते उसकी एक उँगली अपने हाथ में दाबकर बहुत मुलायमियत से पूछा, "मुझसे नाराज क्यों हो गए हैं आप? उसके बाद नहीं आई, इसलिए? असल में गोस्वामीजी की वह आ गई न। बड़ी कपटिन है! एक की दस लगाती है! पर आऊँगी एक दिन। बस, अब तो ठीक।"

कुंदन का मन मुलायम हो आया। खुली बाँह पर हलके से हाथ रखकर बोला, "ईश्वर जानता है, मैं नाराज नहीं हूँ।" फिर मुसकराकर बोला, "एक तिल भर भी नाराज नहीं हूँ।"

"हाय राम!" विमला खिल आई। लेकिन शांता बहन के पास पहुँचकर तार का मजमून सुनकर बुझ गई। पिताजी का तार था—'यूनिवर्सिटी सोमवार को खुल रही है, तुरत आओ।'

पूरी शाम तैयारियों में बीती। दिन ढलने से पहले ही माँजी आ गईं। दूसरे दिन दोपहर को गाड़ी छूटती थी। बस, उसके बाद आती थी। माँजी ने चौधरी के यहाँ छोटे वानप्रस्थीजी को भिजवा दिया कि ताँगा भेज दें अपना। भंडारे में कहलवाया, मठलियाँ बनवा दी जाएँ—साथ के लिए। दीदी धोबी के यहाँ से धुलकर आए कपड़े तह कर

संदूक ठीक करने लगीं और वह अनमना सा कभी कुइयाँ, कभी कनेर की क्यारी, कभी काली मिट्टीवाले तालाब के पास भटकता रहा। जैत सिंह शाम को उसकी और दीदी की थाली लगाकर कार्यालय में ही ले आया। दीदी ने उसकी दाल में ढेर सा घी डाल दिया और ममता से देखती रहीं, "भइया, जब आया था तो मुझे लगा, क्यों आया तू। अब जा रहा है तो लग रहा है, क्यों जा रहा है अभी। अब भी कहे तो मामाजी को लिख दूँ कि हफ़्ते भर बाद भेजूँगी!"

"नहीं दीदी, अब जाना चाहिए।"

"छुट्टियाँ होते ही आ जाना। आएगा न?"

"नहीं दीदी! तुम कहोगी, हिरन और मोर और भेड़िया। सब बेकार है, दीदी! एक बात पूछूँ, तुम्हें यहाँ क्या अच्छा लगता है? तुम्हारा क्या मेल इस सबसे, सच-सच बोलना, दीदी?"

दीदी ने गहरी साँस ली, "नहीं, कोई मेल नहीं, शायद इसीलिए!" थोड़ी देर चुप रहीं। लालटेन की पीली मद्धिम रोशनी में बहुत उदास लग रहा था उनका चेहरा, "मैं कैसे समझाऊँ, मेरे मन की क्या हालत है? यह जो पीछे निचाट मैदान है…"

"हाँ, उसमें हिरन आते हैं, पुलिया के नीचे भेड़िया। वह सब सुन लिया।"

"नहीं, वह बात नहीं। वहाँ एक जगह से तार के खंभे गुजरते हैं। पता नहीं, कहाँ से आते हैं, पचासों मील दूर से, गाँव-खेत के पार से। पहले छोटे, फिर बड़े, फिर और बड़े, फिर सड़क पार कर दूसरी ओर के मैदान में छोटे और छोटे और छोटे होते-होते ओझल हो जाते हैं। मैं एक दिन शाम को उधर गई। बड़ी देर तक खड़ी देखती रही। खंभे के पास गई तो उसमें से झनझन-झनझन की आवाज आ रही थी। मुझे लगा, ऊपर तार में से जो संदेश आ-जा रहे हैं, यह उनकी आवाज है। किसी ने किसी को तार दिया है—आ जाओ। किसी ने बधाई भेजी होगी, किसी ने शोक-समाचार, किसी ने लिखा होगा—आ रहा हूँ। सबका एक स्वर—झन-झन-झन। मैं बड़ी देर तक खंभे से पीठ टिकाए, आँखें मूँदे खड़ी रही। कोई संदेश मेरे लिए नहीं था, सब मुझ पर से उड़ते चले जा रहे थे। यहाँ भी भैया, मैं खंभे से पीठ टिकाए, आँखें मूँदे चुपचाप खड़ी हूँ। किस तार से कौन किससे जुड़ा है, किससे अलग है, किसी की बात किस तक पहुँच रही है या नहीं पहुँच रही या सब बातें घुल-मिलकर एक निरर्थक झनन-झनन बन गई हैं, मैं कुछ नहीं जानती। शब्द कितने खतरनाक होते हैं, उनका अर्थ समझना, उन पर विश्वास करना कहीं पर कितना तोड़ जाता है, तुम्हें सब मालूम है, भइया! मैं वह सब दुबारा नहीं महसूस कर सकती। ऐसे ही खुश हूँ, बहुत खुश।"

"लेकिन यह कब तक चलेगा, दीदी? उसके बाद…"

"जब तक चलेगा, तब तक सही, उसके बाद आगे कहीं चल दूँगी; पर वहाँ

लौटूँगी नहीं। माँ को कोई झूठा आसरा मत दिलाना। मैं जानती हूँ, आगे राह नहीं; मगर पीछे ही कहाँ है!''

कुन्नी का मन भर आया। शायद अब वह भी दीदी के लिए निरर्थक है। शायद सब सबके लिए निरर्थक हैं।

दीदी समझ गईं जाने कैसे। हँसकर उसका मुँह अपनी ओर मोड़कर प्यार से बोलीं, ''अगर बंदरराम, तुम किसी दूसरे शहर में नौकरी करोगे और कोई लेडी बंदरराम ले आओगे तो शायद कभी तुम्हारे पास आकर रह जाऊँ!''

कुन्नी कुछ नहीं बोला। चुपचाप बेमतलब संदूक खोलता-बंद करता रहा। फिर बहुत हिम्मत साधकर बोला, ''दीदी, एक बात कहूँ! उस रात की बात मैंने तुम्हें बताई थी न, जब मैं डर गया था। दीदी, मैंने आधी बात बताई थी···।'' कुन्नी ने ठहरकर दीदी के चेहरे की ओर देखा। वहाँ कोई भाव नहीं था।

जमीन की ओर देखते हुए वह बोलीं, ''अच्छा हुआ, तूने जिक्र कर दिया, नहीं तो मेरे मन पर बोझ छूट जाता। बाकी बात मुझे मालूम है। बड़ी माँजी ने तेरे जाने के बाद ही बताई थी। कमरे की बत्ती बुझा दी थी, पर वह जाग रही थीं। उन्होंने विमला से भी कुछ नहीं कहा। पर भंडारे में इसीलिए मैं भी आती थी तेरे खाने के वक्त।''

''दीदी, मुझे बड़ी···''

''नहीं भइया, कोई क्या करे! अभागिन है बेचारी! माँजी आज उसका इंतजाम करके आई हैं। चौधरी के गाँववाले क्षेत्र में काम करेगी, पर रहेगी आश्रम में। ताँगा ले जाएगा, पहुँचा जाएगा।''

दोनों थोड़ी देर चुप रहे। फिर दीदी बोलीं, ''चौधरी तो और भी चाहते हैं— विवाह। जायदाद बहुत है। माँजी ने अभी उससे नहीं कहा है। कह भी देंगी तो क्या, विवाह भी हो गया तो क्या? पर अभी भी भटक रही है, तभी भी भटकेगी।''

देखो तो भटकन कहाँ नहीं। बस, एक शांता है कि खंभे से पीठ टिकाए आँखें मूँदकर खड़ी हो गई है। समझती है, बस, यात्रा खत्म हो गई। उसका मन जाने को हो नहीं रहा था। मोह असमय क्यों आता है? पर आता जरूर है। वरना सुबह से उसे यह हवा, यह धूप, यह आसमान कैसे-कैसे से क्यों लग रहे हैं?

वह कभी क्लर्कजी को देखता है, जो बार-बार हिंदी टाइम टेबल देखकर हिसाब लगा रहे हैं कि ताँगा कब पहुँचेगा। छोटे पंडितजी इधर-उधर से घूमकर फिर उसी के पास क्यों आ जाते हैं? जैत सिंह दो बार बेमतलब उसको नाश्ते क्यों दे गया? दीदी बार-बार कुछ-कुछ लाकर उसके संदूक में क्यों रख जाती हैं—'ये रूमाल बनाए थे तेरे लिए, यह मेजपोश भी रख ले, एक पेन मेरे पास बेकार पड़ा था।' बड़ी माँजी विमली से पूड़ियाँ सिंकवाकर रास्ते के लिए रखवा रही हैं, 'यह टेंटी का अचार है, यह पुराने नीबू

का, यह मीठी नारंगियों का।' यहाँ तक कि ताँगा आया और सामान रखा जाने लगा तो माधव, जिससे वह एक बार भी नहीं बोला था, दौड़कर संदूक चढ़ाने लगा। उसने चारों ओर देखा। बूढ़े वानप्रस्थीजी के पास हो आए क्या? फिर बड़ी माँजी की ओर देखकर रह गया।

सब लोग फाटक तक उसे पहुँचाने गए। ताँगे पर सामान था, वह पैदल-पैदल सबके साथ। भाईजी भी उसके साथ स्टेशन तक जा रहे थे। बड़ी माँजी ने अचार की जो पोटली रखी थी, वह भंडारे में ही छूट गई थी। जैत सिंह दौड़कर लाने गया। छोटे पंडितजी हाँफते-हाँफते आए—एक डिबिया में इलायची लेकर। उसका मन भर आया। शायद है कि कहीं मन के कपाट खुलते हों, शायद है कि सब अपने दु:ख में मजबूरन बंद हों; पर खुलने का एक मौका आते ही खुलना चाहते हों, शायद है कि वह सबके दु:ख से बाहर नहीं है या शायद है कि वह जाते वक्त यूँ ही मोह में फँस रहा है। सब अपने में बंद हैं, कोई किसी के दु:ख में शामिल नहीं। बड़ी माँजी ने घड़ी देखी। भाईजी लाठी लेकर आगे बैठ गए। दीदी आँख पोंछती आईं। उसके हाथ में दस रुपए का नोट दिया, फिर बोलीं, "भंडारे में बैठी रो रही है पगली, आई नहीं। यह पैकेट दिया है विमली ने!"

"क्या है?" उसने खोला।

"अरे, तिल हैं! शायद भूल से कोई दूसरा पैकेट दे गई!" दीदी ने देखकर कहा।

कुन्नी कुछ नहीं बोला। पैकेट लेकर खाने की टोकरी में रख दिया।

ताँगा चला। सबने हाथ जोड़े।

"छुट्टियों में आना, बेटा!" बड़ी माँजी ने कहा।

"जरूर!" वह जानता था कि वह नहीं आएगा न, बिल्कुल नहीं आएगा।

फाटक पीछे छूट गया, नीम, आम, पुलिया, तोते...दीवार भी पीछे से खसक रही थी। लोग लौट रहे थे। सिर्फ दीदी खड़ी थीं और गोस्वामीजी। पेड़ के तनों में वे भी छिपने लगे थे। फिर काँपता हुआ कोई आकार, हाथ में लंबा बरतन, बूढ़े वानप्रस्थीजी। एक बार उसका मन हुआ, ताँगा लौटा ले। दीदी ने शायद जाता हुआ ताँगा दिखाया। वह काँपता हुआ सिर उठाए खड़े रहे, फिर दीदी का सहारा लेकर लौटने लगे। भाईजी ने बताया, सुबह विमली से गुड़-मेवा ले गए थे। मीठे चावल बना रहे थे। माँजी के डर के मारे किसी ने लाकर दिए नहीं, शायद लेकर आए हों। उसने दोनों हाथ जोड़कर माथा झुकाया, पर हाथ उठे नहीं; जैसे उनमें जान न हो।

अब दीवार भी खत्म हो गई थी। दोनों ओर पेड़ और फिर मैदान। चौधरी के गाँववाला कच्चा रास्ता भी छूट गया, फिर सड़क मुड़ी। टेंटी की झाड़ियाँ, फिर पेड़ों के झुरमुट। धीरे-धीरे दीवार भी ओझल हो गई।

□

यह मेरे लिए नहीं

ऐसी सुबहें सिर्फ उस गली में होती थीं। सीले घर, टूटे मन, अंदर-बाहर अँधेरा, हर चीज पर कुढ़न और खीज। और तभी जाने कहाँ से कोई एक छोटी सी चीज उभर आती थी—दूसरों के लिए बिल्कुल बेमतलब, मगर जो देखे और समझे, उसके लिए कितनी दिलासा देनेवाली! मसलन इस लंबे, सीले, बेडौल दीवारोंवाले कमरे में अलस्सुबह यह धूप का एक चकज़ा, सुनहला, चौकोर, सुबह के झकोरे में झील के पानी की तरह काँपता हुआ। क्वार-कातिक की ढलती रात की सर्दी खाया हुआ टूटता बदन हो, हवा में पड़ोस के अहाते में रात भर झरे हरसिंगार की गमक हो, छुट्टी के दिन की सुबह हो और तख़्त पर लेटे-लेटे सीले, बेडौल कमरे में बिना बुलाए आ जानेवाली इस चौकोर नन्ही सी धूप को सिर्फ देखने, चुपचाप देखते रहने का बेहिसाब वक्त तो···धीरे-धीरे महसूस होता है कि यह धूप की तितली स्थिर नहीं है। प्रतिपल काँप ही नहीं रही है, धीरे-धीरे खिसक रही है, आगे बढ़ रही है और तब सहसा यह ध्यान आता है कि बाहर सूरज धीरे-धीरे उठ रहा है। उसी के अनुसार यह धूप जौ-जौ, तिल-तिल खिसक रही है।

और जैसे बिजली छू जाए, कुछ ऐसा अव्यक्त उल्लास मन को झकझोर जाता था और दीनू सब भूल जाता था कि यह धूप का चकज़ा उस दीवार के छेद से आ रहा था, जो तीन साल पहले नए कमरे के लिए चिनी जानी शुरू हुई थी और राज-मजूरों का पैसा भी जब माँ नहीं दे पाई तो उसकी साइकिल बेचनी पड़ी थी। साइकिल बेचने से उसे कॉलेज के लिए पैदल 3 मील जाना और 3 मील आना पड़ता था। पर उसे कोई शिकायत नहीं थी, सिवा इसके कि हर दूसरे हफ़्ते पुरानी पेशावरी में नया तल्ला लगवाना पड़ता था और जब उसे ऊपरी खर्च के लिए सिर्फ पाँच रुपए महीना मिलते थे (जिसमें से उसे फाइल के कागज, स्याही, साबुन और ड्राइंग-पिनें भी खरीदनी पड़ती थीं), तब उसमें से पूरा एक रुपया हर महीने मोची को चला जाए, यह बरदाश्त नहीं होता था और वह बार-बार खीजता था कि माँ को हर छठे महीने मकान की मरम्मत करवाने की क्या

धुन है? कॉलेज में फीस माफ थी, कुछ पुअर फंड से भी मिलता था। एक बारह रुपए और एक आठ रुपए की ट्यूशन थी और पैसे बचें, इसलिए माँ बाहर रहती थीं; मगर हर छठे महीने आती थीं और साठ-सत्तर, कभी-कभी सौ रुपए भी अगर बचे हों तो तुरत नजीर मिस्तरी की बुलाहट होती थी और मकान में काम लग जाता था। कहती थीं, "तेरे बाबूजी की निशानी है। मरते-मरते उन्होंने कर्जा लेकर चिट्ठा बँटवाया था।" हफ़्ते भर जिस कॉफी में मजदूरी की हाजिरी लिखी जाती थी, उसे 'चिट्ठा' कहते थे और शनिवार की शाम को मजदूरी बँटने का अर्थ चिट्ठा बँटना। माँ को चिट्ठा बाँटने में एक अद्भुत सुख होता था। पाई-पाई का हिसाब करती थी। बैजू भैया बैंक में काम करते थे। उनसे पाँच रुपए की चमचम नई पाइयाँ मँगवाती थीं। चिट्ठा बाँटने के बाद गहरी साँस लेकर कहतीं, "पाई-पाई चुका दी। तेरे बाबूजी ने कहा था, किसी की एक पाई चढ़ी मत रखना।"

लेकिन माँ के सुख का अलम कहीं नहीं। दीनू जानता है कि अब एक पैसा नहीं बचा है। परसों ये गठरी-संदूक लेकर चल देंगी और छह महीने बाद फिर लौटेंगी और फिर डिक्शनरी के नीचेवाली दराज में (जहाँ वह बचे हुए रुपए रखता है) हाथ डालेंगी, रुपए निकालेंगी, सावधानी से गिनेंगी, अपनी सिलाईवाली पिटरिया में सुई-डोरे और कतरनों के नीचे रख देंगी और दूसरे दिन उन्हें फर्श में दरार दिखाई देगी, उखड़े पलस्तरवाली दीवार से नींव में पानी भरता नजर आएगा, छत का दायाँ बाजू फूला नजर आएगा और कहेंगी, "दीनू बेटा, जरा कॉलेज जाते समय चकलानीम होते हुए जाना। नजीर मिस्तरी से बोलना, बहूजी ने बुलवाया है।" और बस, दीनू को सामने की थाली जहर लगने लगेगी। इन्हें क्या मालूम कि बुखार में एक दिन वह ट्यूशन नहीं गया तो दूसरे दिन उस दो कौड़ी के बिसाती ने क्या कहा था। इन्हें क्या मालूम कि वैद्यजी ने कहा है कि दवा की शीशी बराबर नहीं लोगे तो फेफड़ों पर असर होगा। इन्हें क्या मालूम कि तुरत खाना खाकर दौड़ते हुए कॉलेज जाने में नीचे तिल्ली में दरद होने लगता है। इन्हें क्या मालूम···वह? नजीर मिस्तरी से संदेशा कहकर और तेज चलता, बीच में सूनी सड़क पर दौड़ता—फट जाए, एकबारगी तिल्ली फट जाए, उसे इस नरक से छुटकारा मिले। बाबूजी की निशानी यह मकान बनता रहे, साल-दर-साल; लेकिन दीनू की गाल की हड्डियाँ उभर आईं, पसलियाँ कसकने लगीं, जिगर खराब हो गया, आँखें कमजोर हो चलीं, पर तिल्ली नहीं फटी, दीवार और छतों का फटना बदस्तूर जारी रहा। मरम्मत लगती रही और हर बार चिट्ठा बँटने के बाद माँ का गहरा संतोष भरा वाक्य, "पाई-पाई चुका दी। तेरे बाबूजी ने आखिरी समय कहा था, किसी की एक पाई···"

दीनू की उम्र ही क्या थी तब, मुश्किल से सत्रह-अठारह बरस। फिर भी उसे यह लगने लगा था कि बाप की निशानी सिर्फ यह मकान है, वह नहीं। इसमें वह क्लास का

सबसे तेज, सबसे गरीब, सबसे दुबला, सबसे कम उम्र लड़का है। किताबें उसे उधार माँगनी पड़ती हैं और कपड़े उसे घर में साबुन से पछाड़कर पहनने पड़ते हैं और शामें ट्यूशनों में बितानी पड़ती हैं और माँ हैं कि निचुड़कर बूँद-बूँद इकट्ठा होनेवाले पैसे को (जिससे वह एग्जामिनेशन फीस और अगले साल की एडमिशन फीस देना चाहता है) फटी दीवारों में झोंक आती हैं। सिर्फ इस सुख को महसूस करने को कि उन्होंने पाई-पाई चुका दी—मजदूर लगने जरूरी हैं, चिट्ठा बँटना जरूरी है।

और इसीलिए जब वे फिर गठरी-संदूक लेकर बाहर जाने लगतीं और दीनू का कमजोर व पीला चेहरा हथेलियों में लेकर कहतीं, ''कैसा सूख गया है मेरा लाल! बस, दो साल और। तेरी नौकरी लगे, मैं आकर पास रहूँ, तब पनपे! कहीं परायों के चौके का अन्न तन-बदन में लगता है!'' तो दीनू के सारे बदन में एक अरुचि, एक विद्रोहपूर्ण घृणा, एक विक्षोभ उबाल खाने लगता। जो कुछ माँ करती हैं, ठीक, लेकिन फिर डॉक्टर चाची को पराया मानना। डॉक्टर चाची अगर प्यार से दो वक्त न खिलातीं तो! उन्होंने क्या नहीं किया दीनू के लिए! लेकिन माँ ने उन्हें कभी क्या अपना माना? किस बिरते पर? कि उन्हें मकान के किराए में से बारह रुपए माहवार दीनू के खाने का देती थीं। किसी की पाई अपने पे चढ़ती न रखने का कौल। और फिर, जब दीनू की नौकरी लगी और माँ लौटीं तो उन्होंने खड़े-खड़े डॉक्टर चाचा और चाची से अलगाव कर लिया। ''मेरे बेटे को परायों ने बस में कर रखा है।'' उन्होंने अड़ोस-पड़ोस में कहा था और दीनू को फिर उस दिन से माँ के चौके का दो वक्त का खाना भी कड़वा लगने लगा था।

तीसरे महीने की तनख़्वाह से एक पुरानी साइकिल तो आ गई थी। वह खड़खड़िया साइकिल सुबह सात बजे घर से निकल जाती। नौकरी पर होते हुए कॉलेज (पढ़ाई जारी थी) और वहाँ से इधर-उधर मीलों का निरर्थक चक्कर; रात को दस बजे लौटना। तब तक माँ कटोरदान में पराँठा-तरकारी उसके कमरे में रखकर सो जाती थीं। लेकिन जिस दिन नींद उचट जाए उस दिन दीनू की रात रोते या खीजते गुजरती थी। वे खुद बैठकर खिलाती थीं और खाते समय बतातीं कि बुआ का खत आया है कि दीनू की नौकरी लग गई। अब वह बरसीवाले पाँच सौ रुपए लौटा दो! या बड़े ताऊजी का खत आया है कि दीनू के लिए एक सुशील कन्या देखी है। इन बुआजी के लड़कों पर दीनू के पिताजी ने हजारों खर्च किए थे और इन ताऊजी ने दो हजार रुपए देकर दीनू का वह बड़ा मकान हड़प लिया था और ट्यूशन के रुपए में से दीनू से सूद वसूल करते थे। गरीबी के तमाम हाड़-तोड़ कष्ट में से उसने निश्चय किया था कि इन नृशंस रिश्तेदारों से कभी नाता नहीं जोड़ेगा। मगर माँ थीं कि डॉक्टर चाचा-चाची को पराया घोषित कर इन रिश्तेदारों को उसके सिर थोपती थीं, क्योंकि ये अपने खून के थे।

और कल रात तो गजब हो गया, जब माँ ने कहा कि मकानवाली तइया, जिन्होंने

दीनू पर आरोप लगाया था कि वह उस मकान का दस रुपए किराया वसूल कर खा गया, आने वाली हैं। जो बड़ा मकान कर्ज के एवज में ले लिया है, उसका बैनामा करने—कोई उसे पाँच हजार रुपए में खरीद रहा है, टिकेगी इसी घर में—तो दीनू के धीरज का बाँध टूट गया। जाने क्या हुआ उसे कि उसने हाथ का पराँठा खिड़की की राह बाहर फेंक दिया और पहली बार माँ से चीखकर बोला, ''मैंने सब सह लिया, मगर अब तुम्हारे ये कमीने रिश्तेदार यहाँ जमा हुए तो मैं इस घर में कदम नहीं रखूँगा। क्या मेरा कोई स्वाभिमान नहीं? मैंने मर-मरकर पढ़ा, पर इनका अहसान नहीं लिया!''

माँ ने अस्फुट स्वरों में कुछ कहा, फिर रुलाई रोकते हुए नीचे जाकर बिस्तर में पड़ रहीं। दीनू की तबीयत हुई, भाग जाए और डॉक्टर चाचा से कहे कि अब उससे नहीं रहा जाता। माँ के साथ वह एक क्षण नहीं रहेगा, एक क्षण नहीं। उसे किसी में विश्वास नहीं। पहले कभी एक ईश्वर में विश्वास था, जो उसके साथ सूनी सड़कों पर दौड़ता चलता था; जो उसके साथ बीमार, थकी, गरीब रातों के अँधेरे में कभी-कभी दिलासा-भरी बातें कर लेता था; लेकिन जिस दिन ईश्वर-भक्त माँ ने दस साल की आभार भरी आत्मीयता को भूलकर मुहल्ले भर के सामने डॉक्टर चाचा-चाची को अपमानित कर अलग कर दिया, तब से उसे ईश्वर पर भी विश्वास नहीं। क्या करे वह? दीवार पर सिर पटक दे? मगर उससे दीवार में दरार पड़ गई और मकान की नींव में पानी भरने लगा तो बाप की निशानी इस मकान का क्या होगा?

वह एक बार नीचे आया। तबीयत हुई, ताला बंद करे, साइकिल उठाए और दूर चला जाए। गऊघाट के पुल के अँधेरे में साइकिल टिकाकर एक छलाँग नीचे और फिर···वह नीचे आँगन में आया। बरामदे में माँ की सिसकियाँ सुनाई दे रही थीं। वे सोई नहीं थीं, रो रही थीं। वह लौट आया। कमरे में पड़ रहा। लालटेन बुझाई। बुझती लालटेन की एक खास महक होती है। वह आई, मगर उसके साथ एक और महक आई पड़ोस में खिले हरसिंगार की। आधी रात हो चली थी। हरसिंगार फूल आया था। दीनू को कब नींद आई, मालूम नहीं। सिर्फ इतना मालूम है कि सोते समय हरसिंगार की महक के साथ परना दी की उजली हँसी की तरह लहर भी जाने कैसे गुँथकर आ गई थी। दो-तीन दिन से परना दी (असली नाम अपर्णा बनर्जी) सुबह हरसिंगार चुनने आती है तो एक मुट्ठी फूल बोड़दा (बड़े भैया यानी दीनू बाबू यानी श्री एम.एस. दीन, रिसर्च स्कॉलर) के लिए माँ के पास रख जाती है। माँ उस वक्त संध्या पर बैठ चुकी होती हैं, पर कुश के आसन पर उससे फूल रखवा लेती हैं और कभी-कभी आचमन मंत्र भूलकर उससे गप मारने में लग जाती हैं।

परना, उसके और माँ के बीच की गहरी खामोश नफरत और अलगाव पर एक अजीब सा अदृश्य सेतु है। अपर्णा नीचे माँ के पास बैठकर हँसती है, दीनू के कमरे में

ऊपर हरसिंगार महकने लगते हैं।

ईश्वर तो नहीं है, निश्चित नहीं है, यह दीनू को दृढ़ विश्वास हो चुका था, वरना निरपराध उसे बचपन से इतनी तकलीफ, इतनी अवमानना और इतनी बेबाक ईमानदारी के बावजूद ऐसे तुच्छ आरोप न सहने पड़ते। लेकिन इस घुटन, अँधेरे और क्षोभ भरे दुखते मन की एक खिड़की किसी ऐसी दिशा में जरूर खुलती है, जिधर सबकुछ बहुत खुला हुआ, बहुत उजला, विराट् और सीमाहीन है।

चार-पाँच बरस तक उसके किशोर वय मन को यह लगा था कि उधर ही कहीं एक ईश्वर भी है जरूर, क्योंकि उन दिनों पढ़ाई और ट्यूशन से बचनेवाला सारा वक्त साँजी के साथ बीतता था। साँजी के उस स्नेह से भरे-पूरे घर में बीता हर क्षण उसके खाली-खाली मन को भर जाता था। साँजी उसकी छोटी सी मित्र थी, संरक्षिका थी, उसकी लड़ाकू सिपाही थी और जब अकसर माँ के कड़वे व्यवहार पर दीनू का छोटा सा मन चोट खा जाता था, तब अपने कंधे पर उसका सिर टिकाकर, इकलाई के पल्ले से आँसू पोंछकर माथा सहलानेवाली साँजी उसकी छोटी सी, नन्ही सी माँ भी थी। क्या मजाल कोई कुछ कह तो दे! सारी दुनिया में सिर्फ डॉक्टर चाची थीं, जो बहुत बारीक मुसकान से पूछती थीं, ''दीनू भैया, ये कमीज के बटन क्या साँजी की चुटैया में फँसकर टूटे हैं?''

''क्या मतलब, चाची?'' वह नकली गुस्से से पूछता तो चाची कहती, ''मेरा मतलब कि अगर तुम लोग लड़ते हो तो बटनों पर गुस्सा क्यों उतरता है। मैं कहाँ तक टाँकूँ? उसी को बुला लो, टाँक दिया करे।''

दीनू सिर से पाँव तक लाज से छुई-मुई हो जाता। असल बात यह थी कि एक दिन झपट्टा लड़ाई में सचमुच साँजी के बटनों पर भी बुरी गुजरी थी, लेकिन राम, राम! वह बात क्या दीनू किसी को बताएगा! दीनू तो खुद ही सन्न रह गया। कहीं साँजी ने गलत समझा तो बस वह गया। सभी उसे गलत समझते हैं, एक साँ···। वह तीन दिन तक रोज जाकर सबसे बात करता रहा, सिर्फ साँजी से हिज़्मत नहीं हुई। जब साँजी ने तीसरे दिन उससे पूछा, ''माँजी को चिट्ठी का जवाब दे दिया? कोई कड़ी बात न लिखना। उन बेचारी के और है ही कौन!'' तब जाकर दीनू की जान में जान आई थी।

□

उन दिनों एक ईश्वर था जरूर। जेठ के दसतपा के दिनों में गली नरक की भट्ठी हो जाती थी। दीवारों से घिरी छत कुज़्हार के आवें की तरह तपती थी और उसमें सोनेवाले कम-से-कम आठ जने। बस चार-छह दिन की बात और फिर साँजी सदा के लिए चली जाएगी। दीनू का खाना-पीना सब छूट गया था। चाची भी सब समझती थीं, लेकिन कोई कर क्या सकता था। सब जब सो जाते थे तब वह खरहरी खाट पर चित लेटा ऊपर तारों भरे आकाश की ओर आँसू भरी आँखों से देखता रहता कि उसने क्या

किया है कि उससे सब छिनते गए—पहले पिता का साया, फिर माँ का विश्वास, फिर साँजी…और तब उन तारों के ऊपर और ऊपर से, बहुत दूर से कोई आवाज कुछ कहती थी…उन दिनों ईश्वर था।

लेकिन जब बरस भर के बाद साँजी लौटी और उसने कहा कि ''इनसे किसी ने तुम्हारे बारे में बहुत उलटी-सीधी जड़ी है और अब तुम्हें चिट्ठी कैसे लिख सकती हूँ। तुम्हारे आने-जाने के खिलाफ भी मुझे ताकीद कर दी गई है।'' दीनू को लगा जैसे उसकी सारी पवित्र निष्ठा को फिर धक्के से किसी ने चूर-चूर कर दिया और मन की वह खिड़की हमेशा के लिए बंद हो गई। रह गई केवल यह उभरी हड्डियों, दुखती पसलियों, चूर-चूर बदन और तपते माथोंवाली तंदुरुस्ती, गरीबी और अवमानना में पिसता मन और माँ की नासमझ जबरदस्तियाँ। बरस-पर-बरस अँधेरे और घुटन में बीतते गए।

परना दी को सब मालूम था। कोई दीनू ने बताया थोड़े ही था। वह तो एक दिन जब ऐनुअल डे (वार्षिकोत्सव) में गया था तो अपर्णा आई। माँ से कहा कि बोड़दा के कमरे में अपनी सलाई भूल गई है और सलाई ढूँढ़ने के लिए सबसे पहले उसने वही दराज खोली, जिसमें दीनू की डायरियाँ और साँजी की चिट्ठियाँ रखी थीं और जिस रफ़्तार से इमली खाकर चिया फेंकती जाती है, उसी रफ़्तार से चिट्ठियाँ-डायरियाँ पढ़कर वापस दराज में फेंकती गई। दीनू को मालूम हो गया था और जब वह बहुत नाखुश हुआ, तीन दिन तक नहीं बोला, तब भी अपर्णा के चेहरे पर कहीं पश्चात्ताप नहीं था। माँ काम में लगी थी तो धीरे से पास आकर बोली, ''बस, मुँह फुलाकर अपने मन में अपशब्द कहते रहना! मैं साँजी नहीं हूँ कि मुझसे मारपीट करो! बोड़दा होने की मर्यादा रखना कितना मशक्कत का काम है न!''

लेकिन अपर्णा ने मन की वह खिड़की फिर खोल दी, जिसमें से आकाश, खुलाव और रोशनी झाँकती है। यह बात जरूर है कि अब वहाँ ईश्वर नहीं था, लेकिन जब कभी हरसिंगार-बसी सुबह की ऐसी धूप का चतुष्कोण फर्श पर काँपता, पंख फड़फड़ाता दीखता तो दीनू इस घर-आँगन की घुटन, यतीम गरीबी और माँ की कटुता—सब भूलकर कुछ और सोचने लगता। इस पृथ्वी के परे, अनंत आकाश में कहीं एक विराट् सूर्य उग रहा है, आकाश में धीरे-धीरे चढ़ रहा है, ताकि रोशनी का एक पंख उसके कमरे में उसके सीलन भरे फर्श पर थाली में भरे गंगाजल-सा काँपे। ऐसी सुबह सिर्फ उस गली में होती है, सिर्फ उसके लिए। पिता, तुम यह टूटी निशानी गले से बाँधकर चले गए तो क्या? रिश्तेदारिनी, तुमने दस रुपए के लिए लांछित किया तो क्या? माँ, तुम मुझे घोंट-घोंटकर कुढ़ा रही हो तो क्या? साँजी, तुमने निराधार छोड़ दिया तो क्या? एक सूरज मेरे लिए उगता है, गली में उतरता है…।

वह उठा तो रात का सबकुछ भूल चुका था। ताजा था, खिला-खिला और नीचे उतरा तो धूप का वह चतुष्कोण और पुंजीभूत होकर एक लंबी सुनहली पट्टी बन चुका था और तख़्त के किनारे पर टँक गया था। सीढ़ियाँ उतरते हुए वह मना रहा था कि अपर्णा हो और माँ की कुढ़न खत्म हो चुकी हो···काश!

□

नीचे आँगन छोटा था, दीवारें ऊँची थीं, धूप देर में आती थी। वातावरण में गृह-युद्ध की चुनौती व्याप्त थी। माँ के चेहरे का वह खास भाव उभर आया था। गुस्सा, उबला हुआ गुस्सा गोया जमकर चट्टान हो गया हो और उस चट्टान में से तराशा हुआ एक नुकीला झुर्रीदार दबंग चेहरा! लेकिन रात भर के रोने से आँख के पास के पपोटे सूजे हुए, पुतलियाँ स्थिर, नथने लाल और जरा फैले हुए, ओठ पर जमे हुए ओठ। पश्चिमवाले बरोठे में पूजा के लिए पीढ़ा बिछा रही थीं। उम्र के साथ-साथ उन्हें कुछ-कुछ गठिया का असर होने लगा था। कामकाज में पीठ झुकाते ही कराहकर कहती थीं, "प्रभो!" लेकिन आज दीनू को नीचे उतरते देखकर अकस्मात् उनके ओठ और भिंच गए। उसकी ओर से मुँह फेरकर पंचपात्र में पानी भरते हुए बोलीं, "प्रज़्भो!" ('हे' क्रोध में गायब!) दीनू के माथे पर तुरत शिकन आ गई, त्यौरियाँ चढ़ गईं। माँ तुरत जान गईं कि चुनौती स्वीकार ली गई है। वे दीनू की तरह ईश्वर-विहीन नहीं थीं, मानो किलेबंदी कर युद्ध के लिए पीढ़े पर तनकर बैठ गईं और अपने चारों ओर ईश्वर को मुनीम की तरह बिछा लिया। इधर पंचपात्र, उधर आम की लकड़ियाँ, सामने सामग्री की थाली, आगे हवन कुंड।

दीनू का सारा गुस्सा अंदर-अंदर घुमड़कर एक असहाय बेबसी में बदल गया। कोई कुछ कहे तो वह जवाब दे, लेकिन माँ तो एक व्यूह बाँधकर अंदर बैठ गईं। गोया उन्होंने सबकी पाई-पाई चुका दी और अब किसी से कुछ लेना-देना नहीं। "प्रज़्भो!" उन्होंने कहा और उन सबको क्षमा कर दिया, जो उनके प्रति अन्यायी हैं, जैसे दीनू! और माँ का चट्टानी चेहरा गोया खुद एक मुजस्सम आरोप।

दीनू चीख-चीखकर कहना चाहता है कि यह आरोप गलत है। अन्यायी वह नहीं है, अन्याय तो उस पर किया जा रहा है; लेकिन वह कहे तो किससे? चारों ओर जो थे—मुहल्ले-टोलेवाले, कुटुंब-कबीले, नातेदार, अड़ोसी-पड़ोसी उनसे कुछ भी कहने से फायदा क्या? क्या उन्होंने आठ-दस साल से दीनू के फटे पैबंद लगे बचपन को कैशोर्य की देहली तक घिसटते देखा नहीं है? वे सब, जो अपनी-अपनी संतानों से इसलिए नाराज हैं कि उन्होंने कुसंग में पड़कर बीड़ी-सिगरेट पीना, 'सनीमा' देखना, चोरी से अपनी किताबें बेच आना सब सीख लिया—वही मुहल्ले के बुजुर्ग दीनू से और भी नाराज हैं कि उसने यह सब क्यों नहीं सीखा। जरूर इसमें कोई गहरा राज है और

फिर ऐसा लड़का माँ को भी दुःख देता हो तो अचरज क्या?

दीनू आँगन में बेमतलब टहल रहा था।

द्वार पर खटका हुआ तो दीनू को लगा कि शायद परना आई; लेकिन नहीं, यह तो हरदेई खटकिन थी, जो रोज बिना नागा साग-भाजी दे जाती थी। माँ पूजा पर थीं, अतः धनिया-मिर्चा, चौरा की फली एक कोने में रखकर चलने लगी। माँ का चट्टानी खामोशी चेहरा पूजा करते-करते जरा सा इधर मुड़ा और आँखों से एक आँसू गालों पर बह आया। हरदेइया घर की पुरानी परजा थी। तुरत समझ गई और बिना दीनू की ओर देखे बोली, "हे भगवान्! बेटवा-बिटिया न देव ऊ भला, मुला निखिद्धी संतान न देव! बुढ़ापे में केकरा मुँह देखैं बहूजी बेचरऊ।"

दीनू ने दाँत पीसे और एक गहरी साँस ली। भगवान् की अमलदारी कितनी पक्की है! माँ ने एक शज़्द नहीं कहा। बस, 'प्रज़्भो' के दरबार में गुहार की और तुरत भगवान् की भेजी हरदेइया खटकिन दीनू को सजा दे गई। दीनू क्या करे, जिसका कोई भगवान् नहीं रहा। कितना अकेला, कितना निरस्त्र!

अस्त्र दीनू के पास सिर्फ एक था, उसकी पुरानी साइकिल; लेकिन हमले का नहीं, बचाव का। अपनी पुरानी साइकिल उसने निकाली, उलटकर हैंडिल-सीट नीचे, पहिए ऊपर कर उसे आँगन में रख लिया और हौज में से पानी ले-लेकर उसकी सफाई करने लगा। छुट्टियों की सुबह का यह एक अनिवार्य कार्यक्रम था। साइकिल में मशगूल होकर उसे लगता था गोया वह सुरक्षित है, अपने स्वाभिमान के कवच में आवेष्टित। वह पूजा के बरोठे के सामने जमकर बैठ गया। टायर धोए, तीलियाँ और रिम चमकाए, फ्री-ह्वील साफ किया, मडगार्ड के अंदर जमी मिट्टी साफ की और जब चेन में चिकनाई लगाने चला तो उसे याद आया कि ग्रीस तो घर में है ही नहीं। हाँ, डॉक्टर चाची के यहाँ लकड़ीवाली कुठरिया में बुरादे के बोरे के पास वाले डिज़्बे में ग्रीस रखा है। वह तो किसी बहाने इस समय वहाँ जाना ही चाहता था।

उस घर-आँगन में दीनू का रुतबा ही कुछ और था। क्या शहंशाहों की अवाही का ऐलान होता होगा? दीनू को देखते ही छोटे भैया दीवार पर कोयले से कबूतर बनाना छोड़कर बोले, "गुंटी, दीनू भैया आए हैं।"

गुंटी जल्दी से गुड़िया को नथ से खूँटी पर टाँगकर चौके में भागी—"अज़्मा, दीनू भैया आए हैं!"

चाची तुरत चाय की पतीली में एक प्याला पानी और डालकर बैठक में गईं और झाँककर बोलीं, "सुनते हो, दीनू आया है!"

डॉक्टर चाचा जल्दी से दवाओं की शीशियाँ होमियोपैथिक बक्से में रखते हुए, पाँव में खड़ाऊँ डालते हुए उठे, "अच्छा, आ गया! सुनो, तड़के सुबह भाभी आई थीं,

फिर उसकी बहुत शिकायत कर गई हैं। लेकिन कछ कहना मत।'' और खड़ाऊँ घसीटते आँगन में आकर बोले, ''कौन, दीनू! आज तो छुट्टी है न, बेटा?''

दीनू का तन-मन माथे से पद-नख तक शांत-शीतल हो गया। परना दी के हरसिंगार क्या महकेंगे जितना डॉक्टर चाचा की बोली महकती है! और पल भर में दीनू एक दूसरी दुनिया में था। कहाँ की ग्रीस और कहाँ की साइकिल। डॉक्टर चाचा टीन की कुरसी पर बैठे थे और दीनू आँगनवाले तख़्त पर—और बातें चल रही थीं रिसर्च की, राजनीति की, देश-विदेश की और दीनू के जिगरी यार-दोस्तों की, साँजी के घर की और डॉक्टर चाचा के दफ़्तर की। असल में, चाचा डॉक्टर थोड़े ही थे। वे तो सरकारी दफ़्तर में हेडक्लर्क थे। बेहद सीधे और ईमानदार। उनके सहकारी उनसे बेहद नाराज थे; क्योंकि वे न रिश्वत लेते थे, न लेने देते थे और उनके अफसर उनसे बेहद नाराज थे, क्योंकि इससे सारे दफ़्तर में आएदिन कोई-न-कोई उलझन पैदा होती रहती थी। डॉक्टर चाचा से कहीं जूनियर लोग सुपरिंटेंडेंट बनते जा रहे थे, जबकि उनको एक के बाद एक तनज्जुली मिलती गई। तंदुरुस्ती बिगड़ती गई, सो अलग। सस्ते इलाज की खोज में होमियोपैथी का बक्सा घर में आया तो पास-पड़ोस में भी दवाएँ बँटने लगीं और चाचा 'डॉक्टर' कहलाने लगे। वैसे वे अकसर थके हुए और उदास रहते, लेकिन दीनू के आते ही उनकी आँखों में गर्व और आत्म-तृप्ति की जो चमक आती है, वह दीनू को, छोटे से दीनू को पता नहीं कितना गहिर गंभीर बना देती है। और फिर सुनिए, चाचा की दुलार भरी प्रश्नावली और दीनू के अफलातूनी जवाब।

चाचा को सबसे ज्यादा दिलचस्पी थी—दीनू आजकल क्या पढ़ रहा है, क्या नई-नई बातें सोच रहा है, दोस्तों में बातों पर बहस-मुबाहसा चलता है। जब दीनू के मन का घाव जरा सी हमदर्दी पाकर रिसने लगता, तब डॉक्टर चाचा कहते, ''तुझे भाभी की बात का बुरा नहीं मानना चाहिए। वे बेचारी अपने जमाने की नजर से हर चीज देखती हैं। तुझे अपने पढ़ने-लिखने में लगे रहना चाहिए। कहती हैं तो कह लेने दो।''

आज यह बात फिर उठी तो दीनू की आँख में आँसू आ गए, ''मैं तो उनसे कुछ नहीं चाहता। मैंने उनसे कुछ नहीं माँगा। अपनी फीस तक के रुपए खुद जुटाए। अब मुझे वे चैन से तो रहने दें। मेरे सिर पर कभी मकान, कभी रिश्तेदार, कभी शादी—कुछ-न-कुछ लादे बिना उन्हें चैन नहीं मिलता।''

''दीनू बेटा, इसीलिए तो विद्यार्थी जीवन को तपस्याकाल कहा गया है। इसी में चरित्र बनता है।'' चाचा ने बहुत भरे-भरे गले से कहा, ''आज भी सुबह भाभी आई थीं। मैंने तो उनसे कहा कि तुमने दीनू को पैदा किया, लेकिन उसे समझा नहीं। तुम भी सोचो बेटा, उन्होंने दादाजी के मरने के बाद कितना कष्ट सहा है।''

''तो अब तो चैन से बैठें। जितना घर में आए, उसे मकान-मरम्मत में झोंककर

फिर रोज क्लेश मचाने से क्या फायदा? मैं तो मकान छोड़कर हॉस्टल में रहूँगा। उनका मकान उन्हीं को मुबारक हो। मैंने कल डॉ. मेहरोत्रा से बात कर ली है। के.एल.पी. हॉस्टल में एक सिंगिल सीट रूम मिल रहा है।''

''तेरा तो दिमाग खराब है। ले, चाय पी। मैं भाभी से किसी वक्त बात करूँगा।'' और चाचा खड़ाऊँ खटकाते फिर बैठक में चले गए। पड़ोस के बिशन महाराज की पतोहू दवा लेने आ गई थी। चाची ने कटोरदान में से मठरियाँ निकालीं और दीनू की प्लेट में रख दीं। दीनू ने मना किया तो चाची बोलीं, ''क्यों भैया, तुम्हें तो ये सूजी की मठरियाँ बहुत अच्छी लगती थीं। तुम तो जेब में रखकर कॉलेज ले जाया करते थे।''

''उन दिनों की बात जाने दो, चाची!'' दीनू ने रुँधे गले से कहा। आँसू अब ढलका, अब ढलका—''मेरी कितनी तमन्ना थी कि मैं नौकरी करूँगा तो हम सब साथ रहेंगे। चाचा ने कितना किया मेरे लिए, कुछ उनका भार बँटाऊँगा; लेकिन…''

''लेकिन क्या, भैया? तुम क्या अब भी हमसे अलग हो? ईश्वर जानता है कि इनके ऑफिस में इतना-इतना उलट-फेर हुआ, लेकिन इनके चेहरे पर कभी शिकन नहीं देखी। पर जिस दिन इन्हें मालूम होता है कि आज फिर भाभी से कहा-सुनी हुई, आज फिर तुमने खाना नहीं खाया तो तुम्हारे चाचा को रात भर नींद नहीं आती।''

जो आँसू दीनू की आँखों में इतनी देर से झूल रहे थे, वे टप से चू पड़े। वह क्या करे चाचा-चाची के लिए? कितना सोचता है, कुछ भी तो नहीं कर पाता। चाची बोलीं, ''छिह तुम तो अब भी बच्चा बने हुए हो, भैया! ईश्वर सब पार लगाता है!''

''ईश्वर नहीं है चाची, कहीं नहीं है। सब झूठ है। पहले मैं मानता था, लेकिन सब ढोंग है। जाओ, घर में देखो। माँजी कर तो रही हैं पूजा, लेकिन चित्त लगा होगा मरम्मत में या रिश्तेदारों में।''

''तो क्या करें घर में बैठी-बैठी? ठीक तो कहती हैं, बहू ले आओ। उसकी देख-रेख में लगें। न दीवार की दरार सूझेगी, न नींव की सीलन!''

''हाँ, ले आओ, बहू!'' खीजकर दीनू बोला, ''अपनी तो किताबें तक खरीदने का ठिकाना नहीं। अभी बहू-बहू की रट है, फिर दोहरा क्लेश घर में शुरू हो! मेरे पास तो जरा सा रुपया आए, मैं कहीं विदेश भाग जाऊँ!''

''हाँ-हाँ, भैया, तुम शादी की 'हाँ' तो भरो। कुँवर-कलेवे में जिद ठान लेना कि मुझे इंडोनेशिया आने-जाने का टिकट चाहिए। हारकर ससुरालवाले देंगे।''

अच्छा, तो चाची अभी इंडोनेशियावाली बात भूली नहीं है। बात यह थी कि साँजी के ससुराल चले जाने के बाद दीनू अकेले कमरे में दिन भर पड़ा रहता। एक काली सी डायरी में पता नहीं क्या-क्या लिखता और जाने कहीं से उस पर झक सवार हुई थी कि वह देश छोड़कर कहीं चला जाएगा और जाने के लिए भी उसने क्या देश चुना था

इंडोनेशिया। उसकी हमदम और राजदाँ तो ले-देकर एक चाची थीं, सो जब उसने चाची से बताया कि वह इंडोनेशिया जाने वाला है तो चाची कुछ नहीं बोलीं। आज बहुत दिन बाद चाची ने छेड़ा है, पर कहीं अंदर-अंदर दीनू को अच्छा लगा। चाची चतुर हैं। साँजी का नाम नहीं लेतीं, इंडोनेशिया की याद दिलाती हैं। पुरानी चोट कभी-कभी पुरवैया में पिराने लगती है तो वह पीर भी अच्छी लगती है। असल में चाचा-चाची के घर की ये तो बात है। यहाँ आकर जैसे दीनू चारों ओर से बिखरता हुआ दीनू हर ओर से सँवरने लगता है। अंदर से जहाँ-जहाँ टूट भी गया है, वह भी सार्थक लगने लगता है। दिन जैसे उजला हो आया। आज वह खूब पढ़ेगा—खूब, खूब। चाचा रात-रात भर जागकर चिंता करते हैं। उसने पुराने अंदाज में जेब में मठरियाँ डालीं और उठ खड़ा हुआ। घर जाते ही पढ़ने बैठ जाएगा। माँ कुछ कहेंगी भी तो जवाब नहीं देगा। साँजी कहा करती थी··· ओह! किस कायर लड़की की बात सोच रहा है, लेकिन क्यों सोच रहा है? और चाची को देखो! इंडोनेशियावाली बात कहीं अंटी में गठियाए अभी तक रखे थीं। तभी न चाचा-चाची थे तो अपना घर कैसा लगता था! और अब?

अब क्या खाक लगेगा! अंदर जो है सो है, बाहर द्वारे पर तो केश बिखेरे साक्षात् परना दी खड़ी हैं। यह ठीक है कि सुबह-सुबह नहा-धोकर फूल चुनने निकलती हैं, लेकिन विद्यापति ने सद्य:स्नाता के केशों का जो वर्णन किया है, उसमें परना दी ने युगानुकूल सुधार किया है। संगम पर धूनी रमानेवाले साधुओं की जटाओं की छटा अपनाई है। दीनू का चिज़ अंदर से प्रसन्न हो गया। अंजलि में हरसिंगार के फूल लेकर, हाथ जोड़कर, माथे से लगाकर श्रद्धापूर्वक बोला, ''अहा, क्या प्रेतनी छवि है!''

अपर्णा ने बुरा नहीं माना। खिलखिलाते हुए एक मुट्ठी फूल और देते हुए बोली, ''प्रेतनी नहीं, पेतनी बोलो बोड़दा, पेतनी! नहीं समझे। बाँगला में उसे पेतनी कहते हैं। हिंदी में पतनी। वह 'पत्नी' अब बोड़दा के घर आने वाला है। अभी पेतनी का पिता, पेतनी का माता अंदर माँजी के पास बैठा है। छी! छी! बोड़दा का वेश-भूषा में सब साइकिल का कालिख लगा है। क्या बोलेगा ओ लोग!'' यह आकाशवाणी भाषित करते-करते वे गली के मोड़ पर अदृश्य हो गईं।

उसने आँगन में झाँका। चौकी पर कानपुरवाले वागीशजी बैठे थे। उसका जी धक् से हो गया। आज खैर नहीं। वागीशजी का पूरा नाम (या उपनाम) 'वेद वागीश' था। प्रज़्यात भजनीक थे। 'सरौता कहीं भूल आए प्यारे ननदोइया' और 'बालम आय बसो मेरे मन में!' की धुन पर बनाए गए अपने भजनों के बीच में रोचक धार्मिक दृष्टांत देकर वे पंडाल में रंग जमा देते थे। उनकी शक्ल देखते ही दीनू का गुस्से से खून भी खौल जाता था और डर के मारे गला भी सूख जाता था। पश्चिमी फैशन और उच्छृंखलता के पीछे दीवाने आधुनिक नवयुवक-नवयुवतियाँ किस प्रकार कपिल-कणाद-गौतम के देश को

रसातल की ओर ले जा रहे हैं, इसका सांगोपांग विवेचन वागीशजी करते थे तो माँ के चेहरे पर विजय का उल्लास छा जाता था। घर आकर दीनू से पूछतीं, "सुना वागीशजी का भाषण?" तो दीनू उबल पड़ता और नवयुवकों के पक्ष-विपक्ष में खासा शास्त्रार्थ होता था। जब बात इस पर आती कि उसने खुद वागीशजी को चेहरे पर पोमेड लगाते और मैटिनी शो का टिकट खरीदते देखा है, तब शास्त्रार्थ का अंत होता माँ के रो-रोकर यह घोषित करने से कि वे दीनू को जन्म देने के पहले ही क्यों न मर गईं और दीनू के यह ऐलान करने से कि "जो कड़वी बात कहेगा, वह कड़वी बात सुनेगा। वागीशजी ने पढ़ा-लिखा क्या है, सिवा दृष्टांतसागर और भक्तिदर्पण के; जबकि आज के नवयुवक कितना पढ़ते-लिखते हैं! तुम्हारे रोने से वागीशजी विद्वान् तो हो नहीं जाएँगे!"

लेकिन उसकी आशंका निर्मूल थी। माँ के चेहरे पर तो रात के रुदन और सुबह के गुस्से का चिह्न तक न था। हलवे के लिए सूजी भून रही थीं और दोनों से बात करती जा रही थीं।

"आओ बेटा, कहीं चले गए थे सुबह से? नाश्ता भी नहीं किया।" माँ के स्वर में मिठास थी, समझौते का अनुनय था। वागीशजी ने स्वागत किया और कोने में बैठी उनकी पत्नी ने दोनों हाथ जोड़कर प्रणाम किया और जरा गौर से दीनू को सिर से पैर तक देखने लगीं। दीनू ने संकुचित होकर मुँह फेर लिया।

"अपने भैया में वे कोई बातें नहीं, जो आजकल के पश्चिमी सभ्यता के नवयुवकों में होती हैं। क्यों कर हों, माता के संस्कार हैं!" वागीशजी गद्गद स्वर में बोले।

दीनू एकदम बोलने को हुआ कि पश्चिमी सभ्यता के नवयुवकों में बुरा क्या है? लेकिन उसे एकदम याद आया कि वह चाचा के घर में ही तय कर चुका है कि किसी कठहुज्जती में नहीं फँसेगा। दीनू उठ खड़ा हुआ। माँ से कहा, "नाश्ता मैं नहीं करूँगा। चाची के यहीं कर आया हूँ। मैं पढ़ने जा रहा हूँ।" और अपने कमरे में चला आया। अब कमरा धूप में किताबों के साथ खिल उठा था। हरसिंगार के फूल मेज पर रख दिए और तख़्त पर बैठ गया। मुड़कर देखा, माँ दरवाजे पर खड़ी थीं। बोलीं, "इन लोगों को क्या जवाब दे दूँ? कितनी बार बेचारे कानपुर से चल-चलकर आए हैं!"

"तो मैं क्या करूँ? क्या मैंने बुलाया है? क्यों आते हैं?" दीनू बोला।

"आते हैं तो क्या मना कर दूँ! कितने बड़े-बड़े लोग तरसते हैं कि वागीशजी उनके यहाँ जाएँ। हमारे यहाँ बेचारे स्वयं दौड़-दौड़कर आते हैं। मैं आज 'हाँ' किए देती हूँ।" और माँ ने एक फोटो दीनू की गोद में रख दी। जैसे करेंट छू गया हो, दीनू ने फोटो बिना देखे नीचे फेंक दी और बोला, "माँ, मुझे परेशान मत करो। मैं किसी से कुछ नहीं चाहता। मुझे कोई फोटो-वोटो नहीं देखनी है।"

माँ का चेहरा तुरत कठोर हो आया। डाँटकर बोली, "तो क्या करेगा? मुझसे कब

तक चूल्हा फुँकवाएगा? मैं बूढ़े हाड़ से कहाँ तक गिरस्ती करूँ अब? सोचा था, आखिरी समय भगवान् का भजन करूँगी।''

''देखो माँ, नीचे मेहमान बैठे हैं, चिल्लाओ मत। तुमसे मैंने कब कहा है गिरस्ती करने के लिए! तुम्हारा ही चित्त भगवद्-भजन में नहीं लगा तो दौड़ी चली आईं और घर से परायों को निकाल बाहर किया। मेरे लिए चूल्हा मत फूँको। मुझे तुम्हारे हाथ का खाए बिना भी चल जाएगा।''

''क्यों नहीं बेटा! इसी का तो बदला तू मुझसे निकालता है।'' माँजी अब तक नियंत्रण खो चुकी थीं, ''वे लोग तेरे सबकुछ हो गए, क्योंकि चार बरस उन्होंने तुझे चारा चुगा दिया। घरवाले, सगे-संबंधी तेरे कोई नहीं। जाने क्या जादू कर दिया मेरे बेटे पर। अरे हत्यारो, जरा तो रहम खाया होता। मेरा एक बेटा, सो भी मुझसे छीन लिया। जाने क्या सुबह-सुबह सिखाकर भेजा है। वे क्यों चाहेंगे कि तू शादी करे। तू तो दुनिया भर में मेरे नाम पर थुकवाएगा। मुहल्ला भर थू-थू करता है। कभी बनैनी से नाम जुड़ता है, कभी बंगालिन से। तू शादी करके क्यों बँधेगा भला!''

साँजी और परना का उल्लेख ऐसे। यह दीनू को सपने में भी आभास नहीं था। तिलमिलाकर बोला, ''तो ठीक है, यही सही। मुझ जैसे दुश्चरित्र, बदनाम लड़के के साथ कोई अपनी लड़की की जिंदगी क्यों बरबाद करना चाहता है। ले जाओ यह फोटो!'' और उसने नीचे आँगन में फोटो फेंक दी। आज माँ ने एक बाहरवाले के सामने इतना जलील किया उसे। माँ! माँ , तुम क्या करती हो? साँजी, तुम गवाह हो! चाची, तुम सच-सच कहो! परना दी, तुम माथा छूकर कहो। चाचीजी, तुमसे दीनू का कुछ नहीं छिपा है—माँ ने इतनी बड़ी बात कह दी। वह अब नहीं सहेगा, एक क्षण नहीं! बस, खत्म! उसने ऊपर से आँगन में झाँककर कहा, ''और मुझे कोई शौक नहीं है कि तुम हाड़ तोड़कर गिरस्ती करो। आज से मैं तुम्हारे हाथ का टुकड़ा नहीं तोड़ूँगा। डरो मत, चाची के यहाँ भी नहीं, मैं हॉस्टल में जा रहा हूँ। मुझे तुम्हारा मकान-जायदाद भी नहीं चाहिए। इसे अपने सामने बेचकर ठिकाने लगाओ, चाहे इसे सामने रखकर पूजा करो। मुझे कुछ नहीं चाहिए।''

आँगन खाली था। वागीशजी जा चुके थे। माँ जमीन पर बैठी रो रही थीं, ''हाँ, सबने मिलकर बहकाया है मेरे पूत को। अब चार पैसे कमाने लायक हुआ तो किसी से देखा नहीं जाता। अरे, मैं मकान छाती पर रखकर ले जाऊँगी? जिसे छाती से लगा-लगाकर पाला, जब वही ठोकर मार रहा है⋯।''

''का भवा दीनू भइया? बहूजी काहे रोय रही हैं?'' बगलवाले मकान की छत से आँगन में झाँककर मुदियाइन ने पूछा।

पीछेवाले मकान से मोखे में से झाँककर बचई महाराज बोले, ''कोई बुरी खबर

आई है क्या, बहूजी?''

माँजी सहसा सचेत हो गईं। आँसू पोंछते हुए बोलीं, ''नहीं, कोई बात नहीं। न यह मकान हमारे जिज़्मे छोड़ जाते, न हमको ये दिन देखने पड़ते।''

आधे घंटे में सारे मुहल्ले में खबर फैल गई कि दीनू ने मकान अपने नाम कराके अब माँजी से कह दिया कि तुम चाहे रहो, चाहे भाड़ में जाओ। छुट्टी का दिन था और हर घर में चर्चा चल पड़ी। बैजू भैया बोले, ''छी-छी! देखने में कैसा सीधा लगता था, बिल्कुल गऊ! सिर झुकाए आना, सिर झुकाए जाना। न किसी के तीन में, न पाँच में। क्या मालूम था कि पेट में ये गुन भरे पड़े हैं!''

मुंशी हरलाल कान के खूँट निकालते बोले, ''भैया, दोष तो बहूजी का है। जात-कुजात में लड़के को मिलने की छूट ही नहीं देनी चाहिए। हम लोगों ने कभी कुछ कहा तो उसके चाचा लड़ने को तैयार कि उस लड़के को कोई कुछ न कहना। अरे, सब चाचा के तो बोए बीज हैं। कोई सगे चाचा तो हैं नहीं, माने-जाने के ठहरे!'' बचई महाराजिन बोलीं, ''मुला अगर मकान वाजिब दाम में निकाल रहे होय तो मुंशी हरलाल, तुम कोशिश करके हमें दिलवाय देव! डॉक्टर बाबू से तो बनती है तुज़्हारी।'' और शाम होते-होते जब लोगों ने देखा कि दीनू साइकिल हाथ में थामे, पीछे कैरियर में एक छोटा सूटकेस बाँधकर कहीं जा रहा है तो लोगों को समझते देर नहीं लगी कि सूटकेस में मकान के कागजात हैं और जरूर वह वकील के यहाँ जा रहा है। हाँ, आज वह रोज की तरह सिर झुकाकर नहीं जा रहा था। गली के एक-एक घर-द्वार को रुक-रुककर देखता, ठिठकता, कुछ सोचता और फिर आगे बढ़ता। सड़क के पास एक बार उसने मुड़कर देर तक इधर देखा, पैडिल पर पाँव रखे और चला गया।

रात की कौन कहे, जब तीसरे दिन भी दीनू गली में लौटता नहीं दीखा तो मुहल्ले की बोली बदल गई—''कमाऊ पूत सिर-माथे सहेजकर रखना चाहिए। कैसे-कैसे कष्ट सहकर यह दिन आया था। आज बाबूजी जिंदा होते तो क्या ऐसे तिनका तोड़कर चला जाता! कैसा बज्जर करेजा है माँ का! खड़े-खड़े निकाल दिया। अरे, मुहल्ले का लड़का है भैया, पता लगाओ, जाने कहाँ भूखा-प्यासा पड़ा होएगा। कहीं रेल की पटरी पर न जाय पड़ा हो!'' बचई महाराजिन बोलीं, ''अरे, मकान के पीछे कलेश है तो बहूजी मकान हमें दे दें। वाजिब दाम ले लें। बेचारा लड़का दर-दर तो न भटके।''

माँजी स्तज़्ध थीं। न रोना, न धोना। तीसरे दिन सुबह चाचा-चाची ने बहुत-बहुत कसमें देकर दो-चार कौर खिलाए। फटी-फटी आँख से ऊपर देखती थीं, गोया दीनू अपने पढ़ने के कमरे में है और अब नीचे आता होगा।

□

इतवार-से-इतवार आठ दिन, फिर अगला इतवार पंद्रह दिन और शुक्रवार पाँच

दिन—पूरे बीस दिन कैसे कटे हैं, बस यह या तो अपर्णा जानती है या डॉक्टर चाचा। माँजी बरोठे में पूजा के पीढ़े के पास चौकी पर चुपचाप पड़ी रहती थीं। डॉक्टर चाची दोनों वक्त खाना बनाकर बाकी वक्त माँजी के पास बैठी रहती थीं और डॉक्टर चाचा और अपर्णा बैठक में बैठकर सलाह करते रहते कि दीनू को कैसे वापस लाएँ? माँजी चार-पाँच दिन चुप रहतीं, फिर डॉक्टर चाचा को या अपर्णा को पास बुलाकर हाथ जोड़कर कहतीं, ''उससे कहना, माँ ने हाथ जोड़कर कहा है कि हम मकान नहीं रखेंगे। उस पर झंझट नहीं डालेंगे। मकान बेच देंगे।'' फिर चार दिन की चुप्पी, फिर हाथ जोड़कर संदेशा, ''उससे कहना, माँ ने हाथ जोड़कर कहा है कि वे ऋषिकेशवाले आश्रम में जाकर रहेंगी। इस घर में न लौटे तो वहीं आकर मिल ले।'' चाची और अपर्णा मुँह फेरकर आँसू पोंछ लेतीं। फिर चार दिन की चुप्पी, फिर संदेशा, ''कहना, माँ ने हाथ जोड़कर कहा है—माफ कर दे, बेटा। शादी-ब्याह की बात मुँह पर नहीं लाऊँगी।''

अपर्णा···चंचल व बातूनी अपर्णा कितनी खामोश, कितनी गंभीर हो गई थी। सुबह तो आकर जल्दी चली जाती थी, पर शाम को आकर डॉक्टर चाचा से बात करती थी, ''क्या किया जाए?'' और जिस दिन माँ ने शादीवाला संदेशा कहा, उस दिन अकस्मात् डॉक्टर चाचा बात करते-करते रुक गए। बोले, ''अपर्णा बेटी, एक बात कहूँ?'' अपर्णा बड़ी-बड़ी आँखें उठाकर देखने लगी तो बोले, ''बेटी, अब इसके बाद तो मैं दीनू को अपने पास रख भी नहीं सकूँगा। बेटी मेरी! तू अगर उसे सँभाल ले, तेरे बिना वह और किसी से सँभलेगा नहीं।''

परना दी की बड़ी-बड़ी आँखें पहले और बड़ी हो आईं, फिर डबडबा आईं, फिर नीचे झुक गईं। वह गहरी साँस लेकर बोली, ''चाचाजी, दीनू लौट आए, फिर मैं नहीं आऊँगी। मुझे पहले ही इतना राग नहीं बढ़ाना चाहिए था। हमारे घर में ऐसी बात कोई सुन भी नहीं सकता। चाचाजी, मेरे पिताजी तो जहर खा लेंगे।''

डॉक्टर चाचा चुप हो गए। अपर्णा के सिर पर हाथ रखकर जाने क्या सोचते रहे।

☐

बीसवें दिन जब चाचा की बहुत मिन्नत के बाद दीनू लौटा तो सब बदले-बदले-से थे, सिर्फ परना थी ज्यों-की-त्यों, ''बोड़दा, अपने कमरे की याद भी नहीं आती थी? घर की भी नहीं?''

दीनू कुछ गंभीर हो गया था। चुप अपने में जाने क्या-क्या सोचता रहा। बोला, ''नहीं, किसी की याद नहीं आती थी। बड़ी शांति थी। न आरोप, न हर क्षण की तोहमत।''

''कुछ याद नहीं आता था बोड़? कुछ नहीं?''

''आता था!'' दीनू परना की हथेली पर लकीरें खींचता हुआ बोला, ''हरसिंगार की महक याद आती थी—सुबह सोकर उठने पर, कभी-कभी रात को सोने जाते हुए।''

परना की वही बड़ी-बड़ी आँखें उठीं, फिर नीचे झुक गईं, "झूठ बोलते हो, बोड़दा।"

"शायद!" दीनू ने गहरी साँस लेकर कहा और अनमना-सा बारजे से टिककर नीचे आँगन की ओर सूनी दृष्टि से देखने लगा।

शायद नहीं, बात सच थी। घर से सारा नाता तोड़ देने के बाद, माँ की प्रतिमा को चूर-चूर कर देने के बाद, घर से दूर—इन बीस दिनों में दीनू दिन—भर सोचता कि उसका स्वाभिमान जहाँ चूर हो, जहाँ उसके चरित्र पर आरोप हो, जहाँ उस पर अविश्वास कर उसे हर तरफ से ओछा और छोटा बनाने का सरंजाम हो—उस घर, उस आँगन के कैदखाने से छूटकर वह कितना सशक्त, कितना मुक्त, कितना शांत अनुभव करता है। वह साँजी के बारे में सोचता, चाचा-चाची के बारे में सोचता, परना दी से तो कभी-कभी कल्पना में बातें ही करने लगता; लेकिन शाम होते ही जाने क्यों ऊँची दीवारोंवाला छोटा, अँधेरा सा आँगन आँख के सामने घूमने लगता और घूमने लगतीं माँ की आँखों के पास की झुर्रियाँ, दीवारों की दरार, फर्श की नमी। दो बार चौंककर आधी रात को जाग गया था। उसे लगा जैसे वह अपने घर में, अपने कमरे में सोया है और बाहर नजीर मिस्तरी मरज़्मत के लिए छत का सीमेंट खोद रहे हैं—ठक-ठक-ठक-ठक! नहीं, कुछ नहीं, सिरहाने टँगी दीवार घड़ी बोल रही थी—टिक-टिक-टिक-टिक!

"शायद!" परना के कंधे पर हाथ रखकर अपना कसूर मानता हुआ-सा दीनू बोला, "शायद तुझें भी याद नहीं किया था मैंने।" और नीचे देखने लगा।

नीचे आँगन कितना बदल गया था! इस आँगन में पहले माँजी की एक कल्पना-प्रतिमा स्थापित थी। विराट् चट्टानी, हर क्षण शासन करती हुई; दीनू के सारे व्यक्तित्व को छोटा, नाचीज, निरर्थक बनाती हुई और दीनू छोटा सा, लेकिन ईमानदार दीनू अपने स्वाभिमान की रक्षा करता हुआ रह-रहकर उस छोटेपन के आरोपित चौखटे को तोड़ने की ललकार देता रहता था कि मन के इस कटु विक्षोभ में कहीं मिठास हमेशा के लिए मर न जाए, इसलिए वह रह-रहकर चाचा-चाची की छाया ढूँढ़ता था, परना के हरसिंगार खोजता था।

आज आँगन कैसा उजड़ा-उजड़ा-सा है। जीत दीनू की हुई है। वह विराट्, आतंकप्रद, चट्टानी प्रतिमा चूर-चूर हो गई है। उसके टुकड़े आँगन में बिखरे हुए हैं। शेष रह गई हैं माँ; बीस दिनों में ही कितनी बूढ़ी, खामोश, टूटी, पराजित। विजय के बाद की यह निचाट उदासी—दीनू कितना खाली है। माँ की उस प्रतिमा के संदर्भ में जो भी दुनिया चारों ओर बनी थी, वह प्रतिमा के टूटते ही कैसी-कैसी लगने लगी है। चाचा-चाची के लिए कुछ न कर पाने की बेचैनी, परना दी के लिए एक अव्यक्त आकुल प्रतीक्षा, मन की वह खिड़की, जिससे धूप झाँकती थी—सब इतने निस्पंद, इतने धुँधले क्यों हो गए हैं? बीस दिनों में माँ न केवल बहुत बूढ़ी हो गई हैं, वरन् उनकी कमर झुक-सी आई

है। पतीली में पानी लेने या चावल धोने रसोई से नल तक आने के लिए धीरे-धीरे आँगन पार करती हैं; 'हे प्रभो' भी नहीं कहतीं। दीनू चुपचाप ऊपर खड़ा देखता है—कहाँ गईं वह तेजस्विनी, युद्धरत, जिद्दी, आक्रमणकारी माँजी! यह दुर्बल, कराहकर चलनेवाली वृद्धा कौन है? अकस्मात् इसका बुढ़ापा दीनू के सारे मन पर क्यों छा गया है? वह अपर्णा से हँसता क्यों नहीं? चाची से दुलार भरी मनुहार क्यों नहीं करता?

माँ की पलकें झूल आई थीं और काम करने में कभी-कभी हाथ काँप जाते थे। बोलते-बोलते अकस्मात् चुप हो जातीं, फिर लंबी चुप्पी के बाद वाक्य पूरा करतीं। उस दिन मुंशी हरलाल को साथ लेकर बचई महाराजिन आईं तो माँ बोलीं, "हाँ, हमें मकान नहीं रखना। अरे, इसी के कारण दीनू को कभी कोई सुख नहीं दे पाई। उसके बचपन के दिन थे खेलने-खाने के। बाबूजी होते तो···" और सहसा जैसे शब्द चुक गए हों, सूनी दृष्टि से देखती रहीं। मिनट-दो मिनट की चुप्पी के बाद बोलीं, "मकान तो बेचना है। डॉक्टर लाला से बात कर लो।"

डॉक्टर चाचा बोले, "अभी कुछ तय नहीं है। दीनू को फुरसत होगी तो बात करेंगे।"

दीनू बोला, "बेचना है; लेकिन अभी ठीक नहीं, फिर सोचेंगे।"

माँ उस दिन दिन भर वही वाक्य जैसे पूरा करती रहीं। कड़ाही में आलू छौंके और उतारते-उतारते बोलीं, "बाबूजी होते तो···" और फिर चुप, देर तक चुप। फिर सहसा चौंककर, आलू कड़ाही से निकालकर बड़े प्याले में रखते हुए वाक्य पूरा किया, "मकान तो बेचना है।" गूँधे आटे से लोई काटी, गोल टिक्की बनाकर पाट पर रखी—"बाबूजी होते तो···" फिर लंबी निष्क्रिय चुप्पी और फिर चौंककर—"मकान तो बेचना है!" और बेलन से रोटी बेलने लगीं।

दीनू सामने बैठा था, चुप। माँ को देख रहा था और इतने आराम से बैठा था, लेकिन जाने क्यों तिल्ली के पास ठीक वैसा ही दर्द-सा होने लगा था जैसे पहले खाना खाकर भागते हुए कॉलेज जाने में हुआ करता था। 'बाबूजी होते तो···मकान तो बेचना है।'

आज खाना खाते समय दीनू ने पहली बार गौर किया। यह माँ की दृष्टि को क्या हुआ! आँखें तो खैर धुंध और पानी भरी थीं ही। वे कैसे एकटक, कितनी विनत, कितनी स्वामिभक्त-सी दृष्टि से दीनू को देख रही थीं! जैसे वे पालतू मूक गाय हों—बेजबान, बेआसरा! दीनू को याद आया—छह-सात साल पहले बचई महाराज के यहाँ एक गाय थी—कुसला। दीनू शाम को उसे रोटी का एक टुकड़ा देने जाया करता था। कैसी हुमककर हुँकारती थी कुसला! एक दिन शाम को लौटा तो पता लगा कि चरकर लौटते हुए लॉरी से टक्कर खा गई है। आकर गिरी तो उठ ही नहीं पा रही। दीनू दौड़कर गया रोटी का टुकड़ा लेकर। कुसला न हुमक पाई, न हुँकारी। दो बार उठने की कोशिश की, फिर गिर

गई। बस, एकटक धुंध भरी, पानी भरी आँखों से दीनू को देखती रही, देखती रही।

दीनू से फिर रोटी नहीं खाई गई। उठा तो माँ बोली, "बस!"

"बस!" उसने कहा और ऊपर जाने लगा।

पीछे-पीछे माँ की वही दृष्टि—एकटक, मूक, स्वामिभक्त।

ओ माँ, ओ माँ! यह दृष्टि नहीं सही जाती। दीनू ने विजय चाही थी अपनी निष्ठा, अपनी ईमानदारी, अपने स्वाभिमान को प्रतिष्ठित करने के लिए। तुम्हारी आँखों में इस दृष्टि के लिए नहीं! तुम्हारी दृष्टि में विजयी-सा, स्वामी-सा, शासक-सा दीनू अपनी दृष्टि में और छोटा लगने लगता है।

अपने कमरे में जाने के पहले दीनू बारजे के पास खड़ा होकर उदास मुँह नीचे आँगन की ओर देखता रहा—चुप, गुमसुम!

□

जब माँ यहाँ रहती थीं तो हर महीने की दूसरी तारीख को सत्संग का पुराना चपरासी भवानीदीन चंदे का रजिस्टर लेकर आता था। बाहर जूता उतारकर बरोठे में बैठकर जो भी उस समय मंत्राणी हो, उसकी निंदा करता था, माँजी के जमाने की प्रशंसा करता था और चंदे के अलावा अपने लिए कभी पुरानी बनियान, कभी पुरानी धोती ले जाता था। इस बार आया तो माँ ने उसे भी दीनू के पास भेज दिया।

"का भइया, माँजी कहत हैं कि दीनू भइया कहैं, तब चंदा मिली!"

दीनू को फिर जैसे चोट लगी, "नहीं भवानी काका, माँजी की मरजी कौन टालेगा!"

"हाँ, ओही तो हमहू कहा! भइया, अबकी सालाना अधिबेसन है।"

"अच्छा!" और दीनू ने आठ आने की जगह पूरा एक रुपया लिख दिया।

माँ कुछ नहीं बोलीं, उसी तरह एकटक दीनू को देखती रहीं।

दूसरे दिन शाम को दीनू लौटा तो गुंटी ने आकर चाभी दी। मालूम हुआ, डॉक्टर चाची को साथ लेकर माँजी वार्षिक अधिवेशन में गई हैं। देर से लौटेंगी। पराँठा-तरकारी कटोरदान में रख गई हैं।

घर बिल्कुल अकेला था और बेहद शांत। धीरे-धीरे शाम हो रही थी और कमरा, बरोठा, आँगन सब अँधेरे में डूबते जा रहे थे। जाने क्यों दीनू ने लालटेन तक नहीं जलाई। अँधेरे में ही पराँठे निकाले, छत पर बैठकर खाए। अँधेरे में ही नीचे नल तक गया। अँधेरे में ही आकर बड़ी देर तक तख़्त पर पड़ा-पड़ा खिड़की से आसमान की ओर देखता रहा। चौराहेवाले पीपल की फुनगी के पास सप्तर्षि-मंडल चमक रहा था। उसे याद आया कि बहुत छोटा था, तब इसी तरह एक दिन उसके पिता ने उसे सप्तर्षि-मंडल दिखाया था और दो तारों की सीध में वह दूर ध्रुव—उन्होंने ध्रुव की कहानी बताकर कहा था—झूठी बात कभी बोलना मत, सच्ची बात से कभी डिगना मत। उसे पिता की कितनी कम बातें

याद हैं। यह जरूर याद है कि वे हवन कराते थे। मंत्र तो दीनू क्या बोल पाता, लेकिन 'स्वाहा' बड़े उत्साह से बोलता और सामग्री हवन कुंड में डालता। हाथ में आँच लगती और जल्दी से हाथ खींच लेता। जब घर का यह ऊपरवाला हिस्सा बना, तब बड़े हवन में उसे घी डालने का अधिकार मिला था। तब उसने 'स्वाहा' के अलावा एक और शब्द सीखा था 'इदन्न मम!' कुछ मंत्र थे, जिनमें बाद में 'इदन्न मम' आता था और घी अग्नि में छोड़ने के बाद पास रखे पंचपात्र के जल में एक बूँद घी टपका देना होता था। पिघले गरम घी की बूँद पानी में पड़कर जमकर तैरने लगती थी। बरसों बाद उसने पढ़ा था कि 'इदन्न मम' के अर्थ होते हैं—यह (आहुति) मेरे लिए नहीं है। 'इदमिनाय इदन्न मम'—यह इंद्र के लिए है, मेरे लिए नहीं। 'इदं सोमाय, इदं ब्रह्मणे···।'

पिता उस घी को हथेलियों में मलकर, अग्नि से हाथ तापकर दीनू के माथे पर लगा देते थे—'वर्चस्वी भव!'

'बाबूजी होते तो···' उसे सहसा माँ का खयाल आया, जैसा कभी नहीं आया था। आती होंगी। वार्षिक अधिवेशन तो बहुत रात तक चलते हैं। वह करवट बदलकर कब सो गया, उसे याद नहीं।

रात को नींद कैसे उचटी, यह तो मालूम नहीं, लेकिन उसे यह लगा कि किसी फूल की तेज महक आ रही है। कौन फूल है यह? कहाँ फूला है? उसने बाहर देखा। सप्तर्षि अब घूमकर दूसरी जगह आ चुके थे। वह पानी पीने के लिए उठा। कहीं से हलकी रोशनी आ रही थी। उसने देखा, उसके सिरहाने नेवारी के फूलों की एक बड़ी सी माला रखी है। कौन रख गया···माँ?

वह बाहर आया। अरे, बाहरवाले बरोठे से रोशनी कैसे आ रही है? कौन है वहाँ? उसका जी धड़-धड़ करने लगा। दबे पाँव वहाँ गया, "कौन? अरे माँ! क्या कर रही हो?"

माँ चौंककर खड़ी हो गईं, हक्का-बक्का, डरी हुई; जैसे चोरी करते पकड़ी गई हों। दीनू आगे आया। देखा, ढिबरी जलाकर कोने में रखी है।

"क्या था?" उसने पूछा।

माँ के हाथ काँप रहे थे। सिर्फ इशारा करके रह गईं। दीनू ने देखा, दीवार और फर्श के बीच एक चौड़ी सी दरार फट आई थी। माँ उसमें मिट्टी भर रही थीं। दीनू का जैसे जी उमड़ आया, "कल नजीर मिस्तरी को बुलवा लेतीं। चलो, हाथ धोओ।"

माँ उसी तरह पीठ झुकाए नल तक गईं, हाथ धोए और बिस्तर पर लेट गईं। दीनू ढिबरी लेकर गया। खुरपी लाया और उसमें मिट्टी भरने लगा। माँ ने लेटे-ही-लेटे तकिए से सिर उठाकर देखा, फिर चुप लेट गईं। दीनू खुरपी रखकर, हाथ धोकर तौलिए से पोंछते हुए आया। माँ जैसे सफाई देते हुए बोलीं, "बेटा, दरार-छेद देखेंगे तो मुंशी हरलाल

और भी कम दाम लगाएँगे न! मकान तो बेचना है।''

दीनू ने गहरी साँस ली, कुछ कहा नहीं। ढिबरी बुझाई और चलते-चलते बोला, ''माला कहाँ से आई?''

''इस बार के अधिवेशन में जबरदस्ती मुझे सभानेत्री बना दिया। मैं तो मना कर रही थी।'' माँ की आवाज अँधेरे में से आ रही थी—काँपती हुई, खुशी से या डर से, मालूम नहीं।

''फूल बहुत अच्छे हैं! नेवारी के हैं न?'' दीनू अँधेरे में ही सीढ़ी चढ़ते-चढ़ते बोला।

''तुम्हें फूल अच्छे लगते हैं? पता नहीं, परना अब क्यों नहीं दे जाती!''

दीनू अँधेरे में ठोकर खाते-खाते बचा।

अगहन लग गया था। तीन पहर से ज्यादा रात बीत गई थी। सर्द! दरार में मिट्टी भरते माँ के गीले हाथों की तरह। परना दी के नहाए केशों के गीले छोरों की तरह। उसे कँपकँपी छूट आई। क्यों? शायद सर्दी की वजह से। उसने अलवान ओढ़ लिया, पलकें बंद कर लीं। दो भूली-बिसरी, अग्नि में तपी, पिता की गरम आशीष। हथेलियों में माथा छिपाकर सो गया।

□

'स्वाहा!···इदन्न मम! स्वाहा! इदन्न मम!' क्या सपना देख रहा है? वह चौंककर उठा। सूरज बहुत ऊपर चढ़ आया था और खिड़कियों से किताबों पर धूप आ रही थी। पीपल की डालों में धूप से डरकर कुहरे की एक परत दुबकी हुई थी।

'स्वाहा···स्वाहा··· ।'

उसने झाँककर देखा। सचमुच बाहर के बरोठे में पूजा हो रही थी। डॉक्टर चाचा, चाची, माँ, गुंटी। आटे-हल्दी से अल्पना बनाई गई है, चार कोने पर तुरई के चार पीले फूल रखे हैं। ओह, वह भूल गया था। आज तो गुंटी का जन्मदिन होगा। चाचा हमेशा गुंटी के जन्मदिन की पूजा यहीं आकर माँ के हाथ से कराते हैं। गुंटी इसी मकान में हुई थी न! छोटे भैया शायद अपर्णा को बुलाने गए थे, क्योंकि आगे-आगे अपर्णा आ रही थी और पीछे-पीछे छोटे भैया एक बिल्ली के बच्चे को डराते-धमकाते चले आ रहे थे। वह तुरत तैयार होकर नीचे आया और अलग चौकी पर बैठ गया। कभी वह पूजा करता था; लेकिन जब उसका ईश्वर नहीं रहा, तब उसने पूजा छोड़ दी। आज माँ खीजीं भी नहीं, कुछ कहा भी नहीं। बस, वही एकटक अपलक मूक दृष्टि! उनका ध्यान न सामग्री पर था, न हवनकुंड पर। मशीन की तरह मंत्र बोल रही थीं, मशीन की तरह आहुति डाल रही थीं।

''स्वाहा···स्वाहा··· ।''

कितनी बूढ़ी, कितनी दयनीय, कितनी…।

दीनू कब आकर पूजा में बैठ गया था परना दी और डॉक्टर चाचा के बीच, यह भी उसे याद नहीं। वह क्या करे ? उसका तो कोई ईश्वर भी नहीं। उसने यह कब चाहा था। उसने अनजाने में, बिल्कुल अनजाने में परना दी के आगे से घी की कटोरी खिसका ली थी। आहुति डाल रहा था। यह विजय, यह स्वामित्व, यह आतंक—इदन्न मम ! यह मेरे लिए नहीं ! ईश्वर तो दीनू के लिए था नहीं। उसने खुद अपने चारों ओर अपनी सृष्टि बनाई थी और हर प्राणी को वह अपने अनुरूप बनाकर रखना चाहता था। अब वह सृष्टि भी नहीं। उसे कुछ नहीं चाहिए…इदन्न मम ! वह किसी से कुछ नहीं चाहता। उदासी नहीं, एक शांत निर्वेद। उसने माँ का झुका बूढ़ा शरीर, काँपती उँगलियाँ, धुंध भरी जलमय आँखें देखीं। प्रभो, माँ को शांति दो। उनके शेष दिनों को उजाला दो। उसने परना दी की बड़ी-बड़ी झुकी आँखें और सूखे केशों की अनसँवरी उदासी देखी। अपर्णा ने अपने आपको इस घर से तोड़ लिया है। दीनू किसी के लिए कुछ नहीं कर पाया। माँ दुर्गा, परना की रक्षा करना। बड़ी पगली है।

वह ईश्वर से प्रार्थना कर रहा है ? वह ? दीनू ? तो क्या इसका ईश्वर है ? उसने फिर आहुति डाली—इदन्न मम ! ईश्वर भी मेरे लिए नहीं ! इदन्न मम—यह जो दीनू है, यह जो 'मैं' है, यह भी मेरे लिए नहीं।

मुंशी हरलाल और बचई महाराजिन कब आकर बैठ गए थे, किसी ने ध्यान नहीं दिया। हाथ जोड़े, आँखें मूँदे बैठे रहे। पूजा खत्म हुई तो बोले, "आज शुभ समय है। मकान की बात हो जाए तो अच्छा है ! दीनू बाबू भी घर में हैं।"

माँ की वही दृष्टि दीनू की ओर।

"मकान ?" दीनू खड़ा हो गया, "मुंशीजी, मकान हम लोगों को नहीं बेचना है।"

परना की बड़ी-बड़ी आँखें डॉक्टर चाचा की ओर उठीं। इस उल्लास को वह और किससे बाँटेंगी ? और इस उदासी को ?

"फूलो-फलो बेटी मेरी !" चाचा ने आशीर्वाद दिया। माँ ने प्रसाद, चाची ने रोचना के दो रुपए। "चंदन नगर से खत लिखना, बेटी !" चाचा बोले।

अपर्णा के पिता आए थे और सबको लेकर चंदन नगर जा रहे थे। वहीं आढ़त खुली है।

"चलो छोटे भैया, पहुँचाओगे नहीं !"

दोनों चल दिए। अपर्णा आगे-आगे, पीछे-पीछे छोटे भैया अपर्णा की खुली झूलती केशराशि में तुरई का फूल फँसाने की कोशिश करते और डाँट खाते हुए।

□

मुरदों का गाँव

उस गाँव के बारे में अजीब अफवाहें फैली थीं। लोग कहते थे कि वहाँ दिन में भी मौत का एक काला साया रोशनी पर पड़ा रहता है। शाम होते ही कब्रें जम्हाइयाँ लेने लगती हैं और भूखे कंकाल अँधेरे का लबादा ओढ़कर सड़कों, पगडंडियों और खेतों की मेंड़ों पर खाने की तलाश में घूमा करते हैं। उनके ढीले पंजरों की खड़खड़ाहट सुनकर लाशों के चारों ओर चिल्लानेवाले घिनौने सियार सहमकर चुप हो जाते हैं और गोश्तखोर गिद्धों के बच्चे डैनों में सिर ढाँपकर सूखे ठूँठों की कोटरों में छिप जाते हैं।

इसी वजह से जब अखिल ने कहा कि चलो, उस गाँव के आँकड़े भी तैयार कर लें, तो मैं एक बार काँप गया। बहुत मुश्किल से पास के गाँव का एक लड़का साथ जाने को तैयार हुआ। सामने दो मील की दूरी पर पेड़ों के झुरमुटों में उस गाँव की झलक दिखाई दी। मील भर पहले ही से खेतों में लाशें मिलने लगीं। गाँव के नजदीक पहुँचते-पहुँचते तो यह हाल हो गया कि मालूम पड़ता था, भूख ने इन गाँव के चारों ओर मौत के बीज बोए थे और आज सड़ी लाशों की फसल लहलहा रही है। कुत्ते, गिद्ध, सियार और कौए उस फसल का पूरा फायदा उठा रहे थे। इतने में हवा का एक तेज झोंका आया और बदबू से हम लोगों का सिर घूम गया। मगर फिर जैसे उस दुर्गंध से लदकर हवा के भारी और अधमरे झोंके सूखे बाँसों के झुरमुटों में अटककर रुक गए।

सामने मुरदों के गाँव का पहला झोंपड़ा दीख पड़ा। तीन ओर की दीवारें गिर गई थीं और एक ओर की दीवार के सहारे आधा छप्पर लटक रहा था। दीवार की आड़ में एक कंकाल पड़ा था। साथवाला लड़का रुका, ''यह! यह निताई धीवर है।''

''कहाँ?'' अखिल ने पूछा।

''वह, वह निताई धीवर सो रहा है!'' लड़के ने कंकाल की ओर संकेत किया, ''वह धीवर था और गाँव का सबसे पट्ठा जवान। अकाल पड़ा। भूख से उसकी माँ मर गई। उसके पास खाने को न था, फिर लकड़ी लाकर चिता सजाना तो असंभव था। उसने अपनी नाव बाहर खींची, माँ के शरीर को नाव में रखा, ऊपर से सूखी घास रखी और आग लगा दी। रहा-सहा सहारा भी चला गया और एक दिन वह भी यहीं भूखा सो गया।

यहीं, इसी जगह उसकी माँ ने भी दम तोड़ा था।'' वह लड़का बोला।

हवा का झोंका फिर चला और खोखले बाँसों से गुजरती हुई हवा सन्नाटे में फिसल पड़ी। लड़का चीख पड़ा, ''वह साँस ले रही है, सुना नहीं आपने?''

''कौन?''

''वह, वह जुलाहिन साँस ले रही है।''

''क्या वाहियात बकता है!'' अखिल ने झुँझलाकर डाँटा, ''कौन जुलाहिन?''

''आपको नहीं मालूम? वह सामने झोंपड़ी है न, उसी में जुलाहे रहते थे। उसमें से तीन भूख से मर गए। रह गए सिर्फ जुलाहा, जुलाहिन और उनका करघा; मगर भूख से उनकी नसें इतनी सुस्त थीं कि करघा भी बेकार था। उन्होंने पास के जंगल से जड़ें खोदकर खानी शुरू कीं। उनके दाँत नुकीले हो गए, जैसे सियारों की खीसें। जुलाहा बीमार पड़ गया। जुलाहिन जड़ें खोदने जाती थी। एक दिन जड़ें खोदते वक्त खुरपी उसके कमजोर हाथों से फिसल गई और बाएँ हाथ की तर्जनी और अँगूठा कटकर गिर गया। जब वह घर पहुँची तो भूखा व बीमार जुलाहा झल्ला उठा और चिल्लाकर बोला, 'निकल जा मेरे घर से। अब तू बेकार है। न करघा चला सकती है, न जड़ें खोद सकती है।' तब से जुलाहिन का पता नहीं है। मगर कुछ लोगों का कहना है कि वह भूत बनकर गाँव की कब्रों के पास घूमा करती है। वह अभी भी साँस ले रही थी, सुना नहीं आपने?''

अखिल ने मेरी ओर देखा और मैंने अखिल की ओर। हम दोनों आगे बढ़े और जुलाहों के झोंपड़े में घुसे। लड़का ठिठका, मगर हिज़्मत दिलाने पर वह भी आगे बढ़ा। हम लोग अंदर गए। लड़के ने अंदर से किवाड़ बंद कर लिये और हम लोगों से सटकर खड़ा हो गया। वह डर से काँप रहा था। सामने आँगन में तीन कब्रें आसपास खुदी हुई थीं। बीच की कब्र में एक बड़ा सा छेद था। उसमें से एक बिज्यू निकला और हम लोगों को डरावनी निगाहों से पल भर देखकर सिर झटका और फिर कब्र में घुस गया।

□

आँगन में किसी मुरदे के सड़ने की तेज बदबू फैल रही थी। अखिल ने अपना कैमरा सँभाला और फोटो लेने की तैयारी की। इतने में पीछे के किवाड़ खड़क उठे। मेरे रोंगटे खड़े हो गए। अखिल बोला, ''कोई सियार होगा।'' किवाड़ को किसी ने जैसे बार-बार धक्का देना शुरू किया। मैंने सोचा, शायद जिंदा आदमी की गंध पाकर गाँव भर के मुरदे हम पर हमला करने आए हैं। मेरे खून का कतरा-कतरा डर से जम गया। लड़का बुरी तरह से चीख पड़ा। अखिल धीमे-धीमे गया, धीरे से किवाड़ खोल दिया। उसके बाद बुरी तरह से चीखकर भागा और मेरे पास आकर खड़ा हो गया। मैं बदहवास हो रहा था और आपको यकीन न होगा, मैंने दरवाजे पर क्या देखा। मैंने जिसे देखा वह आदमी नहीं कहा जा सकता था। वह जानवर भी नहीं था, भूत भी नहीं। एक औरतनुमा शक्ल, जिसकी खाल जगह-जगह पर लटक आई थी, सिर के बाल झड़ गए थे, निचला होंठ झूल गया

था और दाँत कुज़ों की तरह नुकीले थे। मालूम होता था, जैसे आदमी के ढाँचे पर छिपकली का चमड़ा मढ़ दिया गया हो। उसके दाएँ हाथ में एक खुरपी थी और बाएँ हाथ की दो अधकटी और तीन साबुत उँगलियों में कुछ जड़ें।

वह पल भर दरवाजे के पास खड़ी रही, फिर धीरे-धीरे आगे बढ़ी। मैं चीखना चाहता था, मगर गला जवाब दे चुका था। वह हमारे बिल्कुल पास आकर खड़ी हो गई, जड़ें जमीन पर रख दीं और अपने तीन उँगलियोंवाले हाथ को मुँह के पास ले जाकर कुछ खाने का इशारा किया। हम लोगों की जान में जान आई। वह भूखी है, वह आदमी ही होगी; क्योंकि भूख आदमियत की पहचान है। अखिल ने अपने झोले में से केला निकाला और उसकी ओर फेंक दिया। उसने केला उठाया और मुँह के पास ले गई। मगर फिर रुक गई, उठी और झोंपड़ी के दूसरी ओर चल दी। हम लोगों को कुतूहल हुआ। हम लोग भी पीछे-पीछे चले। वह औरत सहन के एक कोने में गई। वहीं एक मुरदा था, जिसकी सड़ाँध आँगन में फैल गई थी। देहाती लड़के ने उसे देखा और पहली बार उसके मुँह से आवाज निकली, "जुलाहा! यह तो जुलाहे की लाश है। यह जुलाहिन उसे भी भूत बनाने आई है।"

जुलाहिन लाश के पास गई। लाश सड़ रही थी और उसमें चींटियाँ लग रही थीं। उसने केला और जड़ें लाश के मुँह पर रख दीं और हँसी। हँसी की आवाज मुँह से नहीं निकली, मगर खीसों को देखकर अनुमान किया जा सकता है कि वह हँसी होगी। दूसरे ही क्षण वह बैठ गई और मुरदे की छाती पर सिर रख सुबकने लगी।

"यह जुलाहिन है? मगर यह तो कम-से-कम सत्तर बरस की होगी।"

"सत्तर बरस। No, it is dropsy, देखते नहीं, जहरीली जड़ें खाने से इसकी नसों में पानी भर गया है, मांस झूल गया है।" अखिल बोला, "इस मुरदे को हटाओ, वरना यह भी मर जाएगी।"

उसके बाद हम लोग झोंपड़े के भीतर आए। पास में एक गढ़ा था। सोचा, इसी में लाश डाल दी जाए। भीतर आए, लाश के पास से जुलाहिन को हटाया और उसकी लाश भी एक ओर लुढ़क गई। मैं घबरा गया, बेहोश-सा होने लगा। अखिल ने मुझे सँभाला।

हम लोग थोड़ी देर चुप रहे। फिर मैं बोला—भारी गले से, "अखिल, उँगलियाँ कट जाने पर यह निकाल दी गई। फिर किस बंधन के सहारे, आखिर किस आधार के सहारे यह मरने से पहले जुलाहे के पास आई थी जड़ें लेकर? क्यों?"

अखिल चुप रहा—मुरदों के गाँव की दोनों आखिरी लाशें सामने पड़ी थीं

"अच्छा उठो!" अखिल बोला।

हम लोगों ने लाशें उठाईं और गड्डे में डाल दीं। एक ओर जुलाहा, दूसरी ओर जुलाहिन। बाँस के सूखे पत्तों से उन्हें ढाँक दिया। मैंने अपनी उँगली से धूल में गड्डे के पास लिखा— "ताजमहल, 1943' और हम चल पड़े।

□

स्वर्ग और पृथ्वी

कल्पना ने आश्चर्य में भरकर वातायन के दोनों पट खोल दिए। सामने अनंत की सीमा को स्पर्श करता हुआ विशाल सागर लहरा रहा था। तट पर बिखरी हुई उषा की हलकी गुलाबी आभा से चाँदनी की चंचल लहरें टकराकर लौट रही थीं। प्रशांत नीरवता में केवल चाँदनी की लहरों का मंद-मर्मर गंभीर स्वर निःश्वासें भर रहा था।

फिर यह स्वर कैसा? कल्पना विस्मय से स्तब्ध थी। यह कल्पना का पहला अनुभव था। चाँदनी के सागर के तट पर, स्वर्ग के एक उजाड़ कोने में हलके सुनहरे बादलों का एक प्रासाद था। शैशव से ही कल्पना उसमें निवास करती थी; पर वह स्वर्ग में रहते हुए भी स्वर्ग से अलग थी : वह एकांत पर विश्वास करती थी। उसके प्रासाद के चारों ओर का वातावरण इतना रहस्यमय और दुर्भेद्य था कि क्रीड़ारत चंचल देवकुमार भी उधर जाने का साहस न करते थे। कल्पना अपने सूनेपन की रानी थी। हलकी नीली आभावाले वातायन-पटों को खोलकर वह न जाने कब तक निहारा करती थी सामने फैले हुए चाँदनी के अनंत सागर को, उसमें लहराती हुई चंचल लहरों को। कभी-कभी स्वर्ग के घाटों पर देवियाँ मंगल कामना से प्रेरित होकर बहा देती थीं कुछ जलदीप, जो लहरों पर उठते-गिरते, जलते-बुझते उसके वातायन के सम्मुख से बह जाते थे और उन्हें देखते ही वह भयभीत होकर पट बंद कर लेती थी। चंचल लहरों का मंद स्वर हलके-हलके झकोरों के साथ थपकियाँ देता था। जल पक्षियों का मधुर सुकोमल संगीत उसे लोरी सुनाता था और वह पलकें मूँदकर सो जाती थी।

किंतु आज का सहसा गूँज उठनेवाला यह स्वर विचित्र था। उसने कल्पना की कि यदि इस सागर का तट उषा की हलकी गुलाबी आभा से न निर्मित होकर प्रखर धूप के काँपते हुए पीलेपन से बना होता और चाँदी की रेशमी लहरें कहीं उससे आकर टकराती तो जितना करुण क्रंदन उस वातावरण में छा जाता, कुछ वैसी ही करुणा इस स्वर में भी है, पर इस स्वर का उद्‌गम कहाँ से है? इस स्वर की लहर-लहर जैसे भिगो रही थी कल्पना के मन को एक आर्द्र उदासी से। वह वातायन से टिककर बैठ गई। उसकी

आँखें शून्य गति से ढूँढ़ने लगीं—चाँदनी के अनंत विस्तार में उस अनंत रहस्य भरे गायक को। स्वर लहराता रहा। वह उसमें खो गई। धीरे-धीरे कुछ चंचल आँसू उसके नयनों से झाँकने लगे।

सखियाँ उद्विग्न हो उठीं। "कुमारी!" उन्होंने व्याकुल होकर पुकारा।

कुमारी की तंद्रा भंग हुई। उसने चौंककर उदासी से पूछा, "यह कैसा स्वर है, वेदना?"

वेदना बोली, "जाने भी दो, कल्पना! आज क्या तारों के हार न गूँथोगी?"

कल्पना बोली, "वेदना, मेरे प्रश्न का उज़्र दो। तारों के हार तो नित्य गूँथती हूँ, सखी! दुष्ट तारे कुज़्हलाते भी तो नहीं। देखो न, असंज़्य हार पड़े हैं। आज न जाने क्यों मन करता है कि कोई ऐसा होता, जिसके चरणों में इन हारों को समर्पित कर पाती। जाने दो इन हारों की वेदना। यह स्वर कैसा है?"

वेदना ने उज़्र न दिया।

"बोलो, वेदना! मेरे मन की उत्सुकता विकल हो रही है। ऐसा स्वर तो पहले कभी नहीं सुना था।"

वेदना ने देखा अन्य सखियों की ओर और वे एक विचित्र आशंका से भर गईं। वेदना किसी प्रकार प्रयत्न कर बोली, "यह स्वर! यह कुछ नहीं रानी! एक देवकुमार निर्वासित कर दिया गया है स्वर्ग से। वही संभवतः गाता हुआ इस ओर आ निकला है।"

"देवकुमार! कल्पना के देश की नीरवता और एकांत को भंग करने का साहस उसे कैसे हुआ?" कल्पना ने किंचित् रुष्ट होकर पूछा।

"वह ऐसा ही दुःसाहसी है, कुमारी! स्वर्ग के निषिद्ध स्थानों में उसने प्रवेश किया, तारों के फूलों में उसने अपना सौरभ भर दिया। अपने गीतों में उसने किरणों के तीर चलाने प्रारंभ किए। इसी से तो देवराज ने उसे निर्वासन का दंड दे दिया। किंतु विश्वास करो, कुमारी! उसके मस्तक पर चिंता की रेखा भी न उभरी। कुछ ठिकाना है इस दुःसाहस का?"

"स्वर्ग के नियमों का उल्लंघन! मेरे एकांत को सहसा भंग करने का साहस!" कल्पना क्रोध से काँप रही थी।

एकाएक झकोरों के साथ गायक का तीव्र स्वर कक्ष में गूँज गया। कल्पना के मन का क्रोध जैसे एकाएक धुल गया हो; परंतु फिर भी प्रयत्न कर वह तीव्र स्वर में बोली, "बुलाओ उस उद्‌दंड देवकुमार को!"

वेदना काँप गई, "नहीं-नहीं, कुमारी! वह यों ही आया है, यों ही चला जाएगा।"

कल्पना बोली, "मैं उसे दंड दूँगी, जाओ।"

"मैं डरती हूँ, कुमारी! उसका प्रवेश अमंगलकारी न सिद्ध हो। उसके स्वरों में

इंद्रजाल की लहरें नाचती हैं। उसके नयनों में जादू की ज्योति चमचमाती है।''

''कल्पना इतनी दुर्बल नहीं है। जाओ।''

□

''तुमने यह दुःसाहस क्यों किया, देवकुमार?''

देवकुमार कुछ सोच रहा था।

''मेरे प्रश्न का उज़र दो, दुःसाहसी युवक!''

''पर तुज़्हारा प्रश्न क्या है?'' देवकुमार ने चौंककर पूछा।

''इतनी उच्छृंखलता! मैंने अभी तुमसे कुछ पूछा था।'' कल्पना क्रोध से काँप गई।

''क्षमा करो, देवि! मेरा मन तुज़्हारे स्वरों की मिठास में ही डूब गया था। अर्थों की ओर मैंने ध्यान ही न दिया।'' देवकुमार किंचित् मुसकराया, ''जिस प्रश्न की ध्वनि इतनी मीठी है, उसका तात्पर्य कितना मादक होगा! फिर से प्रश्न पूछो, कुमारी। मन होता है, तुम सदा इसी प्रकार प्रश्न पूछती जाओ और मैं अनसुनी करता जाऊँ।''

सखियाँ अपने को वश में न रख सकीं, खिलखिलाकर हँस पड़ीं। रानी के मस्तक की रेखाएँ सुलझ गईं। गालों पर दो गुलाब चुपके से खिल गए। पर वह फिर सँभल गई।

''यह दुःसाहस और फिर भी यह वाचालता एक देवकुमार को शोभा नहीं देती।'' कल्पना के स्वर भी जैसे उखड़ रहे थे।

''देवकुमार! अब मैं 'देवकुमार' नहीं हूँ, देवि। मेरी व्यक्तिगत संज्ञा 'प्रेम' है और प्रेम आसन को नहीं सह सकता, चाहे वह स्वर्ग का आसन ही क्यों न हो। देवराज ने अपने अधिकार को अक्षुण्ण रखने के लिए प्रेम को नियंत्रण में रखना चाहा और मैंने विद्रोह कर दिया। मुझे निर्वासन का दंड मिला। निराश्रित होकर चल पड़ा। सुना था, तुमने शैशव से ही अपने को स्वर्ग से दूर रखा है। सोचा था, तुज़्हारे यहाँ आश्रय मिलेगा, पर तुम दंड दोगी। अच्छा है, दंड ही दो। तुज़्हारा दंड भी कम सुखद न होगा, कुमारी!''

हँस पड़ी कुमारी। कब तक बाह्य कठोरता के आडंबर में मन के नवीन स्पंदन को ढाँककर रखती, ''तो तुम आश्रय की इच्छा से आए हो! कल्पना तुज़्हें निराश न करेगी, प्रेम!''

''वेदना, इनका प्रबंध करो।''

वेदना किसी भावी अमंगल की कल्पना से काँप उठी।

□

''देवराज पधारे हैं, कुमारी!''

''आने दो।''

'मैंने कहा था, प्रेम का आगमन अमंगल से पूर्ण है!' वेदना ने सोचा।

देवराज आए। नयनों में रोष था, गति में संयम।

''कल्पना, तुमने एक विद्रोही को आश्रय दिया है। उसने निषिद्ध स्थानों में प्रवेश किया है—स्वर्ग का शासन भंग किया है।''

''निषिद्ध स्थान जैसे?''

''जैसे देवबालाओं के अज्ञान हृदय, मृगशावकों के भोले नयन और तरुणों की चंचल गति···।'' कल्पना केवल किंचित् मुसकरा दी, ''और कल्पना, उसने तुम्हारे वातावरण की नीरवता और एकांत को भी भंग किया है।''

''कल्पना इस नवीन परिवर्तन का स्वागत करती है। स्वर्ग के इस विभाजन और अन्याय्य शासन के विरोध में प्रेम ने समता और स्वतंत्रता की पुकार की है और कल्पना उससे सहानुभूति रखती है।''

''क्या मेरा शासन अन्याय्य है?'' देवराज उत्तेजित हो उठे।

''यह कहना मेरी अशिष्टता होगी और न कहना असत्य।'' कल्पना शांति से बोली।

देवराज खीझ गए, ''अच्छा, अभी तो प्रेम को केवल निर्वासन मिला था, कल प्रभात में उसे प्राणदंड दिया जाएगा। मैं जाता हूँ।''

कल्पना सिसक रही थी। वेदना रुँधे गले से बोली, ''चुप रहो, कुमारी! मैंने पहले ही कहा था, अनजान परदेसी से इतनी ममता बढ़ानी उचित नहीं है, कल्पना!''

''वेदना!'' कुमारी सिसकियाँ रोककर बोली, ''कल्पना करो कि एक पक्षी, जो जन्म से निराधार अंतरिक्ष में उड़ रहा हो और दूर-दूर तक केवल शून्य ही उसके परों को सहारा दे रहा हो, गति दे रहा हो और चुपके-चुपके उसके परों में थकान भी भर रहा हो—यदि उस पक्षी के थके हुए परों को विश्राम के लिए किसी सुकोमल टहनी का आसरा मिल जाए और दूसरे ही क्षण प्रबल झंझावात झकझोरकर उस टहनी को तोड़ दे, तब वह पक्षी क्या करेगा?''

''उसका वश ही क्या है, कुमारी! उसके थके हुए पर उड़ने में असमर्थ होंगे। उसी टहनी के साथ-साथ मुरझाए हुए फूल की भाँति वह पक्षी भी टूटकर गिर जाएगा, कुमारी!'' वेदना ने निराश स्वर में कहा।

''वेदना! हाँ, ठीक है, वेदना!'' कल्पना को जैसे कोई नई बात सूझ गई थी, ''मेरी टहनी टूट जाएगी सखी, और मैं···मैं भी उसका साथ दूँगी।''

वेदना कुछ समझ न पाई।

□

''प्रेम!''

''हाँ, कुमारी!''

''तुम्हें अपना भविष्य ज्ञात है न?''

"ज्ञात है, रानी!" और प्रेम हँस पड़ा।

"तुम हँस रहे हो, प्रेम?" रानी के नयन भर आए।

"तुम रो रही हो, छिह। उधर देखो कुमारी!" प्रेम ने चाँदनी के सागर की ओर संकेत किया। चाँदनी की लहरें प्रासाद से टकराकर लौट रही थीं।

"मैं नहीं समझी, प्रेम!"

"नहीं समझी! देखो, युग-युगों से कितनी लहरें आकर प्रासाद के इन पत्थरों से टकराती हैं, पर प्रासाद के पत्थर अटल हैं। मुझे भी तुम एक नश्वर लहर समझना कुमारी, जो अनंत के किसी कोने से उमड़ी और टकराकर दूसरे ही क्षण लौट गई। ऐसी नश्वर लहरियों को पत्थर कभी भूलकर भी याद नहीं करते।"

"पत्थर! मैं पत्थरों की बात नहीं कर रही हूँ, प्रेम। उधर देखो, उसे भी समझने का प्रयत्न करो।"

प्रेम ने देखा। वेदना स्वर्ण-कलश में चाँदनी भरकर महल की ओर लौट रही थी। हलकी गुलाबी सिकता में उसके नन्हे-नन्हे पैरों के चिह्न बनते जाते थे।

"देखा! जो एक बार भी इसे कुचलकर चलता है, यह सिकता उसके चरण-चिह्नों को अपने हृदय में कितने स्नेह से अंकित कर लेती है, कुमार!"

"ठीक है कुमारी; पर देखना, कल तक पवन के झकोरे और चाँदनी की लहरियाँ इसे समतल कर देंगी। यदि किसी पथिक की स्मृति के पद-चिह्न कहीं सिकता पर अंकित हो गए हों तो समय के झकोरे उन्हें समतल कर ही देंगे। इसमें शोक क्यों करती हो कुमारी?"

"मैं तुम्हें कैसे समझाऊँ?" कल्पना बोली।

पास के सरोवर के नीले जल में कमल खिल रहे थे। तारों के कुछ भौंरे मकरंद-पान कर रहे थे। रानी ने एक कमल तोड़ा और प्रेम के पास फेंक दिया। भ्रमर उड़ा नहीं, मकरंद से चिपटा रहा।

"इसका क्या उज़्र है, प्रेम?"

"इसका उज़्र! तुम संभवतः पूछ रही हो कि कमल के टूटने पर भी भ्रमर उड़ा नहीं; पर रानी, ये तुम्हारे तारों के कमल अमर हैं। यदि ये नश्वर होते और किसी नश्वर क्षण में इन पर छा जाता पीलापन, उड़ जाता इनका मकरंद तो भ्रमर भी उड़कर दूसरे कमल पर जा बैठता। कमल सूखते रहते हैं रानी, भ्रमर सदा आश्रय ढूँढ़ लेते हैं।"

कल्पना निरुज़्र हो गई। प्रेम हँस पड़ा।

"कितनी भोली हो तुम, कुमारी! उज़्र देना भी न आया। कहो, कल्पना का सौंदर्य वास्तविकता से अधिक स्थायी होता है। कहो।"

"हाँ!" कल्पना को जैसे उज़्र मिल गया, "कल्पना का सौंदर्य वास्तविकता से

अधिक स्थायी होता है। कुमार। प्रेम की लहरों से टकराने पर कल्पना के पत्थर टूट जाते हैं। कल्पना की सिकता पर प्रेम के पदचिह्न अमर होते हैं। प्रेम के कमल के सूखने पर कल्पना के भ्रमर उड़ नहीं जाते, वे उसी के साथ टूट जाते हैं, कुमार! कल्पना को प्रेम ने नया जीवन दिया है और कल्पना मृत्यु में भी प्रेम का साथ देगी।''

''मृत्यु? प्रेम ने न शासन में जीवित रहना सीखा है और न प्राण देना। कल्पना की शाखाओं पर किरणों की रेशमी डोर में झूलने की अपेक्षा मैं उन्मुक्त आकाश की स्वतंत्र छाया में, चाँदनी की लहरों के साथ मृत्यु-क्रीड़ा करना अधिक उचित समझता हूँ। इन लहरों को चीरकर सागर के उस पार पहुँचना कितना सुखद होगा और यदि डूब भी गया तो यह संतोष होगा कि कल्पना रानी के सागर ने ही मुझे आश्रय दिया है और तब उस पार का आनंद मुझे मझधार में ही मिल जाएगा। किंतु तुम यहीं रहो, रानी! तुम्हारा सुख मेरे साहस की प्रेरणा होगा।''

''तुम मेरे आश्रित हो न! मैं तुम्हारे साथ चलूँगी, तुम्हारी रक्षा में सन्नद्ध होकर। चाँदनी की लहरें कल्पना रानी का शासन मानती हैं। अपने कोमल स्पर्श से सहारा देकर वे तुम्हें ले चलेंगी उस पार। आओ।''

दोनों सागर की ओर बढ़े—सागर स्वागत के उल्लास में हिलोरें लेने लगा। कल्पना ने पैर बढ़ाए। सहसा प्रेम ने उसे पीछे खींच लिया और कहा, ''ठहरो!''

नीचे पृथ्वी पर—

साँझ के गुलाबी बादलों में आँखमिचौनी खेलते हुए विहगदल के रव को अनसुना करते हुए पेड़ों की काँपती छाया में चला जा रहा था एक पथिक अपने गेह को। रात घिर आई थी, बादल छा गए थे। एक घने वृक्ष के तले वह रुक गया आश्रय हेतु। हरे झुरमुट के पास, नगर के एक उच्च गृह के वातायन से झाँक रही थी एक बालिका। अँधेरा बढ़ रहा था, बादल छा रहे थे।

पर उस समय पृथ्वी पर न प्रेम था, न कल्पना।

बालिका के मन में वन-वन भटकनेवाले एक पथिक की याद तो आई; पर उसके मन में कोई पीड़ा न कसकी। उस समय पृथ्वी पर प्रेम न था।

पथिक के मन में एक अनजान पीड़ा तो कसक गई, पर उसे कोई याद न आया। उस समय पृथ्वी पर कल्पना न थी।

दोनों मूक थे। दोनों के अभाव घुटते रहे।

□

प्रेम ने कल्पना को पीछे खींच लिया, ''ठहरो कल्पना! उधर पृथ्वी की ओर तो देखो!''

कल्पना ने देखा और दोनों के मन की बेबसी को समझकर काँप गई।

"इतनी विवशता!" प्रेम बोला, "हम दोनों के अभाव से अभागा मानव न समझ पाता है अपने मन की हलचल को और न व्यक्त कर पाता है उसे शब्दों में। कल्पना, क्या प्रकाश की दो लघु बूँदों के समान चाँदनी के इस अनंत सागर में हम सदा के लिए घुल जाएँ? क्या प्रेम इतना दुर्बल है? क्या कल्पना इतनी शक्तिहीन है? नहीं रानी, आओ! हम-तुम दो लघु बूँदें हैं; पर मानव-हृदय का आधार हमें सागर से भी अधिक विस्तार दे देगा। कल्पना, आओ।"

स्वर्ग के देवताओं ने देखा—

ज्योति के दो पैने तीरों की भाँति कल्पना और प्रेम चले पृथ्वी की ओर—नारी के हृदय में समा गया प्रेम और पुरुष के हृदय में समा गई कल्पना।

"कल्पना से विलग रहनेवाली वेदना के ताप को तुम न सह पाओगे, देवताओ!" और वेदना भी समा गई मनुष्य के हृदय में।

"जहाँ कल्पना है, जहाँ प्रेम है, कोमलता और सरसता भी वहीं रहेंगी, स्वर्ग के पत्थरो!" और स्वर्ग के अमर सुनहले बादल रिमझिम कर बरस पड़े पृथ्वी पर।

वातायन से झाँकती हुई बालिका ने देखीं आकाश से झरती हुई बड़ी-बड़ी बूँदें। उसका परदेसी पथिक न जाने किस उजाड़ पथ पर भीग रहा होगा। क्या जाने पथिक को भी कभी उसकी याद आती है या नहीं। उसके नयनों से प्रेम उमड़कर बादलों से होड़ लेने लगा। टप-टप आँसू चू पड़े।

पथिक तरु के नीचे बैठा था, अंधकार में। तरु-शिखर के पल्लव भीग चुके थे। कुछ बड़ी-बड़ी बूँदें पल्लव के झीने पटों को एक-एक कर खोलती हुई चू पड़ीं। पथिक की कल्पना के पल्लवों से कोमल आश्रय से जैसे ये बूँदें चू पड़ती हैं, वैसे ही उसके नगर में किसी बालिका की पलकों से चंचल आँसू चू पड़ते होंगे और खो जाते होंगे प्यासी धरती में।

दोनों के मन में वेदना कसक उठी।

और—प्रथम बार संसार में फूट पड़ी भाषा। पथिक ने बादलों के संगीत के साथ गाना प्रारंभ किया एक विरह-गीत। प्रेम की वह पहली कविता जब अंबर पटों को चीरकर पहुँची स्वर्ग में तो कहा जाता है कि देवता भी लालायित हो उठे थे पृथ्वी पर आने को।

किंतु स्वर्ग स्वर्ग है और पृथ्वी पृथ्वी।

□

चाँद और टूटे हुए लोग

आसमानों की अथाह नीलिमा में बड़े से बेले के फूल की तरह तैरता हुआ चाँद ऊपर नीचे, दूर-दूर तक फैली हुई गंगा की ठंडी महीन सूखी बालू पर दो-तीन टूटे हुए लोग चौदहवीं के चाँद की छाया में, शहर के कोलाहल से दूर, इस किनारे पर निकल आए थे पीपों के पुल पर से होकर। उनके आते समय पीपे पानी में कुछ दबे थे। पुल में हलकी सी हरकत हुई थी। दोनों बाजू की रेलिंग चरमराई थी। पानी की छोटी-छोटी लहरियाँ उठी थीं और विलीन हो गई थीं।

उनमें से दो से चाँद का काफी पुराना परिचय था, यों कहना चाहिए कि मूक मैत्री ही थी। पिछले पाँच-छह साल से अकसर दोनों इसी तरह की जादू भरी चाँदनी रातों में आते थे। घंटों बालू में निरुद्देश्य चलते रहते थे, थककर बैठ जाते थे। अमूमन वही बातें करते थे, जो चाँदनी रातों में लोग सृष्टि के आदि से करते आए हैं। वास्तव में, दोनों दोस्तों के बीच की कड़ी बन गया था चाँद। वैसे, दोनों चाहे महीनों न मिलें, लेकिन जब कभी कोई असाधारण सी चाँदनी रात आए, उनमें से एक दूसरे को बुला लाता और घंटों चाँद की छाया में बैठकर दोनों अपने मन की परतों में छिपे हुए फूल, आँसू, गीत, प्यार और दर्द बालू में बिखेर जाते थे।

उनसे पहले-पहल परिचय की बात चाँद को अच्छी तरह याद है। कॉलेज की उम्र थी, रोजी और परिवार की चिंताओं से मुक्ति, भविष्य की अजब सी कल्पनाएँ, अपरिपक्व, कच्चे फूलों-सा सुकुमार स्वभाव और जैसा उस उम्र के लिए स्वाभाविक है, प्यार के पहले रंगीन और पवित्र जादू में बँधने के लिए आतुर मन। दोनों बालू की परिधि में धँसते गए दूर-दूर, यहाँ तक कि किनारा छिप गया। सिर्फ बालू, सफेद धुआँ, संगमरमर-सी बालू और हवाओं में उड़ती हुई झिलमिल दूधिया चाँदनी। दोनों वहीं बैठ गए। लगता था, धरती चाँदनी में घुल गई है। दोनों चुप रहे। एक विह्वल स्वर में बोला, ''कितना अच्छा लगता है! जैसे न नीचे धरती हो, न ऊपर आकाश। हम लोग जैसे बादलों से घिरे हैं, बादलों में बैठे हैं। क्यों?'' दूसरे ने जवाब नहीं दिया। चुपचाप लेटा

चाँद की ओर देखता रहा। चाँदनी उसके चौड़े माथे पर जम गई थी, उसकी लटों से खेल रही थी।

"क्या सोच रहे हो? चुप क्यों हो, राजे?" उसने राजेश का शीतल माथा छुआ।

राजेश ने चाँद की ओर से निगाहें हटाईं। क्षण भर अपने साथी की ओर देखा और अजब सी काँपती हुई नशीली आवाज में बोला, "एक बात बताओ, कुँवर। कभी तुमने यह महसूस किया है कि जब कभी ऐसे अकेलेपन में आदमी आ जाए और उसके सामने सुंदर फूल हो या चाँद हो या बादल हो या पेड़ों की हरी-भरी छाँहें हों तो उस समय कोई चेहरा उसके सामने आ जाता है। आँसू धुला या मुसकाता हुआ···क्यों?"

कुँवर कुछ नहीं बोला, सिर्फ एक फीकी मुसकान के साथ उसने राजे का हाथ हलके से दबाया और चाँदनी में सोई हुई तटरेखा की ओर देखने लगा। चाँद के चेहरे पर एक हलकी सी मुसकान आई और चाँदनी थोड़ी तेज हो गई।

राजे उठकर बैठ गया। बोला, "कुँवर, तुमने कोई ऐसी लड़की देखी है, जो सफेद फूलों की तरह पवित्र हो, जो इसी चाँदनी की तरह सूक्ष्म हो, एथीरियल हो? बोलो।" कुँवर ने कुछ नहीं कहा। चुपचाप बैठा बालू पर लकीरें खींच-खींचकर मिटाता रहा। चाँद हँसकर बोला, "ठीक है लड़के, इस उम्र में सभी को कोई लड़की एथीरियल लगने लगती है। फूल-सी पवित्र, चाँदनी-सी सूक्ष्म। क्या उम्र है तुम्हारी?"

लेकिन चाँद की आवाज राजे तक पहुँच भी नहीं पाई थी कि कुँवर ने पूछा, "कौन है यह लड़की, बताओगे?"

"है एक! जानकर क्या करोगे?"

"उसे मालूम है?" कुँवर ने पूछा।

"क्या?" राजे हँसकर बोला, "क्या?"

"यही।"

"नहीं जी!" राजे खिलखिलाकर हँस पड़ा, "तुम कुछ और न समझना। जानने की क्या बात है। तुम जानते हो, मैं दूसरे किस्म का आदमी हूँ। प्यार-व्यार मेरे बस का रोग नहीं। मेरी जिंदगी का कुछ और ही मकसद है। वह लड़की फूल-सी पवित्र है, मैं केवल इतना कह रहा हूँ; लेकिन मेरे लिए है, यह तो मैंने नहीं कहा। आदमी दूर से भी फूल को देख सकता है।"

चाँद खिलखिलाकर हँस पड़ा। 'दूर से प्यार कर सकता है।' इस पीढ़ी के अधिकांश लोगों को इस उम्र में ऐसी बातें कहने की आदत पड़ गई थी। पता नहीं, चाँद ने सोचा, इसका मतलब भी वे लोग समझते हैं या नहीं।

उसके बाद ये दोनों चुपचाप पड़े रहे। थोड़ी देर बाद राजे के हाथों पर एक गरम आँसू चू पड़ा तो उसने चौंककर कुँवर की ओर देखा। कुँवर ने बिना राजे की ओर देखे

हुए बहुत धीमे से कहा, "तुम किस्मतवर हो। तुममें ताकत है, बौद्धिकता है। तुम प्यार में विश्वास नहीं करते; पर तुम्हारे जीवन में है कोई, जो प्रतिक्षण तुम्हारे समीप है और मैं? जानते हो, मैं प्यार करता हूँ, लेकिन पिछले छह वर्ष से कभी उससे दो बात नहीं कर पाया। फिर भी हर साँस उसे छू आती है, कभी उसके प्यार, बल्कि मैं पूजा कहूँगा, के बिना एक क्षण भी नहीं जी सकूँगा। तुम मुझे कमजोर कह सकते हो। तुम्हारी-सी आग मुझमें जरूर नहीं है।"

"आग!" राजे ने धीमे से दोहराया और हँस पड़ा। शायद कुछ आत्म-संतोष के साथ, शायद हलके से अविश्वास के साथ, शायद थोड़े से निश्छल अभिमान के साथ।"

"आओ चलें!" उसने कहा और दोनों उठ खड़े हुए। राजे का मन तितलियों की तरह चंचल, हलका और उड़ने को आतुर था। कुँवर का मन भारी, उदास मन। सहसा रुककर राजे ने कुँवर के कंधे से टिककर कहा, "मैं उसे प्यार नहीं करता, लेकिन···" और राजे ने अपनी बात पूरी नहीं की।

यह पहली मरतबा था, जब चाँद ने उन्हें देखा था। चाँद तो ऊपर है, इन भावावेशों और आँसुओं से ऊपर, अतः उसने केवल कुतूहल के भाव से, ऊपर ही से, उनकी ओर देखा, जिनकी ये लोग बातें कर रहे थे। राजे ने जिसका जिक्र किया था, वह छत पर सो रही थी। किसी से लड़कर वह रोते-रोते छत पर पड़कर सो गई थी। उसकी काली भौंराली चोटी उसके वक्ष पर नागिन की तरह बेहोश पड़ी थी। पास किताबें बिखरी थीं। सिरहाने दूध का गिलास रखा था, जिसे मारे गुस्से के उसने पिया ही नहीं था। जिसका जिक्र कुँवर ने किया था वह खिड़की के पास टेबल लैंप की रोशनी में किताब छोड़कर घुटनों में शीश छिपाए न जाने क्या सोच रही थी। आँचल सिर से खसक गया था। चाँद को अपनी ओर अपलक देखते हुए उसने उठकर खिड़की बंद कर दी।

चाँद ने उन दोनों लड़कियों को देखा और सफेद बालू पर काले चींटों से रेंगते हुए उन दोनों को देखा, जिनके हृदय पर प्रथम बार स्वर्णिम प्रेम की छाया पड़ रही थी—उस प्रेम की जो आकाश से भी विस्तृत, सागर से भी गहरा, ऋचाओं से भी पवित्र था; जिसके बारे में उन्हेंने उपन्यास पड़े थे, कहानियाँ पढ़ी थीं, कविताएँ पढ़ी थीं। चाँद ने कुछ कहा नहीं, सिर्फ अपनी लंबी सूची में थोड़े से नाम और जोड़ लिये।

□

यह पाँच साल पहले की बात है। उस दिन सेर चाँद ने इन पर कड़ी निगाह रखनी शुरू कर दी थी। उसके बाद वे सब अपनी-अपनी पगडंडियों पर चलते रहे और प्यार-व्यार तो हर एक की जिंदगी में आता है, कभी उनकी पगडंडियाँ मिलीं, फिर अलग हो गईं, फिर विभिन्न दिशाओं में मुड़ गईं। कभी वे अपनी-अपनी जिंदगी में बहुत व्यस्त हो जाते, कभी एक-दूसरे को दूर से देख लेते।

आप जानते है, चाँद इस बीच में क्या करता रहा। कभी आपने मक्खी को फँसाते हुए मकड़ी को देखा है। जहाँ मक्खी के पंख उलझे और वह तड़फड़ाई कि मकड़ी दौड़ पड़ती है और दाएँ-बाएँ, ऊपर-नीचे, इस कोने से उस कोने तक बिजली की तेजी से दौड़कर इतने तार बिन देती है कि फिर मक्खी के लिए कोई निस्तार नहीं रह जाता। ठीक उसी तरह नीचे जमीन पर ये लोग चलते रहे, जिंदगी में बढ़ते रहे; ब्याह, शादी, रोजी-रोजगार, प्यार—सभी में वे डूबते-उतराते रहे और ऊपर चाँद एक बहुत बड़े चाँदी के जहरीले मकड़े की तरह आसमान के इस छोर से उस छोर तक दौड़-दौड़कर उनकी जिंदगी को एक अजब से चमकीले जाले में कसता रहा। हाँ, कभी-कभी चाँद एक काम और करता, चाँदनी को डोरों में बाँधकर उन्हें इसी बालू पर खींच लाता और यद्यपि आर्थिक संघर्ष, सामाजिक परिस्थितियाँ आदि उन पर चेतना और संस्कार की परत-पर-परत जमाते जाते थे; किंतु चाँद एक क्रूर मजाक करता था। वह यह कि चाँदनी की एक तेज बौछार से उसके मन पर जमी हुई परतें धोकर बहा देता था और वे फिर उसी बालू में लेटकर उसी दिन की-सी बातें करने लगते थे, जिस दिन उनके हृदय पर प्रेम की प्रथम छाया पड़ी थी—वह प्रेम, जो आकाश से विस्तृत और सागर से गहरा है, जैसा कि उपन्यासों और कविताओं में उन्होंने पढ़ा था।

□

अकसर वे इसी तरह बालू पर मिलते रहे। एक बार राजे ने बताया हँसते-हँसते कि अब उसे बहुत फुरसत रहती है, क्योंकि वह लड़की उसकी जिंदगी से चली गई है। लेकिन पता नहीं कौन सी चीज है, जो दोनों के मन में हमेशा ऐसी ही रहेगी। वह चीज प्यार है या और कुछ, यह नहीं कहा जा सकता; क्योंकि राजे प्यार में तो विश्वास ही नहीं करता—और यह समाचार देते समय राजे हँसा। उसकी हँसी चाँद को कुछ टूटी-फूटी हुई-सी जरूर लगी थी, यह चाँद का भ्रम भी हो सकता है। कुँवर की आँख में आँसू आ गए; क्योंकि उसे किसी की याद आ गई, जिसे वह खो ही देगा; क्योंकि प्यार में पाने का विधान उतना महज़्वपूर्ण नहीं है, जितना खो देने का।

दो साल बाद एक दिन जब वे मिले तो कुँवर ने बताया कि उसकी शादी होने वाली है। उस लड़की से नहीं, क्योंकि वह राजे के सिद्धांत में विश्वास करता था कि देवता अपने मंदिर में रहें। वह केवल दूर से पूजा अर्पित कर दे या जैसे इसी सिद्धांत को अन्य उपमाओं के सहारे भी कहा जाता है। राजे यद्यपि उसके विवाह के निर्णय से असहमत था, पर जब कुँवर ने बताया कि स्वयं उस लड़की ने ही कुँवर से उसके विवाह के लिए जिद की है, शपथ दिलाई है, वह भी उसने स्वयं पसंद की है तो राजे भी उस लड़की के अनन्य त्याग पर विस्मय करता हुआ मौन रह गया।

उसके बाद अकसर वे मिलते रहे और दोनों यह बताते रहे कि वास्तव में प्रेम में

अद्‌भुत शक्ति है। दूरी से उसमें कोई अंतर नहीं पड़ता; बल्कि इस दूरी ने उनके पारस्परिक विश्वासों को और भी सबल बना दिया है। दोनों चाँद की ओर देखकर कहते थे कि उनका प्यार इतना ही पवित्र है जितना यह चाँद। उनका प्यार रोजमर्रा की जिंदगी से उतना ही ऊपर उठकर है जितना यह चाँद और दूर होते हुए भी अंतर के उतना ही समीप है जितना यह चाँद। उसके सिलसिले में कभी-कभी कबीर का एक दोहा भी वे लोग कहते थे कि 'कमोदनी जलहर बसे चंदा बसे अकास', क्योंकि दसवें दर्जे से एम.ए. तक यह दोहा उनकी पाठ्‌य पुस्तकों में था, फिर अकसर वे दोनों उदास हो जाते और कुँवर की आँखों में आँसू आ जाते और राजे के होंठों पर एक फीकी मुसकान। और यद्यपि वे दोनों अंदर से एक बहुत बड़ा अभाव महसूस करते थे, लेकिन चाँद ने देखा, दिन-दिन वे अपनी जिंदगी में तरक्की करते गए। राजे ने एकाउंट्स की परीक्षा दी और डिप्टी इंस्पेक्टर ऑफ स्कूल बन गया। और चाँद ने कुछ नहीं किया, सिर्फ एक बेडौल बड़े से चमकीले मकड़े की तरह दौड़-दौड़कर उनकी जिंदगी पर जाला बुनता रहा और नतीजा यह हुआ कि राजे कुछ अधिक बौद्धिक, मुँहफट, हँसमुख, चतुर होता गया और कुँवर अधिक व्यावहारिक, दूरदर्शी, पारिवारिक (उसका परिवार हो गया था) और गंभीर होता गया। लेकिन यह उनकी ऊपरी परत थी। अंदर की परत में तो केवल प्यार-ही-प्यार था, क्योंकि प्यार ही अमर है, जैसा कि महाकाव्यों में भी कहा गया है। हाँ, चाँद ने यह जरूर थोड़े आश्चर्य और अधिक संतोष के साथ देखा कि प्यार से वंचित हो जाने पर भी उनके जीवन की बाहरी प्रगति में बाधा नहीं पहुँची। वे पहले से अच्छे कपड़े पहनते थे, पहले से अच्छा खाना खाते थे, पहले से बेहतर घर में रहते थे और पहले से अधिक व्यस्त थे, सोचने और चिंता करने का कम अवकाश निकाल पाते थे और इतने व्यस्त हो गए थे वे लोग कि हर महीने चाँद आसमान की अथाह नीलिमा में बड़े से बेले के फूल की तरह तैरता जाता; मगर लोग कभी ध्यान भी न देते। इस तरह जब साल-डेढ़ साल यानी लगभग 17-18 पूर्णिमाएँ बीत गईं तो चाँद को यह उपेक्षा काफी अपमानजनक मालूम पड़ी और चाँदनी का रेशमी रुपहला जाल फेंककर उन्हें फिर बालू पर खींच लाया।

और वे पीपे का पुल पार कर आए। आते समय पीपे की रेलिंग चरमराई, लहरें उठीं और विलीन हो गईं। जब इस पार पहुँचे तो पता नहीं क्यों मन धूमिल था, उस पर परतें जमी हुई थीं और वे तमाम बातें कर रहे थे। सिर्फ बातें नहीं कर रहे थे, जो अमूमन सृष्टि के आदि से चाँदनी में लोग करते आए हैं, वे भी करते रहे और जिन्हें सुनने को चाँद उत्सुक था। हाँ, उनके साथ आज एक व्यक्ति और था, जिसकी खोई-खोई मनःस्थिति, आँखों के गुलाबी डोरे, झूमती हुई चाल और पाँव का सलेमशाही जूता यह बता रहा था कि वह विवाहित है। चाँद का जाल, जो राजे और कुँवर पर आज नहीं था, उसे सहसा

घायल कर गया और वह राजे के कंधे पर हाथ रखकर बोला, ''कितनी सुंदर है चाँदनी!'' और चाँद की ओर देखता हुआ चलने लगा कि राजे ने टोका, ''देखो, नीचे गड्ढा है, विनय।''

नवविवाहित विनय राजे के और भी समीप जाकर बोला, ''राजे, तुम्हें ऐसा कभी हुआ है कि सामने चाहे फूल हो या चाँद, बादल या पेड़ों की हरी-भरी छाँह का चेहरा उन सबके पीछे से मुसकरा पड़े।''

राजे चुप रहा। एक टूटी हुई ठंडी हँसी उनके होंठों तक आते-आते रुक गई। 'तो इसका नाम भी सूची में जुड़ना चाहिए।' चाँद ने सोचा।

विनय फिर बोल उठा, ''मैं जानता हूँ, तुम लोग हँसोगे। पता नहीं कि मुझी पर कुछ पागलपन है, कुछ समझ में नहीं आता है। मैंने इससे अच्छी लड़कियाँ देखी हैं, शायद उन्हें प्यार भी किया है, हफ्तों पागल भी रहा हूँ; लेकिन आज लगता है, यह सब अस्थायी है, उम्र का तकाजा, एक उत्सुकता, एक शौक। लेकिन पत्नी की हमदर्दी, उसका स्नेह, इसमें कुछ और ही रस रहता है। राजे, तुम उसे कभी महसूस करोगे।''

''देखो, शायद महसूस करूँ!'' राजे ने कहा और मन-ही-मन उसे महसूस करने की आधी परिहासमयी चेष्टा भी करने लगा।

'यह अजब सा 'केस' है!' चाँद ने सोचा, ''प्रेम और अपनी पत्नी के लिए?''

''राजे से क्या कहते हो, मुझसे कहो।'' सहसा कुँवर तेज और कड़वे स्वर में बोला।

''मैंने शादी भी की है, पत्नी है, परिवार है, बच्चा है। जिसको तुमने प्यार किया है, उसका पति है, परिवार है। पता नहीं तुम पत्नी के किस स्नेह की, किस हमदर्दी की बात कर रहे हो। तुमने प्यार किया है। तुम्हारी उम्र का तकाजा रहा होगा, जो मिट गया। प्यार अगर होता है तो अटूट रहता है। घर-बार, पत्नी, बच्चे सभी जैसे पिंजरे की तीलियाँ हैं। पल भर अगर आदमी को एकांत मिलता है, तब सिर्फ एक व्यक्ति हमारे साथ रहता है। वह, जो हमारी जिंदगी में साथ नहीं आ पाया, जिसे हम खो चुके हैं।''

विनय चुप हो गया। वे बात करते-करते ऐसी जगह पहुँच गए थे, जहाँ ऊपर लहरों ने बालू की एक लंबी रेखा-सी बना दी थी। वे तीनों वहीं रुक गए। राजे और कुँवर उसी पर सिर टिकाकर लेट गए। विनय उँगलियों से शिखर रेखा बनाता-मिटाता रहा। चाँद ने मकड़े की तरह जाल का एक तार और कसा। कुँवर बोला, ''मैं जानता हूँ, इस दूरी के बावजूद न मैं बदला हूँ, न वह।''

''अभी कितने दिन गुजरे हैं, दोस्त!'' राजे ने बहुत उड़ती हुई आवाज में कहा। ''तो तुम भी जानते हो कि यह सब अस्थायी...''

राजे ने कोई जवाब नहीं दिया। विनय राजे से टिककर बैठ गया।

"एक बात पूछूँ, राजे?" कुँवर ने राजे का माथा छूकर कहा, "तुम कुछ बदल गए हो क्या?"

"तुम उसे बदलना कहते हो, मैं उसे विकसित होना!"

"एक बात और पूछें?"

"क्या?"

"वह?"

"नहीं, वह नहीं बदली है। वही अपनापन, वही अधिकार, वही शासन, वही तेवर और एकांत क्षणों में वही पागलपन; लेकिन पहले मैंने सिर्फ उसे देखा था। उसके बाद दुनिया देखी है, दुनिया! जिसका वह सिर्फ एक अंश है। जिंदगी देखी है, जिंदगी, जो सिर्फ प्यार नहीं होती, जाने कितनी अनुभूतियाँ, कितने संघर्ष, कितनी परिस्थितियों से मिलकर जिंदगी बनती है।"

"लेकिन प्यार उन सबों के बावजूद टिकता है।" कुँवर ने विह्वल स्वर में कहा।

"हो सकता है; पर मुझे तो लगता है, प्यार शायद आदमी की सबसे आकर्षक और सबसे निस्सार कल्पना है! सच पूछो तो मैं अब प्यार में ही विश्वास नहीं करता। असल बात है हमदर्दी, एक आपसी निर्भरता, जो मूलतया सामाजिक है, सामाजिक परिस्थितियों के सापेक्ष है।"

भाषा कुछ इतनी कड़ी होती जा रही थी कि चाँद समझ नहीं पा रहा था; पर कुछ ऐसा लग रहा था कि उसने जो जाल के तार उन लोगों पर बुन रखे हैं, उन्हें राजे बार-बार झटके दे रहा था।

"तो तुम कोई चीज स्थायी नहीं मानते। सब सापेक्ष हैं तो वासना स्थायी होती होगी।"

"नहीं, वासना तो बिल्कुल बालू की लकीर है। स्थायी है आत्म-प्रवंचना, अपने को ठगते रहना, अपने को भुलावे में डाले रखना—गुजरे हुए प्रेम के नाम पर।"

"हूँ!" कुँवर ने बहुत उपेक्षा से कहा।

"नहीं, खैर, यह तो मैं मजाक कर रहा था। आत्म-प्रवंचना भी नहीं टिक पाती। परिस्थितियाँ उसे भी धीरे-धीरे तोड़ डालती हैं; लेकिन खैर, मेरी बात का बुरा मत मानो, न गलत समझो। संभव है, मैं ही गलत होऊँ; पर मुझे ऐसा जरूर लगता है कि नारी और पुरुष के संबंधों में अस्वस्थ रूमानी अंश निकालकर अगर एक स्वस्थ मानवीय हमदर्दी रहने दी जाए, जिसके सहारे एक स्वच्छ सामाजिक जीवन बन सके तो बहुत समस्याएँ सुलझ जाएँ।"

चाँद का मन इस वार्ज़ालाप से ऊब-सा रहा था। लेकिन कुँवर फिर बोल उठा, "लेकिन हम समस्याएँ सुलझाने के लिए तो प्यार नहीं करते। वह तो पता नहीं कैसे हो

जाता है। एक अजब सा बल, एक अजब सी रंगीनी, एक ताजा अँगड़ाई हमारी आत्मा में जाग जाती है और जो व्यक्तित्व हमें छूकर फूल की तरह खिला देता है, जो हममें जाने कितना अमृत भर देता है, जिसके सपनों में हम बरसों डूबे रहते हैं, फिर उसी के सामने हम एक दिन यह प्रश्नचिह्न लगा दें कि इससे हमारी समस्याएँ सुलझती हैं या नहीं? यह हमारे सामाजिक जीवन की कसौटी पर कैसा है?''

चाँद ने दूर से देखा, तैश से कुँवर का चेहरा लाल हो रहा था। वह और ध्यान से सुनने लगा।

राजे शांत और संयत स्वर से बोला, ''लेकिन मैं तो इसे दूसरे ही पहलू से देखता हूँ, बंधु। जरा अपने व्यक्तिगत मोह से अलग होकर देखो। एक उम्र होती है, जब एक अजब सा रंगीन प्यारा फूल सभी के मन में खिलने लगता है। उस समय जो भी व्यक्तित्व हमारे समीप आया, उसकी गहरी छाप हम पर पड़ जाती है; लेकिन हमारे चारों ओर की व्यवस्था, वातावरण, परंपराएँ, सामाजिक ढाँचा कुछ ऐसा है कि हम सब बेबस हैं और कायर हैं। सामाजिक स्तर पर वह व्यक्ति हमारे साथ आ नहीं पाता। अपनी व्यक्तिगत सीमाओं में आबद्ध हम आत्मिक प्रेम, आस्था और निष्काम पूजा की बात करने लगते हैं; पर सामाजिक स्तर पर विवाह करते हैं। पत्नी आती है, बच्चे होते हैं और हमारे दो व्यक्तित्व हो जाते हैं। दोनों एक-दूसरे को धिक्कारते हैं। दोनों एक-दूसरे की साँसों में जहर घोल देते हैं। हमारा व्यक्तित्व खोखला हो जाता है और खोखले व्यक्तित्व से बना हुआ समाज अनैतिक। मैं कभी-कभी सोचता हूँ—काश, इन अंतर्विरोधों, इन विषमताओं से हम छुटकारा पा सकते तो हमारा जीवन कितना स्वच्छ होता, हमारा समाज कितना स्वस्थ! हम अपना व्यक्तिगत मोह छोड़कर कितनी विराट् आस्था पा लेते! हमारी व्यक्तिगत जिंदगी कितने बड़े संगीत की एक कड़ी होती! अपने व्यक्तिगत मोह की बात छोड़कर जरा तटस्थ होकर आकलन करो।''

चाँद तिलमिला उठा। उसे ऐसा लगा जैसे राजे ने झटके से जाल का सबसे मजबूत तार तोड़ दिया हो। उसने चाँदनी की एक तीखी बौछार दी। कुँवर बोला, ''उठो और आगे चलो।''

चाँद ने डोरे खींचे और तीनों कठपुतली की तरह चाँदनी के जादू में बँधे फिर आगे चल दिए। चाँद ने व्यंग्य से कहा, ''पता नहीं किसने आदमी को बौद्धिक प्राणी कहा है। प्यार ने तोड़ दिया है। उसको स्वीकार न कर, एक पता नहीं किस असंभव अवस्था की बात करता है। दूसरा विवाह को मंजिल समझ बैठा है और तीसरा तो जैसे समाजवादी नेता की तरह बात कर रहा है। समाज-व्यवस्था, स्वस्थ सामाजिक जीवन··· । बेमतलब, बेसिर-पैर की बातें।'' और मकड़े की तरह गुस्से में चाँद जल्दी-जल्दी जाल के तार बुनने लगा।

तीनों का मन अजब-सी आशंकाओं, समस्याओं और प्रश्नचिह्नों से ग्रस्त जाल में फँसी मछलियों की तरह पंख फड़फड़ा रहा था और मन की आकुलता जितनी बढ़ती जाती थी, उतनी ही एकाग्रता से वे चाँदनी और बालू के जादू में डूबने का प्रयास करते थे। उन्होंने बालू पर बनी हुई लहरियाँ देखीं। उनकी तुलना बादल में पड़ जानेवाली लहरियों से की। एक स्थान पर पास के ककड़ी के खेतों की मेंड़ों पर गड़ी सरपत की कलौंच बालू पर जम गई थी। उसे आश्चर्य से देखा। उसे पैर से जरा ठोकर मारने पर नीचे से कपूरी बालू निकल आती थी। इसे बहुत आश्चर्य से देखा। बालू मुट्ठी में भर-भरकर गिराते रहे, बालू में बनते अपने पग-चिह्नों को देखते रहे। विराट् बालू की हिमश्वेत झिलमिली पृष्ठभूमि में काली छायाओं से हिलते-डुलते एक-दूसरे के व्यक्तित्व को देखते रहे। लेकिन यह सब ऊपरी परत की बातें थीं। अंदर-ही-अंदर वे तीनों बेचैन, उलझे हुए और व्यथित थे; क्योंकि उन सबों की जाने कितनी धारणाओं, आस्थाओं और मान्यताओं में गहरा मंथन हो रहा था।

चाँद तो इन सभी व्यक्तिगत दु:ख-सुख, व्यथा और पीड़ाओं से बहुत तटस्थ और निरपेक्ष है। उसे इसमें क्या दिलचस्पी! फिर भी, महज कुतूहलवश उसने अपनी निगाह घुमाई और देखा, राजे जिसके बारे में सोच रहा था, वह बिल्कुल उसी तरह जैसे चाँद ने पहले देखा था, छत पर बेहोश सो रही है। पास में एक छोटी सी गुलाब-सी बच्ची किलकारियाँ भरकर माँ को जगाने की कोशिश कर रही है। एक अक्षय वात्सल्य और कमल की पँखुरियों-सी मंजुल ममता उसके होंठों पर है। वह छोटी सी माँ पहले से कहीं ज्यादा सौज़्य, मधुर और स्नेहमयी लग रही थी। चाँद ने देखा कि जिसके बारे में कुँवर सोच रहा था, वह उसी तरह खिड़की पर टेबल लैंप के पास घुटनों में सिर झुकाए पति की प्रतीक्षा कर रही है, जो अभी लौटा नहीं है। वह पहले से अधिक सूनी-सूनी लग रही है और जिसकी बातें विनय ने की थीं, वह सुहाग की लजीली तुलसी सी पवित्र छोटी सी अबोध नववधू चाँद की निगाहें उस पर टिकीं ही नहीं।

और चाँद ने नीचे बालू पर रेंगते हुए तीनों काले चींटों की ओर देखकर कहा, "मूर्ख!" पर उन्होंने सुना नहीं। हाँ, कुँवर ने आगे आकर कहा, "राजे, एकाएक गंभीर क्यों हो गए? संभव है, तुम्हीं सब कर रहे हो।"

राजे का मन आया। बोला, "कौन जानता है? हम सब टूटे हुए लोग हैं, कुंठित, अधूरे, जिनका विकास कुचल चुका है। हम सबकी निगाह टूटी है, अधूरी है। पता नहीं सच्चाई क्या है? पता नहीं मैंने जो कुछ कहा, उसमें स्वयं मैं विश्वास करता हूँ या नहीं? मैं प्रेम के रूमानी अंश को नहीं मानता, फिर भी लगता है, उसे अस्वीकार भी नहीं कर सकता। पता नहीं यह केवल संस्कार मात्र है, जो छूट नहीं पाता या सच्चाई का तकाजा है?"

चाँद को लगा कि राजे ने अभी-अभी जाल के जो तार तोड़े हैं, वह स्वयं उनमें उलझ रहा है। वे तार साँप बनकर उसके कदमों में लिपटे जा रहे हैं। राजे भरे कंठ से कहता गया। "मैं ही अभी व्यक्तिगत मोह से उठने की बात कह रहा था, सामाजिक दृष्टिकोण की बात कर रहा था; पर मुझे कभी-कभी लगता है, चाहे मेरा प्यार अब व्यक्तिगत सीमा से न बँधा हो, पर वह दर्द तो मेरा ही है, जो हड्डियों में आग की तरह रेंगा करता है।"

वातावरण बहुत भारी-सा हो गया। चाँद तो हमारे सुख-दुःख से निरपेक्ष है। वह तो केवल कौतुक के लिए बालू पर इन कठपुतलों का खेल देख रहा था। नाहक मन को उलझनों में फँसाने से क्या फायदा! वह तो एक मुरदा नक्षत्र ठहरा, जिसमें इनसान और उसकी दर्द भरी जिंदगी, उलझन भरी समस्याएँ कभी की समाप्त हो चुकी थीं और जिसमें अब सिर्फ सूने पहाड़ और झुलसे मैदान रह गए थे। ऐसा मुरदा नक्षत्र क्यों नाहक आदमी की समस्याओं में दिलचस्पी दिखाए? वे क्यों रोते हैं? क्यों टूटते हैं? अपनी जिंदगी को, अपने रहन-सहन को, अपनी व्यवस्था को बदलते क्यों नहीं? चाँद इसमें क्या करे? उसने जाल के डोरे ढीले कर दिए, अपने शिकारों को छोड़ दिया और खुद थककर, आँखें मूँदकर, एक काले बादल से टिककर बैठ गया।

चाँदनी धूमिल हो गई। तीनों भारी मन से चुपचाप इस किनारे लौट आए। ढाई बजे गए थे। रिक्शा एक ही था। तीनों बैठे। राजे बोला, "और जानते हो, हँसी-खुशी भरे दिन के बाद जब मैं सोता हूँ तो अकसर आजकल क्या सपना देखता हूँ? देखता हूँ, एक अथाह समुद्र है, जिसके किनारे एक ऊँची मीनार है, जिसके एक झरोखे में से सहसा मेरा पैर फिसल गया है और मैं गिर रहा हूँ। नीचे अथाह, खूँखार समुद्र है और मैं गिरता जा रहा हूँ···गिरता जा रहा हूँ···।" और राजेश का गला रुँधने-सा लगा। रिक्शे की ठंडी लोहे की सलाख पर सिर टिकाकर पड़ रहा।

विनय ने सांत्वना से उसका हाथ अपने हाथों में ले लिया, पर सभी चुपचाप रहे। बादल और गहरे हो गए। चाँदनी बिल्कुल छिप गई।

चाँद ने आँखें खोलीं तो चारों तरफ अँधेरा था। एक अँधेरा सभी को घेरे हुए था। उस अँधेरे में ये सभी अजब-से लग रहे थे। यह राजेश, यह कुँवर, यह विनय, यह माँ और उसका वात्सल्य। यह प्रतीक्षारत पत्नी और उसका घर, ये सभी अँधेरे में डोलती हुई प्यासी परछाइयाँ मालूम पड़ रही थीं। उनका प्यार, उनका दर्द, उनकी आस्था, उनकी बौद्धिकता, उनका मातृत्व सभी टूटी हुई परछाइयों के प्यार, परछाइयों के दर्द और परछाइयों की आस्था की तरह झूठा व खोखला मालूम पड़ रहा था। उनमें ठोसपन नहीं। उनमें सच्चाई का वजन नहीं।

इतने में रिक्शा ढाल पर पहुँचा और रिक्शेवाले ने सहसा जो उसे छोड़ दिया एक

अजब से झोंके के साथ, तो राज को ऐसा लगा जैसे सचमुच वह मीनार से गिर पड़ा है। और नीचे अथाह समुद्र है—अथाह, असीम और वह बिल्कुल अकेला है। अगर वह आवाज भी दे तो सिर्फ आवाज ही समुद्र और पहाड़ों से टकराकर लौट जाएगी। सहसा उसकी पसलियों में एक अजब-सा दर्द मरोड़ उठा और राजेश की पलकों से अनजाने एक बड़ा सा गरम आँसू गालों पर ढलक आया।

□

उसी समय एक अजब सी बात हुई। चाँद की निगाह उस आँसू पर जो पड़ी तो वह स्तज़्ध रह गया। यह जिसमें आग है, जो व्यक्तिगत मोह को चीर चुका है, यह उसी की पलकों का आँसू है। पाँच साल में यह पहला आँसू उसने उन पलकों में देखा था। चाँद को ऐसा लगा जैसे वह आँसू सफेद, चमकदार, मगर तड़पते हुए फौलाद का टुकड़ा है। जैसे आग छूने से आदमी चौंक उठता हो, वैसे ही चाँद की नसों में एक आघात दौड़ गया और जैसे अंगारे से मोम पिघल जाता है, वैसे चाँद की निगाह पर न जाने क्या जमा हुआ था, जो पसीज-पसीज उठा और एक अजब सी विह्वलता चाँद में जाग उठी और उसे लगा—हालाँकि ये सभी लोग टूटे हुए हैं, आत्म-प्रवंचनाओं में उलझे हुए हैं, अपूर्ण और कायर हैं; पर राजे के इस आँसू में, कुँवर की उस दृढ आस्था में, उस धूपदीप-सी नववधू में, अपने नए बचपन में, उस गुलाब-सी बच्ची में, अपना सारा दुःख भूलकर तन्मय हो जानेवाली माँ में, उस बेबस करुण पत्नी में, इसमें, उसमें, सभी में पता नहीं कहीं कौन सी प्रांजल पवित्रता है, जो प्रकाश की प्यासी है, प्रकाश में आने के लिए छटपटा रही है। सिर्फ उसे रास्ता नहीं मिल पा रहा है। एक अमृत-स्पर्श, केवल एक अमृत-स्पर्श उनको बिल्कुल बदल देगा। वे छटपटा रहे हैं···और उसी क्षण सहसा चाँद को महसूस हुआ कि केवल चाँदी का मकड़ा नहीं है। वह रेतीले मैदानों और टूटे पहाड़ोंवाला मुरदा नक्षत्र मात्र नहीं है। वह प्रकाश का देवता है, सुधा का स्रोत है, अमृत का रजत कलश है और ये सब उसी के अपने टूटे हुए टुकड़े हैं, जो प्रकाश के अभाव में छटपटा रहे हैं, जो एक नए प्रकाश की खोज में हैं, नए जीवन की खोज में हैं, नई व्यवस्था की ओर लड़खड़ाते हुए आगे बढ़ रहे हैं—तब चाँद बादलों को चीरकर इन टूटे हुए लोगों पर, उनकी सारी टूटी हुई पीढ़ी पर एक विराट् मंगलमय आशीर्वाद की तरह झुक गया।

□

कुलटा

कहानी है मेरी पड़ोसिन की। पड़ोसिनें अच्छी भी होती हैं और बुरी भी, कर्कशा भी होती हैं और सीधी भी, लड़ाकू भी होती हैं और मिलनसार भी; लेकिन मैं तो कुछ इस किस्म का आदमी हूँ जिन्हें कि भले-बुरे की तमीज नहीं होती, वरन् भले और बुरे के बीच की अंतररेखा का कोई महज़्व ही वे नहीं समझ पाते। फलाँ आदमी शराब पीता है, इसलिए वह बुरा है; फलाँ आदमी खद्दर पहनता है, इसलिए अच्छा है; फलाँ यह करता है, इसलिए दुश्चरित्र है; फलाँ वह करता है, इसलिए सच्चरित्र है—इस तरह के बँधे-बँधाए फैसले कभी भी मेरा मन स्वीकार ही नहीं कर पाता। मेरे लिए फलाँ व्यक्ति 'है', फलानी चीज 'है', फलानी बात 'है', बस इतना ही सच है। विशेषणों को समझने और महज़्व देने की बुद्धि जैसे मुझे मिली ही नहीं। इसलिए, कभी-कभी जब मुझसे कहा जाता है कि उससे दूर रहो, यह बात अच्छी नहीं तो मैं इसकी अहमियत नहीं समझ पाता।

इसी अच्छे और बुरे की बात को लेकर अकसर मुझमें और भइया में तनातनी रहती है। भले और बुरे की पहचान की उन्हें कुछ ऐसी ईश्वर-प्रदज़ प्रतिभा है कि वे उड़ती चिड़िया पहचान लेते हैं। किसी का चेहरा देखकर बता दें कि उस आदमी में कितने महान् दुर्गुण भरे हुए हैं। यह बात नहीं कि दुनिया को देखने, समझने और अज़्यास करने से उनमें यह अद्भुत शक्ति आई है। यह तो ईश्वरीय देन है, वरना इस विश्लेषण में मैं 'जड़मति' इतने अज़्यास के बाद 'सुजान' बन ही गया होता। अब इन्हीं नंदराम घड़ीसाज को ले लीजिए। इन्हें मेरे पड़ोस में आए सिर्फ तीन ही महीने हुए, लेकिन भइया ने पहले ही दिन बता दिया था कि इनकी बीवी के रंग-ढंग अच्छे नहीं हैं। यूँ उसकी उम्र काफी थी—कम-से-कम 28-30 के करीब। गोद में चार महीने का एक बच्चा था। देखने-सुनने में बहुत मलीन और गंदी। नाम भी कोई अच्छा नहीं, सिर्फ 'लाली'; लेकिन वाह रे भइया कि उनसे लाली की दुश्चरित्रता भी नहीं छिप सकी। भइया रोज उसके बारे में नई-नई बातें बताते और मुझसे भइया की इसलिए बहस हो गई। यूँ तो मुझे इस तरह की बातों पर अकसर यकीन नहीं होता और फिर लाली जैसी औरत को कोई भला निगाह उठाकर देखना भी पसंद नहीं करता, लेकिन भइया का

कहना है कि मैं औरतों को समझता ही नहीं। यूँ कभी वह आग लेने, कभी लड़के की घुट्टी लेने और कभी तुलसी की पत्ती लेने मेरे यहाँ आती थी; मगर भइया के फैसले ने इतना डरा दिया था कि मैं कभी उसके सामने भी नहीं जाता था। मुझे ऐसी बातों पर जरा कम यकीन होता था; मगर मेरे यकीन करने-न-करने से क्या, जब सभी जानते हैं कि मुझे भले-बुरे की तमीज नहीं। लेकिन एक घटना ऐसी हुई कि मेरा ध्यान उसकी ओर बुरी तरह खिंच गया।

उस दिन इतवार था और मैं दालान में बैठा साइकिल साफ कर रहा था।

"भइया, आपके पास कोई डाक का लिफाफा होगा?"

मैंने सिर उठाकर देखा तो लाली। मेरी तो जुबान तालू में चिपक गई।

"नहीं।" मैंने किसी तरह कहा। मगर सच बताऊँ आपसे, अगर भइया का डर न होता तो उससे कुछ बातें करना चाहता था।

"टिकट है?" उसने फिर पूछा।

"नहीं; लेकिन सुनिए⋯।" सहसा मैंने देखा, दरवाजे पर भइया और बड़ी सफाई से स्वर बदलकर मैं बोला, "क्या मैं कोई डाकखाना खोले हूँ क्या?"

"जी नहीं, भइयाजी!" उसके स्वर में बेहद दीनता थी, "आज इतवार है। एक जरूरी खत लिखना था। सोचा, शायद आपके पास हो। आप नाराज न हों।" और जैसे लगा, वह अभी रो पड़ेगी। उसके बाद वह मुड़ी और चली गई।

अब भइया आए और पहले उन्होंने बड़ी विश्लेषणात्मक निगाह से मुझे सिर से पैर तक देखा और बोले, "क्या कह रही थी?"

"लिफाफा-टिकट माँग रही थी।"

"हूँ!" भइया बहुत गंभीर थे, "तो यह ढंग निकाला है। कमीनी, बदजात!"

"नहीं भइया, मगर⋯मगर उसने और कोई बात नहीं की। मैंने उसे डाँट दिया तो बेचारी रुआँसी हो गई।"

"बेचारी रुआँसी हो गई!" 'बेचारी' पर खास जोर देते हुए भइया ने कहा, "तुम अभी इन लोगों के ढंग नहीं जानते। पूरी कुलटा है यह!"

"क्यों किसी पर तोहमत लगाते हो?"

"तोहमत! जानते हो, विधवा है यह। दूसरा ब्याह किया है। मैंने पहले ही दिन कह दिया था⋯"

"लेकिन इतने से ही दुश्चरित्र कैसे हो गई?"

"क्यों, एक आदमी मर गया तो चैन नहीं पड़ा? अरे, मैं कहता हूँ, कौन जाने इसने पहले आदमी को जहर न दे दिया हो। सौ बार ऐसी खबरें अखबार में निकलती हैं।"

मैं चुप रह गया। बात सही थी। कौन जाने उसने जहर ही दे दिया हो। लेकिन

भइया के स्वर में कुछ ऐसा था कि उसमें मुझे अपने प्रति अच्छा न लगा। मैं बोला, ''आप तो शक्की हैं!''

भइया सुनते ही मुड़े और फिर मेरे बिल्कुल नजदीक आकर बोले, ''और आप झक्की हैं! तुम जानते हो, जब तुम कॉलेज चले जाते हो तो रोज दोपहर में आकर मुझसे पूछती है, 'मेरा कोई खत तो डाकिया भूल से नहीं दे गया?' बताओ, किसी का खत तो डाकिया मुझे नहीं दे जाता, फिर उसका ही क्यों दे जाएगा? फिर तुम्हारे सामने पूछने क्यों नहीं आती? अकेले में ही क्यों पूछने आती है? मैं सब समझता हूँ।''

प्रमाण अकाट्य था। मैं इस बार सचमुच निरुत्तर था। भइया फिर दरवाजे तक जाकर रुक गए और पैंट पर क्लिप चढ़ाते हुए बोले, ''और फिर मान लिया कि वह किसी और मतलब से नहीं आती; लेकिन कौन है, जिसके खत के लिए इतनी चिंता कि किसी दूसरे के हाथ न पड़ जाए? किसे खत भेजने की इतनी बेताबी है कि इतवार भी काटे नहीं कट रहा है?'' और भइया साइकिल उठाकर चल दिए।

□

उसी दिन से पता नहीं क्यों, मैं लाली के बारे में अनावश्यक रूप से सोचने लगा। उसका घर खपरैल का था। मेरी खिड़की से उसका आँगन दीखता था। सहसा मुझे इस बात का खयाल हो आया कि आज तक मैंने न कभी खिड़की बंद करने की कोशिश की और न कभी उसने परदा करने की। नंदराम से वह बहुत कम बोलती थी। नंदराम की उम्र 45 साल की थी और उसके पहली पत्नी से दो बच्चे थे, जो लाली से नफरत करते थे। जब नंदराम खाना खाकर अपनी खिचड़ी मूँछों को पोंछता हुआ और दाँत खोदता हुआ बाहर चबूतरे पर जा बैठता तो दोनों बच्चे लाली की शिकायत करते और कभी-कभी नंदराम भी कह उठता, ''कमीनी है बदजात!'' और फिर आँगन में खड़े होकर गुर्राता हुआ कहता, ''मैं कहे देता हूँ कि घर में इन्हीं बच्चों के आराम के लिए लाया हूँ। तुझे माँ बनकर रहना हो तो रह, वरना याद रख…भूखों मर रही थी, अब चरबी चढ़ गई है न! हड्डी-हड्डी तोड़ डालूँगा।''

इतने ही में नंदराम का बड़ा लड़का पुन्नन गोद के लड़के को धीरे से चुटकी काट लेता और वह चीखकर रो पड़ता। लाली जब तक उसे दौड़कर चुप कराए, तब तक नंदराम कहता, ''हरामजादी, अपनी संतान को तो खाए जाती है, दूसरे के पेट की क्या ममता होगी? मुझे तो समाज के मंत्रीजी ने अच्छा फँसा दिया। कहीं बुढ़ापे में यह पाप गले पड़ा मेरे!'' और वह खड़ाऊँ चटकाता हुआ फिर चबूतरे पर चला जाता।

अगर मेरी जगह और कोई होता तो नंदराम का पक्ष लेता या लाली पर तरस खाता; मगर मैं तो बता चुका हूँ कि मुझे भले-बुरे की तमीज ही नहीं और दुनिया की कोई चीज मेरे लिए अहमियत ही नहीं रखती। लेकिन आज की घटना के बाद ये सभी चीजें न जाने

किस कोने से निकलकर मेरे मन की परतों में रेंगने लगीं। शाम को लेटा तो भी यही सोच रहा था। होली नजदीक थी और कुछ दूरी पर कुछ बारी मिलकर ढोल पीट-पीटकर फगुआ उड़ा रहे थे। इतने में भइया भी आकर बैठ गए। सामने की खिड़की खुली थी और नंदराम आँगन में खड़ा रोज का कार्यक्रम पूरा कर रहा था। हाँ, आज जरा उसकी आवाज तेज थी। वह अपने दोनों बच्चों को सर्कस ले जाने वाला था और कपड़े पहने तैयार खड़ा था। गोद का बच्चा चीख-चीखकर रो रहा था, लेकिन लाली गुमसुम चौके में बैठी कुछ बना रही थी। घी और सूजी की महक यहाँ तक आ रही थी, जिससे अनुमान होता था कि वह होली का पकवान बना रही थी। नंदराम कभी पुज़न की टोपी ठीक करता, कभी अपना कोट और कह रहा था, "पकवान बना रही है हरामजादी। कहा था, बच्चों को तैयार कर देना। लेकिन माँ का दिल हो तब न! अपनी गोद का बच्चा गला फाड़-फाड़कर मरा जा रहा है। जाने किसे खिलाएगी पकवान! एक को तो खिला-खिलाकर मार डाला।" और वह पैर पटकते हुए चला गया।

भइया बड़ी दिलचस्पी से सुन रहे थे और उस कमीनी कुलटा पर डाँट पड़ने से उन्हें एक विचित्र प्रकार का मानसिक संतोष प्राप्त हो रहा था। सहसा वे मुझसे बोले, "इधर आओ, देखो जरा!" मैंने खिड़की से झुककर देखा, लाली कड़ाही के पास से उठ आई थी और सामने एक थाल में से चीजें उठा-उठाकर खा रही थी। बच्चा एक खटोले पर पड़ा रो रहा था। रोते-रोते गला बैठ रहा था उसका, मगर लाली थी कि उस ओर बिना ध्यान दिए एक-एक चीज बहुत स्वाद ले-लेकर चख रही थी।

कुछ ऐसी बीभत्सता थी इस दृश्य में कि मैं सिहर उठा, 'सचमुच यह औरत दुश्चरित्र ही नहीं, नीच है, जानवर है। बच्चा चीखते-चीखते मरा जा रहा है और इसे अपने पेट की पड़ी है। यह माँ है?'

□

"यह माँ है!" भइया बोले, "छिह! मैं कहता हूँ, औरत में जो कुछ अच्छा है, ऊँचा है, वंदनीय है, वह है उसका मातृत्व! जहाँ वह उससे गिरी कि फिर गोश्त के भूखे-प्यासे लोथड़े के सिवा रह क्या जाता है? कुछ भी तो नहीं। अब बताओ, कोई भी इनसानियत रह गई है इस औरत में? केवल लालसा, अंधी तृष्णा, चाहे वह स्वाद की हो या भोग की, छिह।"

इस बीच लाली उठी और एक पिटारी ले आई। बच्चा अंत में रोते-रोते सो गया था। पिटारी में उसने बहुत सा पकवान रखा और एक कपड़े से बाँध दिया। इतने में किसी ने बाहर से आवाज दी। वह बाहर गई और हम लोगों ने देखा कि उसके पीछे-पीछे कोई आदमी तनजेब का कुरता और धोती पहने आ रहा है। आदमी ने अंदर आते ही चारों तरफ देखा। लाली बोली, "कोई नहीं है, घबराओ मत!" उसने सशंकित निगाह से हमारी

खिड़की की ओर देखा और कुछ लाली से कहा, जो सुनाई नहीं पड़ा। लाली थोड़ी देर आँगन में खड़ी कुछ सोचती रही, फिर चुपचाप बरामदे में चली गई। वह आदमी भी अंदर चला गया। मैं मारे ग्लानि के खिड़की के पास से उठ आया।

भइया कमरे में टहलने लगे।

''देखा तुमने?'' थोड़ी देर बाद बोले, ''अब तो अपनी आँखों से देख लिया। मैं कल नंदराम से कहता हूँ कि वह अपना मकान बदल दे, वरना अच्छा नहीं होगा। मुझे यह सब बहुत नापसंद है। ऐसे आदमियों का पड़ोस कितना गलीज होता है।''

थोड़ी देर में आदमी जब गया तो हाथ में पकवानों की पिटारी थी।

मुझे कभी-कभी ताज्जुब होता था कि नंदराम क्यों इतना बेखबर है? क्या वह लाली के रंग-ढंग नहीं समझता? क्यों नहीं वह ऐसी औरत का गला दबा देता? एक तो विधवा, ऊपर से···लेकिन कुछ रोज बाद, शायद होली तब तक बीत चुकी थी, उस घर में एक घमासान कांड मचा। आँगन में कुछ नहीं दीख पड़ता था, मगर बरामदे में अंदर नंदराम चीख रहा था—''मैं सब समझता हूँ, सब जानता हूँ। रोज मुहल्ले भर में जाकर उसकी चिट्ठी ढूँढ़ती है। उसी के लिए यह पकवान बने थे—ले, और ले।'' घम, घम···मारपीट शायद हो रही थी, क्योंकि नंदराम के दोनों बच्चे, पुज़न खास तौर से, ताली बजाकर नाच रहे थे। बीच-बीच में सिसकियों की आवाज, बाद में फिर नंदराम की आवाज, ''इतनी हिज़्मत तेरी। उसे यहाँ बुलाएगी! जान ले लूँगा तेरी। कुतिया!''

उसके बाद रोते-रोते कुछ लाली ने कहा, जो सुनाई नहीं पड़ा और थोड़ी देर के लिए नंदराम की आवाज आनी बंद हो गई। मैंने भइया की ओर देखा। वे बहुत खुश नजर आते थे। बोले, ''आज पता लगा है। उसी को लिख रही होगी खत, जो उस दिन आया था न।''

सहसा नंदराम फिर चीखकर बोला, ''मैंने एक दफे कह दिया न, खबरदार जो उसे खत लिखा। तेरी उँगलियाँ काटकर मिर्चा भर दूँगा।''

लेकिन उससे भी ज्यादा जोर से चीखकर लाली बोली, ''मैं लिखूँगी, लिखूँगी हत्यारे, कसाई, निपूते!'' और सहसा वह बरामदे में से निकलकर बाहर भागी। नंदराम उसके पीछे लपका; मगर यह ले, वह ले। और लाली मेरे आँगन में मौजूद और लगी चीखने, ''माँजी! बचाओ माँजी। कसाई मारे डालता है मुझे।''

माँ अष्टमी पूजने गई थीं। मेरे काटो तो खून नहीं। भइया कुछ कहने ही वाले थे कि इतने में नंदराम चीखता-चिल्लाता हुआ आया और उसके बाल पकड़कर घसीटता हुआ ले गया। भइया ने कहा, ''जाओ, दरवाजा बंद कर आओ।''

मैं नीचे उतरा कि आँगन में ही मेरी निगाह मुड़े हुए पोस्टकार्ड पर पड़ी, जो लाली के आँचल से गिर पड़ा था। शायद यही उसके प्रेमी का खत था, जिस पर कुहराम मचा हुआ था। उठाऊँ या न उठाऊँ? अंत में मैंने उठा ही लिया। किसी बहुत कम पढ़े-लिखे

की बहुत त्रुटिपूर्ण हस्तलिपि में था। (मैं इसको वैसे ही लिखे देता हूँ जैसा कि गलत-सलत लिखा हुआ था।)

श्रीमती माताजी,

आगे समाचार यह है कि आपके भेजे हुए पकवान मिले। आपने जो लिखा है कि एक बार इलाहाबाद चले आना, वह मैं इमतहान बाद आऊँगा एक दिन के लिए। पर मैं ठहरूँगा नहि क्योंकि आपने सादी कर लिया है और रहा हम तो उस कुलवालों की बात सुनने के लिए और पुज़न की मार खाने को मैं उस बार इलाहाबाद गया। आपने कहा कि मेरा लड़का नालेक है, इसकूल से भाग आता है और नंदराम ने हजारों बातें सुनाईं। हमको नंदराम की बात सुनने की बरदासत नहीं है। बात सुनने की बरदासत होता तो मामा की खुसमत करता तो वो अपने पास रख लेते। जब मामा के पास से दादा के घर आए तो हमारे कुछ कपड़ा धोबी के यहाँ रह गया। उसे मामी नहीं भेजा। और बहुत बात है जो मैं आऊँगा तो बताऊँगा। पर आपने जो लिखा कि मैं 10 रुपए का मास्टर रख दूँगी और दो आना रोज दूँगी वह आप मुझको देना होता तो पहले देतीं। मैं आपका नंदराम की कमाई नहीं खाना चाहता। मैंने तो सोचा है कि मुझको दादा नहीं रखेंगे तो किया जिस भगवान् पैदा कीया वह जींदा रखेगा। आपने कहा था दादा से की मैं समछूँगी की इस कुल में सब मर गए तो समझ लीजेगा कि मर गया या इससे आपको दुख हो तो समछ लीजेगा की मेरा लड़का मरा नहीं नालेक है, अब जो दूसरा हुआ है वह बड़ा होकर कैहना मानेगा। होली के दिन मामा आपका पकवान दिया पर हम खाया नहीं कि वह नंदराम की कमाई का है। तो उसे मामी रख लिया। यहाँ सब ठीक है इंदरा जल गई थी। छोटी बुवा को बिटिया हुई सो निमोनिया हो गया अब ठीक है। मैं इमतहान बाद आऊँगा पर ठहरूँगा नहीं कियो की आप सादी कर लीया है।

आपका पुत्र

श्याम मनोहर लाल

तो यह था, जिसे हम प्रेम-पत्र समझ रहे थे।

मैंने चुपचाप खत भइया को दे दिया और कुरसी पर बैठ गया। खिड़की से आवाज आ रही थी। लाली जिबह की जाती हुई गाय की तरह डकरा-डकराकर चीख रही थी—"मैं लिखूँगी, जरूर लिखूँगी! उसे यहीं बुलाऊँगी। तेरी छाती पर बिठाऊँगी।"

और नंदराम मारता हुआ चीख रहा था—"हरामजादी, कुतिया, कमीनी, बदजात, कुलटा!"

□

हरिनाकुस और उसका बेटा

उसने मिर्जई उतारकर बाँस पर लटका दी, रस्सी एक ओर फेंक दी, फिर चारों ओर देखा और फटी सी कर्कश आवाज में पुकारा, "बिसुआ! ओ बे बिसुआ! जाने कहाँ मर गया कमबख़्त! अच्छा, वहीं होगा, राजा के पास। ठहर, अभी तेरी हड्डी तोड़ता हूँ।"

उसकी आवाज ताड़ी के नशे में काँपने लगी, बदन पर अँधेरा फिसलने लगा और आँखों में लाल रोशनी सुलग उठी। वह जाति से डोम था, पेशे से जल्लाद। खानदान उसका बहुत ऊँचा और नामी था। उसके दादा ने ताँतिया भील को फाँसी दी थी। उसके नाना ने अपनी जवानी में चौदह खून किए थे और जब उसे फाँसी का हुक्म हुआ था तो उसी के बाप ने उसके नाना को फाँसी लगाई थी और लौटकर नौ बोतल दारू पी थी, एक सुअर की गरदन मरोड़ दी थी और अपनी बीमार औरत का हाथ गरम करछुली से दाग दिया था। इन्हीं सब वजहों से उसके खानदान का बड़ा नाम था और वह बिरादरी का चौधरी माना जाता था।

एक दिन जब वह जेलर साहब के बँगले में हाजिरी बजाकर लौट रहा था तो उसे राह में धनिया मिली, उसकी बीवी की बहन। उसने बताया कि उसकी बहन के लड़का हुआ है। बच्चा जिंदा है, मगर जच्चा के प्राण निकल गए। वह क्षण भर रुका, फिर बहुत अनासक्त भाव से हँसा, बिरहा गुनगुनाता हुआ घर आया और औरत की लाश के सिरहाने खड़े होकर बोला, "मर गई। चलो, अच्छा हुआ। पेट क्या था कमबख़्त का, भाड़ था। जब देखो तब खाँव-खाँव! एक से तो फुरसत मिली।"

फिर बच्चे को उठाकर बोला, "ओह, यह पिल्ला छोड़ गई है कुतिया!" और फिर कुज़ों की तरह उसके नाखून गिनकर बोला, "बीस हैं! बाप रे बाप! बिसहा है, बिसहा! जभी तो पैदा होते ही खा गया माँ को!"

उसके बाद धनिया से बोला, "ले जा इस पिल्ले को अपने यहाँ! मैं नहीं रखता जंगली जानवर को अपने पास।"

और तब से बिसहा अपनी मौसी के पास रहता था। मौसी ने उसके नाम का परिष्कार कर दिया था और गाँव भर उसे 'बिस्सू' कहकर पुकारता था।

□

बिस्सू गाँव का सबसे शरारती लड़का था और उसका सबसे प्यारा खेल था चूहे मारना। पास ही में एक सेठ का गेहूँ का गोदाम था, जहाँ रोज चूहेदानी रखी जाती थी। उसका दरबान रोज चूहे लाकर डोमों की बस्ती में छोड़ जाता था। सब लड़के चूहे मारने को दौड़ पड़ते, पर बिसुआ का निशाना अचूक था। वह एक ढेले से तीन चूहे मारता था और दो ढेलों से सात। उसके बाद उन्हें लटकाकर नदी पर ले जाता था। रास्ते में कोई मिलता तो कहता, "गुलदस्ता लोगे, गुलदस्ता सेठजी! आज तो ठाकुरजी का जन्म है न!" और नरकुल की नाव बनाकर उस पर चूहे रखकर बहा देता और कहता, "आहा! चूहे राजा की बारात जा रही है।" अगर कोई पूछता कि दुलहन कहाँ है, तो कहता, "अरे, वह क्या है, वही मोटे सेठ की लड़की, वही छमाछम!"

एक दिन जब वह चूहे ले जा रहा था तो बाप मिला उसका। उसने पूछा, "क्यों बे बिसई, सालन बनाकर खाएगा क्या इन्हें?"

उसने जवाब दिया, "इन्हें! ये तो बड़े छोटे हैं। उसे खाऊँगा, तोंदवाले चूहे को!"

चौधरी खुश हो गया। मन में बोला, 'शाबाश! है न आखिर इसमें खानदान का खून!'

धीरे-धीरे वह बिसहे को काफी चाहने लगा था और उसे अपने हुनर में होशियार बना देना चाहता था। इसलिए एक दिन वह बिसहे को फाँसी दिखाने ले गया। लेकिन जब बिसहा लौटा तो बहुत सहमा हुआ था। आदमी का खून चूहे के खून से गाढ़ा होता है। वह धनिया की गोद में मुँह छिपाकर बहुत रोया। रात को सोते-सोते चीख पड़ा और बाप के पास जाने में डरने लगा। चूहे मारने की कौन कहे, वह उनकी ओर देखता भी नहीं था। दिन भर या तो नदी किनारे नरकुल के झाड़ में लेटकर बाँसुरी बजाता या चौधरी के बाड़े में सुअरों के पास पड़ा सोता रहता था। चौधरी ने उसके ये रंग-ढंग देखे तो बहुत बिगड़ा और बोला, "कमबख़्त दोगला निकल गया। मेरा लड़का होता तो डोम होता। यह तो बाभन है, बाभन। हरजाई की संतान बाभन। छिह!"

एक दिन उसकी सुअरी ने बच्चा दिया। चितकबरा, जिसके माथे पर सफेद टीका था। चौधरी ने उसे उठाकर प्यार करते हुए कहा, "अरे, यह राजा होगा। मेरा राजा बेटा···।" उसे झुलाते हुए बोला।

धनिया बोली, "वाह रे चौधरी! तुज़्हारा तो दिमाग खराब हो गया। कहीं सुअर भी राजा होते हैं!"

चौधरी बिगड़ गए, "देख, औरत जात होकर जबान मत लड़ाया कर। अक्किल न

सऊर, चली है सास्तारथ करने। अरे, राजा लोग सुअर होते हैं तो सुअर क्यों राजा नहीं हो सकते? मेरा तो राजा बेटा है!''

उसके बाद कैदी को तंबाकू पहुँचाने के एवज में उसे बारह आने पैसे मिले थे, जिसमें वह एक घुँघरूवाला पट्टा ले आया और उसे पहनाकर बोला, ''देख री! अपने पिल्ले से मना कर दे मेरे राजा बेटा के साथ न रहा करे, नहीं तो इसे भी बिगाड़ देगा।''

लेकिन बिसुआ मौका पाने पर बाड़े में घुस आता था और घंटों राजा को खिलाता रहता था।

आज जब चौधरी ने आवाज दी तो वहीं था। उसने दरार से झाँककर देखा और बोला, ''आज खैर नहीं है!'' काका ताड़ी के नशे में चूर था।

चौधरी डगमगाते कदमों से झोंपड़ी की ओर बढ़ा। मगर जग्गू ने अपने चबूतरे से आवाज दी, ''कहो चौधरी!''

चौधरी उधर मुड़ गया और कली लेकर पीने लगा।

''कहो, आज बहुत गंगाजल पिया है क्या? ताड़ीघर से सीधे आ रहे हो?''

''ताड़ी, अरे आज खून पिया है भइया, खून!''

''खून! क्यों, सावन-भादों लग गया क्या, चौधरी?''

''हाँ, और क्या भइया! झूला डाल के आया हूँ आज!''

''आखिर किसे झुलाया?''

''सो न पूछो, जग्गू भइया! इतने दिन हुए मुझे जेल में, इन्हीं हाथों से बड़ी-बड़ी गरदनों पर जाल डाला; मगर आज तो दिल काँप गया।''

''अच्छा, कौन था आखिर?''

''एक लड़का अठारह बरस का, अभी दूध के दाँत भी नहीं टूटे थे।''

''क्या औरत का गला घोंट दिया था?''

''अरे, राम कहो। कभी जान-बूझकर फूल भी नहीं मसला होगा उसने। कैसा भोला-भोला था! चौड़ा मत्था, दुबला चेहरा, बड़े-बड़े बाल। आँखें छोटी थीं, मगर बड़ी तीखी, उजली सी। बेले की साँवर कली समझा उसे।''

''तो किया क्या था उसने?''

''अरे, ऐसा हुआ जग्गू भइया, कि उसने तार काटे थे। बस, फौज चढ़ गई उसके गाँव पर और लगा दी आग। आदमी आम की गुठली की तरह भुनने लगे। उसने जाकर कप्तान की गरदन थाम ली। बस, पकड़ लिया उसे और लिख दिया सरकार को कि इसने छावनी में आग लगा दी। बस, हो गई फाँसी।''

''अरे, इतने ही पर?''

''और क्या! सरकार से लड़ना कोई हँसी-खेल है। जब चाहे फाँसी दे दे, जब चाहे

जागीर दे दे। लेकिन भइया, गजब का निडर था वह लड़का। जब फाँसी चढ़ने आया तो कलट्टर को देखकर बोला, 'इस छावनी में तो आग नहीं लगाई। अब वहीं की छावनी में आग लगाने जा रहा हूँ। उसकी छावनी में जो हिंदुस्तान में घास-फूस पैदा है।' सुपरंडंट साहब ने पूछा, 'तेरी आखिरी ज़्वाहिश क्या है ?' तो हँसकर बोला, 'अगले जन्म में तुज़्हारा सगा भाई बनूँ, तब तुम फाँसी दो!' साहब ने मुँह फेरकर रूमाल निकाल लिया, फिर मेरी ओर देखकर बोला, 'देर क्यों करते हो पुरोहितजी, जल्दी कंगन बाँधो। लगन टल गई तो ?' बस, मेरा हाथ काँप गया। पहले तो लगा जैसे आँख में आँसू आने वाले हैं, फिर मैंने दिल कड़ा करके सोचा, अरे, आँसू-वाँसू तो सब बड़े आदमियों के चोचले होते हैं। जिसके पेट में दाना हो, तन पर कपड़ा हो, उसके दीदे में आँसू भी सोहता है। बस, मैंने फंदा डालकर खींच ही तो दिया रस्सा। लटक गया फूल एक ही झटके में! लेकिन कैसी कच्ची गरदन थी उसकी। बस, उसके बाद भागा मैं वहाँ से और जंतु की दुकान पर आधी घड़िया ताड़ी पी। कैसा ऊजर फेन था, जैसे उसकी आँख।'' और सहसा उन निरीह आँखों की याद कर वह सहम गया, ''अच्छा, चलूँ अब।''

चौधरी के हाथ से कली (हुक्का) लेते हुए जग्गू ने मुँह फेरकर, हँसकर कहा, ''जब चौधरी पर नशा चढ़ता है तो सबको यही किस्सा सुनाते हैं। पिछले छह साल में कम-से-कम दर्जन बार तो कहा होगा और रोज यही कहते हैं कि आज उसे लटकाया है। राम जाने कोई भूत-परेत है कि रोज जी उठता है और रोज चौधरी उसे लटकाते हैं।''

चौधरी मुड़ पड़ा। उसने आग्नेय दृष्टि से जग्गू की ओर देखा और बोला, ''मामा के बेटवा हो, खून का रिश्ता है, नहीं तो…हम क्या झूठ बोलते हैं ? हाँ, छह साल पहले फाँसी पर लटकाया था; पर आज देखा तो जिस कप्तान ने उसे फाँसी पर लटकाया था, वह वरदी-तमगा साजे सुपरंडंट बन के आया है। उसके साथ कोई गांधी टोपीवाला भी था, उसका रिश्तेदार! बस भइया, मैंने सलाम के लिए हाथ उठाया तो लगा कि जैसे फिर उसकी लाश उठा लाया हूँ और फिर लाश के गले में फंदा छोड़ रहा हूँ! बताओ, ईमान-धरम से बताओ, हमने झूठ कहा था कि आज उसे लटकाया। हम नशे में हैं…ठहर बे बिसुआ! ओ बिसुआ… !''

इतने में उसने देखा कि बिसुआ चुप्पे से बाड़े में से निकलकर जा रहा था।

''ठहर तो बे!'' उसने पुकारकर कहा।

बिसुआ रुक गया। लड़खड़ाता हुआ उसके पास पहुँचा और भरपूर तमाचा जमाकर कहा, ''क्यों बे! बैठा राजा के पास। उसे भी बिगाड़ेगा। फिर जाएगा उसके पास ? बोल, बोल!''

बिसुआ का सिर घूम गया। वह क्षण भर चुप रहा, फिर तनकर बोला, ''हाँ, फिर जाऊँगा, सौ बार जाऊँगा बेईमान, कमीना, जल्लाद काका!''

अब तो गुस्से में घी पड़ गया। वह नशे में था, पर गालियाँ पहचानता था। बेईमान, कमीना तक तो गनीमत थी, यह विशेषण बड़े-बड़े आदमियों पर लगता था; मगर जल्लाद; वह जल्लाद था? उसने उठाई रस्सी और सड़ासड़ कई निशान बिसुआ की पीठ पर बन गए।

धनिया भागती हुई आई और बिसुआ को अपनी कोख में दुबकाकर बोली, ''मार डाल हत्यारे! मुफ़्त का है न। अपने पाप की कुढ़न उस पर निकाल रहा है। खबरदार जो हाथ चलाया अबकी दफे!''

चौधरी का हाथ रुक गया। वह ताड़ी के नशे में मदहोश था। उसका सिर घूम रहा था और उसके सामने महज वे दोनों उजली आँखें चमक रही थीं। वह उन्हें देखकर डर रहा था। उन्हें वह कोड़े मारकर भगाना चाहता था; मगर वे कोड़े क्या बिस्सू पर पड़ गए थे?

वह क्षण भर चुप रहा, फिर बोला, ''लेकिन वह मुझे जल्लाद कहता है। मेरा ही लड़का मुझे जल्लाद कहे!''

''और है नहीं तू जल्लाद, निपूते! तू तो राक्षस है, राक्षस!''

''जुबान सँभालकर बोल रे! मैं जल्लाद हूँ? कोई रस्सी में गाँठ लगाने से जल्लाद हो जाता है? जिसने आग लगाई वह कप्तान, जिसने फाँसी चढ़ाई, वह जेलर और मैंने गाँठ लगा दी तो मैं जल्लाद हो गया। जो बचे वो अफसर हो गए, जो कप्तान था सुपरंडंट हो गया और मैं जल्लाद हो गया! राम जानता है, मैंने ऐसे आहिस्ते से झटका दिया था कि एक नस भी नहीं चिटकी होगी और परान तो ऐसे आहिस्ते से रेंगकर निकले होंगे...और उस पर यह मुझे जल्लाद कहता है! दिन भर यही सोचता है पड़े-पड़े!''

''सोचेगा नहीं पड़े-पड़े! तेरे काम में इसकी तबीयत नहीं लगती तो क्यों नहीं भेजता स्कूल?'' बस्ती में हरिजन सेवावालों ने एक पाठशाला खोल रखी थी।

''हाँ! स्कूल भेज दूँ इसे और खानदान की नाक कटा दूँ। क्या सीखेगा यह गांधीवालों से? देख आया हूँ आज उनकी करतूतें। जब फाँसी लग रही थी तो सैकड़ों खड़े थे बाहर झंडे ले-लेकर। जेलर ने कहा, लाश नहीं मिलेगी। बस वे बोले, 'लाश नहीं मिलेगी भाइयो। शांति से घर लौट चलिए। बोलो भारत माता की जय!' और जब उस अभागे के गले में भीतर फंदा लग रहा था तो वे गला फाड़कर जय बोल रहे थे। तोड़ देते फाटक, घुस जाते और छीन ले जाते उसे, तब जानता। यों 'जय' चिल्लाना कौन बड़ी बात है और फिर उसी कप्तान को सुपरंडंट बना दिया! छिह! हमारे पास इलम है। हम कमाते-खाते हैं। उनकी विद्या उन्हीं को मुबारक हो।''

बिसहा अब तक चुप खड़ा था, गुमसुम। धनिया उसे ले गई। रोटी दी, मगर रोटी उसने फेंक दी और चुपचाप एक ओर चल दिया।

"बाप से बेटा कोई कम थोड़े ही है। मुझ पर गुस्सा उतार रहा है कमबज़्त!" धनिया रुँधे गले से बोली।

बिसहा नदी के किनारे गया और झाऊ की एक शाख से टिककर खड़ा हो गया। अब उसकी आँखों से आँसू निकले और वह चीख-चीखकर रोने लगा। धीरे-धीरे वह चुप हुआ। उसने अपनी बाँह और पीठ पर नीले निशान देखे और दाँत पीसते हुए मुट्ठी बाँधकर कहा, "अच्छा, देख लूँगा!" फिर जाने कौन सा दृढ़ निश्चय कर वह चल दिया। झोपड़ी में झाँककर देखा, कोई नहीं था। फिर वह बाड़े में घुस गया और उसे गोद में उठा लिया। सुअरी ने उसकी ओर देखा तो बोला, "क्या करूँ? काका मुझे जल्लाद बनाकर छोड़ेगा। देख न, तेरे राजा की वजह से कितनी मार पड़ी है।" और वह राजा को झोंपड़ी में लाकर बोला, "अब झूलो बेटा!" उसने रस्सी में फंदा डाला, बाँस में अटकाया, राजा को नीचे रखकर उसके गले का पट्टा उतारा और फंदा उसके गले में डाल दिया। रस्सी खींचने ही वाला था कि बेबस जानवर बुरी तरह चीख उठा। बिसुआ ने रस्सी छोड़ दी और बहुत प्यार से चुमकारकर बोला, "काहे राजा भइया! भूख लगी है क्या? अच्छा, चल, तुझे दूध पिला लावें। मेरा राजा भइया कोई आदमी थोड़े ही है कि भूखों पेट मरे।"

और उसने राजा को गोद में उठाया और थपथपाकर ले चला।

चौधरी मार-पीट कर सामनेवाले पीपल के पेड़ के नीचे जाकर लेट रहा था। उसे बिल्कुल ध्यान नहीं था कि अभी क्या हुआ है। वह अब बिल्कुल चूर था। महज अँधेरे में बेले की पाँखुरी जैसी दो आँखें मुसकरा उठती थीं। थोड़ी देर बाद उसने देखा, उन आँखों में नीले डोरे उतर आए हैं, ठीक जैसे बिसुआ की पीठ पर थे। बस, वह काँप उठा। उसका नशा उतर गया और सीने में पसली के नीचे उसे जाने कैसा सा लगा, कुछ खाली-खाली सा—शायद ताड़ी बासी थी। उसने सोचा, चिलम पीने से ठीक हो जाएगी। वह झोंपड़ी की ओर चला।

झोंपड़ी खोलकर उसी वक्त बिसुआ निकला। बिसुआ को देखकर चौधरी का मन जाने क्यों भर आया।

"बिस्सू बेटा!" बड़े दुलार से उसने कहा, "एक चिलम तो भर दे!"

बिस्सू का चेहरा डर के मारे नीला पड़ गया और राजा उसके हाथ से छूटकर नीचे गिर गया।

"ओह! तू इसे खिला रहा है।" (बिस्सू ने उज़्मीद की थी कि अब एक हाथ भरपूर कनपटी पर पड़ेगा) "कोई बात नहीं, उसे खिला ले, बेटा!"

बिस्सू स्तज़्ध! आज काका को क्या हो गया?

"अरे, इसका पट्टा क्या हो गया?" चौधरी ने कहा।

''मैंने खोल डाला।'' बिस्सू तन गया और उसने मुट्ठी कस ली।

''क्यों?''

''मैं इसे लटकाने जा रहा था, रस्सी से!''

चौधरी नहीं समझा, ''क्यों?''

''क्यों? अब जल्लाद बनूँगा तेरी तरह, और क्यों?''

चौधरी जल गया सिर से पैर तक। वह बढ़ा बिस्सू की ओर, मगर दूसरे ही क्षण वही दोनों बेले के पाँखुरी जैसी आँखें मुसकरा उठीं और उसका गुस्सा धुल गया।

''नहीं बेटे, तू क्यों जल्लाद बनेगा? मेरा बेटा बड़ा आदमी बनेगा। हरिनाकुस का बेटा पहलाद था, मेरा बेटा बिसुआ है।'' और पास खींचकर प्यार से बोला, ''कल से तू स्कूल जाना, अच्छा!''

बिस्सू पहले चुप रहा, फिर जाने क्यों फूट-फूटकर रो पड़ा। चौधरी का गला रुँध आया। लेकिन वह बोला, ''बस-बस, यह मुझे नहीं अच्छा लगता। क्या तेरी माँ मर गई, जो रोता है! जा, जेलर से कह आ—कल से काका नौकरी नहीं करेगा। जा जल्दी!''

बिसुआ आँसू पोंछता हुआ चल दिया।

चौधरी क्षण भर उसे जाते हुए देखता रहा, फिर न जाने किसे ऊपर देखकर बोला, ''देखो, मेरा पाप मेरे बच्चे को न लगे, नहीं तो समझ लेना, हरिनाकुस से पाला पड़ा है!''

और गमछे से खुरदरे गालों पर बहता हुआ आँसू पोंछकर बोरसी की आग कुरेदने लगा।

□

एक बच्ची की कीमत

उन दिनों जब परिचित भुखमरे आपस में मिलते थे तो उनका साधारण कुशल-प्रश्न हो गया था, ''तुम कब से भूखे हो?'' और इसीलिए जब उस मोड़ पर एक ही गाँव की रहनेवाली बिंदो और रामी मिलीं तो बिंदो ने फौरन पूछा, ''तुम कब से भूखी हो, रामी?''

रामी महज एक ठंडी साँस लेकर रह गई।

बिंदो फिर बोली, ''उफ, तुम कितनी दुबली हो गईं; और यह तुम्हारी बच्ची, यह तो महज कंकाल रह गई है।''

रामी ने अपनी धुँधली आँखें उठाकर पूछा, ''बिंदो, तुम्हारी बच्ची क्या मर गई?''

अब की बार बिंदो एक ठंडी साँस लेकर रह गई।

''क्यों, क्या रास्ते ही में मर गई?'' रामी ने प्रश्न दोहराया।

''मरी नहीं, अभी जिंदा है। मैंने उसे एक पंजाबी के हाथ बेच दिया!'' बिंदो ने सिर झुकाकर कहा और रुँधे गले से सिसकने लगी।

''बेच दिया!'' रामी चीख पड़ी, ''तो यह कहो हत्यारिन, अपनी बच्ची के हाड़ बेचकर पेट भर रही है। तेरी जुबान नहीं कट गई, तेरे हाथ नहीं टूट गए बेचते बखत!''

बिंदो ने एक दयनीय दृष्टि से रामी की ओर देखा और सिर झुकाकर चुपचाप चली गई। बिंदो चली गई, मगर उसकी बात रामी के मन को मसोस रही थी। उसने अपनी फूल-सी बच्ची को कैसे बेचा होगा···राम, राम! हत्यारों का काम है यह तो!

□

दो हफ़्ते बाद··· ।

रामी के 13 वक्त फाके हो चुके थे। एक दिन सुबह रामी की आँख खुली। बदन में बेहद कमजोरी थी। सिर सूना-सूना-सा मालूम पड़ रहा था और मालूम होता था जैसे किसी ने आँतों पर जलते हुए अंगारे रख दिए हों। जाने कौन सी चीज नसों को एलास्टिक की तरह खींच रही थी। पलकों पर जैसे पहाड़ लदे थे और पुतलियाँ फिराने में मालूम

होता था जैसे वह कोई भारी चट्‌टान हटा रही हो।

उसने फौरन हाथ बढ़ाकर अपनी बच्ची को टटोला और गौर व स्नेह से उसे देखा। बच्ची ने आँखें खोलीं और कुछ कहने की कोशिश की, मगर कह न पाई और अजब तौर से मुँह खोलकर हाँफने लगी।

रामी का दिल थर्रा गया। वह बहुत कोशिश करके उठी और पास के नल पर गई। टीन के डब्बे में पानी भरने की कोशिश की; मगर उसकी उँगलियाँ इतनी शिथिल हो गई थीं कि उससे नल की टोंटी नहीं घूम पाई। उसने डब्बा नीचे रखकर दोनों हाथ लगाए, किंतु असफल रही। फिर गरदन फेरकर चारों ओर देखा—सड़क सूनी थी। उसने टोंटी में मुँह लगाया और दाँतों से खोलने की कोशिश की। एकाएक उसकी पसलियाँ थर्राईं और ढेर-का-ढेर खून मुँह से उछलकर डब्बे में गिर पड़ा। उसे मालूम दिया जैसे वह बेहोश हो रही हो। एक हाथ से नल थामकर, वह खंभे से टेक लगाकर खड़ी हो गई। कुछ मिनटों बाद उसको होश आया। उसने वह डब्बा उठाया और नल के सामने जमा हुए गढ़े के मटमैले पानी में धोया। पानी खून की वजह से लाल हो गया। हिलोरों से पानी पर तैरते हुए सैकड़ों भुनगे और मच्छर हवा में भुनभुनाने लगे। रामी ने एक कोने से निथारकर पानी उस डब्बे में भरा और बच्ची के पास गई। बच्ची चुपचाप थी। महज कभी-कभी हाथ-पाँव छटपटा उठते थे। उसने थोड़ा सा पानी उसके सूखे हलक में डाल दिया। बच्ची ने आँखें खोलीं और सूनी-सूनी निगाहों से माँ की ओर देखा, फिर जुबान निकालकर होंठ पर लगी हुई पानी की बूँद चाटी।

रामी प्यार के साथ हाथ फेरकर बोली, "बेटी।"

बेटी ने हाथ पटककर सूखे गले से कहा, "भूख···माँ!" 'भूख' पहले कहा, 'माँ' बाद में।

'उफ!' रामी ने मन में कहा, 'इससे तो यह पंजाबी के पास आराम से रहेगी।' फिर जैसे किसी ने उसकी आत्मा को झकझोरकर कहा, 'तुम! तुम! माँ हो हत्यारिनी··· ।' और वह अपनी बात पर अपने ही आप सहम गई।

सामने का फाटक खुला और अपने कुरते की बाँहें समेटते हुए पंजाबी निकला। ढीले कुरते का छोर खंभे में लगा और जेब में रुपए खनक गए। रुपए की खनखनाहट रामी की पसलियों में गूँज गई और उसकी नसों में किसी सर्वग्राही ताकत ने गरजकर कहा, 'इससे···इससे तो यह पंजाबी के पास आराम से रहेगी।' रामी उठी और पंजाबी की ओर चली। मगर उसके दिल की गरमी पिघलकर फूट पड़ी। 'माँ···माँ! तुम अपनी फूल-सी बच्ची बेचने जा रही हो, बेचने!···'

रामी फिर लौट आई। बच्ची की पसलियाँ चल रही थीं और पैर जैसे ऐंठ-से रहे थे। रामी की आत्मा को किसी ने मरोड़कर कहा, "खुदगरज! तुम माँ हो, अपनी एक

छोटी सी ख़्वाहिश पर अपनी बच्ची की जान ले रही हो। क्यों नहीं बेच देतीं ? आराम से तो रहेगी, पास या दूर!''

उसका पेट जल रहा था। कुछ रुपए मिल जाएँगे, पेट में वह कुछ दाने डाल सकेगी, बच्ची को भरपेट खाना मिल सकेगा। वह पंजाबी के सामने जाकर खड़ी हो गई बच्ची को गोद में लेकर।

''सेठ सा'ब!'' वह क्या कहे। उसने अभी तक मछलियाँ बेची थीं, तरकारी बेची थी, धान बेचा था, अपनी संतानें कभी नहीं बेची थीं। उसे नहीं मालूम था, संतान बेचने के लिए ग्राहक कैसे पटाया जाता है।

''सेठ सा'ब!'' उसकी जुबान फिर रुक गई।

''क्या है? भीख···मुफ़्त के पैसे माँगते शर्म नहीं आती!'' पंजाबी ने एक डकार लेकर कहा।

''भीख नहीं सेठ सा'ब, यह लड़की खरीदिएगा?'' उसके गले में आँसू अटक रहे थे।

पंजाबी खड़ा हो गया, ''यह बच्ची, इसका मैं क्या करूँगा? यह तो घर ले जाते-ले जाते मर जाएगी। कोई बड़ी लड़की नहीं है, अंदाजन पंद्रह-सोलह बरस की?''

''भूखी है सा'ब, दाना मुँह में जाते ही बोलने लगेगी।''

पंजाबी ने झुककर बच्ची को देखा। रंग साफ था, कट अच्छा था; मगर भूख की वजह से दुबली थी। 'अच्छी निकलेगी। पाँच साल में तैयार हो जाएगी, निखर जाएगी···और कम-से-कम पाँच सौ रुपए तो मिल ही जाएँगे।' उसने अपने मन में सोचा।

''बोल, कितने में देगी?''

रामी असमंजस में पड़ गई, कितना बताए। एक बच्ची की कीमत कितनी होती है, उसे आज तक नहीं मालूम था। उसने हिसाब लगाया। एक पाव चावल आठ आने का, चार दिन को एक सेर चावल···।

''दो रुपए दे दीजिएगा, सेठ सा'ब।''

पंजाबी जोर से हँस पड़ा, ''यह पेट!'' उसने पेट पर हुनकी मारी, जैसे किसी टायर की हवा देख रहा हो और पसलियों में उँगली गड़ाकर बोला, ''ये हड्डियाँ! इनकी कीमत तो दो पैसे भी बहुत है।''

''दो पैसे!'' रामी चीख पड़ी।

''हाँ-हाँ, दो पैसे! और क्या कोई गाय-बकरी बेच रही है कि रुपए लेगी। अच्छा, आठ आने लेगी? नहीं, तेरी मरजी!'' कहकर फाटक के अंदर जाने लगा।

रामी ने कुछ सोचा और फिर आगे बढ़कर बच्ची को पंजाबी के हाथ में रख दिया। पंजाबी ने जेब में हाथ डालकर एक अठन्नी निकाली और उसके सामने फेंक दी।

रामी की हिज़्मत न हुई कि उसे उठाए। उसकी नस-नस काँप रही थी। उसने जल्दी से अठन्नी उठाई और भागी। उसके हाड़ जल रहे थे और वह जैसे बेहोशी में चल रही थी।

□

सामने एक बनिए की दुकान थी। उसने अठन्नी बनिए को देकर कहा, "चावल!"

"चावल नहीं है!"

"दे दो, महाजन! बड़ी मेहरबानी होगी।"

बनिए ने चारों ओर शंकित निगाह से देखा और बोला, "दो रुपए सेर मिलेंगे।" उसके बाद गल्ला खोला, अठन्नी उसमें रखी और दूसरी अठन्नी निकालकर बोला, "ठगने आई है बदमाश! खोटी अठन्नी बोहनी के वक्त। बेईमानी तो देखो।" चार आने सेर खरीदे हुए चावल को दो रुपए सेर बेचकर अठन्नी बदलनेवाला ईमानदार बनिया बोला—और खोटी अठन्नी उसके सामने फेंक दी।

रामी गुस्से से उबल पड़ी, "झूठा! धोखेबाज! मेरी अठन्नी तो अच्छी थी।"

"अच्छा, अच्छा! गाली देती है। चोरी ऊपर से सीना-जोरी। इसी अधर्म से तो यह अकाल पड़ रहा है।"

बनिए का नौकर उठा और डाँटकर बोला, "उतर दुकान से!" और धक्का दिया तो वह मुँह के बल सीढ़ियों से नीचे गिर पड़ी। नौकर ने खोटी अठन्नी उठाकर बनिए को दे दी और बोला, "रख लो, लाला! फिर किसी मौके पर काम आ जाएगी।"

□

धुआँ

धुएँ पर अचानक मेरी नजर पड़ी। लगता था जैसे किसी प्रसुप्त दानवाकार ज्वालामुखी ने अपना मुँह खोल दिया है और कुछ-कुछ जमा हुआ गीला-गीला, काला कड़वा धुआँ, जाने कब का कैद धुआँ बेताबी से निकल पड़ा है।

धीरे-धीरे धुआँ मुहल्ले में आकाश से दक्खिन ओर से घुसा और छतों, गलियों, चौराहों व पार्कों पर छा गया। जेठ की शाम का तपता सूरज भी धूमिल पड़ गया और छतों पर, गलियों में, दीवारों पर धुएँ की भद्दी भूरी छाँहें उड़ने लगीं। कहीं आग लगी थी। बहुत जोर की आग।

मैं दौड़कर छत पर गया। मेज खींच लाया। उस पर चढ़ गया। आस-पास की छतों पर लोग बंदरों की तरह चढ़े हुए, ध्यान लगाए धुएँ को देख रहे थे। कुछ का अनुमान था, मुहल्ले में ही आग लगी है। कुछ का अनुमान था लोहट्टी में, कुछ का खयाल था चौक में। नीचे गलियों में खड़े लोग छतवालों से सवाल पूछ रहे थे। बच्चे भाग-दौड़ कर रहे थे। औरतें रसोई छोड़कर पसीना पोंछते हुए छतों पर आ गई थीं। काफी हलचल थी।

आग और धुएँ में बच्चों के लिए एक अनोखा आकर्षण होता है। उन्हें आग और धुएँ से बेहद उल्लास मिलता है। अपनी उम्र और ज्ञान-विज्ञान, अनुभव वगैरह के बावजूद हम सभी कहीं-न-कहीं बच्चे होते हैं, आप भी हैं। मैं भी हूँ।

मैं नीचे आया। घर के कुछ बच्चे आपस में सलाह कर रहे थे चलकर खुद आग देखने के लिए। मैंने उन्हें डाँटा, ''खबरदार घर से बाहर गए तो!'' और खुद चल पड़ा।

सड़क पर काफी लोग आ-जा रहे थे। कोई त्योहार था। शायद शुबेरात और वैशाखी पूर्णिमा साथ पड़ी थी। गरमी भयानक थी। हवा रुक गई थी। धुआँ भी परत दर परत जमता जा रहा था। सड़कों पर लोगों का ध्यान आग की तरफ अपेक्षाकृत कम था। बेनीप्रसाद बारबर—जिन्हें हेयर कटिंग सैलून खुलने के पहले लोग 'बेनिया बे! ओ नउआ!' संबोधित किया करते थे—वह बैठे सामने की कोयलेवाली के अप्रतिम रूप

की तुलना गुलबकावली से कर रहे थे और कोयलेवाली, जिसने गरमी के मारे पल्ला खोल दिया था, पंखे की डंडी से पीठ खुजाती हुई, आँख नचाती हुई कह रही थी—"तोरे मुँह में दियासलाई लगाय देबै कौनो दिन हाँ!" सामने तरबूजे की फाँकें बेचनेवाला खटिक पास में बर्फ लेकर जानेवाले एक छोटे से धोबी के बच्चे को छेड़ता हुआ कह रहा था, "अबे, बरफ लैके आग बुझउबे का! गदहा पै लाद के मसक लेत जा!" धोबी के बच्चे ने गालियों की शानदार परंपरा अपने माता-पिता से पाई थी और मुक्त कंठ से खटिक का अभिनंदन करता हुआ कह रहा था—"अबहीं आगवाला अंजिन गवा है। घनन-घन, घनन-घन!" खटिक द्वारा अधिक छेड़े जाने पर वह बता रहा था कि इंजिन से खटिक के कुटुंब की महिलाओं के कितने निकट संबंध हैं।

धुआँ और बढ़ गया था। पत्ता भी नहीं खड़क रहा था। हवा गुमसुम थी। सड़कों पर भीड़ बढ़ रही थी। एक क्लर्क, जिसे शायद छुट्टी के दिन भी बड़े साहब ने दफ़्तर बुलाया था और जिसे अब घर पहुँचने की जल्दी थी—मेरे पीछे देर से घंटी बजा रहा था। अंत में झुँझलाकर मुझे पैर से ढकेलते हुए आगे निकल गया और बोला, "साले हिंदुस्तानी! जरा सी आग क्या लगी कि मेला लग गया, जैसे रामदल निकल रहा हो। ये नहीं कि घर जाकर अपना काम देखें। पता नहीं आग को खाएँगे कि पिएँगे।"

मालूम हुआ कि आग सराय में लगी है। सराय अकबर के जमाने की थी। गदर में जनरल नील के सिपाहियों ने उसे जला दिया था। अगल-बगल के मकान अब भी धुएँ से काले थे। भटियारिनें अब भी रहती थीं। छोटे-छोटे सहन और कोठरियाँ थीं। टाट के परदे थे। सस्ती बाँस की खाटें थीं। दीये थे। उनमें रहनेवाली औरतों का दाम बारह आने, छह आने और आठ आने था। मैंने अकसर शाम को भारतीय थल सेना के बहादुर जवानों को पैसे गिनकर गली में जाते हुए और सीटी बजाते, डगमग चाल से लौटते और अपने अनुभवों का सव्याख्या विवरण देते हुए लौटते देखा था।

जाऊँ कि न जाऊँ? कभी उधर जाने की हिम्मत नहीं पड़ी थी, पर आज तो जन-समूह उधर जा रहा था। हिम्मत बँधी। जन-समूह पाप भी करे तो वह पाप नहीं रह जाता। पाप की स्थिति व्यक्ति मात्र में है।

मैं एक 'शॉर्टकट' जानता था—हज़्मामवाली गली में से होकर। गली में मुड़ा। गली सूनी थी। खुलकर साँस ली। बाईं ओर की छोटी गली से मिर्जा अपने छोटे बच्चे को थामे चले आ रहे थे। पूछ रहे थे, "अजी, जाओ! तुमने क्या आग देखी होगी। हम तो गली तक में हो आए, कुछ देखने को नहीं मिला।" बच्चा चैतन्य था, कल्पनाशील था। सिर चढ़ाकर रुककर, अकड़कर बोला, "अरे जाओ, हमने खुद देखा। घंटा बोल रहा था।" मिर्जा पब्लिक सर्विस कमीशन के मोटर पर दफ़्तर में क्लर्क थे; पर बच्चों की पढ़ाई का बहुत ध्यान रखते थे। बोले, "अच्छा, फायर के हिज्जे बताओ!"

यफ-आई-आर-ई और ई कहते ही बच्चा खुशी से उनके पाँवों में लिपट गया और उन्होंने गोद में उठा लिया और तब उनकी नजर मुझ पर पड़ी, "कहो, आग देखने जा रहे हो?"

"नहीं।" मैंने झेंपकर कहा, "जरा काम से जा रहा हूँ।" उतनी जल्दी कोई दूसरा बहाना नहीं सूझा और आगे बढ़ गया।

बच्चे ने फिर दोहराया—यफ, आई, आर, ई। मुझे खयाल आया, मैंने फ्रेंच राज्य क्रांति-संबंधी कोई चित्र देखा था, जिसमें परदे पर धुँआ था और बार-बार कुछ अक्षर लिख जाते थे—'फायर!', 'ज़लड!', 'एनार्की!' और अंत में काँपते हुए टेढ़े-मेढ़े हड्डी के आकार के अक्षर आते थे—'हंगर' (भूख)।

☐

बच्चों का एक गिरोह शोर करता, हंगामा मचाता चला आ रहा था। गली पतली थी, इसलिए उनकी कतार लंबी थी और सभी एक-दूसरे को धकेल रहे थे। उन्होंने आग देखी थी। बेहद प्रसन्न थे सब और उनमें से दो-एक तो प्रसन्न होकर धुआँधार गालियाँ बक रहे थे।

आगे गली ठसाठस भरी थी। सिर्फ एक छोटा सा चबूतरा था, जिस पर लोग चढ़े हुए देख रहे थे। चलना मुश्किल था। चबूतरे के सामने लंबी गली थी, जिसके दूसरे छोर पर दो-तीन मकान थे, जिनमें आग लगी थी। मेरे एक रसिक दोस्त चबूतरे पर खड़े थे। उनसे मेरा परिचय चार साल पहले हुआ था, जब वे पहली बार प्रेम में मुब्तिला थे और सिनेमा की तर्ज की कविताएँ लिखते थे। उसके बाद उसी प्रकार की दो घटनाएँ और हुईं। तीनों में उनका कहना है कि उन्हें चरम सफलता मिली थी और मेरे पूछने पर कि चरम सफलता से क्या तात्पर्य है? वे बोले थे, "अरे, हमसे बनो मत! प्रेम की क्या दो-चार चरम सफलताएँ होती हैं।" मुझे पास बुलाकर बोले, "हाय, हाय! अभी एक गई है। मुश्किल से 18 बरस की होगी। चंपई रंग, झकाझक। दायाँ हाथ बिल्कुल झुलस गया था। अब तो सब बूढ़ी रह गई हैं।"

इतने में एक स्ट्रेचर पर एक औरत को लादे हुए चार सिपाही आए। वह चीख रही थी। उसके बाल, भौंहें, बरौनियाँ तक जल गई थीं। कपड़े जल गए थे। अंदर केवल झुलसा शरीर मात्र था। वह चीखकर तड़पी तो कंबल हट गया। भीड़ में से कुछ सिसकारियाँ, कुछ चटखारे सुनाई पड़े। छह-सात कदम पीछे उसकी माँ या शायद बूढ़ी पेशेवर पड़ोसिन रोती हुई आ रही थी। सलीस उर्दू में लोगों से दरखास्त कर रही थी कि सिपाही उसे अस्पताल ले जा रहे हैं। अस्पताल में सुई भोंकी जाती है। अस्पताल में आँख फोड़ी जाती है। अस्पताल में हड्डी निकाली जाती है, जिससे सरकार मिल में चीनी साफ करती है।

एक दूसरी औरत एक हाथ में एक देगची, जिसकी कलई उड़ गई थी और ताँबा रह गया था, लेकर आ रही थी। बगल में दो-तीन अधजली दरियाँ और कपड़े थे। भाग-दौड़ में कुरते की पीठ पर एक खोंता लग गया था। कपड़ा नीचे झूल गया था। अन्हौरियाँ लदी पीठ झलक रही थी।

मेरी बगल में एक आदमी खड़ा था। गाड़ी पर जाड़े में मूँगफली, गरमी में शरबत बेचता था। उसने कान से बीड़ी निकालकर सुलगाई और एक जुमला कहा। औरत ने चुपचाप सिर घुमाकर देखा। शरबतवाला पीले दाँत निकालकर हँस दिया। औरत ने देगची और कपड़े पटक, हाथ नचाकर गालियाँ दीं। भीड़ में से बहुत से लोग हँस पड़े। दो-एक ने उधर चवन्नियाँ फेंकीं। औरत ने तिगुनी गालियाँ दीं और चवन्नियाँ बटोर लीं। एक गणितज्ञ भीड़ में से बोला, ''अरे, इतनी तो 30 रातों में न मिली होंगी!'' औरत दबंग थी। मुड़कर बोली, ''एक रुपए से कम में तो बात नहीं करती!'' उसने कपड़े उठाए और सिर झटककर चल दी।

दूसरी औरत की गोद में बच्चा था। बाल बिखरे थे, ओढ़नी नदारद थी, पाँव में छाले थे। लँगड़ा रही थी। नाली के किनारे बैठी। नाली धोने के पाइप से एक चुल्लू पानी लेकर बच्चे को पिलाने लगी।

''कै बाप हैं इसके?'' शरबतवाले ने चिल्लाकर पूछा।

और चारों ओर भीड़ में इस निगाह से देखा कि लोग उसके मजाक की दाद दें। कुछ लोग मुरव्वत में आकर हँस दिए। सहसा हंगामा मचा। पुलिसवाले औरतों के एक गिरोह को डंडों से हाँकते हुए चले आ रहे थे। उनमें से किसी की आरसी छूट गई थी, किसी का बरतन, किसी की दरी, किसी का पिटारा, किसी की गठरी। भाग-दौड़ में कई गिर पड़ीं, कुछ उनसे टकराकर गिरीं, बाकी उनको कुचलती हुई निकल गईं। वे कराह रही थीं। बाकी एक स्वर में गालियाँ दे रही थीं। वे फिर रुकीं। जो गिर पड़ी थीं, वे चीख-चीखकर रो पड़ीं।

भीड़ में से ठहाके लगे।

उनमें से दो निकल आईं। वे आपस में बुरी तरह लड़ रही थीं। एक के हाथ में एक पिटारा था, जो फायर ब्रिगेड के पानी से भीग गया था। दूसरी उसे छीनना चाहती थी। दोनों में छीना-झपटी होती रही। कपड़े फट गए, बाल बिखर गए। नाखूनों की खरोंचों से खून छलछला आया। अंत में दूसरी हारकर जमीन पर बैठ गई और गाली देने लगी। पिटारा उस औरत का था, जो अस्पताल चली गई थी। उसके बाद उस पर किसका हक था, इस पर युद्ध हो रहा था।

पहली औरत चुपचाप पिटारा छाती से दबाए बैठी थी। सहसा दूसरी ने नाली के पत्थर पर सिर पटकना शुरू किया। उसके सिर से लाल खून की एक धार माथे से नाक

पर होती हुई होंठ पर टपकने लगी। पहली दौड़ी, उसने पिटारा खोला और बोली, "ले, ले! इसमें है क्या ? सूखी पावरोटी है।"

पावरोटी पानी में भीगकर गल गई थी। दूसरी ने पल्ले के छोर से होंठ को पोंछा और उनींदी-सी रोटी खाने लगी।

पहली मुँह फेरकर बैठ गई, "तुहूँ खा, ले ले!" दूसरी ने पहली के मुँह में रोटी ठूँस दी। दोनों चुपचाप खाने लगीं।

भीड़ छँटने लगी थी। लोग जोर-जोर से बातें करते हुए लौट रहे थे। दो किस्म के लोग थे। एक, जिन्हें इस बात की बहुत निराशा थी कि 'कुछ मजा नहीं आया! क्या आग लगी? कोई आग में आग है।' कुछ लोग ऐसे थे, जो नवागंतुकों को लौटा रहे थे, 'जाओ भाई, अब क्या रखा है यहीं? क्यों भीड़ लगा रहे हो? जो होना था सो हो गया।' उनके स्वर से यह मालूम होता था कि वे कह रहे हों, 'मूर्खों! अब सोकर उठे हो। जो मजा आग का देखना था, वह देख लिया हम लोगों ने। अब यहाँ क्या है?' कुछ लोग आने-जानेवालों से आग का पूरा वर्णन उल्लास भरे शज़्दों में कर रहे थे। वे परोपकारी थे। जो रस, जो आनंद मिला था, उसे मुक्तहस्त बाँट रहे थे। कुछ सवालों पर चुप रह जाते थे या टाल जाते थे। उनकी भावना थी, 'हुँह! भीड़ में धक्के खाकर तो हम गए; सारा काम छोड़कर तो हम गए आग देखने और ये घर बैठे सारा हाल जान लें!'

मेरे वापस घर पहुँचने पर लोग घिर आए। बड़े आग्रह से, बड़ी उत्सुकता से, बड़े उल्लास से विस्तृत हाल पूछने लगे। सभी के मन में एक अजब सा उल्लास था जैसे कोई विशेष आनंद का पर्व आया हो, बरसों के बाद।

मैंने चारों ओर देखा। वही लोग थे , जिनसे मैं रोज बोलता-बतलाता हूँ। मेरे पड़ोसी, मेरे मुल्क के लोग, मेरे अपने लोग। हिंस्र जानवरों का-सा उल्लास! आँखों की चमक। निर्ममता और क्रूरता! यह क्या हो गया है इन्हें? किसने इन्हें ऐसा बना दिया है? गुफाओं में रहनेवाले आदिम पशु-मानव ने जीवन-विकास के लिए अग्नि का आविष्कार किया था। करोड़ों साल की सज़्यता के बाद आदमी आज उसी आग में कितना बर्बर उल्लास ढूँढ़ रहा है। क्या करोड़ों साल के विकास की सारी दिशा ही मूलत: गलत रही है?

मैंने महसूस किया कि मैं एक ऐसी विशाल बस्ती में खड़ा हूँ, जहाँ लोग सहसा पागल हो गए हैं। हिंसक पशुओं की तरह चीत्कार करते हुए, आग लगाते हुए घूम रहे हैं और धीरे-धीरे मेरे गले में, आँखों में, दिमाग में, नसों में, आत्मा में भयानक, काला कड़वा धुआँ भर गया।

आग की वजह तीसरे दिन मालूम हुई।

सराय की उन औरतों में एक थी, जिसकी आँखों में माड़ा पड़ गया था। कम दीखता था। उसकी पड़ोसिनें उसके खाने में कंकड़ियाँ डाल आती थीं, उसके बिस्तर पर

पानी फेंक आती थीं। वह गालियाँ देती थी। उसकी गालियों में बहुत स्वाद रहता था।

उन्हीं गालियों का उपभोग करने के लिए मंडी के एक पुर-मजाक बनिए ने उसे अठन्नी दी और अंदर ले जाकर उसकी पोशाक में जलती छछूँदर छोड़ दी।

वह पहले तो समझी नहीं, फिर चीखने लगी। इधर-उधर भागी। गाय की तरह डकराने लगी। एक खंभे से टकराकर बेहोश होकर गिर गई। पड़ोसिनें ताली पीट-पीटकर हँसती रहीं।

अंदर-ही-अंदर आग फैलती रही।

बाद में मलबा हटाने पर उसकी लाश मिली। जलकर कोयला हो गई थी।

□

कफन-चोर

सकीना की बुखार से जलती हुई पलकों पर एक आँसू चू पड़ा।

"अज़्बा!" सकीना ने करीम की सूखी हथेलियों को स्नेह से दबाकर कहा, "रोते हो! छिह।"

बूढ़े करीम ने बाँह से अपनी धुँधली आँखें पोंछते हुए कहा, "बेटा, तुम बुखार में जल रही हो और मैं तुझारे ओढ़ने के लिए एक चादर भी न ला सका।"

सकीना बात काटकर बोली, "तो इसमें रोने की क्या बात? सुनते हैं, सरकार ने इंतजाम किया है। बहुत सा सस्ता कपड़ा आने वाला है। तब खरीद लेना। फिर मुझे तो जाड़ा भी नहीं लगता।" सकीना मुश्किल से अपनी कँपकँपी रोक पा रही थी।

"सरकार!" करीम एक ठंडी साँस लेकर रह गया।

सकीना ने देखा, करीम बहुत दुःखी हो रहा है। फौरन ध्यान बँटाने के लिए बोली, "नींद नहीं आ रही अज़्बा, कोई कहानी सुनाओ!"

"पगली! तुझे भी इस वक्त कहानी सूझती है। बेटा, हमीं लोगों के हालात कोई अखबार में छपा दे तो बड़ी दर्दनाक कहानी बन जाए!"

"नहीं, नहीं! कहानी सुनाओ!" सकीना छोटे बच्चों की तरह मचलकर बोली।

"अच्छा, सुन!" करीम बोला, "यहीं लखनऊ का किस्सा है। नवाबी अमल था। छतरमंजिल में नवाब साहब की ऐशगाह थी। दिन भर दोस्तों के साथ ऐश करने के बाद जब नवाब साहब आरामगाह में जाते थे तो उनकी पलकों में गुलाबियों का नशा रहता और उनके कदमों में शराब की छलकन। उन्हें सहारा देने के लिए जीने की हर सीढ़ी पर दोनों ओर नौजवान बाँदियाँ रहती थीं, जिनके कंधों पर हाथ रखकर वे धीरे-धीरे ऊपर जाते थे। सुन रही है न?"

"हूँ!"

"अच्छा, तो एक दिन सभी बाँदियाँ मुर्शिदाबादी रेशम की पोशाक पहनकर खड़ी हुईं। नवाब साहब ने पहली बाँदी के कंधे पर हाथ रखा ही था कि रेशम की चिकनाहट

की वजह से दुपट्टा फिसल गया और वे गिरते-गिरते बचे। नीचे से ऊपर तक बाँदियों में भय की एक लहर दौड़ गई। नवाब साहब सँभले और गरजकर बोले, "बदजातो! कल से तुम लोगों के कंधे नंगे रहने चाहिए।" और दूसरे दिन से उनके कंधे नंगे रहने लगे।

"समझी बेटी, तब कपड़ों की कमी नहीं थी और न अब है; मगर हम गुलाम और गरीब तब भी नंगे रहते थे और अब भी नंगे रहते हैं। जानती है क्यों, ताकि अमीर लोग हमारे नंगे कंधों पर आसानी से हाथ जमाकर सोने और चाँदी की सीढ़ियों पर चढ़ सकें...सो गई, सकीना!"

सकीना सो गई थी।

करीम उठा। एक फटी चटाई पर बाँहों पर सिर रखकर लेट रहा। उसने दोपहर से कुछ नहीं खाया था। भूख लगी थी, मगर वह धीरे-धीरे सो गया। हिंदुस्तानियों की आदत है कि जब वे भूखे होते हैं तो सो जाते हैं और सपने देखने लगते हैं। करीम ने भी एक सपना देखा...।

हिंदुस्तानियों की तरह वह भी इस दुनिया से ऊबकर बहिश्त चला गया। आगे-आगे काँपता हुआ करीम और पीछे-पीछे अपने फटे कुरते को सँभालती हुई मासूम सकीना।

सामने तख़्त पर खुदा था। करीम ने सिर झुकाकर कहा, "या खुदा! हम लोग नंगे हैं, भूखे हैं।"

खुदा ने अपनी आँखें उठाईं। सकीना पर उसकी निगाह गड़ गई और उन्होंने बगल में बैठे हुए एक फरिश्ते से कहा, "हजरत, मैं देखता हूँ कि भूख में भी आदमी का हुस्न निखरता जाता है।"

फरिश्ते ने अदब से सिर झुकाकर कहा, "हुजूर की नायाब कुदरत!"

खुदा ने खुश होकर कहा, "अच्छा, तो इस हसीना का नाम हूरों में दर्ज कर लो।"

फरिश्ते सकीना की ओर बढ़े।

"खबरदार!" करीम की भूखी पसलियाँ गरज उठीं।

खुदा ने उसे देखा, "यह कौन है? निकालो इसे!"

"कमबख़्त, तूने इनसाफ का ठेका लिया है।" करीम चीखा, "उफ, तुझमें खुदाई हो, मगर तूने अभी तक इनसानियत नहीं सीखी है, ओ धोखेबाज खुदा!"

सकीना फरिश्तों के हाथों में छटपटाती हुई चीखी, "अज़्बा!"

करीम की आँखें खुल गईं। छटपटाती हुई सकीना चीख रही थी, "अज़्बा!"

करीम घबराकर उठा।

''अब्बा जूड़ी चढ़ रही है।'' थरथराती हुई सकीना बोली। वह पानी से निकली हुई मछली की तरह छटपटा रही थी। करीम लाचार होकर उसकी ओर देखता रहा। उसके पास नाम के लिए एक धोती भी न थी कि पूस की रात में जूड़ी से काँपती हुई रोगिन बेटी को ओढ़ा दे।

''हाथ ऐंठ रहे हैं, अब्बा!'' कहकर उसने हाथ झटके और महीनों का पहना हुआ जर्जर कुरता बगल के पास से चर्राकर फट गया। सकीना ने कुहनियों से लाज ढँकने की कोशिश की, मगर उसके हाथ की नसें तनी जा रही थीं। वह शर्म से तड़प गई।

करीम से अब न बरदाश्त हुआ। उसकी आँखों में खून उतर आया। उसका रोम-रोम सुलग उठा और उसने पैर पटककर कहा, ''सकी! सकी! मैं कहीं से तुम्हारे लिए कपड़ा लाऊँगा, बेटी! कहीं से!'' और झोंके की तरह वह बाहर निकल पड़ा।

कब्रगाह में लगे हुए पीपल के नीचे एक मुसलमान भिखमंगा बैठा था। सामने थोड़ी सी आग जल रही थी। उसने एक लकड़ी से आग कुरेदते हुए कहा, ''या खुदा! गजब की सर्दी है। सुना था, चौदहवीं सदी में कयामत होगी, इनसाफ होगा। कयामत बरपा है, मगर इनसाफ का पता भी नहीं।''

एकाएक तीसरी कब्र के पास एक मनुष्य की छाया दीख पड़ी। वह कब्र आज ही खुदी थी और जुड़ाई करनेवाले मजदूर फावड़ा और कन्नी वहीं छोड़कर चले गए थे। उस छाया ने फावड़ा उठाया और चलाना शुरू कर दिया। भिखमंगा डर से काँप गया। यह कौन है? कोई जिन? जिन नहीं, फरिश्ता होगा। कब्र खोदकर गुनाहों का लेखा दर्ज करने आया है। उसके मन में एक खयाल आया, मगर वह इससे अरज करे तो दुनियावी मुसीबतों से छुटकारा पा जाएगा। वह काँपते हुए उठा और उसके नजदीक गया। फरिश्ते ने फावड़ा चलाना बंद कर दिया।

''हुजूर! आप पैगंबर हैं, खुदा के फरिश्ते हैं। मैं...''

''चुप रहो, बेइज्जती मत करो। मैं फरिश्ता नहीं, इनसान हूँ।'' फरिश्ते ने चीखकर कहा।

''नहीं हुजूर! फरिश्ता...''

''फरिश्ता! फरिश्ता! मैं चोर हूँ, बुड्ढे! कफन चुराने आया हूँ। मेरी बेटी बिना कपड़े के मर रही है। तू भी नंगा है। अच्छा, आधा कफन तू भी ले लेना।''

भिखमंगा सहमकर पीछे हट गया। डर से उसकी घिग्घी बँध गई और उसके बाद चीखकर बोला, ''चोर! चोर!''

रखवाले की झोंपड़ी से कई लोग दौड़ पड़े।

दूसरे दिन लखनऊ में बिजली की तरह इस अनोखी चोरी की खबर फैल गई।

सुबह क्लाथ कंट्रोल ऑफिसर जब चाय पीने बैठे तो उनकी पत्नी ने चाय ढालते हुए कहा, "सुना तुमने, कल एक आदमी कफन चुराते पकड़ा गया।"

"पागल हो गई हो क्या?" ओवरकोट और मफलर से कान और छाती को ढँकते हुए उन्होंने कहा, "कपड़े की ऐसी भी क्या कमी! और फिर आदमी चाहे मर जाए, कब्र खोदकर कफन चुराने नहीं जाएगा।" फर के दस्ताने से ढकी उँगलियों से चाय का प्याला उठाते हुए उन्होंने जवाब दिया।

□

नारी और निर्वाण

काली भोली पुतलियों को उठाकर पलकों की कोरों से लजाती हुई दृष्टि में यशोधरा ने मना किया—"न।"

सिद्धार्थ मुसकराए और उन्होंने पेंग बढ़ाई।

यशोधरा सहमकर बोली, "झूला पृथ्वी के समानांतर ही रखो, कुमार!"

"पृथ्वी के समानांतर? वह झूला ही क्या, जो पृथ्वी के समानांतर रहे, अरे, झूले में तो वह वेग हो, पेंगों की वह ऊँचाई हो कि पृथ्वी झूमने लग जाए, यशोधरा!" सिद्धार्थ ने कहा और पेंग लगाई।

वायु के सहसा आघात से यशोधरा के जूड़े में बँधी हुई मृणाल-तंतुओं की जाली अकस्मात् टूट गई और उसके केश लहरा उठे। यशोधरा ने एक हाथ से रेशम की डोर थामी और दूसरे से स्वर्णपट्ट और अनुनय से कहा, "धीमे-धीमे झूलो, कुमार! धीमा संगीत अधिक सुखदायी होता है। संगीत का सम अधिक मधुर होता है, कुमार!"

"संगीत का सम तो मधुर है, किंतु उसकी मधुरता का आनंद आलाप की ऊँचाई और स्वरों के घुमाव के बाद ही आता है, गोपा।"

झूला बढ़ता गया।

रसाल की शाखें झूमने लगीं। पास के चंपक-तरु की डालियाँ गुँथ गई थीं रसाल की शाखाओं से। चंपक की डालियों पर थे फल और फूलों पर थीं वर्षा की बूँदें—शाखें झूमीं और चंपक सौरभ से सनी हुई बूँदें सहसा चू पड़ीं। यशोधरा ने अनुनय और प्रार्थना भरे नेत्र ऊपर उठाए और वे बूँदें चू पड़ीं उसके कपोलों पर। सिद्धार्थ ने देखी उसकी विवशता और उसके मुख पर शबनम-सी चमकती हुई सुरभित बूँदें। उन्होंने झूला रोक दिया। यशोधरा ने मुसकराकर देखा उनकी ओर।

सिद्धार्थ ने चंपक-सौरभ से भी अधिक मादकता वाणी में उँड़ेलकर कहा, "नारी की मूक भंगिमाओं में भी कितने संगीत लहरा उठते हैं! उसके मौन में भी कितने स्वर ध्वनित हो उठते हैं! मुझे झूला रोकना ही पड़ा न।"

यशोधरा धीरे से उतर गई और प्रसंग को उठाते हुए कहा, ''झूला तो रोकना ही पड़ता! झूला आगे बढ़े या पीछे, पर उसे पृथ्वी पर आना ही पड़ता है संगीत के सम की भाँति—और नारी वह सम है आर्य, जहाँ पर घूम-फिरकर पुरुष को आना ही पड़ता है।''

सिद्धार्थ अभी झूले ही पर थे, ''क्या झूले को पृथ्वी पर आना ही पड़ेगा? क्या झूला आगे ही आगे बढ़ता नहीं जा सकता?''

''नहीं, कदापि नहीं।'' यशोधरा ने उज़्ज़र दिया।

''आश्चर्य है! क्या पुरुष अपने पथ पर सीधे नहीं चला जा सकता? क्या घूमकर उसे आना ही पड़ेगा नारी के आश्रय में?''

''अवश्य।'' यशोधरा ने उज़्ज़र दिया।

''अच्छा, तो देखो!'' सिद्धार्थ ने उज़्ज़र दिया, ''तुम भूमि से देखो, यशोधरा! झूला पृथ्वी पर नहीं लौटेगा, नहीं लौटेगा। वह आगे ही बढ़ेगा।''

सिद्धार्थ ने झूला आगे बढ़ाया। झूला बढ़ता गया, बढ़ता गया। वह रसाल-वृक्ष से ऊँचा हो गया। सहसा रेशम की डोर टूट गई। यशोधरा स्तज़्ध थी; पर आश्चर्य से उसने देखा कि स्वर्णपट्ट नीचे नहीं गिरा, ऊपर ही चढ़ता गया।

सहसा बरसात की काली घटाएँ फट गईं और टूटे तारे के समान सिद्धार्थ उनमें छिप गए। यशोधरा चीख उठीं—''कुमार!''

काली घटाएँ हँस पड़ीं और उसकी आँखें खुल गईं। भाल के स्वेद बिंदु उसने पोंछे और उखड़े स्वर में कहा, ''बड़ा विचित्र स्वप्न था। देखूँ, आर्य कुशल से तो हैं!''

मणिदीप पर ढँका हुआ कमल-पत्र उसने उठा दिया। कक्ष में धीमी हरीतिमा लहरा उठी, उसने मणिदीप उठाया और कुमार के शयनकक्ष की ओर चली।

शिशु राहुल ने प्रश्नवाचक दृष्टि से देखा उसकी ओर। यशोधरा ने थपथपाकर कहा, ''आती हूँ लाल!'' और चली सिद्धार्थ के शयनकक्ष की ओर। अर्धरात्रि बीत चुकी थी। शयनकक्ष के समीप जाकर उसने झाँका—शय्या शून्य थी।

विचित्र आशंका से वह सहम गई। उसने काँपते हुए स्वर से पुकारा, ''कुमार!''

आकाश की घटाएँ हँस पड़ीं। वह थी महाभिनिष्क्रमण की रात्रि।

टप!

टप!!

टप!!!

वटवृक्ष के नीचे डाल से डाल, पल्लव से पल्लव पर फिसलती हुई वर्षा की बूँदें चू पड़ीं सिद्धार्थ की अंजलि में। उनका ध्यान भंग हो गया और उन्होंने आँखें खोल दीं। पास के झुरमुट में कोयल कूक उठी, 'कुहू।'

रसाल के हरे परदे में पपीहा बोला—'पीऊ।'

इस कोलाहल से घबराकर सिद्धार्थ ने आँखें बंद कर लीं, "मुझे निर्वाण चाहिए। मैं इन बूँदों-सा सूक्ष्म बन सकूँ। मैं इस विहग-ध्वनि सा विस्तृत हो सकूँ। मैं जीवन का सत्य देखूँगा, जीवन का सत्य।"

पर सामने के धुँधले वायु-पट में सत्य के स्थान पर चमक उठी नारी की छाया।

"दूर हटो नारी की छाया! मेरे निर्वाण-पथ में बाधक मत बनो। मुझे निर्वाण चाहिए। मुझे भ्रम में न डालो नारी!"

छाया और भी पास चली आई। उसके हाथ में विषपात्र है, ऐसा सिद्धार्थ को प्रतीत हुआ।

"कौन, यशोधरा?"

"नहीं, मैं हूँ सुजाता—ग्रामाधिपति की कन्या, आर्य! यह प्रसाद ग्रहण करें।" और उसने खीर का पात्र सम्मुख रख दिया।

सिद्धार्थ ने सिर हिला दिया, "न!"

"क्या मेरी पूजा व्यर्थ जाएगी?" सिद्धार्थ ने देखा—सुजाता के नयनों में था शहद-सा वात्सल्य, चाँदनी-सा स्नेह।

"ग्रहण करो न, बंधु!" सुजाता ने कहा और वट में सूत बाँधने लगी।

"बंधु!" सिद्धार्थ ने कहा, "नारी के प्रणयपाश को तोड़ा जा सकता है, पर स्नेह की इस अक्षय वात्सल्य-धारा में मनुष्य को तिनके-सा बहना ही पड़ता है।" खीरपान कर सिद्धार्थ ने गहरी साँस लेकर सोचा।

सुजाता वट में सूत बाँध रही थी।

"नारी!" सिद्धार्थ ने कहा, "ममता के इन कच्चे सूतों से वट के कितने झंझावातों को बाँध डालती हो तुम!"

सुजाता अपना कार्य समाप्त कर चली गई झुरमुट की ओट में। झाड़ियों में बुद्ध ने देखी फिर यशोधरा। पर वह अकेली न थी, उसके साथ था बालक राहुल।

"यशोधरा! यशोधरा!" यशोधरा की मूर्ति सहसा हट गई। वृक्ष के नीचे थी केवल एक हरिणी और उसके पार्श्व में एक भोला सा मृगशावक।

"क्या मुझे भ्रम हो रहा है?" सिद्धार्थ बोले और फिर उन्हें दीखी यशोधरा। पर इस बार उसके साथ अकेला राहुल न था। यशोधरा के भाल से फूट रही थीं अगणित रजत-किरणें और उसके कोमल अंचल के नीचे कोलाहल कर रहे थे अनेक शिशु। वह अपनी दृष्टि से बरसा रही थी ममता की मृदुल बूँदें।

"नारी! माँ! शक्ति! तुम्हारा यह स्वरूप देवोपम है, यशोधरा! मैंने तुम्हें पहचाना न था, यशोधरा।" सिद्धार्थ उठकर चले उस ओर; पर उठते ही छाया विलीन हो गई।

नीचे रसाल वृक्ष के आँचल में लहरा रहे थे दूर्वादल और ऊपर पल्लवों से चू रही थीं वर्षा की बूँदें।

'क्या यह स्वप्न था?' सिद्धार्थ ने सोचा, "नहीं, यथार्थ जीवन से कल्पना का यह स्वप्न सत्य था! नारी का यह स्वरूप—मातृत्व की यह छाया—मैं आज तक इससे अनजान था! नारी, तुम नारी बनकर इस संसार में बहा देती हो प्रेम की धारा और प्यारे शिशु उसमें जल-क्रीड़ा करते हैं। जीवन दुःखमय है; पर प्रेम की यह छाया उसमें भर देती है सुख की ज्योति। मुझे निर्वाण नहीं चाहिए। मैं मनुष्य को सुनाऊँगा यह प्रेम का संदेश—मैं बताऊँगा प्रेम का, करुणा का वह देश, जहाँ के कण-कण में निर्वाण बसेगा, मुझे निर्वाण नहीं चाहिए।"

सिद्धार्थ उठ खड़े हुए। सहसा उनके सामने चमक उठा एक असीम ज्योति-पुंज।

"मैं हूँ निर्वाण।" आकाशवाणी हुई।

"मुझे निर्वाण नहीं चाहिए।" बुद्ध ने उज़र दिया।

"मैं तुज़्हारे आश्रय में हूँ, बुद्ध!"

"मुझे निर्वाण नहीं चाहिए।" और बुद्ध चल पड़े।

"बुद्ध! जो मनुष्य संसार को आश्रय देने जा रहा हो, वह मुझे आश्रय नहीं दे सकता?"

बुद्ध रुक गए। शांत स्वर में बोले, "तो निर्वाण, मेरे चरणों में शक्ति दे कि मैं द्वार-द्वार पर जाकर बजा सकूँ करुणा की वंशी—सुना सकूँ करुणा का संदेश!" और वह ज्योति-पुंज समा गया उनकी नख-ज्योति में। पर बुद्ध निर्वाण पाकर भी आकाश की ओर जाने के स्थान पर चल पड़े पृथ्वी को ओर।

□

सिद्धार्थ थे अब बुद्ध तथागत, भगवान्। संघ की एक विशाल सभा में उपदेश प्रारंभ होने वाला था।

सहसा गौतमी ने आकर कहा, "देव!"

बुद्ध ने मुड़कर देखा—माता गौतमी। उन्होंने प्रणाम किया और पूछा, "यह तेजस्वी बालक किसका है, माता?"

"यह बालक तुज़्हारा···नहीं, यह यशोधरा का बालक है, सिद्धार्थ!" गौतमी ने उज़र दिया।

"कौन राहुल?" झुककर बुद्ध ने उसके मस्तक को चूमा, "इसके भाल पर स्वर्ग की छाया है, गौतमी। इसके नयनों में करुणा की डोर है। मैं इसे भिक्षु बनाऊँगा"

"यह आपकी संपज़ि नहीं है। यह यशोधरा की संपज़ि है, आर्य!" आनंद ने कहा।

बुद्ध बोले, "कहाँ है यशोधरा? बुलाओ, मैं उससे आज्ञा ले लूँ!"

"वह नहीं आएगी!" गौतमी ने उत्तर दिया, "पिपासित जलधार के पास जाता है, जलधार पिपासित के पास नहीं आती।"

"मैं स्वयं चलूँगा··· !" बुद्ध ने उत्तर दिया।

अमा की घोर रात्रि में दूर रसाल-वृक्ष के उस उपवन में दिन का-सा प्रकाश हो रहा था। अपने कक्ष के द्वार पर यशोधरा शून्य दृष्टि से देख रही थी उस ओर। उन्हीं पल्लवों में उलझी है उसके जीवन की ज्योति, जिसने उसके हृदय में इतना अँधेरा भर दिया है।

उसने गहरी साँस ली और सामने देखा, बुद्ध। वह चकित रह गई। जल्दी से गले में आँचल डालकर उसने चरण-स्पर्श किया। दोनों ने एक-दूसरे को देखा और स्तब्ध रह गए।

सहसा बुद्ध ने अनुभव किया कि जैसे उनके हृदय में कोई कुछ बोला, 'कौन निर्वाण?'

"हाँ, तथागत! मैं तुम्हारी साधना की तीव्रता सहने में असमर्थ हूँ। मैं जाना चाहता हूँ नारी के स्नेह की कोमल छाया में।"

"जाओ।" बुद्ध ने उत्तर दिया।

जिस समय यशोधरा ने अपना शीश बुद्ध के चरणों पर रखा, उसने अनुभव किया अपने हृदय में झिलमिलाती हुई ज्योति का।

"मैं निर्वाण हूँ—यशोधरा को बुद्ध की एकमात्र भेंट।" ज्योति बोली।

"यह देवता की भेंट मेरे भाल पर सुशोभित हो।" यशोधरा ने कहा।

यशोधरा के भाल का सुहाग-बिंदु ज्योति से झिलमिला उठा। बुद्ध ने देखा और मुसकरा दिए।

यशोधरा ने देखा और सचेत हो गई।

"यशोधरा, मैं तुमसे एक भीख माँगने आया हूँ।" बुद्ध ने कहा।

यशोधरा मुसकराई।

"अंत में स्वर्ग को भी जीतकर झूले को पृथ्वी पर आना पड़ा न?" उसने पूछा।

"क्या! कैसा झूला?" बुद्ध ने पूछा।

"ओह! मैं भूल गई। वह तो केवल स्वप्न था!" यशोधरा ने कहा।

"जीवन ही स्वप्न है, देवि! पर उस स्वप्न ही में तो सत्य है।" बुद्ध बोले।

"मैं भी उस स्वप्न में सत्य का आभास ढूँढ़ रही हूँ, तथागत! मेरा तात्पर्य है—अंत में निर्वाण को नारी के सामने झुकना पड़ा न, आर्य।"

"नारी! हाँ, कह सकती हो! पर निर्वाण प्रणयिनी गोपा के सामने नहीं झुका। वह

झुका है राहुल की माता के सामने। निर्वाण नारी के सामने झुका अवश्य, पर तब, जब मातृत्व की साधना ने नारी को निर्वाण से भी ऊँचा बना दिया।''

यशोधरा हँस पड़ी।

''तो मुझे भिक्षा देती हो, देवि ?'' बुद्ध ने राहुल की ओर संकेत किया।

यशोधरा के अधरों की विद्युत् लुप्त हो गई और आँखों में छा गईं सजल घटाएँ। रुँधे कंठ से बोली, ''ले जाओ।''

''मैं इस भिक्षा के लिए तुम्हें आशीर्वाद देता हूँ, देवि! तुम्हारा सुहाग, तुम्हारा निर्वाण अचल रहे।''

और यशोधरा के सिंदूर-बिंदु में झिलमिला उठा बुद्ध का निर्वाण।

□

मंजिल

सृष्टि बनाकर ईश्वर ने संतोष की साँस ली और निरीक्षण की दृष्टि से संसार को देखा।

विस्तृत धरा थी। धरा पर मखमली घास थी। घास घूँघट को हटाकर फूल शरमाकर झाँक रहे थे और फूलों की गोद में तितलियाँ अपने रंगीन परों को समेटकर सो रही थीं।

किंतु इस कोमल प्रणय को देखनेवाला कोई भी न था।

ईश्वर ने एक अभाव का अनुभव किया।

उन्मुक्त नीला आसमान था, जिसमें रात को रुपहली चाँदनी हँसती थी, दिन को सुनहली धूप लहराती थी, सुबह को शबनम झरती थी, रात को तारे जगमगाते थे; किंतु तारों को गिन-गिनकर रात बितानेवाला कोई न था।

ईश्वर ने एक अभाव का अनुभव किया।

आसमान की सतह पर स्वर्ग था। स्वर्ग में अप्सराएँ थीं। अप्सराओं के साथ देवता थे। केसर के तीर चलानेवाला अनंग था। मादकता बिखेर देनेवाली रति थी। वैभव था, रूप था, रंग था, मादकता थी, विस्मृति थी।

किंतु इन वैभवों से आकर्षित होकर स्वर्ग पाने की साधना करनेवाला कोई भी न था।

ईश्वर ने अभाव का अनुभव किया।

ईश्वर के वैभव के सामने नतमस्तक होनेवाला कोई भी न था। ईश्वर असंतुष्ट हो गया।

अभाव! अभाव!! अभाव!!!

और तब ईश्वर ने अभाव को दूर करने के लिए एक भाव सृष्टि की। वह भाव आकाश-सा विस्तृत था, फूल-सा ताजा था, दूब-सा कोमल था, अप्सराओं-सा लजीला था, स्वर्ग-सा आकर्षक था। संसार में जहाँ जो भी कुछ सुंदर था, आकर्षक था, सबको मिलाकर उस भाव की रचना हुई। उस भाव का नाम ईश्वर ने रखा—मनुष्यत्व। मनुष्यत्व

में अनंग की चंचलता थी, रति की मादकता थी, धूप की गरमी थी, दूब की नमी थी, शबनम की चमक थी, तितली का निखार था।

ईश्वर ने मनुष्यत्व का निर्माण किया और धरा पर उसे उतार दिया।

लेकिन उसकी इच्छा पूरी नहीं हुई।

ईश्वर ने सोचा, मनुष्यत्व उसके सामने सिर झुकाएगा। लेकिन वह अभी केवल भाव था। असीम भाव, अनंत कल्पना और उसकी वह सीमाहीन कल्पना केवल धरा से संतुष्ट न हुई, ईश्वर के सामने नतमस्तक न हुई। उसने आकाश के तारे तोड़ने शुरू किए, अनंग के तीर चुरा लिये, रति की मादकता लूट ली और नए स्वर्ग का निर्माण शुरू कर दिया।

ईश्वर सहम गया। उसने क्षण भर सोचा—अच्छा, मनुष्यत्व को सीमित कर दो। धरा की कारा में मनुष्यत्व को बंदी बना दो। उसने दो मुट्ठी धूल उठाई और असीम भाव को सीमित देह में आबद्ध कर दिया। मनुष्यत्व अब मनुष्य बन गया।

लेकिन मनुष्य ने भी हार न मानी। उसके तन के सौरभ से आकर्षित होकर तितलियाँ चारों ओर उड़ने लगीं, फूल उसके पैरों के नीचे बिछ गए, शबनम उसके पैरों को चूमने लगीं। मनुष्य इस सबके स्नेह से तृप्त होकर हँस पड़ा और उसकी हँसी आसमान में किरणें बनकर छिटक गई; किंतु मनुष्य झुका नहीं।

ईश्वर असफल रहा।

उसने सोचा, मनुष्य अभी शबनम, तितली सभी को प्यार करता है। अभी उसका प्यार असीम है, इसलिए उसकी सज़ा भी असीम है, उसकी शक्ति भी असीम है—क्योंकि प्यार का ही दूसरा नाम अस्तित्व है और अस्तित्व रखने के सामर्थ्य का नाम शक्ति है। अतः उसने सोचा—उसके प्यार को भी सीमित कर दो।

और तब ईश्वर ने निर्माण किया नारी का।

सौरभ की कोमलता, पुष्प की पार्थिवता के संयोग से नारी का निर्माण हुआ और एक दिन पुरुष ने देखी—फूलों से लदी हुई बसंती झाड़ियों के बीच में लाज से सकुची हुई नारी। पुरुष को एक नया साथी मिला। वह हँसती थी तो फूल झरते थे। पुरुष फूलों को भूल गया। उसकी आँखों में चाँदनी छिटकती थी। वह चाँद को भूल गया। नारी की गति में ईश्वरत्व की शान थी और पुरुष ईश्वर को भूल गया।

और ईश्वर फिर हार गया।

घने पेड़ों की शीतल छाँह में, हरी मखमली दूब पर पुरुष और नारी कलियों को उछाल-उछालकर खेलते थे। एक दिन पुरुष के मन में नया विचार उठा। वह उठ खड़ा हुआ। उसने नारी से कहा, "संगिनी! आओ, हम-तुम कुछ निर्माण करें।" और नारी बाँहें फैलाकर उसकी ओर बढ़ी।

ईश्वर काँप उठा? यह क्या! पुरुष ईश्वर से सृजन का अधिकार भी छीन लेगा? उसने फौरन नारी और पुरुष के बीच में व्यवधान उत्पन्न कर दिया। वह व्यवधान था एक जलता हुआ प्रकाश-चिह्न!

पुरुष ने पूछा, ''मेरी मंजिल क्या है? केवल नारी! नारी! केवल नारी! कदापि नहीं!'' वह उत्तेजित होकर उठ गया, ''मेरी मंजिल क्या है?'' उसने चीखकर शून्य से पूछा और नारी को छोड़कर चल दिया अपनी मंजिल की खोज में। उसने बिजली से चपलता ली, आँधियों से गति ली, जल से अथक साधना का वरदान लिया और चल पड़ा, चलता गया। ईश्वर ने उसे बढ़ते देखा और पृथ्वी गोल कर दी, ताकि वह जन्म भर चक्कर ही लगाता रहे और आगे न बढ़ने पाए।

पुरुष इस षड्यंत्र से अनभिज्ञ था। वह पृथ्वी का चक्कर लगाता गया। यहाँ तक कि उसी स्थान पर पहुँच गया, जहाँ नारी थी।

वह खड़ा हो गया। इसका क्या अर्थ? पृथ्वी का चक्कर लगाकर फिर वहीं पहुँचा, जहाँ नारी थी। तो क्या नारी ही उसकी मंजिल है?

नारी ने अलसौंही लजीली पलकें उठाकर पुरुष की ओर देखा। मुट्ठी भरकर फूल उधर फेंक दिए। पुरुष विह्वल हो उठा और उसने दो काँपते हुए ओठों पर दो जलते हुए ओठ रख दिए।

और! और! जैसे किसी जादू से दोनों खंड-खंड हो गए। असंख्य मनुष्य; पुरुष और स्त्रियाँ।

ईश्वर हँस पड़ा—अब मनुष्य विभक्त है। वह मेरे सामने झुक जाएगा; लेकिन ईश्वर का अभाव ही तो है उस विभक्त आदम पुरुष की मूलभूत एकता। उसने विभाजन की बेहोशी में भी आवाज दी, ''मेरी मंजिल कहाँ है?''

और असंख्य कंठों से यह प्रतिध्वनि उठी, ''हमारी मंजिल कहाँ है?''

ध्वनि-प्रतिध्वनि जब स्वर्ग पहुँची तो स्वर्ग की नींवें हिल गईं, ईश्वर का सिंहासन डोल उठा।

और उसके बाद असंख्य चरण आगे बढ़े, ''हम आगे बढ़ेंगे, अपने मंजिल ढूँढ़ेंगे!'' उन्होंने एक स्वर से कहा।

धरती काँप उठी। पर्वत चूर-चूर हो गए। उन्होंने गरजते हुए तूफानों पर अपनी आवाज तैराई, ''हम नहीं रुकेंगे। हम आगे बढ़ेंगे। हमारी मंजिल कहाँ है?''

उन्होंने क्रोध से पैर पटके। स्वर्ग चूर-चूर हो गया। उनकी गति के कारण उड़ती हुई गर्द में ईश्वर छिप गया। वे बढ़ते ही गए। ईश्वर डरकर धरती पर गिर पड़ा। टूटकर धरती पर बिखर गया। नारियाँ रुक गईं कुतूहल से। आकाश से गिरे उन टुकड़ों पर उन्होंने पुरुष के चरण की धूल देखी और रुककर उसकी पूजा में लग गईं। पथरीले

ईश्वर के वे टुकड़े पुरुष के चरणों की धूलि से सने थे। इसी से नारी के उपास्य बन गए।

पुरुषों ने नारियों को रुकते हुए देखा। क्या वे भी रुके? एक ने पूछा, "क्यों रुके? क्या नारी हमारी मंजिल है?"

"नारी हमारी मंजिल है? असंभव! नारी बहुत दुर्बल है!" दूसरे ने कहा।

"नारी तो स्वयं पुजारिन है। उसमें पूजा ग्रहण करने की शक्ति कहाँ?"

"नारी पथ हो सकती है, मंजिल नहीं! साधन हो सकती है, साध्य नहीं!"

और वे फिर बढ़ चले। हजार, लाख, करोड़, असंज्य बार वे पृथ्वी के चारों ओर घूमे, रुके नहीं। नारी पूजा में संलग्न रही, पुरुष बढ़ते रहे।

अंत में पुरुष के पैर न थके—संसार की पगडंडियाँ थक गईं। वे बोलीं, "बस करो मुसाफिरो, हम हार गईं। सच तो यह है पुरुष, कि तुम खुद अपनी मंजिल हो। विश्व की पगडंडियाँ कोने-कोने से चलकर तुज़्हारी ही परिक्रमा करती हैं। पुरुष, मंजिल तो तुम खुद हो। हम तो तुम तक पहुँचने का यत्न करती हैं।"

पर फिर भी पुरुष नहीं रुके। थकी व ज़्लान पगडंडियाँ उन्होंने हाथों में उठा लीं और आसमान को पैरों के नीचे बिछाकर चल दिए।

तब से आज तक नारी पूजा करती है। पुरुष चलता है, इसलिए नहीं कि उसे किसी मंजिल तक पहुँचना है। मंजिल तो वह खुद है। वह बढ़ता है, इसलिए कि चलने से पैरों की ताकत बढ़ती है और मंजिल खुद दिन-पर-दिन मजबूत होती जाती है।

आसमान पर उसके पैरों के निशान रात को तारे बनकर चमक उठते हैं।

□□□

* 9 7 8 9 3 5 1 8 6 5 5 3 7 *
FCW - #0072 - 061026 - C0 - 216/140/11 - PB - 9789351865537 - Matt Lamination